Der Ausgangspunkt der Überlegungen ist der Idealtypus der romantischen Liebe. Romantische Liebe basiert auf Idealisierung und Projektion und verhindert dadurch eine Verbindung, in der beide Partner autonome Individuen bleiben, die sich emotional nicht ausbeuten. Bonnie Kreps analysiert die Situation der modernen Frau, die für sie Pionierin ist auf der Suche nach neuen Formen und anderen Möglichkeiten, ihr Leben einzurichten, ohne auf Liebe/Zusammenleben zu verzichten.

Bonnie Kreps, 1937 in Kopenhagen geboren, kam während des Zweiten Weltkriegs nach Amerika. Sie studierte Literatur, Theater und Film, schreibt für Zeitschriften und dreht Filme. Sie lebt in Wyoming.

Bonnie Kreps

Abschied vom Märchenprinzen

Eine Abrechnung mit der romantischen Liebe

Aus dem Amerikanischen
von Susanne Aeckerle

Fischer
Taschenbuch
Verlag

9.–11. Tausend: April 1996

Ungekürzte Ausgabe
Veröffentlicht im Fischer Taschenbuch Verlag GmbH,
Frankfurt am Main, Dezember 1994

Deutschsprachige Erstpublikation
im Wolfgang Krüger Verlag, Frankfurt am Main

Die Originalausgabe erschien unter dem Titel:
›Subversive Thoughts, Authentic Passions‹
im Verlag Harper & Row, Publisher, Inc., New York

Druck und Bindung: Clausen & Bosse, Leck
Printed in Germany
ISBN 3-596-12225-0

Gedruckt auf chlor- und säurefreiem Papier

Inhalt

Einleitung

Was ist ein subversiver Gedanke?

Haben Sie schon mal versucht, ein Gespräch über romantische Liebe zu führen? Ich meine nicht das lockere Geplauder über all die Torheiten, die Sie begangen haben, während Sie auf Ihrer rosa Wolke schwebten. Ich meine, haben Sie mal ernsthaft versucht, den Mythos der romantischen Liebe anzukratzen? Mit ein paar Beispielen zu beweisen, daß vielleicht nicht alles so rosig ist, wie es gern dargestellt wird, daß Liebe vielleicht doch ganz anders aussehen könnte?

Ich hab's getan und dabei reichlich unangenehme Erfahrungen gemacht. Solche Gespräche kühlen die Atmosphäre im Raum schnellstens erheblich ab. Selbst mit Freunden ist man nicht vor unangenehmen Überraschungen sicher. Es scheint nicht *erlaubt* zu sein, bestimmte Dinge über die romantische Liebe zu sagen, fast so als verletzte man Regeln des guten Geschmacks. Aber das sagt selten jemand direkt. Niemand wird sagen: »Davon wollen wir nichts hören«, denn dann könnten Sie ja fragen: »Warum nicht?« Statt dessen wird man versuchen, abzulenken, umzudeuten oder Sie einfach zu ignorieren. Wenn Sie insistieren, wird man Sie persönlich angreifen: »Bestimmt haben Sie schlechte Erfahrungen in der Liebe gemacht und sind nun verbittert; Sie sind einfach an den falschen Mann geraten, und alles wird anders, wenn Sie nur den richtigen finden; Sie *können* nie wirklich verliebt gewesen sein, sonst würden Sie so was nicht sagen« – na, und so weiter. An diesem Punkt können Sie nur noch das Thema wechseln oder gehen.

Das ist die übliche Reaktion auf einen subversiven Gedanken. Ein

Gedanke ist immer dann subversiv, wenn er eine oder mehrere der großen verborgenen Thesen, die hinter den »Wahrheiten« unserer Kultur stehen, angreift oder nicht ernst nimmt. Solange wir diese Thesen nicht in Frage stellen, können sie uns völlig kontrollieren. Ein subversiver Gedanke gibt uns die Möglichkeit, diese Kontrolle zu durchbrechen. Und das funktioniert wie die Sache mit dem Kind in »Des Kaisers neue Kleider«: Wenn Sie einmal begriffen haben, daß das, was man Ihnen bisher als Wahrheit verkauft hat, gar nicht die Wahrheit ist, werden Sie »Realität« von nun an ganz anders sehen. Deshalb können subversive Gedanken sowohl befreiend als auch bedrohlich sein. Sie verwirren Menschen, die sich wohlfühlen mit ihren vorgefaßten Meinungen und nicht durcheinandergebracht werden wollen. Die übliche Reaktion auf solche aufmüpfigen Gedanken ist daher nicht Widerlegung, sondern irrationale Vernebelung und Ablehnung. Zur Verteidigung der romantischen Liebe wird einfach oft behauptet, sie sei nun mal »ein Wunder« oder »Magie«.
Der zentrale subversive Gedanke dieses Buches ist meine Behauptung, daß der Mythos der romantischen Liebe eine Lüge ist. Er belügt uns über Männer und Frauen, er belügt uns über die Liebe. Der Mythos stützt sich auf das Geschlechtsrollen-Klischee von »richtigen« Männern und »richtigen« Frauen, ein Klischee, das die westliche Zivilisation gespalten und unser Liebesleben vergiftet hat. Begreiflicherweise nie analysiert, veredelt der Mythos den sogenannten Kampf der Geschlechter (der in Wirklichkeit ein Geschlechts*rollen*-Kampf ist) und nennt die bedrückende Verbindung mehr oder weniger echter Gegner »die Anziehung von Gegensätzen«. Da er seine Art der Liebe zur einzig wahren ernennt, bringt der Mythos eine Menge Elend über all die Menschen, die nichts anderes wollen, als sich aufrichtig zu lieben.
Das Problem ist ernst. Geschlechtsrollen-Klischees produzieren, wie wir aus den gängigen Bestsellern erfahren, Männer, die nicht lieben können, und Frauen, die »zuviel lieben«. Durch den Mythos der romantischen Liebe werden wir erfolgreich davon abgehalten, das Problem grundlegend zu lösen, denn der Mythos ist die Mogelpackung, die den wahren Inhalt erfolgreich verbirgt. Zum

Glück ist noch nicht alles verloren. Noch gibt es subversive Gedanken, und mit ihrer Hilfe könnte es uns gelingen, Liebe als etwas Echtes, Aufrichtiges zu begreifen, und nicht als die pseudointime Scharade, genannt »Wahre Liebe«, die wir statt dessen so oft spielen. Ich schätze aufmüpfige Gedanken, weil ich aufrichtige Liebe schätze. Sie sind eine wichtige Hilfe, um den Mythos zu überwinden und neue Gebiete der Liebe zu entdecken.

Ist der Weg zur Liebe romantisch? Ja und nein. Meistens nein. Besser gefragt: Gibt es eine Verbindung von Leidenschaft und wahrer Individualität? Ja, aber nicht in der romantischen Liebe. Das Fundament der klassischen romantischen Leidenschaft besteht aus Projektion und Idealisierung. Ich nenne es »Love-Blotting«, also »Liebes-Kleckserei«, frei nach dem »Ink-Blotting«, den Tintenklecksen aus dem Rorschach-Test. Eine leidenschaftliche Verbindung zwischen wahren Individualisten kann nicht auf »Liebes-Klecksen« aufbauen, sie braucht, was ich unverfälschte, bewußte Leidenschaft nenne. Daher ist die unverfälschte und nicht die romantische Leidenschaft die Voraussetzung für meine Vorstellung von aufrichtiger Liebe.

Romantische Leidenschaft ist durchaus reizvoll und erregend, aber doch eher flüchtig. Unverfälschte Leidenschaft ist genauso reizvoll und erregend, erreicht aber nicht jenes Stadium der Ernüchterung, das wir »das Ende der leidenschaftlichen Phase« nennen. Von unserer Gewohnheit, immer aufs neue »schrecklich verliebt« zu sein, umzuschalten auf die völlig neue Erfahrung, durch unverfälschte, bewußte Leidenschaft zur Liebe zu gelangen, ist voller neuer Reize. Es ist wie das Gefühl, neue Muskeln auszuprobieren, die zwar schon immer da waren, die wir aber bisher nie eingesetzt haben. Erst nach einigem Training können wir mit unserem Körper Bewegungen vollbringen, die uns vorher nicht möglich waren. Genau so ist es mit den psychologischen Muskeln; und mit diesem Buch will ich versuchen, die Mogelpakkung um den Mythos der romantischen Liebe aufzureißen, um an eben diese Muskeln heranzukommen – damit wir erkennen, wie die Liebe wirklich sein kann, wenn wir nur erst einmal anfangen, die neuen Muskeln ordentlich spielen zu lassen.

Wir leben in einer turbulenten Zeit. Veränderungen im Denken und Handeln sind an der Tagesordnung. Besonders deutlich manifestieren sich die Veränderungen durch die wachsende Anzahl potentiell autonomer Frauen, die nun überall anzutreffen sind.
Es hat in unserer Gesellschaft schon immer Frauen gegeben, die sich um eine »direkte Beziehung zum Leben« bemühten, wie die Schriftstellerin Tania Blixen sagt.[1] Nur wurden diese Frauen in der Vergangenheit meistens durch die Tatsache behindert – wenn nicht sogar zum Aufgeben gezwungen –, daß sie gesetzlich und ökonomisch von einem männlichen Beschützer abhängig waren. Erst im letzten Jahrhundert, hauptsächlich dank der Frauenbewegung Mitte des 19. Jahrhunderts und danach dank der Neuen Frauenbewegung, wurden diese Bemühungen auch gesetzlich legitimiert. Es ist nach wie vor ein harter Weg, und es wird Frauen nicht gerade leicht gemacht, ihn einzuschlagen. Aber zumindest gibt es den Weg jetzt. Immer mehr Frauen schlagen ihn ein, und sie beginnen mit dieser Entscheidung, nicht nur den Gang der Geschichte, sondern auch den der Liebe zu verändern.
Trotz Frauenbewegung gibt es nur wenige wirklich autonome Frauen. Die wirklich autonome Frau ist für mich ein Wesen, das bisher eher in dem Ehrgeiz, dem Bemühen um Autonomie existiert als in der Realität. Wenn ich diesen Begriff hier verwende, meine ich damit jede Frau, die *sich darum bemüht, ihre Identität in bezug auf ihre eigene Realität zu definieren*, statt über Männer oder gar »ihren Mann«. Das meine ich zum Beispiel, wenn ich von dem Bemühen um eine direkte Beziehung zum Leben spreche. Die Autonomie der Frau ist die wichtigste Veränderung für die Liebe seit der Erschaffung Evas in der Schöpfungsgeschichte.
Im Mittelpunkt dieses Buches steht die autonome Frau als Wegbereiterin und Pionierin. Ihre Liebe wird zweifellos eine Liebe sein, wie wir sie selten – wenn überhaupt – vorher gesehen haben. Ihre Fehlschläge und ihre Erfolge sind für uns aufschlußreich, denn nie zuvor hatten wir die Möglichkeit, Liebe als eine Beziehung zwischen zwei ebenbürtigen Menschen zu erleben – oder, wie ich es nenne, zwischen zwei Unabhängigen. Diese Liebe fordert die autonome Frau – nicht das »Verkehrte Dornröschen«, das beim

Kuß des Märchenprinzen einschläft, nicht die »totale Frau« und schon gar nicht das »Cosmo Girl«. Und genauso fordert diese Liebe den autonomen Mann – nicht »Superman«, nicht den Mann mit dem Peter-Pan-Syndrom und schon gar nicht den sogenannten »Neuen Mann«.

Dieses Buch ist die Geschichte einer Reise. Es beschreibt meine Bemühungen als Frau auf der Suche nach Autonomie, einen Weg zu finden durch die komplexen Anforderungen der Liebe. Eine solche Reise ist natürlich, sowohl theoretisch als auch praktisch, eine sehr persönliche. Sie ist aufregend und stürmisch, weil in ihrem Verlauf durch den Wunsch, neue Standpunkte zu finden, unsere gesamte Kultur auf den Kopf gestellt wird. Ich betrachte sie als eine Art frauenbezogenes Märchen, denn einerseits leiten wir viele der verborgenen Behauptungen über die wahre Liebe aus der Bildersprache der Märchen ab, und andererseits strebt die moderne Frau danach, selbst der Held – die aktive Hauptfigur – in der Geschichte ihres Lebens zu sein.

Meine Reise wäre sehr viel schwieriger und längst nicht so amüsant gewesen und hätte sicher nicht zu einem so glücklichen Ende geführt ohne die bereitwillige Begeisterung all der Frauen und Männer, denen ich bei meiner Suche begegnet bin. Ich danke ihnen für ihre Bereitschaft, mit mir in die düsteren Abgründe ihrer Liebeserfahrungen hinabzusteigen, und für die offene Art, in der sie mich mit ihren eigenen subversiven Gedanken anspornten.

Ich hoffe, daß mein Buch eine Ermutigung ist für alle Frauen, die autonome Menschen und Liebende werden wollen. (Das gleiche gilt natürlich auch für Männer.) Die Aufbruchhaltung der modernen Frau ist heute für jeden sichtbar. Sie könnte ein Signal der Ermutigung sein für alle Männer, die lieber wie menschliche Wesen leben möchten, statt sich als »richtige« Männer »beweisen« zu müssen. Als Verbündete und besonders als Freundin kann eine autonome Frau solchen Männern eine verläßliche Gefährtin sein, weil sie deren Bewußtseinsveränderung nicht unterlaufen, sondern unterstützen wird.

I Auf zum Schloß

Wir spielen »Die Vollkommene Romanze« und nennen es Liebe

1. Es war einmal

Immer wieder beobachtete ich in der U-Bahn heimlich Frauen, die Groschenromane lasen. Tag für Tag waren sie da, blind für die Menge in der Stoßzeit, und lasen pro Monat bis zu fünfzehn verschiedene Liebesschnulzen à la »Sylvia«- oder »Lore«-Roman. Tag für Tag fuhr ich mit ihnen auf dem Weg zu und von meiner Arbeit beim Fernsehen und zu den Treffen jener Frauen, die später zu Kanadas »Radikalfeministinnen« werden sollten. Das war 1968, und ich hatte gerade meinen ersten Film beendet, eine Analyse der Geschlechtsrollen-Klischees und ihrer Einflüsse auf Frauen, mit dem Titel »After the Vote: A Report from Down Under«. Die Heftchen-Leserinnen faszinierten mich. Sie schienen, wie man aus den grellen Titeln der Schmonzetten schließen konnte, immer wieder gebannt in eine Welt zu versinken, der ich den Kampf angesagt hatte: Die Welt der männlichen und weiblichen Geschlechtsstereotypen, in der Liebe Eroberung und Unterwerfung heißt.

Hätte man mir damals gesagt, daß selbst ich eines Tages versuchen würde, die »Vollkommene Romanze« zu leben, wie es in der Heftchen-Welt so schön heißt (ein perfekter Ausdruck für die romantische Phantasie!) – ich hätte mit höhnischem Unglauben reagiert. Trotzdem habe ich es getan (und, wie ich verwundert feststellte, tun es viele andere Frauen auch). Ich habe mich redlich bemüht, die ideale Heldin meiner eigenen »Vollkommenen Romanze« zu spielen. Das heißt, ich habe mir einen außergewöhnlichen Charakterwechsel vorgespielt, den ich jetzt als eine Art unblutige Gehirnamputation bezeichnen würde, den ich aber damals überschwenglich »endlich das Richtige tun« nannte.

In all ihren vielen Versionen hat die »Vollkommene Romanze« stets einen unveränderlichen Plot, und der ideale Held und die Heldin haben festgelegte Charaktereigenschaften, als notwendige Voraussetzung für den Ablauf der Handlung.[1] Der Held entspricht dem allgemeinen Supermann-Klischee: hart, fordernd, dominierend, schweigsam, frauenverachtend. In den Liebesschnulzen heißt so was dann »grausam romantisch«. Die Handlung wird zunächst von der Heldin bestimmt, die für diese Aufgabe mit einer faszinierenden Mischung von Eigenschaften ausgestattet ist – von denen sie eine oder zwei opfern muß, damit es zum Happy-End kommt. Sie wirkt attraktiv auf Männer, was noch dadurch verstärkt wird, daß sie es nicht weiß. Gleichzeitig ist sie unschuldig und unerfahren und hat ganz außergewöhnliche häusliche Fähigkeiten. Und sie ist entweder überdurchschnittlich intelligent oder enorm temperamentvoll, oder beides (wovon sie sich am Wendepunkt der Geschichte unbedingt befreien muß).

Im Laufe der immer gleichen Handlung gerät die Heldin verschiedentlich in die Klemme, kann sich aber ohne weiteres selbst daraus befreien – bis sie dem Helden begegnet. Er geht seiner wichtigen Arbeit in der Welt der Männer nach und beschäftigt sich nur am Rande mit Frauen – bis er der Heldin begegnet. Bei dieser Begegnung beschnuppern sie sich erst mal sehr mißtrauisch oder können sich anfangs ganz und gar nicht leiden – bis der Held ihr plötzlich und unerwartet seine zärtliche und unendliche Zuneigung gesteht. Darauf reagiert sie augenblicklich mit der Umdeutung seines bisher negativen Verhaltens ihr gegenüber. Diese romantische Reinterpretation macht ihn zu Mr. Right, dem einzig richtigen Mann, und nur er zählt von nun an in ihrem Leben. Nachdem sich alle ihr bisher wichtigen Aktivitäten (Arbeit, Abenteuer, Lernen usw.) in nichts aufgelöst haben, wird sie zunehmend passiv und von ihm abhängig. Sie heiraten, und damit endet die Geschichte. Das meinen die Schmonzetten-Schreiber, wenn sie sagen: »Und so lebten sie glücklich bis an ihr Lebensende.«

Was ich hier dargestellt habe, ist die Heftchen-Version der perfekten Beschreibung romantischer Phantasie. Außerdem ist es eine gute, wenn auch banale Beschreibung der Verheißungen, die der

Mythos der romantischen Liebe bereithält – allerdings nur für Frauen. In den folgenden drei Geschichten werden wir sehen, wie drei ansonsten recht intelligente und lebhafte Frauen versuchen, die vollkommene Heldin zu spielen – und auf die harte Tour herausfinden, was sich hinter diesem Phantasiegebilde verbirgt. Natürlich kann man auf Dauer keine Phantasie inmitten der Realität leben. Aber man kann es verzweifelt versuchen. Und genau das haben wir drei Frauen getan. Als etwa Vierzigjährige waren wir ein bißchen spät dran für das Spiel mit der Romantik. Aber wir hatten zwei der besten Voraussetzungen: die Zielstrebigkeit, die wir bisher in unserer Arbeit bewiesen hatten und die wir nun der »Wahren Liebe« widmen konnten, und unsere unglaublichen Fähigkeiten zu romantischer Reinterpretation.

Glitzerstaub

Ich traf meinen Mr. Right, als ich ihn für einen meiner Artikel interviewte. Ich kann mich ganz deutlich erinnern, bei diesem ersten Treffen drei verschiedene Dinge gedacht zu haben: erstens, daß er auf mich sexuell recht attraktiv wirkte; zweitens, daß er mir verdächtig »New Age-mäßig« vorkam (meine Bezeichnung für diese »Neuen Männer«, die ja so offen und so soft sind, und denen ich absolut nicht über den Weg traue); drittens, daß ihm sicher nicht daran gelegen war, sich mit mir näher einzulassen, denn schließlich war ich eine bekannte Feministin, woraus ich ihm gegenüber keinen Hehl machte. Aber er überraschte mich: Er lud mich zum Essen ein, wollte mit mir ins Bett und machte mir vom Fleck weg einen Antrag, Stil: feuriger und draufgängerischer Held der »Vollkommenen Romanze«. Jetzt weiß ich, welches Gefühl einen überkommt, wenn es heißt: »Er war einfach umwerfend!« Man gerät völlig außer Kontrolle und ist davon überzeugt: »Das muß die wahre Liebe sein!« Und schneller als Sie sagen können »wie romantisch«, hatte ich meine eigene Wohnung aufgegeben und war zu ihm gezogen.

Unsere Ausdrücke für Romantisches sind wirklich passend. Ich zumindest lief mit dem Kopf in den Wolken herum. Was, glaube ich, hauptsächlich daran lag, daß ich überzeugt war, nach all den mißglückten Versuchen – inklusive einer Ehe – nun endlich das *Richtige* zu tun. »Richtig«, weil ich eine richtige, mit Gütesiegel versehene Liebesbeziehung mit einem Mann hatte – endlich! Die Beziehung war richtig, er war Mr. Richtig, und darum war alles, was er tat, irgendwie auch richtig. Wenn auch seine Vorstellungen den meinen in vielem überhaupt nicht entsprachen, so war das höchstens eine charmante Note. Er wollte viele Dinge, die ich nicht wollte – mich heiraten, mir seinen Namen geben, ein großes Haus führen, viel Geld machen und so weiter –, was mir genügend Möglichkeiten bot, meine Fähigkeit in romantischer Reinterpretation zu vervollkommnen. Zunächst gelang es mir, das meiste abzuwehren, aber in den folgenden fünf Jahren nahm mein Leben nach und nach eine Form an, die mir weder vorher noch nachher gefiel. Trotzdem dachte ich die ganze Zeit, ich hätte das große Los gezogen.
Mein Körper wußte es besser. Ich nahm 11 Kilo zu und bekam fast ein Glaukom (Grünen Star). Ich arbeitete weiter, hatte aber zunehmend Konzentrationsschwierigkeiten. Trotzdem gelang es mir, einen recht komplizierten Film fertigzustellen. Meine Kollegin, mit der ich dabei eng zusammenarbeitete, sagte mir später, sie habe sich ernstlich Sorgen gemacht wegen der Anspannung, unter der ich offensichtlich stand, die mir selbst damals aber gar nicht bewußt war. Ich erinnere mich an den permanenten Wunsch, mich von Grund auf zu verändern, aber ich wußte nicht wie; nur, daß ich unbedingt gelassener werden mußte. Mit der Zeit wurde das zu meinem ständigen geistigen Befehl: Sei gelassen! Inzwischen halte ich es für eine interessante, unterbewußte Aussage über eine der Bedeutungen von Gelassenheit: sich frei machen von allem Störenden.
Ich versuchte immer noch, möglichst gelassen zu sein, als meine »Vollkommene Romanze« mit Mr. Rights plötzlicher Verkündigung: »Der Funke ist weg« endete. Keine Vorwarnung, keine Erklärung, weder damals noch später: Ich war ganz einfach *out*.

Ich floh in totalem Schock. Es ist nicht komisch, wenn einem plötzlich das eigene Wolkenkuckucksheim mit Donnerkrach zusammenbricht. Der Schmerz war unerträglich. Während der ersten Woche meiner unfreiwilligen Verbannung hatte ich jede Nacht Alpträume und wachte schweißgebadet und völlig zerschlagen auf. Jeder Traum war eine Variation desselben Themas: Mein Mr. Right war gerade ganz schrecklich mit irgend etwas beschäftigt, das unser privates Universum symbolisierte. Immer war er mit vielen Menschen zusammen und übersah mich ganz einfach. Ich stand verzweifelt und machtlos am Rand. Ich war von der Menschheit ausgeschlossen, so bedrückend, wie man es nur im Traum sein kann.

Jeden Tag lief ich Ski und versuchte, die Trümmer meiner »Vollkommenen Romanze« zu ordnen. Und jeden Tag kam mir wieder ein Ausspruch von Woody Allen in den Sinn; einer von Allens trockenen Kommentaren über Sex, in etwa so: »Das Gute an der Selbstbefriedigung ist, daß man wenigstens sicher sein kann, einen guten Freund im Bett zu haben.« Warum, fragte ich mich jedesmal giggelnd, wenn mir der Spruch wieder einfiel, warum denke ich nur dauernd daran? Als es mir endlich klar wurde, stand ich stockstill auf meinen Skiern, während die Welt um mich herum durch die Gewalt meiner Erkenntnis explodierte. Plötzlich machten meine Träume Sinn. Sie versuchten, mir die Wahrheit über meine Situation beizubringen. Wach auf, sagten sie, du hast keinen Freund im Bett, und du hattest die ganze Zeit keinen Freund im Bett. Da wußte ich, daß es stimmt; und es stimmt noch immer.

Mein Schmerz wurde bald durch Neugier ersetzt. Das passierte durch den Kommentar einer Freundin. Als sie von meiner plötzlichen Vertreibung aus dem Reich der »Wahren Liebe« erfuhr, sagte sie: »Natürlich fühle ich deinen Schmerz mit dir, aber viel lieber möchte ich dir sagen: Wie gut, dich wieder bei uns zu haben.« Das beeindruckte mich tief. Was hatte sie während all der Jahre gesehen und mir nicht sagen können? *Wo war ich gewesen?* Um zu vermeiden, noch mal dort zu landen, beschloß ich, es herauszufinden.

Mein erster Hinweis auf die Antwort kam von einer Frau, die ich auf meinen täglichen Selbstfindungs-Skitouren traf. Nachdem sie einiges von meiner Situation erfahren hatte, sagte sie: »Ach, Sie meinen *Glitzerstaub.*« Vor Freude über diesen Ausdruck riß ich die Skistöcke hoch und fragte, woher sie den Ausdruck habe. »Hab' ich mir selbst ausgedacht«, sagte sie, »ein bißchen ›Sommernachtstraum‹ – Shakespeare hatte auch ein Wörtchen mitzureden in punkto Romantik – und dann meine eigenen romantischen Exzesse, von denen es jede Menge gab.«

Glitzerstaub. Ein perfekter Name für den Zauberblumensaft, der im »Sommernachtstraum« eine zentrale Rolle spielt. Gemacht, sagt Oberon, aus der kleinen Blume, die, von Cupidos Pfeil getroffen, dunkelrot wird von der Liebeswunde. Und dieser Saft, auf schlafende Augenlider geträufelt, »macht Mann und Weib in jede Kreatur, die sie zunächst erblickt, total vergafft«.

Als die »Vollkommenen Romanzen« meiner zwei engsten Freundinnen genauso abrupt und niederschmetternd wie bei mir endeten, und das innerhalb weniger Monate, begann ich ernsthaft daran zu denken, dieses Buch zu schreiben. Was geht hier vor? fragte ich mich. Sind wir alle verrückt geworden, oder liegt es an etwas anderem – oder beides? Meine Freundinnen zu sehen, war wie mich selbst von außen zu betrachten. Ich hatte keine der beiden Beziehungen für gut gehalten, beide Männer für reichlich unpassend, und ich fand, daß beide Freundinnen einen Fehler gemacht und sich während der jeweiligen Beziehung zunehmend zum Negativen verändert hatten. Widerstrebend mußte ich zugeben, daß wir uns in nichts nachstanden.

Die erste Freundin ist Schauspielerin. Wir kennen uns seit 1968, als wir beide anfingen, uns mit dem Feminismus auseinanderzusetzen. Wir waren seitdem eng befreundet und hingen sehr aneinander. Sie hatte sich ihr Studium selbst finanziert, hatte fabelhafte Abschlüsse in zwei schwierigen Hauptfächern gemacht und danach im Ausland weiter studiert und gearbeitet. Als sie nach Kanada zurückkehrte, war sie eine anerkannte Bühnenschauspielerin. Außerdem war sie eine gute Pianistin, hervorragende Köchin und absolut tolle Freundin.

Insgesamt könnte man sagen: In allem, was sie anpackte, war sie brillant – außer in der Liebe. Obwohl sie eigentlich einen guten Blick für Männer hatte, fand ich ihre romantischen Affären immer voll daneben. Und erst ihr Verhalten mit diesen Männern! Oft blieb mir vor lauter Staunen der Mund offen, wenn wir uns mit ihrem »Neuesten« zum Essen trafen. Es konnte passieren, daß sie sich während einer der für sie so typischen intensiven und lebhaften Unterhaltung mit mir mitten im Satz zu ihrem Liebhaber umdrehte, ihre Stimme sofort um eine Oktave höher schraubte, wie ein Baby piepste und zierliche, flatternde Bewegungen machte.

Ich drehte einen Dokumentarfilm und brauchte eine Menge Statisten, und sie hatte mir versprochen, mitzumachen. Sie kam zu spät, laut redend wie immer, wurde aber gleich leiser, als sie merkte, daß die Kamera lief. Trotzdem gelang es ihr, mir mit großer Geste die linke Hand, an deren Mittelfinger ein dicker, glitzernder Diamant prangte, hinzustrecken. »Wir sind verlobt«, wisperte sie, und fügte noch schnell hinzu, daß sie ganz groß mit Brautkleid und allem in der Kirche ihrer Eltern getraut würden. Entsetzt kehrte ich hinter die Kamera zurück. Genau wie ich hatte sie endlich ihren Mr. Right gefunden, und alles war perfekt. Sie wollten gemeinsam ein Haus kaufen, ihm darin für seine Arbeit als Modedesigner ein Studio einrichten und zusammen dort leben. Er war *wunderbar*, ein *wirklicher* Feminist, an den gleichen Dingen interessiert wie sie, so offen, so intuitiv, so ehrlich, und und und. Plötzlich verstand ich, wie es meinen Freunden mit mir ergangen war, denn als ich ihr zuhörte, wußte ich nicht, ob ich lieber ersticken, weinen oder lachen sollte. Ich ging mit ihr und »ihm« zum Essen, das Beste hoffend, und hinterher das Schlimmste befürchtend.

Das Ende ihrer Romanze war viel spektakulärer als meins. Sie hatten ein Jahr lang zusammen gelebt und bereits die Anzahlung auf das Traumhaus geleistet. Der Tag der großen Hochzeitsfeier war schon in Sicht, als sie zu einer vorsorglichen Gewebeentnahme ins Krankenhaus mußte. Wie sich herausstellte, war eine Totaloperation nicht zu umgehen. Achtundvierzig Stunden nach

der Operation stürmte er ins Krankenzimmer, machte ihr eine Szene und verließ sie.
Einige Zeit bevor die drei »Vollkommenen Romanzen« begannen, um die es hier geht, saß ich beim Wein mit Freundin Nummer zwei. Sie versuchte gerade, über ihre Scheidung hinwegzukommen und sich dieses Lokal, das »ihr gemeinsames« Lokal gewesen war, für sich selbst zurückzuerobern. Sie war der Prototyp der modernen Karrierefrau: eine lebhafte, sehr schicke Frau mit einem Beruf, in dem sie Außergewöhnliches leistete. Über die Jahre hatte ich erlebt, wie sie mit kühler Gelassenheit und ohne lange zu zögern weitreichende Entscheidungen fällen konnte – ein Zeichen dafür, daß sie die Dinge stets voll im Griff hatte. Und hier saß sie nun, seufzte in ihr Glas, und ihre Augen füllten sich mit Tränen über den Verlust des ganzen romantischen Plunders. »Es war wie auf König Artus' Schloß, wie auf Camelot, Bonnie«, klagte sie wehmütig. Dann schüttelte sie ihren Kopf, als wolle sie den Nebel daraus vertreiben, und schlug einen Toast vor: »Schluß mit dem albernen Gehabe für die Männer.« Ein guter Vorsatz! Wir prosteten uns zu. Aber da flatterten schon die neuen Banner, gehißt durch das eine Wort: Camelot. Ihr neuer Mr. Right war bereits auf dem Weg, in den Schloßhof einzureiten.
Ich mochte ihn nicht. Ich fand ihn eitel, aufgeblasen und so eifersüchtig, daß es schon langweilig war. Durch seine allgemeine Oberflächlichkeit unterstützte er auch noch ihren Hang, sich immer dem neuesten modischen Schnickschnack anzupassen. Man könnte es eine konventionelle, stürmische Romanze nennen, und ich hatte die Hoffnung, daß sie sich bald von selbst legen würde. Daher war ich schockiert, als sie mich anrief und um, wie sie sagte, meinen Segen zu ihrer Heirat bat. Diese »Vollkommene Romanze« dauerte drei Jahre, und ich konnte beobachten, wie ihr Verhalten zu Hause mehr und mehr einer gezähmten Version ihrer selbst glich, während sie im Beruf, von dessen Erfolgen er sich bedroht gefühlt, immer ängstlicher wurde. Der Schluß, als er dann endlich kam, war plötzlich, explosiv und endgültig.
Fünf Monate später – ich war inzwischen nach Westen gezogen, um dieses Buch zu schreiben, das sich endlich einmal nüchtern mit

dem ganzen Romantizismus auseinandersetzen sollte – bekam ich einen Brief von ihr, in dem sie mir schrieb, daß sie nach Osten gegangen war und sich wieder in ein romantisches Abenteuer gestürzt hatte. Und *dieses Mal* ist er *wirklich* Mr. Right, schrieb sie begeistert, wie ich feststellen könne, wenn ich sie zusammen sähe und wovon ich mich sofort aus beiliegender Zeitungsnotiz mit Foto überzeugen könne. In blumigen Worten wurde dort über ihre transatlantische »Wirbelwind«-Affäre berichtet und über ihre heimliche Trauung im Ausland mit dem »mysteriösen Mann« im vergangenen Monat. Ich stand in meinem Salbeifeld und mußte laut lachen über die köstlichen Ironien des Lebens. Dann sah ich mir das Foto an. Sie wirkte natürlich überglücklich (hallo, zurück in Camelot!), und er sah, zu meiner freudigen Überraschung, wie ein netter Mensch aus. Vielleicht ist er's ja wirklich, dachte ich, aber bei ihren Auswahlkriterien wäre das mehr Glück als Verstand.

Den Zauberbann brechen

Was läuft also falsch mit uns autonomen Frauen? Sind wir denn alle verrückt, oder liegt es an etwas anderem – oder an beidem? Ich glaube, an beidem. Unsere Verrücktheit ist das Ergebnis unseres Versuchs, eine neue Art von Weiblichkeit zu leben, und das in einer Gesellschaft, die eine völlig andere Rolle für Frauen vorschreibt. Eine »richtige« Frau ist nach wie vor gesellschaftlich klar einzuordnen; die autonome Frau ist es nicht.

Die autonome Frau schaut mit neuen (das heißt: unabhängigen und fragenden) Augen auf die Liebe, die Männer, den Beruf, und sie trifft neue Entscheidungen, die ihr jetzt durch neue, bisher beispiellose Möglichkeiten, offenstehen. Da das bedeutet, sich sehr entschieden in ein Werte-System einzumischen, das faktisch seit biblischen Zeiten besteht, betritt die autonome Frau nicht nur Neuland, sondern auch Feindesland. Wir, die wir diesen Weg wählen, lernen daher schnell, jeden neuen Tag mit dem Motto zu beginnen: »Zur Hölle mit den Torpedos. Volle Kraft voraus!« Die traditionellen Vorstellungen von Weiblichkeit und die Institutionen, die dahinterstehen, herauszufordern, ist aufregend; aber es ist auch anstrengend. Und daher zahlen wir, wie wir aus vielen Untersuchungen wissen, mit Leiden: mit Kopfschmerzen, Schlaflosigkeit, Magengeschwüren und Kolitis. Aber wir zahlen noch einen weiteren, und für mein Gefühl wesentlich höheren Preis: Wir riskieren, viel mehr noch als andere Frauen, uns in der Liebe wie komplette Trottel zu verhalten. Denn obwohl wir uns als autonome Frauen bravourös in einer Männerwelt bewegen, haben wir doch eine riesige Achillesferse. Eine Achillesferse mit dem Namen Romantik.

Über meinem Schreibtisch hängt eine Postkarte von einer Freundin, die zwanzig Bücher und unzählige Artikel geschrieben hat. Sie schreibt: »Liebe Bonnie, mach weiter! Ich kann es kaum erwarten, Dein Buch über die Liebe zu lesen. *Jeder*, auch ich, schreibt über dieses Thema mit Tonnen von Schmalz. Liebste Grüße, May.« Tonnen von Schmalz! Sie werden merken, wie recht sie hat, wenn Sie versuchen, nüchtern und unschmalzig über Liebe zu reden und dann sehen, wie weit Sie kommen, bevor Sie deprimiert und wütend aufgeben oder sich vor Lachen schütteln, aber bestimmt völlig verwirrt sind. Wir alle sprechen über Liebe mit Tonnen von Schmalz, was meiner Meinung nach daran liegt, daß der Mythos der romantischen Liebe nichts mit wirklicher Liebe zu tun hat. Kurz gesagt, der Mythos wirft im Namen der Liebe einen Zauberbann über uns, den ich Glitzerstaub nenne, und dieser Glitzerstaub erklärt die Existenz der gewaltigen Schmalzmengen.

In unserer Kultur gilt Liebe als »weibliches Thema«. Von Frauen wird erwartet oder sogar verlangt, über Liebe zu reden, von Männern nicht. Von Frauen wird auch erwartet, Hüterinnen der Liebe zu sein: sie zu geben, sie zu pflegen, sich um sie zu bemühen. Und unsere wichtigste Funktion als Hüterinnen der Liebe ist es, Männer zu lieben. Eine »richtige« Frau und erst recht eine »gute« Frau liebt Klunker, Klamotten, Kleinkinder und klassische Macho-Clowns. Da hinein platzt nun die autonome Frau. In dieser Idylle wirkt ihr Auftritt genau wie der Auftritt der Bösen

Hexe des Westens im »Zauberer von Oz«.[2] Sie ist die Verkörperung des subversiven Gedankens, und schon durch ihre bloße Existenz eine Aufforderung, den Zauberbann zu brechen.
Alles, was die autonome Frau verkörpert, ist eine Herausforderung für das größte ungeschriebene Gesetz unserer Kultur. Das Gesetz, das besagt: Das erste war (und ist) der Mann. Das Geschlechtsrollen-Klischee definiert den Mann als die Norm, die Frau als das andere. Eine Frau wird zu einer »richtigen« Frau, weil sie »anders« ist (und gewöhnlich weniger wert) als ein »richtiger« Mann. Darum blickt sie zu ihm auf und findet traditionell ihre wahre Identität als Frau Hans Schmidt. *Es lebe der kleine Unterschied!* Ihre Bestimmung ist es, ihn aufrechtzuerhalten. Eine autonome Frau sucht ihre eigene Identität, selbstbestimmt und nicht als Anhängsel »ihres Mannes«. Sie wird oder wird auch nicht mit Herrn Hans Schmidt enden, aber falls sie es tut, sicher nicht als Frau Hans Schmidt.
Dieses »wird oder wird auch nicht« in bezug auf die Hans Schmidts ist ein weiterer subversiver Gedanke und die Herausforderung für eine der großen verborgenen Thesen unserer Kultur, für die Unterstellung: Nur mit einem Mann zusammen ist eine Frau wirklich glücklich. Und darum ist alles, was Frauen tun, wenn sie nicht mit einem Mann zusammen sind, selbst wenn es sich wie Glück anfühlt, eben doch kein richtiges Glück. Die meisten Frauen glauben das. Wir machen uns verrückt beim Versuch, eine Beziehung mit einem Mann aufzubauen, und reden uns dann ein, dies sei das Glück, auch wenn wir uns miserabel fühlen. Gleichzeitig erscheint uns alles, was wir tun, wenn wir keine Beziehung mit einem Mann haben, nicht als richtiges Glück, obwohl es uns prima geht.
Glücklicherweise zweifeln immer mehr Frauen an der These, nur in Beziehungen mit Männern sei wahres Glück zu finden. Ich glaube, daß durch das Beispiel und die wachsende Anzahl autonomer Frauen viele andere Frauen ihre Hemmung verlieren und beginnen, die Liebe mit eigenen Augen zu betrachten. Dieses Phänomen wird unter anderem besonders deutlich in zwei der drei *Hite-Reports* – die man vielleicht zusammenfassend als Proto-

koll subversiver Gedanken einer ständig wachsenden Gruppe von Frauen auf dem Weg zur Autonomie beschreiben könnte.

Im ersten *Hite-Report*, zur weiblichen Sexualität, erzählen 3000 Frauen, wie sie über Sexualität denken, was sie mögen und was nicht und wie sie ihre eigene Sexualität sehen.[3] Da ihre Aussagen meist im Widerspruch zu denen der sogenannten Experten stehen, führt uns das zu dem subversiven Gedanken: Vielleicht sollte weibliche Sexualität ganz neu bewertet werden, und damit die gesamte Vorstellung von Sexualität?

Der zweite *Hite-Report*, zur männlichen Sexualität, behandelt Männer einfach genau so, wie der erste die Frauen: als *eine* Gruppe statt als *die* Gruppe, die normweisend ist für Sexualität.[4] Dieser Report, in dem Männer nicht nur über ihre Sexualität, sondern auch über Liebe reden, unterstützt die Meinung vieler Frauen über Beziehungen mit Männern, weil er Beweis ist für die größtenteils unveränderten, stereotypen Ansichten und Vorstellungen der Männer. Und das führt uns zu einem weiteren subversiven Gedanken: Vielleicht sollte die Einschätzung des »richtigen« Mannes neu bewertet werden, zum Segen für alle Frauen und Männer?

Im dritten *Hite-Report*, zu Frauen und Liebe, finden 4500 Frauen ihre Liebesbeziehung mit Männern ziemlich mangelhaft.[5] Sie sprechen davon, diese Beziehungen aus dem Mittelpunkt ihres Lebens oder sogar ganz daraus zu entfernen; sie sprechen davon, sich über sich selbst zu definieren; sie hinterfragen das männliche Wertsystem, das sich hauptsächlich um Konkurrenz und sogar Aggression dreht, und schlagen Alternativen vor, die von ihrem eigenen Leben ausgehen. Und das führt uns zu dem größten subversiven Gedanken: Vielleicht ist es besser für das Leben von Frauen, und das Leben auf diesem Planeten, wenn wir Männern nicht mehr den ersten Platz einräumen? Dieser Gedanke allein, weit genug verbreitet, würde das Gesicht der Liebe für immer verändern. Er könnte eine Kultur-Revolution einleiten.

Die Stärke der drei *Hite-Reports* liegt in ihrer Subversion. Die Tatsache, daß durch die persönlichen Angriffe, denen Shere Hite ausgesetzt war und ist, eine ernsthafte Diskussion ihrer Arbeit fast unmöglich gemacht wird, ist daher kaum verwunderlich. Es ist nur ein Beweis für Hites bemerkenswerte Fähigkeit, uns zu subversiven Gedanken zu führen und damit den Zauberbann zu brechen, unter den wir durch nicht hinterfragte Mythen geraten sind.

Die wachsende Anzahl von Frauen, die sich um Autonomie bemühen, ist ein wichtiges Anzeichen für die Veränderungen, die in unserer Zeit notwendig werden – Veränderungen unserer gewohnten Einstellungen in der Beziehung zu unserem Planeten und zueinander. Wie der Wissenschaftler Northrop Frye in der Einleitung seines Buches »The Prospect of Change« schreibt: »Diese Veränderungen sind so revolutionär, daß sie uns zwingen, die Voraussetzungen für unser Verhalten neu zu überprüfen... Die Mythen neu zu überprüfen, die hinter unserer herkömmlichen Sicht des Lebens stehen.«[6] Ich kann mir keinen besseren Ausgangspunkt für eine solche Überprüfung vorstellen als den Ursprung der mächtigsten Mythen unserer Kultur: das Patriarchat.

2. Der Prinz

Das Patriarchat wird gewöhnlich als eine Gesellschaftsform beschrieben, die den Vater oder das älteste männliche Mitglied als Oberhaupt der Familie oder des Stammes ansieht, und in der sich Abstammung und Verwandtschaft nach der männlichen Linie richten. Oder ganz einfach als Männerherrschaft. Aber es ist weit mehr als das.

Vom Frauenstandpunkt stellt sich das Patriarchat als gesellschaftliches System dar, das Frauen über ihre Beziehung zu (mächtigeren) Männern definiert. Ein deutliches Zeichen ist schon die traditionelle Anrede für Frauen, mit der ihr Status säuberlich unterschieden wird – sie ist entweder *Fräulein* (das heißt ohne Mann) oder *Frau* (mit Mann oder ehemals mit Mann). Auch die Redensart »eine gute Partie machen« ist Ausdruck dafür.

Ohne Zweifel ist das Patriarchat vor allem ein sexuelles Klassen-System, das Frauen aufgrund ihres Geschlechts als untergeordnete Klasse einstuft. Dahinter verbirgt sich aber noch etwas ganz anderes: Das Patriarchat, das in der Tat Frauen unterordnet, degradiert auch die meisten Männer. Denn in Wahrheit herrschen nur *einige wenige* Männer. Kurz gesagt, das Patriarchat ist ein duales System. Es ist ein institutionalisiertes System männlicher Vorherrschaft, in dem a) alle Frauen untergeordnet sind *und* b) eine kleine Männer-Elite alle anderen Männer unterordnet und sich selbst das dickste Stück vom Kuchen, von Macht und Reichtum, einverleibt.

Das Wichtigste im Patriarchat ist die Kontrolle, die nicht immer von der Regierung ausgeht, sondern meist von denjenigen, die die Produktionsmittel kontrollieren. Das führt zu solchen Widersinnigkeiten wie zum Beispiel in den heutigen USA: einem Land, das von gewählten Repräsentanten des Volkes regiert wird, in dem sich aber immerhin 86 Prozent des Nettovermögens in der Hand von nur 10 Prozent der Bevölkerung befinden.[1] Nur völlig Naive können glauben, daß es keine Verbindung gibt zwischen denen, die das Vermögen einer Nation kontrollieren, und denen, die diese Nation regieren. Sehr zutreffend war daher auch die Bemerkung des demokratischen Spendenbeschaffers Terry McAuliff über die US-Wahlen 1988: »Es gibt drei Möglichkeiten, eine Wahl zu gewinnen: Geld, Geld und Geld.«[2]

Wir leben schon so lange im Patriarchat, daß wir es für unabänderlich halten – es entspricht scheinbar der menschlichen Natur, und, wie viele sagen, den Gesetzen Gottes. Also ist es nicht nur natürlich, sondern auch richtig. Zum Glück ist es durchaus nicht unabänderlich, und mit Sicherheit ist es nicht richtig. Es wäre eine sehr entmutigende Aussage über die menschliche Natur und eine sehr eigentümliche über die göttliche Macht, wenn ein so rigides und destruktives System das Beste wäre, was uns einfällt. Können wir hoffen, daß das Ende des Patriarchats in Sicht ist? Ich glaube schon. Und ich glaube, daß der erste Anstoß für dieses Ende von den Frauen ausgeht. Viele von uns sind ökonomisch nicht länger abhängig von Männern (selbst wenn wir uns entschließen, mit einem Mann zu leben). Das gibt uns die Möglichkeit, jene uralten Mythen zu überprüfen, die für die herkömmlichen Ansichten über Frauen verantwortlich sind.

Kurz gesagt, Frauen denken sich jetzt ihren Weg hinaus aus dem Patriarchat. Und die Männer? Ich glaube, die meisten lassen sich noch immer verführen durch die besseren Chancen, die ihnen das System verspricht. Sie verkennen ihre wirkliche Lage, wie schon Marshall McLuhan bei seiner berühmten Erkenntnis: »Ich weiß nicht, wer das Wasser entdeckt hat, aber es war mit Sicherheit kein Fisch.«

Das Patriarchat: Der Inhalt bestimmt die Form

Wenn ich behaupte, daß der Inhalt die Form bestimmt, meine ich damit, daß die spezielle Form des Patriarchats vom Inhalt des Systems bestimmt wird. Was ist der Zweck des Patriarchats? Oder, genauer gefragt, warum war es notwendig, die Frau willkürlich als das mindere Geschlecht einzustufen, und diese Einstufung mit derartiger Wachsamkeit zu kontrollieren? Ich nenne es »willkürlich« wie die Autoren eines Buches über Geschlechtsunterschiede: »Wenn es tatsächlich grundlegende Unterschiede in den Persönlichkeiten der Geschlechter gäbe, die den höheren Status des einen Geschlechts rechtfertigen, müßte weibliches Verhalten nicht kontrolliert werden. Es gibt kein Gesetz, das Hunden und Vierjährigen verbietet, für ein öffentliches Amt zu kandidieren. Wenn wir auf solche frauendiskriminierenden Gesetze stoßen ... müssen wir uns fragen, welchen Zweck sie erfüllen sollen.«[3]

Diese Art von Gesetzen erfüllen den Zweck, Frauen zu unterdrükken und Männer in Schach zu halten. Der Zweck eines Systems wie das des Patriarchats ist autoritäre Kontrolle. Ausgeübt wird sie meist in Form einer Machthierarchie, die mit Drohungen oder tatsächlicher Gewaltanwendung dafür sorgt, daß eine kleine Elite an der Spitze bleibt. Aber man kann nicht ständig herumlaufen und Menschen, die sich eventuell als ungehorsam erweisen könnten, die Pistole an den Schädel halten; daher sind autoritäre Systeme immer dann erfolgreich, wenn sich die Masse mit ihrer Unterordnung abfindet – kleine Widerstandsgruppen sind dann kein ernsthaftes Problem mehr. In diesem Sinne ist das patriarchale System, so wie es sich in der westlichen Zivilisation entwikkelt hat, ein enorm erfolgreiches. Frauenunterdrückung hat viele direkte Vorteile für Männer gebracht, seit das weibliche Geschlecht als das mindere eingestuft wurde. Aber es gab noch andere, subtilere und indirektere Vorteile, die dem patriarchalen System durch die Unterordnung der Frau zufielen. Es sind psychologische Vorteile, die höchst erfolgreich den Männern abgefordert wurden. Durch die Definition der Frau als »das andere« –

ganz anders geartet und vor allem weniger wert als der Mann – hat die patriarchale Ideologie die Menschheit gespalten. Diese allererste, grundsätzliche Spaltung diente als Modell für alle folgenden. Der »Kampf der Geschlechter« mit seinem *Vive la difference!* ist eine hervorragende Methode, Außenseiter zu schaffen – die schnell zum Feind werden, oft zum Sündenbock und *immer* ein Mittel zur Abgrenzung für die »In-Group« sind.

Nach dem Prinzip »spalte und herrsche« hat die patriarchale Ideologie Männer von Frauen gespalten und beherrscht damit beide: Denn mit der Schaffung der Frau als »das andere« wurde gleichzeitig der patriarchale Mann geschaffen. Er ist das menschliche Wesen, das zwischen Zuckerbrot und Peitsche zappelt – und daher bestens zu kontrollieren ist. Als Zuckerbrot werden ihm ständig die drei P's des Patriarchats offeriert: Power, Prestige und Profit. Als Peitsche bekommt er den Mythos der Männlichkeit zu spüren, der ihn mit der Drohung in Schach hält: »Wenn du dich nicht *wie ein Mann* benimmst, dann bist du ein Schwächling, verweichlicht und schwul« – das heißt, *wie eine Frau*.

Um dieser schrecklichen Bedrohung zu entkommen, zahlen Männer einen hohen Preis: Sie verzichten auf ihre Autonomie. Mann unter Männern zu sein heißt vor allem, anders als eine Frau zu sein. Aber es heißt auch, sich »zu beweisen«, sich der konkurrenzstrotzenden Tretmühle patriarchaler Hierarchien anzupassen in dem meist erfolglosen Bemühen, an *die Spitze* zu gelangen. Wenn er reich werden will, sollte der durchschnittliche Mann lieber nach Las Vegas gehen, denn da hat er größere Chancen. Die nackte Realität des patriarchalen Mannes sieht so aus: Sein ist nicht Sein; es ist Anpassung. Wie Sam Keen in seinem Buch über die Psychologie der Feindschaft richtig bemerkt: »Diese Unterwerfung ist gleichzusetzen mit der Abdankung des Selbst als moralisch Handelndem, mit der Übergabe der Kontrolle an eine außenstehende Macht.«[4] Es gibt nur wenige autonome Frauen in unserer Gesellschaft. Und es gibt noch weniger autonome Männer. Aber es war auch nie das Ziel der patriarchalen Ideologie, autonome Menschen hervorzubringen, denn Patriarchat und persönliche Autonomie schließen sich gegenseitig aus.

Das Patriarchat: Vorher und Nachher

Glücklicherweise scheint es so, als ob vor der Zeit, die wir die »Geschichte der menschlichen Zivilisation« nennen – und die in Wahrheit die Geschichte des Patriarchats ist –, eine weitere, längere und zeitweise ganz andere Geschichte existierte. Diese verborgene Vergangenheit dauerte Tausende von Jahren, in denen gesellschaftliche Strukturen stärker auf Autonomie und Zusammenarbeit basierten als auf Hierarchie und Kontrolle; in denen Macht nicht Macht *über* bedeutete, Besitz und Vermögen gleichmäßiger verteilt waren, Friede statt Krieg herrschte, und in denen kein Geschlecht das andere unterdrückte, sondern beide partnerschaftlich zusammenlebten. Wenn es uns schwerfällt, das zu glauben, so liegt es daran, daß wir alle viel zu lange »Fisch« in patriarchalen Gewässern waren.

Aufgrund neuerer Methoden und technischer Entwicklungen wurden Erkenntnisse gewonnen, die ihr Entdecker, der britische Archäologe James Mellaart, als »veritable archäologische Revolution« bezeichnet.[5] Diese archäologische Revolution behauptet, daß die Anfänge der sogenannten Westlichen Zivilisation viel früher liegen, als bisher angenommen wurde. Das babylonische Sumer war demnach doch nicht die »Wiege der Zivilisation«; stattdessen gab es verschiedene Wiegen, im Nahen Osten und im Alten Europa, Tausende von Jahren vor Sumer, im Neolithikum. So gilt Catal Hüyük, das vor 8500 Jahren in der heutigen Türkei in Blüte stand, als eine der frühesten Großstädte westlicher Zivilisation.

Diese Ausgrabungsstätten aus dem Neolithikum geben Auskunft über unsere bisher verborgene Geschichte. Sie erzählen von einer Vielzahl kunstliebender und anscheinend friedlicher Völker, die vermutlich in egalitären Gesellschaftsformen lebten, in denen männliche Vorherrschaft nicht die Norm war. Auch Krieg scheint eher die Ausnahme gewesen zu sein. Die amerikanische Archäologin Marija Gimbutas ist bei ihren umfassenden Studien des Alten Europa, wie sie die ersten europäischen Zivilisationen nennt, auf viel Faszinierendes gestoßen. So berichtet sie zum Beispiel von einem charakteristischen Merkmal alt-europäischer Ausgrabungsstätten: Massive Befestigungsanlagen fehlen völlig. Die Fundorte sind bemerkenswert wegen ihrer schönen Lage, ihres wunderbaren Ausblicks auf die Umgebung, aber nicht aufgrund ihrer Verteidigungsanlagen. Und auch Mellaart fand – in unserer Zeit fast unglaublich – bei seinen Ausgrabungen in Catal Hüyük und dem nahegelegenen Hacilar für einen Zeitraum von mehr als 1500 Jahren keine Anzeichen kriegsbedingter Zerstörungen.

Ihren Höhepunkt erreichte die vorpatriarchale Kultur dort, wo sie schließlich auch endete: auf der Insel Kreta. Die Geschichte der kulturell weit fortgeschrittenen Zivilisation des minoischen Kreta begann vor etwa 8000 Jahren und endete vor 3200 Jahren mit ihrer Zerstörung durch fremde Invasoren. Als die Archäologen die minoische Kultur entdeckten, waren sie fassungslos. »Von Anfang an«, berichtet der griechische Archäologe Nicolas Platon, der mehr als fünfzig Jahre bei Ausgrabungen auf Kreta verbrachte, »wurden erstaunliche Entdeckungen gemacht.« Man fand weiträumige, mehrstöckige Paläste, Villen und Landgüter, dicht besiedelte Gegenden, gut organisierte Städte, Hafenanlagen und ein Netzwerk von Kultstätten mit planvoll gestalteten Begräbnisplätzen. Bei den Ausgrabungen stießen die Archäologen auch auf die Überreste minoischer Kunst, die, wie der britische Forscher Sir Leonard Woolley meint, einzigartig und für alle Zeiten wohl die vollendetste Anerkennung der Anmut des Lebens ist.[6]

Der Niedergang Kretas markiert das Ende dieses friedlichen, kunstliebenden Zeitalters. Auch die Insel wurde schließlich überwältigt von den schweren Verwüstungen durch Naturkatastrophen und kriegerische Invasoren, die schon die alte Welt heimgesucht hatten. Gimbutas gelang es, mit Hilfe der Radiokarbonmethode (mit der aufgrund der Berechnungen des radioaktiven Zerfalls von Gesteinen und ähnlichem recht exakte Altersbestimmungen gemacht werden können, A. d. Ü.) verschiedene Wellen nomadisierender Steppenbewohner oder »Kurgan«-Völker nachzuweisen, die über das prähistorische Europa hereinbrachen.[7] Die Invasionswellen der Kurgan-Völker fanden zwischen 4300 und 2800 v. Chr. statt. Sie und auch andere kriegerische Horden brachten eine durch und durch patriarchale Kultur mit. Mellaart fand ähnliche Anzeichen der Zerstörung, die im 5. Jahrtausend v. Chr. im Nahen Osten begann.

Trotz all ihrer Unterschiede hatten diese von weit her kommenden Invasoren eine Gemeinsamkeit, und die stand in krassem Gegensatz zu den alten Kulturen, die von ihnen verdrängt wurden. War die alte Gesellschaftsstruktur egalitär und matrilinear, so war die neue hierarchisch und patrilinear; der alten, friedlichen und kunstliebenden Lebensart stand die neue, kriegerische und kunstfeindliche gegenüber; die alte Religion verehrte die Göttin als lebenspendende und nährende Große Mutter, die neue einen aggressiven, männlichen Gott.[8] Mit der Zeit verfeinerten sich diese Unterschiede, und das Patriarchat entstand.

Nur allmählich konnte sich das Patriarchat in der westlichen Zivilisation durchsetzen. Es brauchte dafür fast 2500 Jahre, von etwa 3100 bis 600 v. Chr.[9] Im Laufe dieser Zeit wurde die männerdominierte, autoritäre und überwiegend gewalttätige Kultur nicht nur zum Normalen, sondern auch zum einzig Richtigen. Wie kann so etwas geschehen? Durch Zeit, Gewohnheit und fehlende Alternativen entsteht das »Normale«. Um daraus das »Richtige« zu machen, braucht man etwas, das man vielleicht als größte Macht bezeichnen kann: die Macht der Namensgebung. Das Patriarchat setzte diese Macht auf zwei Ebenen ein: Zum einen die Remythologisierung der Religion, wie in der Bibel und speziell in der Genesis deutlich wird; zum anderen die Remythologisierung der Wissenschaft, begonnen mit Aristoteles und von dort immer weiter fortgeführt bis ins 20. Jahrhundert.

Der Mythos ist ein besonders machtvolles Mittel der Kommunikation. Er benutzt einfache und trotzdem eindrucksvolle symbolische Fabeln, die von unbegrenzten und unbewußten Assoziationen ausgehen. Das erklärt auch die tiefgreifendste Eigenschaft des Mythos, nämlich die Macht, die er über uns ausübt, ohne daß wir uns dessen recht bewußt sind.[10] Die Remythologisierung, die wir im Alten Testament finden, hatte vor allem zwei Gründe: Es mußte eine einzige, männliche Gottheit eingesetzt werden anstelle des Pantheon der Kanaanitischen Gottheiten, unter denen sich einige sehr hochstehende Göttinnen befanden, und – die Einstufung der Frau als minderes Geschlecht mußte unveränderlich festgelegt werden. Beides wurde mit dem Mythos vom Sündenfall erreicht – der, wie die Spruchbänder der Demonstrationen in den 60er Jahren verkündeten, »Eva zur Berühmtheit machte«.

Moses galt lange als Verfasser der Genesis. Inzwischen gilt es als wissenschaftlich erwiesen, daß die Genesis von verschiedenen Autoren geschrieben wurde, größtenteils von hebräischen Priestern, die im Laufe der vierhundertjährigen Überarbeitungen uralte Mythen neu interpretierten und sie in den Mythos vom Sündenfall umwandelten. Religionswissenschaftler haben jetzt ausführlich dokumentiert, daß die Remythologisierung bis ungefähr 400 v. Chr. dauerte. Mit der Geschichte von Evas Verführung durch die Schlange hatten die hebräischen Priester zwei Fliegen mit einer Klappe geschlagen. Sie waren die Göttin los, die in den alten Mythen durch die Schlange verkörpert wurde; und sie schufen Eva, und mit ihr die gefallene Frau, den Sündenbock, der sie von da an bleiben sollte. Wie Tertullian – oft der Vater der christlichen Kirche und (in meinem Lexikon aus dem 20. Jahrhundert) »ein scharfer theologischer Denker« genannt – mehr als fünfhundert Jahre, nachdem die letzten Seiten der Genesis geschrieben wurden, anklagend sagte:

> »Und weißt du, daß du eine Eva bist? Der Spruch Gottes über dein Geschlecht gilt bis zum heutigen Tag; auch die Schuld muß fortbestehen. Du bietest dem Teufel Einlaß . . . dem ersten, der vor dem göttlichen Gesetz floh; du bist es, die denjenigen überredete, den der Teufel nicht kühn genug war, anzugreifen. Und so hast du Gottes Ebenbild zerstört, den Mann. Durch deinen Verrat – der der Tod ist, mußte selbst Gottes Sohn sterben.«[11]

Mit der Remythologisierung der Bibel wurde schließlich die neolithische Vorstellung von der welterschaffenden, lebensspendenden Mutter unwiderruflich ersetzt durch die patriarchalische Vorstellung von Gott als dem autoritären und strafenden Vater. In der Genesis sind sowohl Adam als auch Eva Gott ungehorsam, und beide werden bestraft. Aber die Strafe fällt, wie die Historikerin Gerda Lerner meint, für die Frau ungleich härter aus. Als gemeinsame Strafe wird Adams und Evas Leben nun von zwei Dingen bestimmt: Sterblichkeit und Leiden. Evas spezielle Strafe sind zwei weitere Bestimmungen: Sie wird von der Schlange getrennt (das heißt, von der Göttin), und sie hat sich der Herrschaft ihres Mannes unterzuordnen. Die zweite Bestimmung ist eindeutig: Hier, klar benannt und mit göttlichem Segen versehen, haben wir das erste Gesetz des Patriarchats.[12] Dieses Gesetz gilt auch heute noch. Einer der neuen christlichen Fundamentalisten, der die Unterordnung der Frau predigt, sagt: »Es ist ausschließlich eine Frage von Recht und Ordnung und der Erfüllung des göttlichen Gesetzes.«[13]

Die wissenschaftliche Remythologisierung der Frau als minderes Geschlecht begann im klassischen Griechenland. Besonders in den Werken von Aristoteles wird die biblische Klassifizierung des Mannes als des Absoluten und der Frau als der minderen anderen zum Grundsatz.[14] Bei der Entstehung des menschlichen Lebens, sagt Aristoteles, ist der männliche Samen der aktive und wird sich natürlich in eigener Gestalt fortpflanzen: als gesundes, männliches Kind. Der weibliche Samen, dem das »Prinzip der Seele« fehlt, kann nur »eine Abweichung der Art« hervorbringen. Alle weiblichen Kinder weichen von der Art ab. Daher sind Frauen niederer als Männer, denn sie werden mit einem ererbten Defekt geboren. Oder, wie Aristoteles schließt – mit einem Satz, der in der Zukunft widerhallen sollte: »Die Frau ist nichts anderes als ein verkrüppelter Mann.«

Die Genesis und die Lehren des Aristoteles (der viele Jahrhunderte nach seinem Tod nur als »der Philosoph« bekannt war) waren von enormem Einfluß; so enorm, daß er unsichtbar wurde. Die Remythologisierung der Religion und der Wissenschaft schufen die gefallene Eva der Bibel und Aristoteles' verkrüppelte Mann-Frau, womit sich das Patriarchat nicht nur als Tatsache, sondern schließlich auch als Ideologie festsetzte. Durch diese beiden symbolischen Konstruktionen, eingemauert in die Grundfesten westlicher Zivilisation, wurde die Unterordnung der Frau nicht nur normal, sondern auch natürlich, und damit richtig.[15]

In all den klugen Sprüchen vieler weiser und hochgeschätzter Denker, damals wie heute, spiegelt sich dieser Einfluß wider. So zum Beispiel bei Thomas von Aquin, dem italienischen Philosophen aus dem 13. Jahrhundert, heilig gesprochen von der römisch-katholischen Kirche, der sich über 1500 Jahre später fast wörtlich wie Aristoteles ausdrückt:

»Das Weib ist unvollkommen und mißgebildet, denn die aktive Kraft im männlichen Samen strebt nach der Schaffung eines perfekten Abbildes des männlichen Geschlechts, während das Weib nur durch eine Mißbildung der aktiven Kraft entstehen kann, oder sogar durch äußere Veränderungen, wie es der feuchte Südwind ist.«[16]

Und Immanuel Kant, der deutsche Philosoph aus dem 19. Jahrhundert, war ebenso beeinflußt, als er seinem *Gerechtigkeitsprinzip* die Bemerkung hinzufügte: »Natürlich schließe ich Frauen, Kinder und Idioten aus.«[17] Nicht anders auch der Engländer Charles Darwin, Begründer der Evolutions- und natürlichen Selektions-Theorie aus dem 19. Jahrhundert, der behauptete: »Generell wird man zugeben müssen, daß bei der Frau die Fähigkeit der Intuition oder die Gabe der schnellen Auffassung und vielleicht der Imitation stärker ausgebildet ist als beim Manne; aber einige dieser Fähigkeiten sind gleichfalls charakteristisch für niedere Rassen und daher ein früher und niederer Stand der Zivilisation.«[18]

Und heute, im 20. Jahrhundert, werden wir mit der vielleicht gefährlichsten Remythologisierung in der 5000jährigen Geschichte des Patriarchats konfrontiert. Gemeint ist die angeblich wissenschaftliche Behauptung, der »Mann« sei von Natur aus aggressiv. Bleibt diese Behauptung unwidersprochen, so steht einer weiteren Rechtfertigung einer männerdominierten und gewalttätigen Kultur als »natürlich« nichts mehr im Wege. In unserer Zeit, in der Weltraumkriege nicht mehr unvorstellbar sind, könnte diese Behauptung auch zur endgültigen Rechtfertigung dafür werden, die Zerstörung unserer Welt als »natürlich« hinzunehmen.

Robert Ardrey, Autor der Bücher *Adam kam aus Afrika* und *The*

Territorial Imperative, faßt das Wesentliche dieser Vorstellung so zusammen: »Das menschliche Wesen ist im tiefsten Inneren seiner Seele und seines Körpers das vorläufig letzte Wort, das die Natur zum Thema ›Bewaffnetes Raubtier‹ zu sagen hat. Und unter diesem Aspekt muß auch die menschliche Geschichte verstanden werden.« Wir müssen gar nicht, wie Ardrey, Millionen von Jahren bis zu den Australopithecin (unseren frühesten Vorfahren) zurückgehen, um herauszufinden, daß die »menschliche Geschichte« uns nichts über die Gütigen und die Friedfertigen berichtet. Betrachten wir nur die so lange verschüttete Geschichte unserer verborgenen Vergangenheit, dann wird klar, daß in den vom Frieden beherrschten Jahrtausenden die Menschen, ja sogar die Männer nicht wie bewaffnete Raubtiere lebten. Das männliche Wesen als »Raubtier, das aus natürlichem Instinkt mit der Waffe tötet«, ist vielleicht das letzte Wort des Patriarchats zum Thema Mann, aber es ist nicht das letzte Wort der Natur und ist es nie gewesen.[19]

Allerdings berichtet uns die menschliche Geschichte, wenn wir über die Entstehung des Patriarchats hinausgehen, daß menschliche Wesen mit genügend Zeit und entsprechendem Anlaß Gewalttätigkeit *lernen* können. In der Tat stimmt die dokumentierte Geschichte in etwa mit dem überein, was Sam Keen die Zeit des *Homo hostilis* nennt, aber das liegt daran, daß die menschliche Geschichte in etwa mit der des *Homo patriarchus* übereinstimmt.[20]

Der patriarchale Mann ist ein Produkt der Geschichte des Patriarchats. Als er lernte, dominierend und gewalttätig zu sein, lernte er auch, sich im tiefsten Inneren seiner Seele und seines Körpers von dem Typ Mann zu unterscheiden, der ihm in präpatriarchaler Zeit vorausgegangen war.

Da der *Homo patriarchus* eine Gefahr für sich selbst ist und dazu auch noch das Leben aller und das Fortbestehen unseres Planeten gefährdet, wird es höchste Zeit, daß wir die Botschaft unserer verborgenen Vergangenheit ernst nehmen. Scheitern wir beim Verlernen dessen, was wir im Patriarchat lernen mußten, könnte es katastrophale Folgen für das menschliche Fortbestehen haben – wie schon für die menschliche Liebe. Wir müssen ganz von vorn anfangen: mit der Remythologisierung der Remythologisierung, die uns alle so verdreht hat. Das heißt, mit dem Mythos vom Mann als Norm und der Frau als dem anderen: dem Mythos von der Männlichkeit und seinem Gegenpart, dem Weiblichkeits-Wahn; und dem Mythos, der sie beide vereint: dem Mythos von der romantischen Liebe.

Der Mythos von der Männlichkeit

Wir wissen einiges darüber, wie sich Evas Berühmtheit auf Frauen auswirkt. Aber welche Auswirkung hatte sie auf die Männer? Dank der männlichen Privilegien sind Männer selbstverständlich die ersten, denen die drei P's des Patriarchats (Power, Prestige und Profit) zugute kommen. Und genauso selbstverständlich hat der durchschnittliche Mann, ganz egal wie tief er auf der männlichen Rangleiter steht, die diffuse, aber tröstliche Gewißheit, daß die andere Hälfte der Menschheit insgesamt noch weit unter ihm steht und ihm zu dienen hat. Aber durch die Spaltung der Menschheit als Ganzes ist auch der einzelne Mensch gespalten. Denn um die patriarchale Vorstellung von Mann und Frau zu erfüllen, muß jedes Individuum einen Teil seiner Menschlichkeit leugnen im Bemühen, eindeutig männlich oder weiblich zu sein. Ist der durchschnittliche Mann in seinem Bemühen um Männlichkeit der »Herr seines Schicksals«, der »Beherrscher seiner Seele«? Nein. Auf seiner männlichen Brust steht nicht »Der Unbesiegbare«, sondern »Der Angepaßte«.
Wir lesen heute viel über Männlichkeit. Natürlich beschäftigt das die Männer, läßt sie nicht in Ruhe. Aber es hilft ihnen wenig, wenn sie nur immer neue Definitionen von Männlichkeit vorgesetzt kriegen – denn sie zappeln nicht, wie ihnen eines dieser Männer-Bücher weismachen will, zwischen alten und neuen Formen im »Paradox der Männlichkeit«, sondern hängen fest zwischen den beiden Extremen eines unvermeidlichen patriarchalen Dilemmas.[21] Das eine Extrem bedeutet: Als erstes muß die Wahr-

heit geopfert werden, um einer exklusiven Gruppe angehören zu dürfen. Und das andere: Geistige Gesundheit ist ein fortwährender Prozeß der Hingabe an die Wirklichkeit um jeden Preis.[22]
Männlichkeit durch die Ablehnung *jeglicher Art* von Weiblichkeit zu erlangen, schadet dem Mann. Er kann damit zwar Zugang zur exklusiven Gruppe der »richtigen« Männer finden und sich Frauen, Schwächlingen und Schwulen überlegen fühlen. Aber er zahlt seinen Preis: Wenn er Wahrheit und Wirklichkeit opfert, muß er auch einen Teil seiner Menschlichkeit aufgeben. Wie der Psychologe Lawrence LeShan schreibt: »Der Preis für die Ablehnung eines Teils von sich selbst ... ist Wut auf sich, Wut auf andere und schließlich blinder Zorn gegen das Universum, das uns in diese Lage gebracht hat ... *Niemand*, der nur einen Teil von sich selbst akzeptiert, bleibt ohne Schaden.«[23]
Zweifellos jagen die meisten Männer noch immer einer Schimäre von Männlichkeit nach. Der durch diese Jagd unvermeidliche Autonomie-Verlust und die entstehende Feindseligkeit erklären, warum Anthony Astrachan, Autor der langjährigen Studie *How Men Feel* (über die Weigerung von Frauen zur Unterordnung), behaupten kann, daß nur 5 bis 10 Prozent der Männer Frauen als Gleichgestellte akzeptieren, während der Rest seine Gefühle von Wut, Furcht und Neid mit offener oder versteckter Feindseligkeit ausdrückt.[24] Fragen Sie sich selbst, warum Astrachan entdeckte, daß »es anscheinend die Verbindung von Kompetenz und Sexualität bei Frauen ist, von der Männer sich so schrecklich bedroht fühlen«. Ein autonomer Mann fühlt sich von dieser Verbindung nicht bedroht, denn sein Selbstwertgefühl hängt nicht davon ab, ob Frauen willens sind, nur als halbe Menschen zu leben.
Von diesem traurigen Stand der Dinge können wir schließen, daß 1) 90 bis 95 Prozent der Männer immer noch der Männlichkeit nachjagen; 2) 90 bis 95 Prozent der Männer folglich generell mehr oder weniger feindselig sind, besonders Frauen gegenüber; und daß 3) 90 bis 95 Prozent der Männer nicht selbstbestimmt leben.
Wie können Männer ihre Autonomie erlangen? Sie können sich den Frauen anschließen und über ihren eigenen Weg aus dem Patriarchat nachdenken. Sie können aufhören, patriarchale Stand-

punkte und Institutionen zu unterstützen und versuchen, dem Männlichkeits-Mythos auf den Grund zu gehen, statt Männlichkeit als überlegen und erstrebenswert anzusehen.
Wie so viele patriarchale Mythen ist auch der Mythos von der Männlichkeit eine Lüge. Er verspricht den Männern persönliche Macht, entzieht sie ihnen aber sofort wieder durch den Zwang, »sich beweisen« zu müssen; dabei sollte jeder Mensch seinen Wert an seinen eigenen Vorstellungen messen. Da aber das Versprechen von Macht von vornherein eine Farce ist und nur wenige Männer jemals bis an die »Spitze« gelangen, ist die Kehrseite der Medaille des »sich Beweisens« die »Bewunderung der Angepaßtheit«. Und dieser Zustand in seiner Abhängigkeit von Bewunderern ist das genaue Gegenteil von Autonomie. In Wahrheit raubt der Männlichkeits-Mythos Männern das Selbstvertrauen und die Seelenruhe. Daher können auch zwei männliche Streß-Experten behaupten, daß alle amerikanischen Männer von Geburt an unter Minderwertigkeitskomplexen leiden.[25]
Einer der berühmtesten Essays aus den frühen Jahren des radikalen Feminismus ist Naomi Weissteins »Psychology Constructs the Female«.[26] In dieser klaren und geistreichen Analyse über die miese Rolle der Psychologie als Gedankenpolizei berichtet Weisstein (die selbst Psychologin mit Harvard-Abschluß ist), wie »sich die Psychologen anmaßten, die wahre Natur der Frau zu beschreiben, mit einer Sicherheit und einem Unfehlbarkeitsgefühl, das selbst bei Geistlichen selten ist«. Als die Frauen begannen, sich von der psychologischen Konstruktion zu befreien, die Betty Friedan so treffend den »Weiblichkeits-Wahn« nannte, liefen die Männer immer noch in schlafwandlerischer Sicherheit herum, fest davon überzeugt, daß *sie* sich von nichts befreien müßten. Und so übersahen sie die Tatsache, daß in typisch patriarchaler Manier die Konstruktion von Weiblichkeit nur ein Anhängsel der Konstruktion von Männlichkeit ist, die ihr vorausging – denn vor dem Weiblichkeits-Wahn war der Männlichkeits-Mythos.
Zwei bohrende Fragen stehen hinter der ganzen Vorstellung der männlichen Geschlechtsrolle, von der die Wissenschaft seit den 30er Jahren beherrscht wird, schreibt der Psychologe Joseph H.

Peck. Frage eins: Was macht Männer weniger männlich, als sie sein sollten? Und Frage zwei: Was können wir dagegen tun?[27] Das »wir« waren hauptsächlich Psychologen, die sich flott ans Werk machten und etwas ersannen, das »die Mythen zur Kontrolle moderner amerikanischer Männer« genannt wird.[28]

Gemäß der Denkweise, die diese Mythen hervorbrachte, reicht es psychologisch nicht aus, wenn Menschen erkannt haben, daß sie männlich oder weiblich sind. Sie können nicht einfach nur so als menschliche Wesen leben, denn sie haben ein inneres Bedürfnis, ihr biologisches Geschlecht zu bestätigen, und zwar durch Geschlechtsrollen-Identitäten, die mit geschlechts-typischen Tests gemessen werden. Bleibt dieses Bedürfnis unbefriedigt, werden die Menschen zu »psychologisch Unangepaßten«.

Die Fragen dieser Tests zur Geschlechts-Typisierung, die von Psychologen zur Festlegung der Geschlechtsrollen-Identität gestellt werden, lauten etwa so: »Ich ziehe die Dusche der Badewanne vor.« Ein psychologisch angepaßter Mann wird »Dusche« ankreuzen, womit er seine Männlichkeit bekräftigt gegenüber einer psychisch gesunden Frau, die ihre Weiblichkeit durch das Ankreuzen von »Badewanne« beweist.[29] Auf diese Weise maßen die Psychologen die patriarchale Spaltung der Menschheit und nannten es Gesundheit. Bei solcher Beschränktheit des menschlichen Geistes klingt die Bezeichnung »Seelenklempner« noch viel zu harmlos, und man kann verstehen, warum William James, einer der Väter der modernen Psychologie, sich später davon distanzierte und sie eine »häßliche, kleine Wissenschaft« nannte.

Zum Glück kann man sagen, daß sich nicht alle Psychologen dieser Denkweise angeschlossen haben. Wenn wir daher fragen: »Wie zeigt ein Mann, daß er wirklich männlich ist?«, gibt es noch ein paar ganz aufschlußreiche Antworten. Eine davon, vorgeschlagen von zwei männlichen Psychologen, rät, einfach den Konstruktionsplänen für Männlichkeit zu folgen:

1) Nur nichts Weichliches: alles vermeiden, was auch nur entfernt weiblich wirken könnte.

2) Das große Rad: Erfolg, Status und das Bedürfnis, bewundert zu werden.

3) Die stämmige Eiche: männliches Auftreten mit Härte, Selbstsicherheit und Selbstvertrauen.
4) Auf sie mit Gebrüll! Eine Aura aus Aggression, Gewalt und Wagemut.[30]
Von frühester Jugend an sind Männer gezwungen, sich an diesen Konstruktionsplänen »zu messen«. Die Psychologin Ruth Hartley zitiert aufschlußreiche Untersuchungen, nach denen bereits der kleine Junge weiß, daß an ihn als Jungen besondere Erwartungen gestellt werden. Und schon im Kindergarten versucht er, sich um jeden Preis dementsprechend zu verhalten.[31] Oft gelingt ihm das nicht, weil er keine eindeutigen Verhaltensregeln bekommt, sondern gewöhnlich nur hört, was er *nicht* tun soll. Nach einigem Herumprobieren dämmert ihm, daß es wohl irgendwas mit »weichlich« und »weibisch« zu tun haben muß. Der kleine Junge wird also mit unklar formulierten Verhaltensforderungen konfrontiert, deren Begründungen ihm ebenfalls unklar sind und die ihm durch Drohungen, Strafen und Verärgerung seiner nächsten Umgebung indirekt aufgezwungen werden. Eine perfekte Situation, Ängste auszulösen! Kein Wunder also, wenn der erwachsene Mann von der Welt vor allem eine permanente »Bewunderung seiner Angepaßtheit« fordert.
Als Heranwachsender landet der Durchschnittsmann auf seiner Suche nach gestandener Männlichkeit in der Arena männlicher Rangordnungskämpfe, ausgefochten im Namen eben dieser »Männlichkeit«. In dieser Zeit ist die Rangordnung von physischen Kräften und athletischen Fähigkeiten abhängig.[32] Eine ernsthafte Angelegenheit, wie die folgende Erinnerung eines Mannes an seine Jugendzeit wiedergibt: »Ich wurde damals regelrecht wütend, wenn jemand zeigte, daß er einfach Spaß hatte beim Ballspielen, wenn ihm das wichtiger war, als zu gewinnen.«[33] Später richtet sich die männliche Rangordnung nach dem Erfolg bei Frauen und beim Geldscheffeln.[34] Die Kriterien können sich ändern, aber die Wichtigkeit solcher Rangordnungen, an denen Männer ihren Wert messen, ändert sich nicht.[35] Was gefällt den Männern so sehr am Konkurrenzkampf? Ein 36jähriger Werbefachmann erklärt es so:

»Bei Männern gebe ich an – ich meine, ich kann mit meinen Erfolgen prahlen, so ordentlich aus den Vollen. Das macht mich richtig an, ist richtig aufregend. Dabei ist es völlig egal, ob es um Sport oder um einen neuen Kunden geht; ich spiel' immer auf Sieg. Ich kann einfach zeigen, wie gut ich bin. Vielleicht verlieren die anderen nicht gerne, aber für meine Siege werde ich respektiert.«[36]

Für meine Siege werde ich respektiert. Da haben wir ihn, den Kern der Methode, mit der Männer verführt werden, bei ihrer eigenen Unterordnung mitzuhelfen und ihr Vorschub zu leisten. Der Konkurrenzkampf kettet Männer an das patriarchale System. Daraus entwickelt sich eine Leistungs-Ethik, die den Männern sagt: Du bist wertvoll, *weil* du etwas leistest – egal *was* du leistest. Was es auch sei, du kannst mit deinen Erfolgen prahlen und deine Männlichkeits-Punkte einstreichen. Die Leistungs-Ethik setzt Sieg mit Wert und mit Moral gleich. Eine sehr gefährliche Gleichsetzung! Wenn es keine Rolle spielt, ob man im Sport siegt oder im Kampf um neue Werbekunden, spielt es dann eine Rolle, ob man siegt, weil man Kriegsspielzeug herstellt oder »Aufreißerkönig« wird oder die Biosphäre vergiftet oder Atombomben zündet? Wie läßt sich die Grenze ziehen? Sicher nicht mit der Leistungs-Ethik. Die führt nur zu Sprüchen wie: »Sieger ist, wer mit den meisten Pluspunkten stirbt.«

So eine Ethik hat gute Chancen, moralische Trottel und Schwachköpfe hervorzubringen, weil dieses »Siegen um jeden Preis« gar keine Ethik ist. Tatsächlich ist es nur ein Mittel, um die Männer unter Kontrolle zu halten und sie zu verleiten, Ziele anzustreben, die letztlich nicht die ihren sind. Pleck trifft meine Ansicht von der patriarchalen Unterordnung der Männer durch den Mythos der Männlichkeit genau auf den Punkt, wenn er sagt: »Wenn man Männer dazu bringt, sich ihre Arbeit mit Männlichkeitsgefühlen bezahlen zu lassen statt mit Zufriedenheit, werden sie nicht verlangen, sinnvollere Arbeit zu tun, was dazu führt, daß die Arbeit ausschließlich profitorientiert ausgerichtet werden kann.«[37]

Der Männlichkeits-Mythos fordert den Männern einen hohen Preis ab. Sie verlieren nicht nur ihre Autonomie im Bemühen, sich

auf Biegen und Brechen »beweisen« zu müssen, sondern sie werden dabei auch mehr und mehr zu Automaten. Ein Automat ist laut Lexikon eine Maschine, die auf Knopfdruck, aufgrund vorher festgelegter Abläufe oder einprogrammierter Instruktionen, Handlungen ausführt. Das klingt verdächtig wie die Beschreibung eines »richtigen« Mannes, würde ich sagen. Und so trägt denn auch eines der einfühlsamsten Bücher über Männer, geschrieben von einem Mann, den Titel *The Male Machine*.[38]
Psychologen haben entdeckt, was viele von uns schon wußten: Männlichkeit wird unter anderem assoziiert mit Distanziertheit, Indifferenz, Gefühlsarmut und Sturheit.[39] Und was sagen Männer selbst über diese Eigenschaften und deren Auswirkungen auf ihr Leben? Ihr ständiger Konkurrenzkampf schafft unüberwindliche Barrieren für jede Art von Offenheit und verhindert einen aufrichtigen Austausch von Gefühlen: »Wenn andere wissen, was man wirklich fühlt, ist man verletzlich, und das ist unvereinbar mit Männlichkeit.«[40] Ein Mann hatte sogar Schwierigkeiten, einem Freund in Not mit eigenen emotionalen Erkenntnissen zu helfen, denn »das würde ihn unvorbereitet treffen; es wäre etwas, was er noch nicht bedacht hat, und was einem selbst, trotz aller Konstruktivität und guter Absichten, plötzlich Macht über ihn gäbe. Das will er nicht, denn dadurch könnte er meinen Respekt verlieren. Und weil man das ahnt, und selber genau so reagieren würde, redet man lieber von etwas anderem.«[41]
Warum sind männliche Männer oft so langweilig? Weil bemühte Distanziertheit, Indifferenz und Gefühlsarmut jeden zum Langweiler machen. Und durch ihr ständiges »obenauf« sein müssen, egal wie langweilig sie sind, werden sie zu echten Nervensägen. Das Stereotyp des männlichen Mannes tötet einem den Geist, weil diese Typen permanent auf »Sendung« sind, auch wenn sie wenig oder gar nichts zu senden haben. Wie einer der Männer über diese Zeit in seinem Leben sagt: »Wenn ich redete, meinte ich immer, ich müßte alles auf einen bestimmten Punkt bringen, alles müßte rational und durchstrukturiert wirken, ich müßte immer alle überzeugen, anstatt Gedanken und Meinungen auszutauschen.«[42]

Bei solchen Enthüllungen über die emotionale Realität der Männlichkeit in unserer Kultur packt mich stets ein Gefühl des Grauens, verbunden mit einer gewissen Traurigkeit. Es ist, als ob man durch einen fremden, aber doch irgendwie vertrauten Zoo geführt wird. Das gleiche Gefühl hatte ich, als ich für einen Film über Streß recherchierte. Für den Begriff »Männer und Streß« brauchte ich Drehorte, an denen wir Männer *en masse* filmen konnten, die ihrer täglichen Beschäftigung, männlich zu sein, nachgingen. Am ersten Tag stellte ich mich während der Mittagspause in die Nähe des Gerichtsgebäudes von Vancouver. Das erwies sich als hervorragender Ausguck zur Beobachtung des ängstlichen Posierens der Männer beim »sich Beweisen«. Rechtsanwälte, die direkt aus der Arena ritualisierter Kämpfe in diesem Tempel der Männlichkeit – sprich: aus dem Gerichtssaal – kamen, waren besonders lohnende Objekte. Ihr Verhalten entsprach genau dem, was dieser Anwalt erzählt: »Meine Idealvorstellung vom menschlichen Wesen erlaubte einfach nichts anderes als Selbstsicherheit und Herrschaft.«[43]

Am nächsten Tag suchte ich nach dem typischen Manager. Ein Freund, der in dieser Welt zu Hause ist, führte mich durch einige große Banken und Versicherungen. Hier fand ich das gleiche Szenario wie in *The Corporate Eunuch* (man beachte die Titel-Anspielung auf Männlichkeit beziehungsweise das Fehlen derselben):

> »Selbstverständlich ist er sehr beschäftigt ... Er liest wichtige Untersuchungen. Er studiert Börsenberichte. Er leitet Meetings. Er nimmt an Seminaren teil. Er entwickelt Pläne. Er plant Strategien. Er stellt Budgets auf. Und doch hat er an manchen Tagen das Gefühl, rein gar nichts erreicht zu haben ... Trotzdem ist es zwingend notwendig für den Manager, eine Fassade und einen ständigen Fluß artikulierter Selbstsicherheit aufrechtzuerhalten. Das feste Kinn, der gestärkte Kragen, die scharfen Bügelfalten, der entschiedene, kräftige Finger an der Wählscheibe. Uniform und Rolle müssen allzeit stimmen, damit er immer bereit ist für den Ruf: ›Das ist die richtige Aufgabe für den Management-Mann.‹«[44]

»Uniform und Rolle müssen allzeit stimmen« war genau das, was ich an Hunderten der von mir beobachteten Männer wahrnahm. Wie pathetisch! Diese Männer erinnern fatal an nadelgestreifte Ameisen. Wie *ertragen* Männer nur diese unbarmherzige Gleichschaltung in Aussehen und Verhalten? Das soll Leben sein?
Um es noch schlimmer zu machen, falls eine Steigerung überhaupt möglich ist, leben Männer in ihrer Welt der Automaten mit einem permanenten Damoklesschwert über dem Kopf: Die Verdächtigung, homosexuell zu sein. Sofort saust das Schwert nieder, und sie verlieren alles, was sie beim »sich Beweisen« ergattert haben. Viel braucht es nicht, um so genannt zu werden, wie dieser Mann sagt, schon »das geringste Anzeichen eines Verhaltens, das dem männlichen Klischee nicht entspricht«, reicht aus.[45] Wie groß ist die Drohung, als Homosexueller bezeichnet zu werden?

> »Nichts ist erschreckender für den heterosexuellen Mann in unserer Gesellschaft. Es droht, ihm mit einem Streich jeglichen Anspruch auf eine männliche Identität zu entziehen – und ihn der Ächtung seiner Freunde und Kollegen auszusetzen, die von höflicher Toleranz bis zum heftigen Abscheu reichen kann.«[46]

Ich fragte ein paar Freunde mit unterschiedlichen sexuellen Präferenzen, ob die Situation wirklich so schlimm sei. Sie waren alle der gleichen Meinung wie mein schwuler Freund, der, als ich ihm das Zitat am Telefon vorlas, sagte: »Ich glaube, das stimmt. Die meisten Männer sind mit sich selbst derart im Unreinen, daß sie es nicht schaffen, den Verdacht der Homosexualität einfach wegzuwischen. Und weil die meisten Männer so empfinden, läßt er sich *tatsächlich* nicht so einfach wegwischen.« Der Verdacht der Homosexualität – das ist wohl die allergrößte Ironie der patriarchalen Ideologie und ihrer Auswirkung auf das Leben der Männer! Womit bewiesen wäre, daß die Schaffung einer Außenseitergruppe stets auf die Innengruppe zurückfällt. Denn gleichzeitig wird auch der Schrank gebaut, aus dem das Gespenst des *anderen* jederzeit auftauchen kann, um seine Schöpfer zu vernichten. Die Liste ist endlos: Weiße Rassisten befürchten, einen Schwarzen unter ihren Vorfahren zu entdecken; »arische« Deutsche lebten unter den Nazis in der Angst, auf einen jüdischen Vorfahren zu stoßen; Moslems müssen befürchten, für Ungläubige gehalten zu werden, und so weiter. Aber die ursprünglichste und größte »In-Group«, die sich selbst dem Terror einer von ihr geschaffenen Außenseitergruppe ausgesetzt hat, ist das männliche Geschlecht. So halten sich Männer gegenseitig mit der Drohung in Schach, als »weibisch« und letztlich als »schwul« bezeichnet zu werden. Was sind wir doch für Dummköpfe, unser Leben davon zerstören zu lassen! Wie weit entfernt sind wir von der überschäumenden Lebensfreude, die, wie uns die Forscher sagen, so charakteristisch war für das antike Kreta![47]

Kann man männlich sein und trotzdem lieben?

Wenn der Mythos der romantischen Liebe Lügen über Männer verbreitet, dann belügt er auch die Männer. Der Mythos sagt: »Sei ein ›richtiger‹ Mann, und die Welt gehört dir. Du bekommst deine drei ›P's‹ (Power, Prestige und Profit), hinreißende Frauen werden dich umschwärmen (und deine Angepaßtheit bewundern), ›deine Frau‹ wird sich nur dir widmen, und du lebst glücklich und zufrieden bis an dein Lebensende.« Sagt der Mythos irgend etwas über Liebe? Wenn wir mit Liebe das füreinander Da-sein zweier sich Nahestehender meinen, dann wohl kaum.

Die Frage, ob ein »richtiger Mann« lieben kann, wirkt in diesem Zusammenhang absurd, denn niemand kann lieben, wenn er nicht offen genug ist, andere wissen zu lassen, was er wirklich fühlt. Das gleiche gilt, wenn ein Mann einem anderen nicht sagen kann, was er wirklich denkt, weil beide befürchten, das Gesicht zu verlieren. Oder wenn »einen klaren Kopf behalten« Gefühlsarmut kaschiert. Oder wenn Unterhaltung nichts anderes ist als permanent »auf Sendung« zu sein. Oder wenn Selbstwert nur an Siegen gemessen wird. So wird er nicht zum Liebenden; höchstens zum Verfechter solcher Ansichten wie: »Das Wort ›Zärtlichkeit‹ finde ich widerlich. Ich verbinde es mit Müttern und Künstlern; es hat absolut nichts Männliches.«[48]

Eine große Zahl psychologischer Studien auf dem typischerweise als »Geschlechts-Typisierung in Verbindung mit Ausdrucksfähigkeit« bezeichneten Gebiet weisen nach, was auch alltägliche Erfahrungen zeigen: Männlichkeit und emotionale Ausdrucksfähigkeit schließen sich gegenseitig faktisch aus. Die Autorin von *Die totale Frau* sagt es ganz unverblümt: »Ihr Mann, wie so viele amerikanische Männer, ist emotional vermutlich nichts als eine leere Tasse.« [49] Joseph Pleck betont in seinem Buch *The American Man*, daß Männer in traditionellen heterosexuellen Beziehungen ihre Emotionen stellvertretend durch die Frauen erleben.[50] Das kennen wir als Frauen nur zu gut und erleben es immer wieder, sei es mit den Vätern unserer Kinder oder mit unseren Liebhabern. Denn wir vermitteln meist zwischen den Vätern und den Kindern; wir gießen Öl auf emotionale Wogen; wir erklären unseren Partnern die Gefühle anderer Leute, weil sie diese selten direkt erfahren; und aus dem gleichen Grund erklären wir anderen Leuten die Gefühle unserer Partner. Kurz gesagt, wir sind es, die den Männern helfen, ihre Gefühle auszudrücken, und oft genug drücken *wir selbst* sogar ihre Gefühle aus. Wie sollte es auch anders sein? Nach patriarchalem Verständnis, das den Männern alle »harten« Charakteristika zuschiebt und den Frauen die »weichen«, müssen Männer konkurrieren und Frauen gefühlvoll sein. Im harten Konkurrenzkampf sind Gefühle nur hinderlich, und außerdem sind sie weibisch.

Der ganze Sozialisationsprozeß, in dem Jungen zu »richtigen« Männern werden, ist ein riesiges Hindernis für Nähe und Intimität mit Frauen. Liebe fällt schwer, wenn man gefühlsmäßig zurückgeblieben ist. Wenn wir diesem Hindernis noch das Sexualtraining der Heranwachsenden hinzufügen, scheint die Situation vollends hoffnungslos für die Männer, die liebevoll mit Frauen umgehen wollen. Der Autor von *Being a Man* beschreibt dieses Training so:

> »Wenn wir Mädchen überreden konnten, Sex mit uns zu haben – sie flachzulegen, sie durchzuziehen –, gewannen wir an Ansehen bei unseren Freunden und konnten uns als richtige Männer fühlen. Es gelang uns entweder, sie aufzureißen, oder wir hatten

daneben geschossen. Hauptsache war, sich auf keinen Fall gefühlsmäßig zu engagieren. Wir versuchten, soviel wie möglich zu kriegen und sowenig wie möglich zu geben. Ziel war, Schwanz-Meister zu werden, Massen von Mädchen zu bumsen (oder das zu behaupten), und keine von ihnen je zu lieben – Mitglied im sogenannten ›Four F Club‹ zu werden: find'em, feel'em, fuck'em and forget'em (find sie, fühl sie, fick sie und vergiß sie).«[51]

Ich hatte noch nie etwas vom »Four F Club« gehört, bevor ich diese Zeilen las (vielleicht, weil ich in Dänemark geboren und aufgewachsen bin), aber bald hörte ich mehr als genug davon. Beim kleinsten Anlaß – auf Parties, in Flugzeugen, am Kopierer, in Waschsalons, Supermärkten, auf der Bank – fragte ich Männer, ob sie jemals vom »Four F Club« gehört hatten. Von den vielen Männern unterschiedlichster Klassen und Rassen, die ich fragte, hatten nur zwei noch nie vom »Four F Club« gehört. Nicht alle waren »beigetreten«, aber alle hatten unter dem Druck gestanden, es tun zu müssen. (Es gab nur eine Variation des Themas. Ein Mann nannte ihn den »Three F Club«. Als ich ihn fragte, welches »F« sein Club weggelassen habe, antwortete er: »find sie, fick sie, vergiß sie«. Ein noch härterer Ausdruck von Leistungsbewußtsein bei den jugendlichen Übungen zum »sich beweisen«.) Ein solches, offensichtlich weit verbreitetes Training, in dem Frauen zum Objekt gemacht und unterworfen werden müssen, bereitet den durchschnittlichen Mann nicht gerade auf einen mitfühlenden, aufmerksamen Umgang mit Frauen vor.

Wie kann man überhaupt lieben, wenn man andere Menschen braucht, um seine Gefühle zu formulieren? Wie kann man Frauen lieben, wenn einem beigebracht wurde, sie als minderwertiges und unwürdiges Geschlecht zu betrachten? Wie kann man eine Frau lieben, solange man sich bedroht fühlt von ihrer Kompetenz und ihrer Sexualität? Muß sie entweder inkompent oder sexuell unattraktiv sein, damit man sich zu ihr hingezogen fühlt? Wie soll ein Mann emotional und sexuell mit einer Frau intim werden, wenn er immer nur gelernt hat, daß Frauen unwürdige Objekte sind? Hilfe!

Nur keine Bange – Hilfe ist nicht fern! Denn wir haben ja den Mythos der romantischen Liebe. Und er präsentiert prompt den passenden Ausweg: die Romanze. Nur ist das, wie vom Mythos der romantischen Liebe nicht anders zu erwarten, eine äußerst dubiose Hilfe. Der Mythos belügt und betrügt die Männer, weil er »richtigen« Männern, die er unterstützt und für gut befindet, alle Möglichkeiten zur aufrichtigen Liebe verbaut. Der von ihm so heiß empfohlene und von uns so gern genützte Ausweg – die Romanze – hat mit aufrichtiger Liebe herzlich wenig zu tun.

Das prinzliche Pferd: Die Romanze

Ich bezeichne die Romanze als prinzliches Pferd, weil der Mann, der gleichzeitig männlich und liebevoll sein will, zwei furchtbare Probleme hat, und die romantische Liebe verspricht, sie beide zu lösen. Dies Versprechen ist verführerisch, denn wenn er als männlich gelten will, ist der Mann *verpflichtet*, vor allem Liebhaber zu sein, da der Erfolg bei Frauen eine seiner wichtigsten Möglichkeiten ist, Männlichkeitspunkte zu sammeln. Der Mythos der Männlichkeit sagt: »Richtige« Männer sind allzeit bereit, den »Durchbruch« bei Frauen zu wagen. »Richtige« Männer sagen: »Wenn ich eine gutaussehende Frau treffe und sie nicht umlege, habe ich immer das Gefühl, versagt zu haben. Ich fühle mich als Mann gedemütigt.«[52] Frauen gehören zu seinen schlimmsten Haßobjekten, und außerdem ist er miserabel in Sachen Intimität – wie kann so jemand nur zum »Aufreißer« werden? Wenn er menschlich genug ist, mehr als »aufreißen« zu wollen, wie kann er dann ihren minderen Status als mögliche Geliebte überwinden, und seine eigenen minderen Fähigkeiten als möglicher Geliebter? Die Lösung: eine Romanze nach Art der »Wahren Liebe« mit der Einen und Einzigen, wie im Mythos der romantischen Liebe.

Die romantische Liebe und der männliche Mann als Liebhaber sind füreinander geschaffen. Und er hält es mit der Romanze ebenso, wie er es laut Clark Kent mit der Telefonzelle tut: Er ist ein ERAUS (erster drin, letzter raus aus der Romanze); Frauen sind LERAUS (letzte drin, erste raus). Das Telefonzellenverhalten ist genau das Gegenteil von dem, was uns der Mythos der romantischen Liebe vorgaukelt, aber es ist die Realität. Dieser Kontrast wirft ein Licht auf die Vernebelungs-Funktion des Mythos, wie es auch eine Heldin, die nicht darauf hereinfiel, so schön verdeutlicht: »Romantisch heißt nach meiner Definition unrealistisch, verbrämt mit einer falschen Attraktivität, um diejenigen zu täuschen, die unter der Oberfläche nicht die Realität erkennen können.«[53]

In romantischen Märchen steht am glücklichen Ende stets die Prinzessin im Mittelpunkt. Sie findet ihre Erfüllung, wenn sie auf sein Pferd steigt und sie gemeinsam von dannen reiten, um fortan auf seinem Schloß glücklich miteinander zu leben. Aber was für die Prinzessin gilt, gilt auch für den Prinzen. Denn auch er wird von der Romantik davongetragen; schließlich ist es sein Pferd, auf dem sie mitreitet. Auch ihn trägt das Pferd zum Schloß, das, wie Sie später sehen werden, nicht gerade der bekömmlichste aller Aufenthaltsorte ist. Der Mythos der romantischen Liebe betrügt die Männer, weil er die Tatsache verschleiert, daß er die Probleme des männlichen Mannes mit der Liebe nicht lösen kann. Ja, er verschlimmert die Probleme sogar, weil er sie umbenennt und ihre Mystifikation dann als »Wahre Liebe« bezeichnet. Gleichzeitig kettet er den romantisch verliebten Mann noch fester an die Männlichkeits-Klischees, die das Problem ja erst geschaffen haben. Dieser tückische Kreislauf macht deutlich, warum so viele Männer in Romanzen ERAUS sind.

Wie kann ein Mann, »zur Strecke gebracht« von einem seiner Haßobjekte, von Liebe reden? Er seufzt: »Ich weiß auch nicht, was in mich gefahren ist«, aber »'s ist wundervoll! 's ist fabelhaft!« Entgegen aller Erwartungen ist es »das Wahre«. Es ist wohl, wie es in Liebesliedern immer wieder heißt, »Magie«. Und das ist es wirklich. Magie ist der *modus operandi* der romantischen Liebe, denn Magie, wie Denis de Rougemont uns erinnert, überzeugt ohne Erklärung, und ist wohl gerade durch das Unerklärliche so überzeugend.[54] Magie hebt die Angebetete über die bedauerns-

werte Kategorie niederer Haßobjekte hinaus und macht sie zu etwas Besonderem, und damit Liebenswertem. Magie macht auch *ihn* zu etwas Besonderem. Sie hebt ihn über die männlichen Begrenzungen in der Liebe heraus, indem sie eben diese Begrenzungen in besondere Liebesqualitäten verwandelt.
Wie gelingt dem Mythos der romantischen Liebe dieser magische Verwandlungsprozeß des typischen Mannes? Er nimmt dessen Distanziertheit und Indifferenz und nennt sie romantische Idealisierung – eine Form der Abstraktion, die es dem Mann möglich macht, das Objekt seiner Leidenschaft als makellos oder nahezu perfekt zu sehen, was ihn davor bewahrt, sich direkt damit auseinanderzusetzen. Romantische Idealisierung hebt die Begehrte auch über die Kategorie der Haßobjekte hinaus und macht sie »anders als andere Frauen«. Max Gerzon meint zur Frauenfeindlichkeit der Männer: »Tatsächlich haben Männer Komplexe und widersprüchliche Gefühle für Frauen. Wir mögen sie verachten, aber gleichzeitig huldigen wir ihnen.«[55] Ich meine, daß sich gleichzeitiges Huldigen und Verachten von Frauen nicht widerspricht, sondern, daß beides Teil der komplexen Frauenfeindlichkeit ist. Denn in diesem Fall bedeutet Huldigung die Möglichkeit, sich der direkten Auseinandersetzung mit der tatsächlich Verachteten zu entziehen. Die Frau wird zur Huldigung auf ein Podest gestellt, womit sich der Mann vor ihrer wirklichen und lebendigen Anwesenheit schützt. Um diese Wahrheit vor sich selbst zu verbergen, nennt er das Ganze dann »romantische Idealisierung«.
Und was passiert mit der Gefühlsarmut des männlichen Mannes? Die bekommt von der romantischen Liebe flugs den Mantel des romantischen Liebhabers übergeworfen, der »sie einfach umwirft« – was kein emotionales Geben und Nehmen ist, sondern nur ein Nehmen. Es sieht nach Geben aus, weil er so total auf sie fixiert ist, aber tatsächlich ist es für ihn nur eine weitere Möglichkeit, »obenauf« und »auf Sendung« zu sein. Auch seine Sturheit verschwindet unbemerkt unter dem Mantel, weil sowohl er als auch die Frau, die glaubt, sie müsse sich »einfach umwerfen« lassen, in dem Moment finden, er sei rasant statt langweilig und

bedürftig. Ihr gemeinsames Unvermögen zum kommunikativen Austausch wird während dieses Stadiums ebenfalls unbemerkt bleiben. La Rochefoucauld meinte diesen Zustand, als er sagte: »Liebende werden einander nie überdrüssig, weil sie ausschließlich über sich selbst reden.«[56]

Die Unfähigkeit des typischen männlichen Mannes, seine Verletzlichkeit einzugestehen – eine Voraussetzung für wirkliche Intimität –, wird ebenfalls mit romantischer Euphorie überspielt, die ihm das Gefühl gibt, »unschlagbar« zu sein. Das heißt: gegen alle Schicksalsschläge des Lebens gefeit. Das heißt: unverwundbar.

Dann haben wir da noch das Gefühl der schrecklichen Bedrohung durch die Kompetenz und Sexualität der Frau. Auch hier kommt die romantische Liebe dem männlichen Mann zu Hilfe, denn die romantische Heldin ist vor allem eins: passiv. In romantischen Märchen liegt sie sogar oft im Koma. Das ist unbedrohlich. Romantische Poesie geht noch einen Schritt weiter. Als ich einer Freundin gegenüber diesen komatösen Aspekt erwähnte, lachte sie und sagte: »Tote Jungfrauen. Eine meiner Freundinnen hat ihre Doktorarbeit über romantische Poesie geschrieben. Sie fand heraus, daß diese Poesie größtenteils aus Oden an tote Jungfrauen besteht.« Das ist nun *wirklich* unbedrohlich.

Selbst im Alltag des 20. Jahrhunderts erschallt die Botschaft laut und deutlich in allem, was Frauen »romantisch« macht. Zum Beispiel in den Modekatalogen, mit denen ich in letzter Zeit überschwemmt werde. Mir fiel auf, daß immer dann, wenn eine Rubrik die Überschrift »romantisch« trägt, die Modelle meist blutjung und hellblond sind; ihre Kleidung ist hell und pastellfarben, oft rosa, und mit Spitzen besetzt; und die Beschreibungen wimmeln von Ausdrücken wie »sanft«, »zerbrechlich«, »hübsch«, »feminin« und »süß«. Tatsache ist: Eine ideale romantische Frau hat *weder* Kompetenz *noch* Sexualität, und schon gar nicht beides. Ihre Kompetenz muß sie vergessen, und ihre Sexualität hat ausschließlich passiv zu sein. Insgesamt ist die erfolgreiche romantische Frau vor allem unbedrohlich, weil sie die Angepaßtheit des männlichen Mannes dort bewundert, wo es am meisten zählt: wenn sie ihm das Gefühl gibt, sich »zu beweisen« – im oder außerhalb des Bettes. Joseph Pleck, dessen Buch *The Myth of Masculinity* auf diesem Gebiet richtungweisend ist, schreibt dazu, daß Männer Konkurrenz-Hierarchien aufbauen und fördern, und daß Frauen als Belohnung und als Fluchtort dienen.[57] Mit der Eroberung und Unterwerfung der idealen romantischen Frau erhält der männliche Mann gleichzeitig seine Belohnung und findet seinen Fluchtort.

Ich will nicht allzu unfreundlich über die Probleme des männlichen Mannes mit der Liebe sprechen. Ich weiß, daß seine Voraussetzungen äußerst unvorteilhaft sind. Seine Konditionierung macht ihn zum Lockvogel für die meiner Meinung nach schlimmste Art der Liebe und läßt ihm kaum eine Möglichkeit, sich anders zu verhalten. Er steht, viel mehr als Frauen, unter dem Druck des Mythos. Da seine Realität einen so krassen Gegensatz zu seiner Überzeugung bildet, möchte ich hier noch einmal festhalten, daß diese Realität nicht nur in feministischen Analysen der Geschlechtsrollen-Konditionierung vorausgesagt wurde, sondern sich später in vielen psychologischen und soziologischen Untersuchungen bestätigt hat.[58]

Es ist bewiesen, daß Männer sich in ihrem Leben viel öfter verlieben als Frauen; daß sie sich bei neuen Bekanntschaften viel schneller verlieben und viel hartnäckiger an einer offensichtlich angeschlagenen Liebesaffäre hängen als Frauen, die viel häufiger als Männer den Schlußstrich ziehen; daß Männer nach der Trennung viel deprimierter sind, sich einsamer fühlen und weniger frei; und daß Männer dreimal stärker selbstmordgefährdet sind nach einer unglücklichen Liebesaffäre als Frauen. Aber – und das ist der größte Witz – obwohl der männliche Mann mehr als die Frau von romantischen Impulsen getrieben wird, ist es die Frau, die Euphorie und Agonie einer Romanze intensiver erfährt. Das nenne ich einen schlechten Handel, aber mal wieder typisch für den Mythos der romantischen Liebe, der die Männer zwingt, ihre Männlichkeit mit einem Verhalten zu »beweisen«, das ihnen unverfälschte Liebe unmöglich macht.

Sind Erfahrungen in der Liebe abhängig von der Geschlechtsrollen-Orientierung? Diese Frage stellt sich auch eine Untersuchung dreier Psychologen, die zum gleichen Ergebnis kommen wie ich: Ja.[59] Sie stellen fest, daß es tatsächlich zwei Arten von Liebe für zwei Arten von Menschen gibt. Wenn Sie eher die traditionellen männlichen und weiblichen Geschlechtsrollen bevorzugen, werden Ihre Liebeserfahrungen auch eher von romantischer Art sein. Tun Sie das nicht, sind Sie frei für eine Liebe, die ich unverfälschte Leidenschaft und wirkliche Intimität nennen würde, statt der Pseudo-Intimität der »Anziehungen der Gegensätze«.

Der Mythos der romantischen Liebe steht in völliger Opposition zur persönlichen Freiheit. Wenn die Männlichkeit Männer an den Mythos der romantischen Liebe kettet und sie der Möglichkeit beraubt, aufrichtige Liebe zu leben, gilt das gleiche für die Weiblichkeit und ihre Auswirkung auf Frauen und Liebe. Diese Tatsache wird unübersehbar bei den enormen Schwierigkeiten der autonomen Frau im Land der »Vollkommenen Romanze«. Da der Mythos wie ein aufgeblasener, riesengroßer, böser Geist mitten im Weg zur Liebe steht, ist er nicht zu umgehen. Wir sollten uns daher genau anschauen, wie er funktioniert, woher seine große Macht stammt und wie er sich in der direkten Konfrontation mit dem Liebesleben autonomer Frauen offenbart.

3. Der Mythos der romantischen Liebe

»Ihr hohen Herren, laßt mich euch singen das hohe Lied von Liebe und vom Tod ...« So beginnt der *Der Roman von Tristan und Isolde*, oft die größte Liebesgeschichte der Welt genannt. Und ist es nicht ein großartiger Beginn?[1] Schon spüren wir den Zauberbann, der von Sagen, Mythen und Märchen ausgeht, und besonders von diesem rund 800 Jahre alten Mythos, dessen früheste uns bekannte Fassung Thomas d'Angleterre im Jahre 1185 niederschrieb.[2]

Von all den Mythen, die zu unserer Sicht des Lebens beitragen, ist dieser Mythos einer der mächtigsten. Sein Vermächtnis, ob wir es nun in allen Einzelheiten erkennen oder nicht, ruht tief im Herzen der romantischen Liebe: Die atemlose Verzückung der Liebe auf den ersten Blick, die »köstliche Qual« der unterdrückten Leidenschaft, das Entzücken über eine Verbindung, die uns aus der Alltäglichkeit heraushebt in einen erregenden Seinszustand – all das stammt aus dem Tristan-Mythos. Reste des Mythos finden sich zum Beispiel auch in der Klage einer Frau, die ich interviewte. Sie erzählte mir, daß ihr Ehemann ein »wunderbarer Mann, aber ganz unromantisch« sei, und fuhr fort:

»Ich verstehe nicht, warum ich immer wieder romantische Phantasien habe. Ich habe mich sogar an eine Therapeutin gewandt. Sie meinte, ich würde die Phantasien dazu benutzen, mich psychisch von meinem Mann zu distanzieren. Ich finde das sehr beunruhigend. Ich *weiß*, daß es mich von ihm entfernt. Ich kann körperlich mit ihm zusammensein und weiß, daß ich gefühlsmäßig nicht da bin. Ich bin ganz woanders, und ich rede mir ein, daß der Mensch, für den ich wirklich etwas empfinde, dort mit mir zusammen

ist. Und trotzdem *weiß* ich, daß dieser Phantasiemensch gar nicht zu mir paßt. Aber ich kriege mein Bedürfnis nach etwas Aufregenderem, Spannenderem in meinem Leben einfach nicht in den Griff.
Abends gehe ich manchmal spazieren und trinke ein paar Gläser Wein und rieche den Duft der Blumen, und *das* versetzt mich genau in diese Stimmung. Ich warte auf etwas Erregendes, Unfaßbares. Etwas, das man nicht haben kann.«

Tristan und Isolde: der Mythos in Aktion

Was passiert denn nun wirklich in der berühmtesten Liebesgeschichte der Welt? Hier ist die Handlung von *Tristan und Isolde*:[3]
Wir befinden uns in der Zeit des legendären König Artus und der Ritter seiner Tafelrunde auf Camelot. Tristan, unser Held, ist Waise. Der Bruder seiner Mutter, König Marke von Cornwall, nimmt Tristan an seinen Hof auf der Burg Tintagel.
Tristan, inzwischen zum Jungritter geschlagen, tötet Morholt, den irischen Riesen, als der seinen jährlichen Tribut an »cornischen Maiden und Knaben« eintreiben will. Tödlich verwundet durch Morholts vergiftete Schwertklinge, läßt sich Tristan mit seinem Schwert und seiner Harfe in einem Boot ohne Segel und Ruder aussetzen. Das Boot landet in Irland, dessen Königin allein das Geheimnis des Giftes kennt, an dem Tristan zu sterben droht. Unglücklicherweise aber ist sie Morholts Schwester. Daher verrät Tristan weder seinen Namen noch den Ursprung seiner Wunde, während er von Isolde, der Tochter der Königin, gesundgepflegt wird. Danach kehrt er nach Cornwall zurück.
Ein paar Jahre später wird Tristan auf eine Suche geschickt. Er soll für König Marke die Frau finden, deren goldenes Haar ein Vogel dem König gebracht hat, und die Marke unbedingt heiraten will. Ein Sturm zwingt Tristan, wieder in Irland zu landen, und wieder begegnet er Isolde. Von ihr stammt das goldene Haar. Sie segeln zurück nach Cornwall, damit Isolde dort Königin werden kann.

Vorher versucht sie noch vergeblich, Tristan zu töten, als sie dessen wahre Identität entdeckt. Auf der Überfahrt trinken Tristan und Isolde aus Versehen einen Liebestrank, den Isoldes Mutter für ihre Tochter und König Marke gebraut hat. Sofort sind beide schrecklich ineinander verliebt und fallen sich in die Arme. Aber Tristan, den die ritterliche Pflicht an die ihm aufgetragene Suche bindet, bringt Isolde brav zu König Marke. Sie heiratet den König. Durch einen schlauen Trick sühnt Isoldes Magd (die den Liebenden versehentlich den schicksalhaften Trank gegeben hatte) ihre Schuld: Unerkannt nimmt sie in der Hochzeitsnacht Isoldes Platz im Ehebett ein.

Eine Serie hinterlistiger Machenschaften anderer Ritter an König Markes Hof überzeugt den König endlich (trotz Tristans trickreicher Gegenmaßnahmen), daß die Königin und Tristan ein Verhältnis haben (was stimmt). Isolde wird einer Gruppe von Aussätzigen übergeben, und Tristan wird zum Tod auf dem Scheiterhaufen verurteilt. Mit einem Bravourstück gelingt es ihm, der Exekution zu entkommen, worauf er rasch Isolde vor den Aussätzigen rettet. Die Liebenden verstecken sich im Wald von Morrois. Eines Tages findet König Marke sie schlafend im Wald. Aber Tristan hat sein bloßes Schwert zwischen sich und Isolde gelegt, und so glaubt der König, sie hätten keinen Ehebruch begangen. Ohne sie zu wekken, geht der König davon, nachdem er Tristans Schwert gegen das seine ausgetauscht hat. Die Liebenden bleiben im Wald, wo sie unter »harten Entbehrungen« ihr Leben fristen.

Nach drei Jahren läßt die Wirkung des Liebestrankes nach. Sofort bereut Tristan seinen Verrat am König, und Isolde wünscht sich, sie wäre wieder Königin. Mit der Hilfe des Einsiedlers Orgin bietet Tristan dem König Frieden und die Auslieferung von Isolde an. König Marke vergibt ihnen, und die Liebenden kehren nach Tintagel zurück, wo sie voneinander scheiden. Aber vorher schwört Isolde noch rasch, auf jegliches Zeichen sofort zu Tristan zurückzukehren, denn »weder Turm, noch Mauer, noch Verlies« sollen sie hindern, ihm zu Willen zu sein. Immer wieder treffen sie sich heimlich.

Neue ritterliche Abenteuer führen Tristan weit weg von Isolde,

und irgendwann glaubt er, daß sie ihn nicht mehr liebt. Daraufhin heiratet er eine andere Isolde »wegen ihres Namens« und, wie man so sagt, wohl auch nur dem Namen nach, denn noch immer sehnt er sich nach »seiner« Isolde.
Schließlich liegt Tristan wieder mit einer vergifteten Wunde im Sterben. Er schickt nach der Königin von Cornwall, die allein ihn retten kann. Als das Schiff sich nähert, hißt Isolde ein weißes Segel als Zeichen der Hoffnung. Aber Tristans Frau, zerfressen vor Eifersucht, sagt ihm, das Segel sei schwarz. Tristan verzweifelt und stirbt. Kurz danach trifft Isolde ein. Als sie den toten Tristan erblickt, legt sie sich zu ihm und umarmt ihn. Dann stirbt auch sie.
»Was?« werden Sie sagen. »*Das* ist die Geschichte, auf die sich unzählige leidenschaftlich Liebende berufen?« Ja, das ist sie. Gibt es einen besseren Beweis für die Macht des Mythos als die Tatsache, daß eine derart lächerliche Geschichte derart ernst genommen wird, statt Gelächter auszulösen? (Was sie übrigens in manchen Kulturen tut.)
Vom Zauberbann befreit, ist die Geschichte von Tristan und Isolde nur noch absurd. Die Motivation hinter der Handlung läßt mehr Fragen offen, als sie beantwortet. Zum Beispiel: Warum hat Tristan im Wald das Schwert der Keuschheit zwischen sich und Isolde gelegt, wenn sie doch längst Liebende sind und König Marke nicht erwarten? Warum bringt Tristan Isolde immer wieder zum König zurück? Warum nimmt er sie nicht beim Wort und gibt ihr das Zeichen, auf das sie sich laut ihrem Schwur mit ihm vereinen werde? Die Handlung ist voller Hindernisse für ihr Zusammensein. Wenn äußere Umstände diese Hindernisse verursachen, räumt Tristan sie sofort tatkräftig aus dem Weg, um seine Liebste zu erringen – nur um im nächsten Augenblick eigene Hindernisse zu errichten, die ihn wieder von der Liebsten trennen. Warum? Die unvermeidliche Anwort lautet: Er will Isolde eigentlich gar nicht.
Wie bitte? In der berühmtesten Liebesgeschichte der Welt will der Held die Heldin nicht? Wer hält da wen zum Narren? Um das herauszufinden, lassen Sie uns folgende subversive Frage stellen: Was *will* Tristan wirklich?

Er will nach Isolde suchen, er will um sie kämpfen, er will sich nach ihr sehnen, er will für sie leiden. Er stirbt sogar, als er die Hoffnung aufgeben muß, sie wiederzusehen. Aber er hat offenbar wenig Lust, ihr dauernd nahe zu sein und sich um sie zu kümmern. So scheint der verschlungene Pfad der Handlung mehr Sinn zu machen. Was Tristan wirklich will, ist nicht Isolde, sondern *in Isolde verliebt sein*. Das sind zwei ganz verschiedene Dinge, und Tristans Wahl ist klar. Es ist nicht sein Verlangen, zu lieben, sondern von der Liebe besessen zu sein. Er brennt mit dem reinen Feuer großer Leidenschaft, für die er möglichst auch noch sterben möchte. Für seine einsame Suche braucht er den Traum von Isolde, nicht die wirkliche, und daher ihre Abwesenheit viel mehr als ihre Anwesenheit. Und Isolde ist die perfekte Heldin, die dem Helden bei seiner Suche hilft. Sie erfüllt Tristans leidenschaftlichen Traum, ist ihm nicht im Weg und stirbt am Ende auch aus Liebe.

Die Geschichte von Tristan und Isolde zeigt uns die romantische Liebe in ihrer klassischen Version, wie sie von den provenzalischen Minnehöfen des 12. Jahrhunderts vorgeschrieben wurde. Diese Gesellschaft brachte eine gefühlsbetonte romantische Tradition hervor, die als höfische Liebe (oder *donnoi*) bekannt wurde, und die zur Schablone späterer westlicher Modelle der romantischen Liebe wurde. Wenn die Troubadoure von Liebe sangen, hörte sich das so an: »Der weiß in Wahrheit nichts von dem *donnoi*, der den völligen Besitz seiner Dame begehrt. Das, was sich der Wirklichkeit zuwendet, ist keine Liebe mehr.«[4]

In unserer Welt gibt es viele Möchtegern-Tristans und nicht wenige Isolden. Was uns von den Liebenden im Mythos unterscheidet, ist nicht unser Wunsch nach dieser Art Leidenschaft, sondern der Grad unserer Bereitschaft dafür. Tristans und Isoldes Taten unterscheiden sich von unseren nicht in der Art, sondern nur in der Ausprägung. Es sind überdimensionale Taten, die ein Licht auf die verborgene Wahrheit romantischer Leidenschaft werfen (wenn man weiß, worauf man achten muß) und uns so die Funktion des Mythos vorführen.

Diese Art der Liebe ist in der Tat der Stoff, aus dem Träume gemacht sind, aber sie taugt nichts, wenn es um die Nähe zu einem wirklichen Menschen geht. Sie mag anziehend und unwiderstehlich wirken, sie mag Entzücken versprechen und ihr Versprechen sogar wahrmachen, aber als Basis für eine langfristige und tiefgehende Liebesbeziehung taugt sie nicht. Die Gesellschaft, in der die Tradition der höfischen Liebe entstand, wußte das: Romantische Liebe sollte nicht zur Ehe führen, im Gegenteil – sie galt als *unvereinbar* mit der Ehe. Nicht nur unvereinbar mit der Ehe, würde ich meinen, sondern auch unvereinbar mit jeder Liebesbeziehung.

Die kanadische Wissenschaftlerin Johanna Stuckey, die eine erfrischend klarsichtige Abhandlung über leidenschaftliche romantische Liebe geschrieben hat, stellt fest: Diese Art der Liebe ist per Definition unrealistisch, irrational und kurzlebig.[5] Und in einem Interview sagte sie mir, daß schon die Sprache der Geschichten voller Hinweise darauf steckt:

> »Wenn man sich unsere großen Liebesgeschichten einmal genauer anschaut, merkt man sofort, wieviel uns die Sprache über die romantische Liebe verrät. So passiert zum Beispiel alles *mit* uns, ohne eigenen Willen. Immer gibt es eine äußere Kraft wie den Pfeil, den Trank, die Droge, die Pflanze. Und meistens geht es einem *schlecht*, wenn man ›schrecklich verliebt‹ ist: Bilder von Krankheit und Verwundung sowie Feuerbegriffe wie entflammt, versengt, gebrandmarkt ziehen sich durch die gesamte Literatur.«

Wie wir schon bei *Tristan und Isolde* sahen, dauert diese Art der Liebe nicht an. Wie Stuckey sagt, sterben entweder die Liebe oder noch öfter die Liebenden (vorzugsweise engumschlungen), und sind so für immer in diesem Stadium der Liebe erstarrt. Warum? »Nur dann können sie sicher sein, daß es immer, immer so bleibt. Warum, glauben Sie, enden wohl alle Märchen: ›Und so lebten sie glücklich bis an ihr Lebensende‹?«

Nun, auf diese Frage gibt es eine ganz schlichte Antwort: Sie enden so, weil sie so enden müssen. Und sie müssen so enden, weil die Geschichte der aufrichtigen Liebe und die Geschichte der romantischen Liebe zwei unterschiedliche Geschichten sind. Die Verfasser der großen Romane wissen das, die Verfasser der romantischen Märchen wissen das, die Verfasser der Trivialliteratur wissen das. Wenn wir alle wüßten, was sie wissen, könnte unser Liebesleben endlich zu etwas werden, was sich lohnt.

Die Macht des Mythos

Es ist kein Zufall, daß selbst in unserer so wissenschaftsgläubigen Zeit der Mythos weit mehr Macht über unser Liebesleben hat als die Wissenschaft. Eine der wissenschaftlichen Untersuchungen über sexuelles Verhalten gibt unerwartet ein Beispiel für das, was ich meine. Die Autoren schreiben, daß allen menschlichen Handlungen, meist unerkannt, Metaphern oder bestimmte bildhafte Vorstellungen zugrunde liegen, die unsere Gedanken und unser Verhalten formen. Ihre Schlußfolgerung: »Somit läßt sich eindeutig feststellen, daß Sexualität Bedeutung erhält durch die Kultur einer Gesellschaft und Macht durch die Mythen dieser Gesellschaft.«[6] In anderen, ebenso eindeutigen Worten: Unser Liebesideal erhält Bedeutung durch die sexuellen Rollen-Klischees und Macht durch den Mythos der romantischen Liebe. Ohne den Mythos, durch den die Umstände bestimmt, die Handelnden benannt und unser Verhalten geplant werden, würde sich rein gar nichts »Romantisches« abspielen.

Warum ist der Mythos so mächtig? Weil er sich aus einfachen und trotzdem eindrucksvollen Bildern zusammensetzt, die uns unbewußt beeinflussen. Die Welt des Mythos ist eine Welt, in der Dinge geschehen, die am Rande der vorstellbaren Grenzen menschlichen Verlangens liegen. Es ist eine Welt des Außergewöhnlichen. Es ist eine Welt der Archetypen, der Urbilder – typischer oder immer wiederkehrender Bilder, die tief in uns eine Resonanz hervorrufen. Das Paradies ist so ein Urbild, genauso wie der Cowboy und wie Dornröschen. Die mächtigsten Archetypen sind die am tiefsten in der gewöhnlichen menschlichen Erfahrung verwurzelten – wie Essen und Trinken, die Suche oder Reise, und die Erfüllung in der Liebe.[7] Archetypen wirken meist durch unbewußtes Assoziieren. Dieser Aspekt der Macht des Mythos ist nicht schwer zu verstehen, wenn wir einmal begriffen haben, daß unsere Assoziationen durch ihre Unmittelbarkeit und Komplexität außerhalb unserer bewußten Willensentscheidung liegen. Sie passieren einfach. Diese Art der Macht ist vergleichbar mit der enormen Wirkung, die ein bestimmter Geruch auf uns haben kann. Wir haben den Geruch vielleicht noch gar nicht wahrgenommen, aber plötzlich und unerklärlich erleben wir genau die Stimmung und das Gefühl, die wir mit diesem Geruch verbinden. Genau so ist es mit dem Mythos.

Es gibt zwei grundsätzliche Möglichkeiten, auf die Macht des Mythos zu reagieren. Die erste und leider häufigste: Der Mythos wird zum Schweigen gebracht. Das passiert sogar mit dem Film »Der Zauberer von Oz«, der während der McCarthy-Ära in New York verboten war, zweifellos weil seine archetypischen Bestandteile zu satirischen antiautoritären Zwecken benutzt wurden.[8] Die zweite Möglichkeit, die wir hier anwenden wollen: Der Mythos wird entschärft. Die unbewußten Aspekte werden aufgedeckt, damit wir bewußte Entscheidungen treffen können. Anders gesagt, laßt uns mit ein wenig subversivem Denken dem Mythos der romantischen Liebe zu Leibe rücken.

Zum Beispiel können wir uns den Zustand des »schrecklich verliebt« -Seins entweder als besonders intensive Form des Verstehens denken (was die meisten tun) oder als Verarmung des von einer einzigen Vorstellung besessenen Geistes; als innige Glückseligkeit oder als wollüstige Selbstzerstörung des Ichs; als schöne und wünschenswerte Katastrophe oder einfach nur als Unglück.[9] Ich persönlich ziehe das jeweils letztere vor. Ich stimme de Rougemont zu, der sagt, daß Begierde ihre absolute Macht über uns verliert, wenn wir aufhören, sie zu vergöttern.[10] Und wir hören auf, sie zu vergöttern, wenn wir die Täuschungen ans Licht zerren, die uns die romantische Liebe vorgegaukelt hat, sie von allen Seiten betrachten und entscheiden, ob sie uns wirklich gefallen. Erst dann können wir dem Mythos wissend ins Auge schauen und sagen: »Ja, ich will« oder »Nein danke, mit mir nicht!«

Die Prinzessin: »Oh! Wart Ihr es, mein Prinz, der meine Lippen küßte?«
Der Prinz: »Sie lebt! Sie spricht! Und wir sind nicht verloren! Seid Ihr gekränkt?«
Die Prinzessin: »Oh, Liebster, nein! Denn seid Ihr nicht der Herr, der mir versprochen wurde?«[11]
Wer wüßte nicht, daß es sich hier, selbst in der etwas ungewöhnlichen Form einer Covent-Garden-Posse von 1840, um die entscheidende Stelle in *Dornröschen* handelt?
In den großen Mythen wie *Tristan und Isolde* lassen sich Archetypen nicht so ohne weiteres studieren. Um ein genaueres Bild der Archetypen und ihrer Verbindung zu unserer Vorstellung von der Liebe zu bekommen, wenden wir uns daher der einfacheren, konventionelleren Gebrauchsliteratur zu. Denn, wie Northrop Frye meint, Gebrauchsliteratur könnte in etwa so definiert werden: als »Literatur, die einen unverstellten Blick auf Archetypen gewährt«.[12]
Das besondere Merkmal der konventionellen Gebrauchsliteratur ist gleichzeitig der Grund für ihre Popularität: Der Leser weiß genau, was ihn erwartet. Dieses Altbekannt-Vertraute, von dem wir uns so gerne einlullen lassen, basiert auf dem unveränderlichen Grundschema jeder Art konventioneller Literatur. Beim üblichen Krimi zum Beispiel ist das Grundschema Verbrechen und Aufklärung: Was auch immer geschieht, um uns in die Irre zu führen – wir wissen, daß zu Beginn mindestens ein Mord passiert und daß dieser und alle weiteren Morde am Ende aufgeklärt sind. Im Märchen sind Keuschheit und Magie das Grundschema: Keuschheit wird vom Bösen verfolgt, Keuschheit wird durch das Gute gerettet, Keuschheit wird am Ende belohnt – und an entscheidender Stelle wird Magie eingesetzt.[13]
Keuschheit wird durch die Heldin verkörpert. Sie ist die »begehrenswerte« Person und steht im Zentrum der Aktivitäten. Während alle anderen Rollen im klassischen Märchen entweder männlich oder weiblich besetzt sein können (Schurken sind oft weiblich,

und auch der Held muß nicht immer ein Mann sein), ist die »begehrenswerte« Person immer weiblich. Um den Mythos im Märchen zu untersuchen, habe ich drei typische Märchen ausgewählt: »Dornröschen«, »Schneewittchen« und »Aschenbrödel«. Die drei »begehrenswerten« Personen, Titelfiguren dieser Märchen, sind archetypische romantische Heldinnen.[14]

Wer spielt welche Rolle in diesen Geschichten:

- In »Dornröschen« gibt es folgende Hauptpersonen: das Böse (eine alte Fee); der Gehilfe (eine junge Fee); die Prinzessin (Opfer des Bösen – eine schöne, junge Frau, die schläft); ihr Vater (der Beschützer – der versucht, sie zu beschützen, und scheitert); der Held (ein tapferer, junger Prinz – der die Prinzessin rettet und ihr neuer Beschützer wird).
- In »Schneewittchen« gibt es folgende Hauptpersonen: das Böse (eine Hexe – die mörderisch stolz auf ihre Schönheit ist); die Prinzessin (Opfer des Bösen – eine schöne, junge Frau, die im Koma liegt); ihr Vater (der Beschützer – der noch nicht mal versucht, sie zu beschützen); die Gehilfen (sieben Zwerge – die versuchen, sie zu beschützen, und scheitern); der Held (ein junger Prinz – der die Prinzessin rettet und ihr neuer Beschützer wird).
- In »Aschenbrödel« gibt es folgende Hauptpersonen: die Bösen (Stiefmutter und Stiefschwestern, häßlich und neidisch); die Heldin (Opfer der Bösen – eine junge Frau, schön und edel, die zur Prinzessin wird); ihr Vater (der Beschützer – der sie nicht beschützt oder sie nicht beschützen kann); der Gehilfe (eine gute Fee – die ihr hilft, Prinzessin zu werden); der Held (ein junger Prinz – der die Heldin zur Prinzessin macht und ihr neuer Beschützer wird).

Was zeichnet nun die archetypische romantische Heldin aus? In »Dornröschen« hat die Prinzessin »alle nur denkbaren Vollkommenheiten«. Als da wären: Sie ist jung, sie ist schön wie »ein kleiner Engel«, sie ist »sittsam, freundlich und verständig«, aber sie verschläft den größten Teil der Handlung. Endlich erwacht, sieht sie sich einem fait accompli gegenüber: Ihr Prinz ist gekommen, und sie akzeptiert ihn voller Liebe. Unterdessen hat der Prinz schwer zu tun: Er ist sofort »Feuer und Flamme«, als er von ihr hört, und stürzt sich augenblicklich in das »herrliche Abenteuer«, sie zu retten, denn »ein junger und verliebter Prinz ist immer tapfer«; er liebt sie, bevor er sie gesehen hat, fällt »zitternd vor Entzücken« auf die Knie, als er sie sieht, und erklärt, daß er sie mehr als sich selbst liebt.

In »Schneewittchen« ist die Prinzessin jung und »die Schönste im ganzen Land«. Bereits mit sieben Jahren wird sie für tot erklärt und entwickelt sich während ihres Scheintods, der ihre Schönheit bewahrt, zu einer jungen Frau, die beim Öffnen ihrer Augen den Prinzen erblickt und fragt »Wo bin ich?«, und die mit der Antwort »Du bist bei mir« zufrieden ist. Der Prinz will sie sogar, als er noch glaubt, sie würde immer in ihrem gläsernen Sarg bleiben müssen. Und seine ersten Worte an sie lauten: »Ich habe dich lieber als alles auf der Welt; komm mit mir auf meines Vaters Schloß, du sollst meine Gemahlin werden.«

In »Aschenputtel« ist die schöne, junge Heldin keine Prinzessin, und sie schläft auch nicht. Ihre »unvergleichliche Güte und Liebenswürdigkeit« lassen sie das bösartige Verhalten derjenigen, die eigentlich gut zu ihr sein sollten, sanftmütig ertragen; ja, sie nimmt sogar ihren Vater in Schutz, der nichts tut, um sie zu beschützen, weil er »völlig unter der Fuchtel seiner Frau steht«. Dafür bekommt sie eine noch größere Belohnung als Dornröschen und Schneewittchen. Sie bekommt nicht nur ihren Prinzen, sondern wird auch noch selbst zur Prinzessin gemacht.[15]

Was also wird uns hier vorgeführt? Ich würde sagen, ein unverstellter Blick auf archetypisches männliches und weibliches Verhalten, das, gemäß dem Mythos der romantischen Liebe, verzaubert in der archetypischen Romanze gipfelt. Auf kaum etwas trifft de Rougemonts Behauptung über den Mythos so zu, wie auf Märchen: »Ein Mythos ermöglicht es, auf einen Blick bestimmte Typen *konstanter Relationen* zu erkennen und sie aus dem Durcheinander der alltäglichen Erscheinungen herauszulösen.«[16]

Und das sind die »konstanten Relationen«: In einer echten Romanze ist die Frau die Begehrte, die Empfängerin des männlichen Begehrens. Er ist der aktiv Handelnde; sie die passiv Empfangende. Er reißt sie von den Füßen; sie läßt sich mitreißen. Die

»konstanten Relationen« legen fest, daß seine Leidenschaft auf einem Bild von ihr zu basieren hat, statt auf genauer Kenntnis ihrer Person, daß hierin der Zauber liegt und daß dies die »Wahre Liebe« ist. Sie legen fest, daß das »wirkliche« Leben einer Frau mit der Ankunft des Mannes beginnt, der sie auf diese besondere Art liebt. Sie legen fest, daß die Belohnung für eine »richtige« Frau nicht das *wirkliche* Leben ist (keine archetypische romantische Heldin zieht selbst aktiv in die Welt hinaus, sie reitet immer nur mit zum Schloß und verschwindet auf Nimmerwiedersehen), sondern die »Wahre Liebe«. Das heißt, Schutz *vor* dem wirklichen Leben. Diese drei Märchen können als Schablone dienen, um uns die tieferen Muster bewußt zu machen, die dem Gefühlstumult des »schrecklich verliebt«-Seins zugrunde liegen. Wenn wir sagen: »Ich weiß nicht, was mich so umgehauen hat«, müssen wir nur an diese Schablone denken.

Nicht nur Märchen wollen uns das weismachen. Heutzutage tun das auch patriarchale Frauen, die sich für eine »Auferstehung der Romantik« einsetzen. Wie zum Beispiel die Autorin von *Fascinating Womanhood*, deren Worte sich anhören wie das Ende der drei Märchen, die wir gerade durchleuchtet haben:

> »Wenn ein Mann aus ganzem Herzen liebt, ist seine Seele voll erhebender Gefühle. Manchmal möchte er die Frau beinahe anbeten. Dann wieder ist er fasziniert, verzaubert und amüsiert. Manche Männer haben es als ein fast schmerzhaftes Gefühl beschrieben. Ein Gefühl, das sie die Zähne zusammenbeißen läßt. Neben diesen erregenden und verzehrenden Gefühlen empfindet der Mann eine große Zärtlichkeit, ein überwältigendes Verlangen, seine Frau vor allem Übel, allen Gefahren und Widrigkeiten des Lebens zu beschützen und abzuschirmen. Diese Gefühle veranlassen ihn, ihr oder jemandem, dem er vertraut, seine romantische Liebe zu gestehen.«[17]

Das ist genau die Art von Liebe, die als Götzenbild »Wahre Liebe« in den Liebesschnulzen und Groschenromanen angebetet wird.

Die »Vollkommene Romanze«: Klischees in Aktion

Der Abstieg von den großen Mythen zur »Vollkommenen Romanze« ist im wesentlichen der Abstieg von den Archetypen zu den Stereotypen, also zum Klischee. Ein Archetyp erhebt uns über uns hinaus. Seine anscheinend unbegrenzte Assoziationskraft eröffnet uns eine Welt von Möglichkeiten, und wir erleben eine ständig wachsende Übereinstimmung. Auch wenn der Ablauf der Geschichte so absurd ist wie bei *Tristan und Isolde*, so enthalten die Handlungen der großen Mythen doch immer ein Element von Großartigkeit, ein Hinauswachsen über das Gewöhnliche, und hinterlassen ein erhebendes Gefühl.

Genau das Gegenteil gilt für die Trivialliteratur. Statt Erhabenheit werden uns plumpe Vereinfachung und Fixierung geboten. Statt über das Gewöhnliche hinauszuwachsen, werden wir darauf festgenagelt. Und der Nagel dafür ist das Klischee. Ein Klischee ist ein unveränderlicher Abdruck oder ein immer gleichbleibendes Muster ohne Individualität, wie aus immer derselben Gußform. Die Gußform des Klischees ist die Erklärung, ein Teil soll das Ganze repräsentieren. Das Klischee greift eine Verhaltensform heraus, die von gerade gängigen, kulturellen Vorurteilen bestimmt wurde, hält sie hoch und erklärt, das sei der ganze Mensch – wie zum Beispiel der »verschlagene Orientale«, der »kindliche Schwarze« oder der »geldgierige Jude«. Oder auch die »richtige« Frau und der »richtige« Mann. Etwas zum Klischee zu machen heißt, es plump zu vereinfachen, es herabzuwürdigen. Für das Individuum bedeutet es eine Herabwürdigung des Selbst; setzt sich ein Klischee in einer Kultur fest, wird es zum Instrument der Unterdrückung. Wird das Klischee als Basis für Literatur verwandt, führt das, wie wir gleich sehen werden, zu einer Beschreibung menschlicher Handlungen, die im Banalen erstickt.

Es sollte uns nicht überraschen, daß die im höchsten Maße konventionalisierte Trivialliteratur fest in Klischees verankert ist. Wenn Sie wissen wollen, wie ein »richtiger« Mann in unserer Kultur zu handeln hat, lesen Sie Abenteuer-Romane; um eine »richtige« Frau in Aktion zu sehen, lesen Sie Liebes-Schnulzen.

Der angebliche Realismus der Trivialliteratur baut auf die Stereotypisierung menschlicher Erfahrungen. Aber es ist Solipsismus und nicht die Wirklichkeit, was uns da präsentiert wird. Die Geschichten wirken realistisch – und das nicht, weil sie das wirkliche Leben wiedergeben, sondern weil sie bestätigen, was wir sowieso schon glauben oder glauben möchten. Wir sind eingesperrt in das muffige Kämmerchen des kleinsten gemeinsamen Nenners von längst Erwiesenem. Darin liegt die quälende (oder beruhigende) Banalität.

Liebes-Schnulzen bieten ihrem Millionenpublikum diese köstliche Mischung aus Vertrautem und Unerwartetem, die das Kennzeichen der Trivialliteratur sind. Die beruhigende Vertrautheit liegt in der Tatsache, daß diese Romanzen unterschiedliche Versionen eines gleichbleibenden Schemas sind, das durch Klischees bestimmt wird. Eine Romanze kann uns in entlegene Länder führen oder in geschichtliche Zeiten, die Handlung kann uns mit allem möglichen reizen, vom Ehebruch über Reinkarnation bis zur »Neuen Frau«, aber das generelle Schema ändert sich nie. Die Heldin trifft den Helden, Hindernisse werden überwunden, und der Held bekommt die Heldin. In typischen Abenteuer-Romanen mögen die Männer die Welt erobern (und dabei meist versuchen, sie zu vernichten, Feind um Feind); die große Aufgabe im Leben der romantischen Heldin aber ist stets die gleiche: Mr. Right zu finden (und ihn rumzukriegen, sie zu heiraten).

Die erstaunliche Beliebtheit dieser Liebes-Romanzen ist vielleicht nicht so erstaunlich, wenn wir das tiefere Geheimnis ihrer Anziehungskraft bedenken, das deutlich durch die verführerische Vermarktung der Geschichten durchscheint. Hier zum Beispiel das Motto der kanadischen »Harlequin«-Groschenromane: »Harlequin ist Romantik ... und von Romantik kann es nie zuviel geben.« Hier wird ein sicherer Schuß versprochen: Die Droge, die Sie garantiert high macht, aber scheinbar nicht abhängig. Damit wird eine grundsätzliche Erkenntnis über Abhängigkeit außer acht gelassen: Es ist das dringende *Bedürfnis* nach dem garantierten High, das zur Abhängigkeit führt – egal, mit welchen Mitteln das High erreicht wird. Dieses Gefühl der Abhängigkeit wird von

Robert Warshow in seinem klassischen Essay über den typischen, nach Schema F gedrehten Gangsterfilm kurz zusammengefaßt: »Originalität ist nur in dem Maße erwünscht, in dem es das erwartete Erlebnis intensiviert, ohne es grundlegend zu verändern.«[18] Das läßt sich genau so auf die typische Trivial-Romanze anwenden und ist, wie ich glaube, der Hauptgrund, warum die treuen Leser dieses Genres zwischen zwölf und sechzehn Heftchen pro Monat verschlingen.[19]

»Schablonen«, schreibt John Cawelti in seiner Untersuchung über Trivialliteratur, »ermöglichen es den Mitgliedern ganzer Gruppen, ein und dieselbe Phantasie zu haben.«[20] Die Phantasien in den Romanzen sagen sehr viel aus über den Mythos der romantischen Liebe. Es sind Phantasien über die zweite Chance – wie in dem »Harlequin«-Roman *Schmutzige Wasser*:

> »Die Fehde zwischen den Montagues und den Capulets war nichts als kindliche Balgerei im Vergleich zu den seit langem andauernden Zwistigkeiten zwischen den Familien Dane und Baird. Sie hatten bereits die Romanze zwischen Marian Dane und Adam Baird zerstört. Aber nun hatte das Schicksal sie wieder vereint. Würden sie eine zweite Chance haben?«[21]

Also, wenn das keine rhetorische Frage ist! Eine zweite Chance ist *genau* das, was Romanzen ihren Lesern bieten. Eine Chance, die großen Liebesgeschichten neu zu schreiben (die unglücklicherweise dazu neigen, mit dem Tod der Liebenden zu enden), aber diesmal richtig; eine Chance, Ehe als endlose romantische Werbung umzudeuten und damit für immer dem »Ende der Romanze« zu entgehen; eine Chance, selbst das perverseste Verhalten von Männern als den Willen des Schicksals zu legitimieren; eine Chance, zu glauben, daß man mit Mr. Rights Wesen verschmelzen kann und sich trotzdem nicht verliert; eine Chance, zu glauben, daß man alles haben kann – Mr. Right, ökonomische Sicherheit, ein aufregendes Sexleben *und* eine eigene Karriere (so man die überhaupt noch will). Kurz gesagt, die Chance, den Mythos der romantischen Liebe so billig wie möglich zu ergattern und zu genießen, statt schmerzhaft zu scheitern beim Versuch, die unvermeidlichen Widersprüche tatsächlich auszuleben.

Nichts beweist mir deutlicher, daß der Mythos der romantischen Liebe eine Lüge ist, als seine enge Verbindung mit der Welt der Romanzen. Fragen Sie sich selbst: Wenn Sie vorgenormte Fluchtliteratur lesen müssen, um den Mythos glücklich in Aktion zu sehen, was sagt das aus über seine Verbindung zur Wirklichkeit?
Das überzeugende Bild der Welt, das in den Romanzen immer wieder auftaucht, schreibt Janice Radway in *Reading the Romance*, soll durch seinen Anschein von Aufrichtigkeit den Lesern einreden, die romantische Handlung sei nicht nur glaubhaft, sondern, wie das bereits bekannte Ende, auch unvermeidlich.[22] Diejenigen, die tatsächlich versucht haben, diese Handlung zu leben, wissen es besser.

Aus dem Leben einer romantischen Heldin

Im Folgenden werde ich die Parallelen zwischen der perfekten Beschreibung romantischer Phantasie und der Realität autonomer Frauen aufzeigen. Frauen, die versuchen, beides unter einen Hut zu bringen, so wie ich es tat. Das könnte sehr hilfreich sein, denn als ich mir die postromantische Frage stellte: »Wo *war* ich nur?«, fand ich die eindeutigsten Antworten in der »Vollkommenen Romanze«. Ich erkannte, daß auch ich, genau wie Aschenputtels Stiefschwestern bei ihrem Versuch, auf des Prinzen Schloß zu gelangen, zum Messer gegriffen hatte, um in den gläsernen Schuh meiner eigenen »Vollkommenen Romanze« zu passen. Die Handlung dieses so eindeutig romantischen Märchens machte mir deutlich, wo ich das Messer angesetzt hatte, um der Rolle zu entsprechen. Und abgesehen von dem Mitleid für mein verstümmeltes Selbst ließ sie mich die mächtige Kraft, die hinter meinem bizarren Verhalten im Land der »Vollkommenen Romanze« stand, sehr viel besser verstehen.
Also, los geht's. Wie sollen wir unsere »Vollkommene Romanze« nennen? *Im Banne des Mondes? Die Erfüllung? Traumzeit? Füreinander geschaffen? Der Wolf und die Taube?* oder vielleicht *Hilda Hungerfords hinreißender Held?* Das sind nur ein paar der gängi-

gen Titel »Vollkommener Romanzen«, die Radway in ihrem Buch erwähnt und die uns in die richtige Stimmung versetzen.
Mit der Handlung gibt es keine Schwierigkeiten, denn die bleibt in den »Vollkommenen Romanzen« immer gleich: Die Heldin trifft den Helden, und schon bald erkennen sie ihre gegenseitige Zuneigung. Dann geht es nur noch darum, die Hindernisse zu überwinden, die ihrer glücklichen Vereinigung im Wege stehen. Ist das erreicht, landet das glückliche Paar sicher im Hafen der Ehe. Merken Sie, daß die Hindernisse, die wir schon bei *Tristan und Isolde* beobachten konnten, für die »Vollkommene Romanze« genauso wichtig sind wie für den Mythos? Diese Tatsache allein sollte uns schon darauf hinweisen, daß wir es wieder einmal mit der romantischen Liebe zu tun haben und nicht mit der Liebe zweier aufrichtig umeinander bemühter Menschen.
Die Handlung der »Vollkommenen Romanze« entfaltet sich in dreizehn unveränderlichen Schritten. Diese Schritte werden die ideale Heldin durch ihre Prüfung führen, bis sie zum krönenden Abschluß endlich Mrs. Right wird. Wir werden sie Schritt für Schritt nachvollziehen und dabei schauen, was sie uns über die romantische Liebe und die autonome Frau zu sagen haben.
1. *Die soziale Identität der Heldin ist zerstört.* Die Heldin hat sich oft unfreiwillig von ihrer gewohnten Umgebung trennen müssen (während der Held meist in seinem Element ist). Die soziale Identität der Heldin kann auf verschiedene Weise zerstört sein, aber das Ergebnis bleibt immer gleich: Sie muß ohne das Gewohnte auskommen und fühlt sich emotional isoliert. Die enge Verbindung zu Dornröschen, Schneewittchen und Aschenputtel ist eindeutig. Und genau wie bei den Märchengestalten wird die Identität der Heldin durch die Ankunft des Helden, ihres neuen Beschützers, wiederhergestellt.
Bei näherer Betrachtung erkennen wir die Ähnlichkeit mit vielen autonomen Frauen in unserer Kultur. Wir sind dabei, unsere eigene soziale Identität zu zerstören, weil wir das Klischee der »richtigen« Frau angreifen, und viele von uns sich dadurch emotional isoliert fühlen. Die Lösung, die den Märchenheldinnen und denen der »Wahren Romanze« geboten wird, ist die gleiche, die

auch wir oft zu hören bekommen, nur nicht so romantisch formuliert: »Alles, was sie braucht, ist ein ...«

2. *Die Heldin reagiert abweisend auf einen edlen Mann*. Das ist eine vernünftige Reaktion, wenn man bedenkt, daß der ideale Held gewöhnlich im Ruf steht, mit Frauen bestenfalls herumzuspielen und ihnen schlimmstenfalls Gewalt anzutun. Aber hinter der vernünftigen Ablehnung eines Menschen, der Frauen schlecht behandelt, lauert gleichzeitig eine perverse und fatale Faszination. Und diese Kombination macht den Mann in der »Vollkommenen Romanze« so anziehend für Frauen. Radway kommt in ihrer ausführlichen Analyse verschiedenster Arten von Romanzen – von der Regency-Romanze über die sogenannte gotische und die historische bis zur modernen Romanze – zu dem Schluß, daß die Helden stets gleich beschrieben werden: Sie sind hart, spöttisch, gleichgültig, launisch, männlich, magnetisch, grimmig, skrupellos und arrogant. Hilda Hungerfords hinreißender Held ist die Krönung des Ganzen: Er ist »grausam romantisch«.

Denken wir einmal über die Verbindung dieser beiden Eigenschaften nach und über die vermeintliche Anziehung, die sie auf Frauen ausüben sollen. Für uns Frauen heute ist das eine sehr ernste Frage. Denn solange wir akzeptieren, daß »grausam« und »romantisch« in der Sprache der Liebe zusammengehören, unterstützen wir selbst in unverantwortlicher Weise die schlimmsten Aspekte des Männlichkeits-Klischees. Und wir verdammen uns dazu, Männer zu lieben, die uns zerstören können; abgesehen davon, daß wir uns in endlose Folgen leidenschaftlicher Romanzen stürzen, statt aufrichtige Beziehungen zu suchen.

Die Eroberungs- und Unterwerfungs-Mentalität, die mit »grausam romantisch« ausgedrückt wird, steht im folgenden Zitat aus der Liebes-Schnulze *Des Teufels Geliebte* ganz im Vordergrund: »Alle Frauen flogen auf Alex Brent... Sein schlanker, harter Körper strahlte ungebändigte Sexualität aus, eine unterschwellige Drohung sexueller Gewalt, die Frauen magnetisch anzog.«[23] Bei so einem Helden ist es kein Wunder, daß das Schicksal oft eingreifen muß, um die Heldin von ihm zu überzeugen; das Schicksal, unterstützt von ihrer Fähigkeit zur romantischen Reinterpretation. Denn sonst könnte es ja passieren, daß sie ihn nicht als »grausam romantisch« sieht, sondern ihn als das erkennt, was er wirklich ist: eine Gefahr für ihre Gesundheit oder ganz einfach ermüdend.

Das zu erkennen heißt, das herrliche Gefühl der Befreiung von einer der stärksten, gesellschaftlich sanktionierten Abhängigkeiten zu spüren. Es ist ein seltener und beglückender Zustand für Frauen in unserer Gesellschaft. Ich kenne nur wenige, die es geschafft haben, aber diese Befreiung wird immer mehr zum erstrebenswerten Ziel und zur notwendigen Voraussetzung für Autonomie und auch für die Liebe.

3. *Der edle Mann reagiert ambivalent auf die Heldin.* Ambivalenz ist das Betriebskapital des idealen Helden in seiner Beziehung zu Frauen. Gleichzeitig wird die Heldin stets als »offen und ehrlich« dargestellt.[24] Das versetzt nun unsere kluge Heldin in den beunruhigenden Zustand, des Helden ambivalente Botschaften entziffern zu müssen. Aber da der Leserin zusätzliche Informationen gegeben werden, kennt sie bereits die Wahrheit, die die Heldin erst allmählich entdecken wird – daß nämlich die Ambivalenz des Helden ein *gutes Zeichen* ist. Sein unverständliches Verhalten wird in Wirklichkeit nur von dem emotionalen Tumult ausgelöst, in den er ihretwegen geraten ist. Kurz gesagt, sein ambivalentes Verhalten ihr gegenüber ist – richtig reinterpretiert – nur ein weiterer Beweis seiner Liebe zu ihr.

4. *Die Heldin interpretiert das Verhalten des Helden als Beweis für sein ausschließlich sexuelles Interesse an ihr.* Die Interpretation ist verständlich, denn die Heldin ist immer außergewöhnlich schön, und ihre »liebestolle Inbesitznahme« ist die übliche romantische männliche Reaktion auf ihre Schönheit. Aber da diese Interpretation in der »Vollkommenen Romanze« falsch ist, kann der Fehler der Heldin gleich doppelt genutzt werden: Er fügt den für die leidenschaftliche romantische Liebe so unentbehrlichen Hindernissen ein weiteres hinzu; und er verpaßt der Heldin ein ordentliches Schuldgefühl, und sie wird nun viel eher bereit sein, das unverständliche Verhalten des Helden dann zu reinterpretieren, wenn es wirklich darauf ankommt. Bei Betrachtung solcher Ro-

manzen sowie der eigenen Ausflüge ins Land der »Vollkommenen Romanze« entsteht nun aber doch der leise Verdacht, daß »Magie« am Ende nichts anderes ist als die Beschönigung des eigenen Mißtrauens oder des Ablehnens der eigenen Vernunft.

5. *Die Heldin reagiert auf das Verhalten des Helden mit Ärger und Zurückweisung*. Prima! Weiter so, Heldin! Sollte sie etwa endlich zur Vernunft kommen? Nein, leider trügt die Hoffnung. Es ist ihre *letzte* vernünftige und autonome Handlung. Von nun an geht's bergab.

6. *Der Held rächt sich und bestraft die Heldin*. Trotz seines ambivalenten Verhaltens wird das Recht des Helden, die Heldin für ihre Mißinterpretation zu bestrafen, in Romanzen nie in Frage gestellt. Dieses Recht ist Teil seiner Männlichkeit, wie auch die Art seiner Strafe, die sich dann so anhören kann: »Ohne ihr die Chance zu geben, noch etwas zu sagen, riß er sie grob in seine Arme, und als sie protestierend das Kinn hob, verschloß er ihr den Mund mit einem heftigen Kuß, der alles erklärte. Das allein war schon Strafe genug.«[25]

Sex als Strafe kann bis zur Vergewaltigung gehen. Nicht in allen von Radway untersuchten »Vollkommenen Romanzen« kam Vergewaltigung vor, aber wenn, dann bei Schritt 6. Zudem gibt es für den Helden immer eine Entschuldigung. Ob er nun die Frau küßt, bis sie sich ergibt, oder sie tatsächlich vergewaltigt – nie rückt er auch nur in die Nähe solcher Grobiane, die aus reiner Aggression Frauen vergewaltigen: *Er* vergewaltigt, weil er das Verhalten der Heldin falsch deutet oder weil er sie unwiderstehlich findet. Die Verantwortung liegt immer bei ihr. Die Politik der Mißverständnisse in den »Vollkommenen Romanzen« ist ein wahres Wunder! Wenn sie ihn mißversteht, ist es ihre Schuld. Wenn er sie mißversteht, ist es ebenso ihre Schuld. Und trotzdem hat *er* das Sagen über beide.

Natürlich ist es nur ein kleiner Schritt, die »grausam romantische« Männlichkeit des Helden nicht mehr an Eigenschaften wie »hart«, »spöttisch«, »gleichgültig« und »skrupellos« zu messen, sondern an seiner sexuellen Gewalt. Ein kleiner Schritt und ein sehr beunruhigender.

7. *Die Heldin und der Held werden körperlich oder emotional voneinander getrennt.* Ein weiteres dieser Hindernisse, ohne die Romanzen nun mal nicht auskommen.
8. *Der Held behandelt die Heldin mit Zärtlichkeit.* Das ist der entscheidende Schritt und der enthüllendste in der »Vollkommenen Romanze«. Damit kann, wie wir später sehen werden, auch noch die autonomste Frau in ein »Verkehrtes Dornröschen« verwandelt werden. Hier zeigt sich plötzlich ein winziges bißchen Menschlichkeit in der sonst so terrorisierenden Männlichkeit des Helden, und *zack* – schon haben wir einen liebenswerten Helden. Diese erstaunliche Verwandlung wird nie erklärt. »Nichts, was der Held tut, oder was irgendein anderer tut, bietet eine Erklärung für die magische Umwandlung seiner Grausamkeit und Gleichgültigkeit in zärtliche Aufmerksamkeit. Sie findet einfach statt.«[26]
9. *Die Heldin reagiert beglückt auf des Helden plötzliche Zärtlichkeit.* Wie bringt sie diesen geistigen Balanceakt zustande? Zunächst einmal ignoriert sie ganz einfach den enormen Widerspruch zu seinem bisherigen Verhalten und reagiert auf das Wunder, wie es sich für eine gute, romantische Heldin gehört – sie nimmt es ungefragt hin.
Nun aber beginnen sich die persönlichen Eigenschaften der Heldin gegen sie zu wenden. Sie kann beglückt reagieren, weil sie unverändert offen und ehrlich ist, und weil sie stets von ungewöhnlich mitfühlender, freundlicher und verständnisvoller Art ist. Diese Ansammlung normalerweise bewundernswerter Eigenschaften verbindet sich jetzt mit der tiefen Überzeugung jeder romantischen Heldin: »Es ist wirklich die Liebe, die die Welt bewegt. Ohne sie bist du nichts, absolut gar nichts.«[27] So kann sie den nächsten, verhängnisvollen Schritt tun.
10. *Die Heldin reinterpretiert das ambivalente Verhalten des Helden als Reaktion auf zurückliegende Kränkungen.* Jetzt wird es wirklich ernst. Radway sagt, daß die Fähigkeit zur Reinterpretation der ausschlaggebende Faktor für die endgültige Vereinigung der Heldin mit dem Helden ist, was ganz sicher auch für uns autonome Frauen gilt. Ich habe bisher noch keine Frau getroffen, die nicht

wenigstens über ein gewisses Maß an Fähigkeiten zur romantischen Reinterpretation verfügte.
Meine eigene Version von Schritt 10 wurde mir bewußt, kurz nachdem ich das Verhaltensmuster meines früheren Helden mit Frauen durchschaut hatte und wußte, daß nun schnellstens ein Ersatz für mich auftauchen würde. Es war nur noch die Frage, wer. Und auch das war nicht mehr schwer zu erraten, als ich erst einmal soweit gedacht hate. Wie sich herausstellte, war sie innerhalb einer Woche nach meiner überstürzten Flucht zur Stelle und muß wohl ein wahres Genie in romantischer Reinterpretation sein. Ich erwähnte meine neuen Einsichten und den Namen meiner vermutlichen Nachfolgerin meiner Mutter gegenüber, die sofort sagte: »Sie sagt wahrscheinlich ›armer Neddie, noch nie wurde er *wirklich* geliebt‹.« Ihr Ton war eindeutig ironisch. Mein Herz sank. »Hab *ich* das etwa auch so gesagt?« fragte ich, obwohl ich die Antwort schon ahnte. »Ich fürchte, ja«, lachte sie.
Was soll man nur sagen zu all diesem deprimierenden weiblichen Verhalten? Wie kriegt es die Fähigkeit zur romantischen Reinterpretation nur fertig, die Heldin sagen zu lassen: »Noch nie wurde er *wirklich* geliebt«? Die zurückliegenden Kränkungen, die der Held der »Vollkommenen Romanze« erleiden mußte, sind ihm immer von »eiskalt berechnenden Frauen« zugefügt worden, die seine Vergangenheit vergifteten und deren Fähigkeit in romantischer Reinterpretation offenbar nur mangelhaft war. Daher ist das gesamte bisherige Verhalten des Helden – seine Unfähigkeit, Gefühle auszudrücken, die nicht zumindest zweideutig und meist »grausam«, wenn nicht gar gewalttätig sind, wie auch seine bis dato ausschließliche Beschäftigung mit Frauen als »Mittel zur sexuellen Erleichterung« – auch beileibe keine Offenbarung seines Charakters. Es ist nur ein Beweis für »sein unvermeidliches und heftiges Verlangen« – nach *ihr.* Die folgende Szene aus *Der schwarze Löwe* ist ein gutes Beispiel dafür:

»Die Augen des Grafen von Malvoisin erinnerten sie an einen Hund, den sie einmal gesehen hatte. Der Hund war in eine Falle geraten, sein Bein war halb durchgerissen, und die Schmerzen hatten ihn fast verrückt gemacht. Es hatte lange gedauert, bis

Lyonene das Tier beruhigen und sein Zutrauen gewinnen konnte, um es aus den eisernen Bügeln der Falle zu befreien, und die ganze Zeit hatte der Hund sie mit dem gleichen Ausdruck von Schwäche, Schmerz und Hoffnungslosigkeit angeschaut wie der Mann, der jetzt vor ihr stand.«[28]

Ich wünschte, ich könnte leugnen, daß es genau so einen ausschlaggebenden Moment auch in meiner »Vollkommenen Romanze« gegeben hat. Ein Mann, der so wie der Graf von Malvoisin schauen kann, hat eine große romantische Zukunft. Das ist der Moment, wo der Held Ihrer Romanze sich *Ihnen* öffnet, weil er, der noch nie *wirklich* geliebt wurde, endlich die Möglichkeit hat, von der »richtigen« Frau geliebt zu werden. Wie sehr auch andere in seiner Vergangenheit versagt haben, *Sie* werden nicht versagen – jetzt nicht, und auch in Zukunft nicht. Von nun an gehört er wirklich Ihnen.

Das ist natürlich völliger Blödsinn, wie die meisten von uns sehr schnell gemerkt haben. Aber es ist noch viel schlimmer als nur Blödsinn. Indem Sie anderen Frauen die Schuld an seinem Verhalten geben, machen Sie sich selbst zur »Retterin«. Dieser Schritt gibt Ihnen das befriedigende Gefühl, dort erfolgreich zu sein, wo andere Frauen versagt haben. Aber diese Befriedigung erreichen Sie nur durch den Verrat an Ihren Vorgängerinnen und an Frauen im allgemeinen. Kein schöner Zug! In Ihrer Überheblichkeit könnten Sie den Haken an der Sache übersehen: Wenn Sie beide nicht bis in alle Ewigkeit glücklich zusammen leben, wird das jetzt *Ihr* Fehler sein!

11. *Der Held bittet um die Hand der Heldin, erklärt öffentlich seine Liebe und beweist seine unveränderliche Hingabe an die Heldin durch einen besonderen Akt der Zärtlichkeit.* Hier bestätigt er nun Ihr Gefühl, daß er tatsächlich für immer Ihnen gehört, weil nur Sie ihn verwandeln können. Als Belohnung übernimmt er jetzt die Rolle des Beschützers – wie in den klassischen Märchen und diesem typischen Beispiel aus *Der Rosenweg*: »Es ist alles in Ordnung, mein Kleines«, sagte er zärtlich, während er ihr über das Haar strich. »Jetzt bist du in Sicherheit, und bei mir wirst du immer in Sicherheit sein!«[29]

Romanzen verkünden die Botschaft: »Wenn Männer nur sprechen könnten, würden sie sagen: ›Ich liebe dich‹.«[30] Und wenn sie nicht sprechen, dann ist das Ihr Fehler, denn sie *können* sprechen, wenn (und nur wenn) sie von der richtigen Frau verwandelt worden sind. Viele Frauen glauben an diese Botschaft. Nur das verkünden auch die vielgelesenen Bücher patriarchaler Frauen, die eine »Auferstehung der Romantik« fordern – *Die totale Frau* und *Fascinating Womanhood* sind klassische Beispiele dafür. Es erstaunt mich immer wieder, daß Männer diese Botschaft nicht als eindeutige Aussage weiblicher Verachtung für ihr eigenes Geschlecht erkennen.

12. *Die Heldin reagiert sexuell und emotional.* Ihre einmalige Kombination fraulicher Sinnlichkeit und mütterlicher Fähigkeiten, die bereits den Helden wie durch Zauberei verwandelt hat, verwandelt nun auch die Heldin selbst. *Reagiert* ist hier das Schlüsselwort. Denn die romantische Heldin, die sich verliebt, wehrt sich nicht länger gegen männliche Überlegenheit, sondern reagiert entzückt darauf.[31] Nun wird sie sexuell unweigerlich »erweckt«, egal, ob sie nur daliegt und »zitternd darauf wartet, daß er sie zur Frau macht« und »er zu ihr kommt, sanft, zärtlich und geduldig« oder ob sie durch sein »liebestolles Eindringen« gezwungen wird, und prompt überwältigt sie die »unkontrollierbare« Reaktion ihres Körpers. Emotional wird sie ihre bisher so feurig verteidigte Unabhängigkeit aufgeben und endlich »ganz Frau« werden.

Hier ist ein absolutes Glanzstück zu diesem Thema, inklusive ekstatischer Auslassungspunkte, aus *Warten auf den Sturm*:

> »Red . . . Red!« Sie schluchzte vor Freude. »Ich bin so froh, daß ich dir soviel geben konnte.«
>
> »So unendlich viel, mein Liebling.« Er hielt sie eng umschlungen. »Du bist perfekt. Du gibst immer nur, und das macht dich so stark und sicher und großzügig . . . ganz Frau. Meine Frau.«[32]

13. *Die Identität der Heldin ist wiederhergestellt.* Ihre »Erwekkung« ist vollendet. Die magische Verwandlung von »unabhängig« zu »ganz Frau« hat stattgefunden. Weil sie immer nur gibt

(ihm gibt), ist sie perfekt geworden. Jetzt ist sie ganz Frau. Seine Frau. Selbst wenn sie eine von diesen »neuen Frauen« ist. Denn sie hat das endgültige Ziel jeder Romanze erreicht: die totale Verschmelzung mit dem sie nährenden, beschützenden, heterosexuellen Liebhaber – der nach wie vor »ganz Mann« ist. Der letzte Beweis für die Wiederherstellung ihrer Identität ist erbracht, wenn sie Mrs. Right wird.

Diese magische Umwandlung von »unabhängig« zu »ganz Frau« nenne ich: ein »Verkehrtes Dornröschen« werden. Die autonome Frau wird nicht erweckt, wenn ihr die totale Verschmelzung mit Mr. Right gelingt, sondern sie versinkt in Schlaf – und vergißt, wer sie ist, wer er ist und was wirklich ist. *Warum* sie einschläft und dann so hart daran arbeitet, nicht aufzuwachen, ist die Frage, um die es in den folgenden zwei Kapiteln geht. Wir wollen herausfinden, wie und warum diese magische Taste entsteht, auf die Mr. Right nur drücken muß, um sie in den Zustand der Duldungsstarre zu versetzen.

4. Die Prinzessin

»Jeder Kerl, den ich kennenlerne, will mich beschützen«, sagt Mae West in einem ihrer Filme. »Ich möcht' nur mal wissen, wovor.« Es ist sehr ungehörig, die allzeit bereiten Beschützer zu fragen: »Wovor?«, denn mit dieser Frage könnte der ganze männliche Beschützer-Schwindel auffliegen. Wie alles andere in der »Vollkommenen Romanze« wird auch das männliche Beschützer-Verlangen mystifiziert: Man nennt es Ritterlichkeit.

Der Begriff Ritterlichkeit ist für Frauen sehr belastet. Welche Art Mann würde denn wohl eine Frau beschützen wollen? Bestimmt kein Schwächling oder Weichling. Und bestimmt auch kein Gleichgestellter, einer, der Frauen als ebenbürtig betrachtet. Nein, der Mann, der eine Frau beschützen will, ist höchstwahrscheinlich ein »männlicher« Mann, und am Grad seines Beschützer-Verlangens läßt sich ermessen, inwieweit er ein »richtiger« Mann ist. Was für eine Frau will der »richtige« Mann? Bestimmt keine autonome Frau. Er will eine »richtige« Frau: eine, die seinen Schutz ersehnt/erwünscht/verlangt.

Lassen Sie mich ein paar zentrale Fragen stellen und sehen, wohin uns das führt. Wollen Frauen beschützt werden? Ja, sagt Colette Dowling, Autorin des Bestsellers »Der Cinderella Komplex«. Wovor? Vor der Unabhängigkeit. Frauen wollen keine Autonomie und keine direkte Beziehung zum Leben. Sie alle wollen nur das, was die Männer Mae West anboten. Colette Dowling meint zu ihrem Buch:

> »Dieses Buch vertritt die These, daß die persönliche, psychologische Abhängigkeit – der tiefverwurzelte Wunsch, von anderen versorgt zu werden – die stärkste Kraft ist, die Frauen heute

unterdrückt. Ich bezeichne sie als ›Cinderella Komplex‹ – ein Netz aus weitgehend unterdrückten Haltungen und Ängsten, das die Frau in einer Art Halbdunkel gefangenhält. Es verhindert die Entfaltung ihrer vollen geistigen und kreativen Kräfte. Wie Cinderella warten die Frauen noch immer auf ein äußeres Ereignis, das ihr Leben grundsätzlich verändert.«[1]

Dowling behauptet, daß ihr Buch zum Bestseller wurde, weil es bei Frauen »eine Saite angeschlagen« hat. Ich glaube, man müßte eher sagen, es hat einen Nerv getroffen – den offenen, bloßliegenden Nerv von Frauen, die wissen, welchen Preis sie für ihren Stolz zahlen müssen. Wir wissen, daß die moderne Frau sich nicht vor der Unabhängigkeit fürchtet, sondern aus gutem Grund Angst vor der Reaktion auf ihre Autonomie hat. Denn diejenigen, die nach Autonomie streben, merken schnell, daß sie noch einiges gratis dazubekommen – angefangen mit dem ausgesprochenen Mißfallen der Männer. Ich nenne diese Angst den »Annie Oakley Komplex«, nach der berühmten Scharfschützin und Titelheldin des Musicals »Annie Get Your Gun«, die herausfand: »You Can't Get a Man with a Gun« (Mit dem Schießeisen kriegst du keinen Mann). Auf Annies wirkliches Leben kommen wir später noch zurück.

Der Annie Oakley Komplex

Autonome Frauen bedrohen die vom Mythos der Männlichkeit beeinflußten Männer, und der Grad der Bedrohung richtet sich nach dem Grad der Beeinflussung durch den Mythos. Schon durch ihre bloße Existenz macht die autonome Frau zwei Dinge klar, die der männliche Mann gar nicht hören will: »Ich denke nicht daran, deine Angepaßtheit zu bewundern«, und, noch schlimmer: »Ich denke nicht daran, dich weiterhin gewinnen zu lassen.« Solche Worte und besonders solche Taten sind absolut regelwidrig im Männlich/weiblich-Spiel, wie auch die Reaktion dieses Mannes bestätigt:

»Nein, ich kann es nicht haben, daß meine Frau beim Tennis gewinnt. Sie soll so hart und so gut wie möglich spielen. Aber es wurde ungemütlich, als sie anfing, mich regelmäßig zu schlagen, und jetzt spielen wir nicht mehr zusammen. Sie hat ja die ganze Woche nichts anderes zu tun, als zu diesen verdammten Tennisstunden zu gehen, wissen Sie.«[2]

Eine Gemeindeschwester, die einige Jahre lang Nonne gewesen war, trifft den Kern des Annie Oakley Komplexes genau:

»Ich erinnere mich, daß wir manchmal von Männern angesprochen wurden, was wir aus dem Kloster ja gar nicht kannten. Wir waren richtig schockiert darüber, daß jemand uns schöne Augen machte und sich mit uns verabreden wollte. Du lieber Himmel! Einige unserer Mädchen beschlossen sogar zu heiraten, und mußten Verhaltensweisen, die sie jahrelang nicht gebraucht hatten, wieder neu lernen.«[3]

Verhaltensweisen, die sie jahrelang nicht gebraucht hatten, wieder neu lernen. Was für ein Verhalten ist das? Ich glaube, Archie Bunker drückt das sehr eindeutig aus: »Halt dich zurück, Edith!« Wir könnten es auch »feminin werden« nennen.

Frauen, die sich weigern, feminin zu werden oder sich wenigstens feminin zu verhalten, werden von den meisten Männern einfach ignoriert, wenn ihnen nicht noch Schlimmeres passiert. Solche Frauen sind einfach keine *netten* Frauen. Und sie sind bestimmt keine Kandidatinnen für Romantisches, wenn sie sich nicht bessern. Der Annie Oakley Komplex entsteht aus unserer großen Furcht, daß es letztlich unmöglich ist, autonom zu sein – wir selbst zu sein – und trotzdem die Liebe eines Mannes zu gewinnen. Wir haben keine Angst vor der Unabhängigkeit, aber wir zittern bei der Vorstellung, als widernatürlich und als Ausgestoßene, als Paria in der Welt der Liebe zu gelten.

Kann man gleichzeitig autonom und feminin sein?

Die Antwort auf diese Frage dürfte ziemlich klar sein: Nein, das kann man nicht. Und obwohl es nicht möglich ist, hoffen autonome Frauen leider immer noch, daß es irgendwie doch einen

Weg geben *muß*. Kein Wunder, daß wir hoffen, wissen wir doch, daß uns gesellschaftliche und sexuelle Ächtung oder sogar Unsichtbarkeit droht, wenn wir den Weg nicht finden.

Die femininen Grundregeln sind allen Frauen zugänglich. Sie werden besonders anschaulich dargestellt in den Erfahrungen der Hauptperson aus Doris Lessings *Der Sommer vor der Dunkelheit*, die an einer Konferenz mit überwiegend männlichen Kollegen teilnimmt:

> »Sie entdeckte bald, daß sie, wenn sie allein bleiben wollte, nur ungraziös dazusitzen brauchte, lustlos und mit unvorteilhaft gespreizten Beinen. Tat sie das, sahen die Männer sie nicht. Sie hätte schwören können, daß es so war. Saß sie aber gefällig, aufmerksam, mit elegant nebeneinandergestellten Beinen da, dann sandte sie ein Signal aus. Sobald sie nachlässig und mit krummem Rücken dasaß, setzte sich nur dann jemand zu ihr, wenn alle anderen Plätze besetzt waren. Doch an diesem Punkt brauchte sie nur ihre Gesichtszüge erschlaffen zu lassen, um wieder allein zu sein, und zwar sehr schnell. ... Es war ein verwirrendes Gefühl, so als sei irgend etwas in Unordnung geraten. Denn sie war sich absolut klar darüber und erkannte so genau, als wäre es das Wichtigste in ihrem Leben, daß die Frau, die dort saß und die von Männern, die sie sonst angelockt hätte, gemieden und ignoriert wurde – daß diese Frau sich nicht im geringsten von der Frau unterschied, die die Aufmerksamkeit all dieser Männer wieder auf sich lenken konnte, wenn sie nur ihr Äußeres entsprechend korrigiert: Mund, Gesichtsmuskeln, Blick und die Haltung ihrer Schultern.«[4]

Sie können wählen, ob Sie Ihr Bild den Wünschen der Männer anpassen, oder ob Sie lieber Sie selbst sein wollen. Beides gleichzeitig geht nicht! Das sollten wir wissen, aber viele weigern sich, es zu glauben – und leiden dann darunter. Eine befreundete Therapeutin, der ich diesen Zwiespalt schilderte, wollte es zunächst nicht wahrhaben. »Ich habe damit keine Schwierigkeiten«, sagte sie, »ich glaube wirklich, wir können beides gleichzeitig tun.« Als ich behauptete, daß die Schwierigkeiten nur nach gründlicher Reinterpretation beider Begriffe verschwinden würden, griff sie nach dem Lexikon.[5]

Sie blätterte. »*Feminin*«, las sie laut, »von weiblichem Geschlecht sein oder dem weiblichen Geschlecht angehören.« So weit, so gut, bedeutete ihr Ton. »Typisch für oder passend zu Frauen und Mädchen, wie in *feminine* Liebenswürdigkeit.« Sie runzelte leicht die Stirn. »Das Fehlen männlicher Qualitäten, effeminiert.« Sie warf die Hände hoch und rief aus: »Okay, du hast recht. Ich nehme alles zurück.«

»Das ist aber ein interessantes Lexikon«, sagte ich. »Es gibt die gesellschaftlichen Ansichten exakt wieder. Was hat es denn sonst noch zu dem Thema zu bieten?«

Sie las weiter. »Also, hier sind die Höhepunkte: *Weiblich* zeigt nur das Geschlecht an, ohne sich weiter darüber auszulassen, während mit *feminin* Qualitäten beschrieben werden, die speziell Frauen zueigen sind – wie in ›*feminine* Bescheidenheit und Sittsamkeit‹. *Effeminiert* wird nur auf Männer angewandt und beschreibt Merkmale, die für Männer als unpassend gelten, aber passend für Frauen; *fraulich* bezieht sich auf Eigenschaften, die an Frauen bewundert werden, wie zum Beispiel ›eine wahrhaft mitfühlende, *frauliche* Frau‹; *weibische* Eigenschaften dagegen sind abzulehnen: ›*weibisches* Gejammere‹.«

Diese lexikalischen Definitionen, die den in unserer Kultur so fundamentalen Gegensatz von autonom und feminin aufzeigen, wurden auch in einer wichtigen Studie über Geschlechtsrollenstereotypen (»Sex Role Stereotypes and Clinical Judgements of Mental Health«) dargestellt.[6] Inge K. Broverman und ihre Kollegen untersuchten, wie Psychologen, Therapeuten und Sozialarbeiter geistige Gesundheit definieren. Sie kamen zu folgendem Ergebnis: Eigenschaften, die für einen Erwachsenen geschlechtsneutral als notwendig und gesund eingestuft werden, entsprechen denen eines gesunden Mannes, werden aber für Frauen abgelehnt. Ein gesunder Erwachsener ist demnach das gleiche wie ein gesunder Mann; eine gesunde Frau beweist ihre Gesundheit, indem sie »unterwürfiger, weniger unabhängig, weniger abenteuerlustig, einfacher zu beeinflussen, weniger aggressiv, weniger konkurrent, aufgeregter bei kleinsten Anlässen, verletzlicher, gefühlsbetonter, mehr mit ihrem Aussehen beschäftigt, weniger objektiv ist, und Mathematik und Wissenschaft weniger mag« als ein gesunder Mann. Kein Wunder, daß Männer darauf bestehen: *»Es lebe der kleine Unterschied!«* Der *kleine Unterschied* läßt sie künstlich noch mehr von all dem sein, was sie sein möchten. Sehr passend fand ich den Ausspruch eines Mannes, der mit mir und einer weiteren Frau länger über das Thema diskutiert hatte. Wir Frauen hatten argumentiert, daß das Konzept von Männlichkeit und Weiblichkeit für beide Geschlechter schädlich sei, und dann dafür plädiert, den *kleinen Unterschied* endlich abzuschaffen. Er sagte entsetzt: »Ich fühle mich, als ob ihr mir Weihnachten wegnehmen wollt.«

In unserem Zusammenhang bedeutet das Ergebnis der Broverman-Studie folgendes: Eine gesunde Frau ist eine *feminine* Frau; eine Frau, die versucht, ein gesunder *Mensch* zu sein, ist nicht feminin; daher ist eine autonome Frau weder feminin noch gesund. Per Definition.

Die meisten von uns halten es mit meiner Freundin, der Therapeutin: Wir wollen lieber glauben, daß die Dinge so schlimm doch nicht sein können. Aber alles, von der eigenen, täglichen Erfahrung über Lexika und Definitionen geistiger Gesundheit bis hin zu Schlagern, beweist uns das Gegenteil. In einer anderen Untersuchung fanden Wissenschaftler heraus, daß die Befragten drei Gruppen von Adjektiven mit dem Begriff *Frau* verbinden[7]: Die ersten beiden Adjektiv-Gruppen beschreiben Rollen mit hoher Abhängigkeit von Männern, entweder als sexuell reine und mütterliche Figur (Hausfrau) oder als verführerisches Sexobjekt (Häschen). Die dritte Adjektiv-Gruppe umfaßt alle Rollen, die mit einer gewissen Unabhängigkeit von Männern in Verbindung gebracht werden.

Diese Erkenntnisse sind in mancher Hinsicht recht interessant. Zunächst einmal gibt es danach zwei Arten von *Frauen* – die einen sind im höchsten Maße abhängig von Männern, die anderen sind es nicht. Das ist bereits eine äußerst bezeichnende Aufteilung von Menschen in zwei Gruppen. Bemerkenswert ist auch, wie sich die

»große Abhängigkeit« darstellt – Frauen haben Männern zu dienen – und wie auch dieses Dienen wieder aufgeteilt wird (sexuell oder nicht sexuell). Die Rollen der Hausfrau und des Häschens wurden von beiden Geschlechtern als unvereinbar angesehen. Damit werden selbst die den Männern Dienenden wieder gespalten und zu Konkurrentinnen gemacht. Dann gibt es die noch größere Spaltung zwischen den Frauen, die für Männer sorgen, und denen, die das nicht tun. Männer (aber nicht die Frauen) betrachteten Frauen dieser dritten Gruppe – die von Männern relativ unabhängige Frau – als *unfeminin*. Karrierefrauen werden als »eine besondere Rasse« angesehen, als Frauen, die »ihre Weiblichkeit verleugnen«, weil sie Tätigkeiten gewählt haben, die »sie weit weg führen von der traditionell dienenden Rolle«.

Ich befürchte, daß diese Untersuchung das Problem zu sehr vereinfacht. Feminin sein heißt, wie Doris Lessing so schön sagt, das eigene Bild den männlichen Bedürfnissen und Forderungen anzupassen. Autonom sein heißt, wie Tania Blixen ebenso schön sagt, sein Wünschen und Trachten darauf zu richten, ein Mensch mit einer direkten Beziehung zum Leben zu werden.[8] Beides zusammen aber geht nicht!

Die Entscheidung für eine direkte Beziehung zum Leben anstelle einer indirekten, der männlichen Zustimmung angepaßten kann mit einer schrecklichen Strafe verbunden sein. Diejenigen, die sich dafür entscheiden, müssen lernen, mit dem Zorn der Männer zu leben; aber viele von uns tragen tief im Herzen den nagenden Argwohn, der nicht nur von Männern, sondern auch von unserer gesamten Kultur unterstützt wird, daß wir am Ende wirklich das sind, was wir angeblich sein sollen: eine kulturelle Blasphemie, widernatürlich, abstoßend und daher wie die Pest zu meiden. Jede Frau muß versuchen, damit auf ihre Weise fertigzuwerden. Die meisten versuchen mehr oder weniger, das Problem durch Reinterpretation zu lösen.

Eine befreundete Professorin erzählte mir dazu eine ganz typische Geschichte. Im Rahmen einer Examensarbeit stellte sie ihren Studenten die folgende Frage: »Kann man autonom und gleichzeitig feminin sein? Erläutern Sie.«

Ich rief sie an und fragte, wie die Antworten auf ihre Prüfungsfrage ausgefallen wären. Mit resignierter Stimme meinte sie: »Die meisten haben bei dieser Frage sehr schlecht abgeschnitten.«

»Wieso?« wollte ich wissen.

»Na ja, die meisten behaupten, daß man beides gleichzeitig sein kann.«

Eine geistige Meisterleistung, mit der sie sich als wahre Künstler auf dem subtilen Gebiet des Geschlechtsrollen-Denkens erwiesen!

»Und wie kamen sie zu dieser beruhigenden Erkenntnis?«

»Ach, sie haben einfach ›feminin‹ nicht definiert. Sie sind schlicht davon ausgegangen, daß es ›eine Frau sein‹ oder ›weiblich‹ bedeutet.« Meine Freundin seufzte hörbar ins Telefon. »Und das, obwohl sie in meinem Seminar waren und dort die Definition gehört haben.«

Ein Teil des Examens befaßte sich mit Ibsens Stück *Nora oder Ein Puppenheim*, das sie vorher ausführlich behandelt hatten. »Weißt du, was sie gemacht haben?« fragte meine Freundin irritiert. »Sie behaupten, daß Nora die ganze Zeit unabhängig war!«

»Aber wie erklären sie Noras extrem unterwürfiges Verhalten gegenüber ihrem Ehemann, bevor sie ihr Puppenheim verläßt?«

»Sie sagen, das habe sie nur gespielt«, kam die Antwort.

In einem haben die Studenten völlig recht. Es gibt nur eine Möglichkeit, den häßlichen Widerspruch zwischen Autonomie und Femininität zu lösen: nämlich zu behaupten, daß *eins der beiden gespielt ist*. Genau das sagt ja auch Colette Dowling[9]. Nur macht sie sich mit ihrem »Cinderella Komplex« leider für die falsche Rolle stark. Mit der Rolle, die wir Frauen annehmen, um den Voraussetzungen unserer Gesellschaft zu entsprechen, wollen wir nicht unsere »Angst vor der Unabhängigkeit« verdecken und eine »raffinierte Art der Pseudounabhängigkeit« vorspielen. Wir müssen mit der Rolle unsere Autonomie verdecken, weil Männer sonst befürchten, entmännlicht zu werden. Wie Astrachan in seinem Buch *How Men Feel* über das Gefühl der Männer gegenüber der zunehmenden weiblichen Unabhängigkeit sagte, ist es die Kombination von Kompetenz und Sexualität bei Frauen, die Männern so bedrohlich erscheint.

Die Reaktion auf eine solche Frau, von der sich die überwiegende Mehrheit der Männer so bedroht fühlt, wird in einem anderen Buch über Männer aufgezeigt. Ein Mann trifft auf einer Cocktail-Party eine autonome Frau und beginnt ein Gespräch mit ihr (kommt einem irgendwie bekannt vor, oder?):

»Fast alle Männer zeigen sich am Anfang des Gesprächs scheinbar überrascht und voller Bewunderung für die ungewöhnliche Kombination von Schönheit und Verstand. Das kann so grob sein wie: ›Ich dachte, alle Anwältinnen wären dick und würden Schnürschuhe tragen‹, aber auch so subtil wie eine leicht gehobene Augenbraue und ein halb ironisches, halb anerkennendes Lächeln, wenn eine Frau sich auf die Frage: ›Und was tun Sie?‹ als dem Mann gleichgestellt in Professionalität und Macht erweist. ... Manche Männer fragen die Frau dann aus über ihre Arbeit oder ihre Ausbildung, wobei sie sich nach wie vor distanziert und amüsiert geben, während sie dauernd kleine anzügliche Bemerkungen machen, als wollten sie sagen: ›Du gibst dich zwar wie ein ernsthafter Profi (Anwältin, Geschäftsfrau, Verlegerin usw.), und du hast auch alle nötigen Qualifikationen, aber wir beide wissen, daß das nicht dein wirkliches Selbst ist – eine Frau, deren wirkliches Interesse die Männer sind, und der Sex mit Männern. Du machst mir keine Angst, und ich werde nicht zulassen, daß du mit diesem Spiel durchkommst‹.«[10]

Die feminine Rolle annehmen

Es stimmt ja, daß wir solchen Männern *tatsächlich* Angst machen. Und wie! Außerdem erlauben wir *ihnen*, mit *ihrem* Spiel durchzukommen. Wir tun das, indem wir die feminine Rolle annehmen. Das beruhigt die Männer, weil wir unsere Autonomie und unsere Stärke verleugnen, während wir ihnen ein bißchen passive Sexualität vorspielen. Zeigt mir die Frau, die das nicht perfekt beherrscht! Wir haben doch fast alle die feminine Rolle gespielt, seit wir ungefähr zwölf Jahre alt waren.

2134Eine eindrucksvolle Studie über die kindliche Konditionierung zur Männlichkeit und Weiblichkeit beschreibt die Stadien, die wir durchlaufen, um zu lernen, uns den Männern unterzuordnen.[11] Die Stadien verlaufen so: Behauptung (vom sechsten bis zum zehnten Lebensjahr) – Mädchen wollen mit Jungs nichts zu tun haben; Ambivalenz (vom zehnten bis zum vierzehnten Lebensjahr) – Mädchen suchen zunehmend die Unterstützung von Jungen; Anpassung (ab dem vierzehnten Lebensjahr) – Mädchen akzeptieren »die Notwendigkeit des männlichen Beschützers«. Die Anpassung geht folgendermaßen vor sich:

- Szene 1: »Wenn ein Mädchen mich fragt, wie meine Noten im letzten Semester waren, antworte ich: ›Nicht so gut – nur eine 1.‹ Wenn ein Junge die gleiche Frage stellt, sage ich strahlend und ein wenig erstaunt: ›Stell dir vor, ich habe sogar eine 1 bekommen‹.«[12]
- Szene 2: »Ich lasse zu, daß er mir alles ganz ausführlich erklärt und mich, wenn's um Geld geht, wie ein Kind behandelt. Eine der besten Methoden ist, ab und zu lange Wörter falsch zu schreiben. Mein Freund scheint das ganz toll zu finden und schreibt zurück: ›Süße, Du kannst ja noch nicht mal buchstabieren‹.«
- Szene 3: »Als mir ein Freund sagte, er würde Ravels *Bolero* für die größte je geschriebene Musik halten, wechselte ich das Thema, weil ich wußte, daß ich ihm sonst widersprechen müßte.«
- Szene 4: »Ich bin mal mit einem Mann segeln gegangen, der seine Rolle als Beschützer offensichtlich derartig genoß, daß ich ihm sagte, ich könne nicht segeln. Er auch nicht, wie sich herausstellte. Es wurde stürmisch, und ich war hin und her gerissen zwischen dem Wunsch, das Boot zu übernehmen, und meiner Angst, die Lüge zugeben zu müssen.«
- Szene 5: »Bei Verabredungen wende ich immer die ›Mir-ist-es-egal-ich-mache-alles-mit‹-Taktik an. Das wird zwar eintönig, aber Jungs fürchten sich vor Mädchen, die Entscheidungen fällen. Sie denken, solche Mädchen werden später nörgelnde Ehefrauen.«
- Szene 6: »Beobachten Sie morgen früh mal Ihren Mann, wenn er in den Spiegel schaut. Er sieht einen 18jährigen mit straffen

Bauchmuskeln und vollem Haar. Egal wie alt er ist, er sieht weder sein Bäuchlein noch seine beginnende Glatze. Er sieht, was er sehen will, und er will, daß auch Sie in ihm den 18jährigen sehen.«

Derart demonstrierte Weiblichkeit ist das Gegenteil von Mae Wests bissiger Bemerkung über all die Männer, die sie unbedingt beschützen wollen. Denn dieses Verhalten gibt allen Männern die ersehnte Möglichkeit, als Beschützer aufzutreten, ohne sich durch die Frage »wovor denn?« bedroht zu fühlen. So kann man zum Beispiel allerorten das tägliche Ritual beobachten, bei dem wir Frauen den Männern gestatten, uns sicher durch Situationen zu führen, die wir normalerweise bestens ohne männliche Hilfe meistern, weil wir sonst längst tot wären. Aber da ist er, der allgegenwärtige männliche Arm, wie er in dem Buch *Körperstrategien* beschrieben wird, »die von hinten an den Ellbogen der Frau gelegte Hand, die sie um Ecken führt, durch Türen, in Aufzüge schiebt oder auf Rolltreppen; [über die] Straße. ... Körperliche Gewalt ist hier gar nicht vonnöten; Mann und Frau sind gut aufeinander eingespielt – wie ein profilierter Reiter und sein gut abgerichtetes Pferd.«[13]

Warum setzen wir Frauen diese Scharade fort? Weil wir damit nicht nur unsere vermeintliche Bestimmung bekräftigen, sondern auch greifbarere Belohnungen des anderen Geschlechts ernten können: Belohnungen, die von der sexuellen Anerkennung bis hin zu lukrativen Jobs gehen können. Das ist das Zuckerbrot, das scheinbar mühelos zu haben ist, da selbst die vernünftigsten Männer bereitwillig der dümmsten Ego-Massage erliegen, die ihnen Frauen mit der femininen Weibchen-Tour verpassen. Aber kein Zuckerbrot ohne Peitsche; weigern wir uns, diese Rolle zu spielen, dann folgt die Strafe auf dem Fuß. Und die Strafen sind hart: Wir können unsichtbar gemacht oder das Hauptangriffsziel versteckter und offener männlicher Feindseligkeit werden, wir können unseren Lebensunterhalt verlieren und sogar als krank eingestuft werden. Ich will damit sagen, die meisten Frauen in unserer Gesellschaft spielen die feminine Rolle, zumindest bis zu einem gewissen Grad, weil ihnen gar nichts anderes übrigbleibt.

Der Schutzpanzer von Eigenschaften, den wir für diese Rolle anlegen – einschmeichelndes Verhalten, gesenkter Blick, permanentes Lächeln, bestätigendes Lachen, schräg gelegter Kopf, sparsame Bewegungen –, wird zu Recht als Anpassungsverhalten bezeichnet.
Wie politisch das scheinbar Private oder »Natürliche« ist, wird deutlich, wenn wir dieses typisch feminine Klischeeverhalten bei Männern wiederfinden, die sich einer überlegenen Macht unterordnen. Das war zum Beispiel bei den Indern unter britischer Oberherrschaft der Fall, bei den Algeriern unter den Franzosen und auch bei schwarzen Amerikanern beiderlei Geschlechts.[14]
Feminines Verhalten gehört daher zur Strategie aller machtlosen Gruppen, die versuchen, ihre Erfolge so gut wie möglich zu verbergen, damit die Mächtigen ihnen nicht auf die Schliche kommen und etwas gegen sie unternehmen. Soziologen nennen das »die Maske der Minderwertigkeit anlegen«.[15]
Es ist verständlich, daß viele Frauen der Versuchung erliegen, die feminine Rolle anzunehmen. Verständlich – aber nicht akzeptabel. Denn der Preis, den diese Frauen zahlen, ist letztlich viel zu hoch. Außerdem untergräbt die feminine Rolle grundsätzlich jede ernsthafte Beziehung zwischen den Geschlechtern. Die Sexualpolitik des männlichen Beschützerrummels und das sie ergänzende feminine Anpassungsspiel als Ritterlichkeit zu verkleiden, ändert nichts an der Wahrheit – wie sie Tania Blixen so prägnant zusammengefaßt hat:
»Es wird oft gesagt, daß die Ritterlichkeit von der Welt verschwindet, wenn die Frauen beginnen, aus eigenem Antrieb zu *leben*. Hierzu kann ich nur sagen, daß ... Ritterlichkeit, in der man, um dem Gegenstand seiner Huldigung zu dienen, ihm zuerst die Beine fesselt, mir von geringem Wert erscheint, und es ritterlicher wäre, die Fesseln aufzuschneiden.«[16]

5. Der Drache

Es gibt eine prägnante, kleine Geschichte über die autonome Frau und die Liebe, die uns als Warnung dienen könnte. Sie stammt aus einem feministischen Cartoon. Schauplatz ist das Land der Drachen, der Edelfräulein in Not und der Ritter in glänzenden Rüstungen. Ein vornehmes Edelfräulein und ihre Hofdame starren hinauf zum Kopf eines riesigen Drachen, in dessen Schlund gerade ein Ritter verschwindet. Dazu die Sprechblase: »Gott sei Dank! Wie hab' ich gezittert vor Furcht, daß er den Drachen erschlagen würde und ich ihn dann heiraten müßte!«[1]

Durch den Ehrenkodex der Ritterlichkeit gehört dem ritterlichen Retter das Edelfräulein, das er aus der Not befreit hat. Wir autonomen Frauen gehen noch einen Schritt weiter: In inbrünstiger Dankbarkeit bieten wir uns selbst dem Drachentöter dar.

Wer oder was ist der Drache? Er ist ein Phantom, entstanden aus dem Annie Oakley Komplex, der darauf lauert, uns hinterrücks zu verschlingen, wenn wir es wagen, eine direkte Beziehung zum Leben zu wählen, statt unser Bild den Vorstellungen der Männer und der Gesellschaft anzupassen. Wir beginnen jeden Tag mit dem Motto: »Zur Hölle mit den Torpedos! Volle Kraft voraus!«, und oft gelingt es uns ja auch, das gewünschte Ziel zu erreichen. Aber die ganze Zeit wispert uns eine Stimme solche Schrecklichkeiten wie »Fehlverhalten« und »tadelnswert« ins Ohr. Ich nenne diese Stimme den heißen Atem des Drachen, und ich kannte sie schon gut, bevor ich ihr einen Namen geben konnte.

Ritter töten Drachen, um edle Fräulein zu befreien. Die autonome Frau muß ihren Drachen selbst finden und erschlagen, um sich zu befreien. In diesem Kapitel machen wir uns auf die Suche nach ihm und müssen dazu als erstes das Wesen des Drachen ergründen. Dazu wollen wir uns zwei seiner Geschöpfe anschauen, denen er mit seinem feurigen Atem Leben einhaucht: 1) die autonome Frau als Alibifrau in der Welt der Arbeit; und 2) die autonome Frau als »Verkehrtes Dornröschen« in der Welt der Liebe.

Kann die autonome Frau Liebe finden?

Wenden wir uns zunächst der Alibifrau zu. Wie wird wohl ein schrecklich bedrohter (das heißt, ein normaler), arbeitender Mann auf eine Kollegin reagieren, die Kompetenz mit Sexualität kombiniert? Die für Männer grauenvollste Version einer solchen Frau finden wir auf dem Cover von *MBA*, einer Fachzeitschrift für Wirtschaftsstudenten und -professoren. Die Ausgabe ist »Frauen im Geschäftsleben« gewidmet. Den Titel ziert eine krude Comic-Schönheit – eine schwüle Blondine mit blauen Augen, knallroten Lippen und schwellendem Busen. Mit arrogant zurückgeworfenem Kopf schnauzt sie: »Sie sind entlassen!«[2] Der schrecklich bedrohte Mann reagiert erwartungsgemäß und setzt seine Bedrohung herab durch Anzweifeln der Kompetenz oder der Sexualität der Frau. Ist sie eindeutig kompetent, wird ihre Sexualität entweder schlicht geleugnet (»Sie macht sich ja wirklich gut im Komitee, aber wetten, daß sie seit mindestens zehn Jahren keinen Antrag mehr bekommen hat?«) oder umgewandelt, wie Anthony Astrachan in *How Men Feel* berichtet. Ist sie eindeutig sexuell, wird ihre Kompetenz abgestritten, wie Rosabeth Moss Kanters umfassende Studie *Men and Women of the Corporation* zeigt.
Die Umwandlungen, die Astrachan und Kanter beschreiben, führen bei beiden zum gleichen Ergebnis. Eine Frau, die es zur Alibifrau gebracht hat und daher besonders bedrohlich ist für ihre männlichen Kollegen, muß in eine von vier stereotypen Rollenbildern umgewandelt werden. Die Bezeichnungen der Rollen implizieren bereits die Art von Sexualität, die Männer ihnen zuschreiben. Als da sind: die Mutter, das Schoßhündchen (die kleine

Schwester), die Verführerin und die Eiserne Jungfrau. Und so funktionieren die Rollen: Von der »Mutter« wird erwartet, daß sie sich die privaten Sorgen der Männer anhört und sie tröstet. Oft wird auch erwartet, daß sie ihnen die Wäsche wäscht, Knöpfe annäht usw. Als »gute Mutter« hat sie sich im Hintergrund zu halten, ermutigend und unkritisch zu sein. – Das »Schoßhündchen« wird von der Gruppe als niedliches, amüsantes, kleines Ding adoptiert und symbolisch als Maskottchen zu Gruppenveranstaltungen mitgenommen – als Cheerleader für die Shows männlicher Heldentaten. Es wird erwartet, daß sie die männliche Zurschaustellung bewundert, aber sich nicht einmischt und statt dessen vom Rande des Geschehens aus Beifall klatscht. Anzeichen von Kompetenz werden als Besonderheit gewertet und gelobt, weil sie so unerwartet sind – im Stil: Na, hat sie das nicht toll gemacht, die Kleine? Und das als Frau! – Die »Verführerin« kriegt Pluspunkte für ihre Weiblichkeit und kann sicher sein, die Aufmerksamkeit der Gruppe auf sich zu ziehen. Aber gleichzeitig ist sie die Ursache erheblicher Spannungen. Und, wie Kanter bemerkt: »Man muß wohl kaum darauf hinweisen, daß die ihr zugeschriebene Sexualität alle anderen Charakteristika überdeckt.« – Die »Eiserne Jungfrau« widersteht allen Verlockungen, die sie in eine der anderen drei Rollen pressen würden. Sie wird »mit Mißtrauen betrachtet, mit unangemessener und übertriebener Höflichkeit behandelt (in Unterhaltungen werden andere Frauen lobend erwähnt; es wird zum besonderen Ritual, ihr *nicht* die Tür aufzuhalten), und man begegnet ihr mit Distanziertheit«.[3]
Eine ebenbürtige Frau in ein solches Klischee umzuwandeln, beruhigt den bedrohten Mann. Er zwängt sie in die traditionelle, männerzentrierte Rolle und bändigt damit ihre unangenehme Kompetenz; gleichzeitig wird ihre Sexualität aufgehoben, da die Rolle der Mutter/Ehefrau/Tochter mit der des verführerischen Sex-Objekts unvereinbar ist. Und andersherum wird die bedrohliche Kompetenz einer ebenbürtigen Frau aufgehoben, da man sie in der Rolle der Verführerin auf bloße Sexualität reduzieren kann. Die »Eiserne Jungfrau« aber ist eine Klasse für sich. Mit ihrer

konsequenten Ablehnung aller vorgeschriebenen, traditionellen Rollen, die Männern entweder sexuell oder asexuell dienen, löscht sie ihre Sexualität aus und läßt ihre Kompetenz suspekt erscheinen, womit sie aus dem Blickfeld der Männer verschwindet. Diese Rolle blüht höchstwahrscheinlich den meisten autonomen Frauen.

Bei so düsteren Aussichten für die Frau in der Arbeitswelt scheint der angeblich weibliche »Wunsch zu versagen« zunächst recht einleuchtend. Allerdings ist dieser Begriff eine totale Verdrehung der Arbeit von Matina Horner, der jetzigen Präsidentin vom Radcliff College, die 1968 begann, Erfolgsangst bei Frauen zu erforschen, das »Motiv zur Erfolgsvermeidung«, wie sie es nannte. Horners Arbeit wurde von den Medien wie auch von der Autorin des *Cinderella Komplex* begeistert aufgenommen. »Na bitte«, hieß es, »jetzt hat es eine von ihnen selbst gesagt. Wenn Frauen die Gleichstellung nicht schaffen und keinen Erfolg haben, dann ist das ihr eigener Wunsch.«[4] Dowling, die behauptet, sich ganz auf Horners Arbeit zu stützen mit ihrer These, daß »die Frauen sich [selbst] um den Erfolg« bringen, denn sie haben den »tiefverwurzelten Wunsch, von anderen versorgt zu werden«[5], ist damit ebenfalls schuld an jener Art von Verdrehung, gegen die sich Horner später selbst zur Wehr setzte:

> »Wenn ein ›Wunsch zu versagen‹ vorhanden wäre, würde das bedeuten, daß Frauen sich aktiv um Mißerfolge bemühen, weil sie hoffen oder erwarten, daß es positive Konsequenzen für sie haben würde. Im Gegensatz dazu habe ich behauptet, daß Frauen, die wirklich etwas leisten wollen und tatsächlich dazu in der Lage sind, am stärksten die negativen Folgen der ›Erfolgsangst‹ zu spüren bekommen. Ihr positives Leistungsstreben wird durch das Motiv zur Erfolgsvermeidung behindert, das aus der Angst entsteht, ihr Erfolg könne negative Konsequenzen für sie haben.«[6]

Falls die Aussicht auf »Mutter«, »Schoßhündchen«, »Verführerin« und »Eiserne Jungfrau« einem noch kein Motiv zur Erfolgsvermeidung gibt, dann passiert das wohl spätestens nach Betrachtung jener Frauen, die sich auf dem »schnellen Gleis«, wie die Geschäftswelt es nennt, »bewiesen« haben. Sechs von diesen Senkrechtstarterinnen, die 1975 als Repräsentantinnen der »Havard Business School« ausgewählt und zehn Jahre später interviewt wurden, sind die Hauptfiguren eines ziemlich grausigen Buches mit dem Titel *Women Like Us* (Frauen wie wir).[7]

Der Titel ist reichlich unpassend. »Wie wir«, das heißt wie andere Frauen, ist genau das, was diese Frauen *nicht* sind – worauf sie zweifellos als erste größten Wert legen würden. Ihr hauptsächliches Unterscheidungsmerkmal ist im übrigen das völlige *Fehlen* von Verbindungen zu anderen Frauen. Ihr Motiv, sich interviewen zu lassen, scheint ausschließlich Selbstgefälligkeit zu sein – »Es tut meinem Ego gut, eine der sechs Auserwählten zu sein« – wie auch ihr Motiv, sich nicht interviewen zu lassen – »Es tut der Karriere nicht gut, über solche Dinge zu reden«. Ihrem Motiv, etwas erreichen zu wollen, was Frauen bisher noch nicht erreicht hatten, fehlt ebenfalls deutlich der Sinn für Verbindendes:

> »Warum tun Sie das überhaupt?« »Ach, für mein Ego, glaube ich. Warum tun es andere? Um zu sehen, ob man es wirklich kann, ob man so gut ist, wie man denkt.«

Das Ziel dieser Frauen ist ganz einfach »Macht«.[8]

Wie der Mann in Kapitel 2, der siegen will, weil er dann »mit seinen Erfolgen prahlen« kann, setzen auch diese Frauen nur auf Sieg. Wie er, verkaufen auch sie sich an die Leistungs-Ethik, die besagt, man sei etwas wert, *weil* man etwas leiste, ganz egal, was es ist. Wie wir gesehen haben, werden Männer für ihre Erfolgsprahlerei mit Männlichkeitspunkten belohnt. Dieses Belohnungs-System könnte ein wenig problematisch werden für Frauen, die mit ihren Erfolgen auf dem »schnellen Gleis« prahlen. Ihre Belohnung könnte am Ende sogar so aussehen, wie Marge Piercy sie in ihrem Gedicht »The Token Woman« (Die Alibifrau) beschrieben hat:

> »Die Alibifrau steht auf dem Platz der unbefleckten Ausnahme. / Tauben segnend von ihrem blauen Piedestal. / . . . Die Alibifrau steht stocksteif wie eine Vogelscheuche im raschelnden Maisfeld: ihre Muskeln sind hölzern. / Warum reitet sie verkleidet in die Schlacht?«[9]

Ja, warum wohl? Weil ihre Kleider, diese stilisierte Karikatur des männlichen, nadelgestreiften Einheitslooks, ihre Rüstung sind und das Kennzeichen für ihren Ausnahmestatus. Mit ihnen signalisiert die Alibifrau der männlichen Welt, in der sie sich bewegt, daß sie trotz all ihrer Prahlerei willens ist, das Spiel der Unterschiede, die keinen Unterschied machen, mitzuspielen. In dieser Welt wird das »Befreiung« genannt – im Stil von »Ja, das ist wirkliche Befreiung. Wir kämpfen für den unterschiedslosen, ›geschlechts-blinden‹ Betrieb.«[10] Die Sache hat nur einen kleinen Haken. »Geschlechts-blind« heißt nicht, daß ein Betrieb blind gegenüber beiden Geschlechtern ist. Es bedeutet nur, daß der Betrieb blind gegenüber dem weiblichen Geschlecht ist in dem festen Glauben, daß alle Frauen, die das »Befreiungs«-Spiel spielen, zunächst einmal versuchen, wie Männer zu werden. Die Tatsache, daß Frauen offensichtlich keine Männer werden *können*, trotz ihres emsigen Bemühens, es ihnen gleichzutun, findet ihren angemessenen Ausdruck in Piercys sterilen Bildern. Denn die erste Regel im Spiel der Unterschiede, die keinen Unterschied machen, lautet: Die Spielerin muß alle Verbindungen zu anderen Frauen abbrechen – ihr größtes Handicap in diesem Spiel. Derart gefangen zwischen politischer Zweckdienlichkeit und biologischer Notwendigkeit, bleibt der Spielerin nur ein einziger Ausweg: Sie wird zum Eunuchen. Zum sicheren, da geschlechtslosen Hüter des inneren Sanktums.

Zu sehen, daß wagemutige Frauen in »Mütter«, »Schoßhündchen«, »Verführerinnen«, »Eiserne Jungfrauen« und besonders in Vogelscheuchen auf dem »schnellen Gleis« verwandelt werden, ist für uns alle eine wichtige Lektion. Sie funktioniert wie der Fahrradunterricht in einem beliebten Kinderbuch: Papa Bär bringt Junior Bär bei, wie man Fahrrad fährt. Jede Lektion nimmt ein böses Ende, weil Papa Bär immer das Gegenteil von dem tut, was er eigentlich vorführen will. Aber durch die Beispiele wird der Zweck der Übung trotzdem erreicht. Auf dem Höhepunkt jeder danebengegangenen Demonstration warnt Papa Bär seinen Sohn: »So solltest du es *nicht* machen. Laß dir das eine Lehre sein.«[11]

Die wirkliche Annie Oakley

Wo aber finden wir die positive Lektion, die uns hilft, unseren Drachen zu erschlagen auf der Suche nach Autonomie? Eines von Matina Horners Kindern erkannte das Verwirrende an unserem Dilemma »an dem Tag, als Tia, noch keine drei Jahre alt, erfuhr, daß eine Freundin der Familie Ärztin war und Tia nach längerem Schweigen wissen wollte: ›Ist [sie] trotzdem ein Mädchen? Und ist sie trotzdem noch Erics Mami?‹ und dann, bevor sie sich anderen Dingen zuwandte, feststellte: ›Sie muß ganz schön durcheinander sein.‹«[12] Die autonome Frau ist total verstrickt in ein Dilemma, das von der männlichen Furcht vor weiblicher Kompetenz und Sexualität geschaffen wurde. Und das heißt, sie ist in der Tat ganz schön durcheinander. Daher entwickeln diejenigen, die wirklich etwas leisten wollen und tatsächlich dazu in der Lage sind, auch am ehesten den Annie Oakley Komplex.
Aber halt... bei näherem Hinschauen entdecken wir, daß es *zwei* Annie Oakleys gibt. Da ist Annie aus dem turbulenten Musical *Annie Get Your Gun*, und da ist Annie Oakley, deren Leben angeblich als Vorlage für das Musical diente.[13] Selten war Fiktion so weit von der Wirklichkeit entfernt wie in dieser totalen Verfälschung eines Lebens. Für uns aber ist der künstliche Gegensatz von Fiktion und Fakten sehr hilfreich, denn dadurch erfahren wir viel über den Annie Oakley Komplex und noch mehr über die romantische Liebe.
Die Fiktion: Laut Musical ist Annie ein ungehobelter Bauerntrampel, deren phänomenale Schießkünste jeden Mann in den Schatten stellen. Sie wird von Buffalo Bill entdeckt, der sie zum Star seiner Wildwest-Show macht. Der beste Schütze in der Show ist Frank Butler, in den sich Annie auf Anhieb verliebt. Hoffnungslos verliebt, wie sich herausstellt, weil er sie verachtet. Denn Annie ist nicht die Art Frau, die er heiraten würde – nämlich »sanft und rosa wie ein Kinderzimmer«, »eine Puppe, die man auf Händen tragen kann«, und so weiter. Sie treten als Team auf, aber nicht lange, weil Butler durch Annies überlegene Schießkünste so verstört ist, daß er verschwindet und sich der Konkurrenz-Show von

Pawnee Bill anschließt. Annie bleibt und wird zur Solo-Sensation der Buffalo Bill Show in Europa. Bei ihrer triumphalen Rückkehr nach Amerika wird ein Wettkampf zwischen ihr und Butler arrangiert, um endgültig festzulegen, wer von ihnen der Meisterschütze ist. Annie verliert absichtlich, weil sie feststellt: »Mit dem Schießeisen kriegst du keinen Mann.« Woraufhin Butler, der nun endlich die Frau in ihr sehen kann, eine romantische Verbindung mit ihr eingeht, die zum stürmischen Finale des Musicals wird.
Die Fakten: In Wirklichkeit hat Annie Oakley ihren Mann tatsächlich mit dem Schießeisen »gekriegt«. Als Fünfzehnjährige begegnete sie 1875 zum ersten Mal dem damals fünfundzwanzigjährigen Frank Butler, einem der besten Scharfschützen seiner Zeit. Sie trafen sich, um in einem speziell für sie arrangierten Kampf gegeneinander anzutreten. Hier ist Butlers eigene Erinnerung an diesen Kampf und seinen Ausgang:

»Ich trat damals als Scharfschütze in einer Show auf und mußte immer draußen die Zuschauer begrüßen, mit meinem Gewehr im Arm... Als wir nach Cincinnati kamen, wurden wir in einem Hotel untergebracht, in dem auch Farmer abstiegen. Einige der Gäste hörten, daß ich schießen konnte, und bald machte sich einer an mich heran und wollte wissen, wie gut ich wirklich wäre. Ich sagte ihm, ich könne jeden schlagen, außer Carver und Bogardus. Er sagte, er hätte da einen Unbekannten, der mich besiegen würde... in zehn Tagen und für einen Einsatz von 100 Dollar. Ich lachte und nahm die Wette an, wobei ich nur die beiden schon erwähnten Männer ausschloß. ... Bis zum Tag, an dem der Wettkampf stattfinden sollte, hörte ich nichts weiter. ... Ich fiel fast tot um, als ein kleines, dünnes Mädchen in kurzem Kleid mit mir an die Schußlinie trat. ... Nie im Leben habe ich besser geschossen. Nie zuvor waren für zwei Schützen die Tontauben so schwer zu erwischen, und niemals hatte jemand derartig unmögliche Schüsse fertiggebracht, wie das kleine Mädchen. Sie traf dreiundzwanzig und ich einundzwanzig. Es war ihr erster großer Kampf – und meine erste Niederlage.

Am nächsten Tag kam ich zurück, um das kleine Mädchen, das

mich geschlagen hatte, wiederzusehen, und nicht lange danach waren wir verheiratet.«

Obwohl Butler angeblich gesagt haben soll, er habe Annie nur geheiratet, weil »es die einzige Möglichkeit war, mein Geld zurückzukriegen«, kamen sie dem Märchen-Ideal des glücklichen Zusammenlebens bis ans Ende ihrer Tage doch so nahe, wie es das wirkliche Leben erlaubt. Ihre fünfzig Jahre dauernde Ehe wird oft als ideal beschrieben. Sie arbeiteten und reisten zusammen, Annie als die berühmte Schützin und Frank als ihr Manager. Sie schloß sich tatsächlich 1885 der Buffalo Bill Show an, aber Frank trat dort nie auf in den mehr als siebzehn Jahren, in denen Annie in Amerika und Europa die Sensation der Show war und pro Woche beachtliche 1000 Dollar verdiente. Franks Verehrung für Annie spricht deutlich aus den vielen Gedichten, die er für sie schrieb, und aus den vielen Interviews, die damals in der Presse erschienen. Sie hatten keine Kinder, gaben aber viel Geld an die Kinder ihrer Verwandten; außerdem spendeten sie große Summen für wohltätige Einrichtungen, die sich um arme Kinder kümmerten. Im Frühjahr 1926 zogen sie zurück nach Ohio. Dort besuchte Will Rogers sie. Er erzählte seinem Publikum:

> »Ich besuchte neulich Annie Oakley, als ich in Dayton, Ohio, auftrat. Sie lebt dort zusammen mit ihrem Mann, Frank Butler, und mit ihrer Schwester. Ihr Haar ist schneeweiß. Seit einem Autounfall vor ein paar Jahren muß sie das Bett hüten. Ich habe mit Buffalo Bills Cowboys gesprochen, die zu ihrer Zeit in der Show arbeiteten und die sie verehren. . . . Ich möchte, daß alle, die sich an sie erinnern, ihr schreiben und sie besuchen, wenn es geht. Sie wird Ihnen ein Vorbild geben. Sie ist ein ebenso hervorragender Mensch wie sie eine hervorragende Schützin war.«

Rogers hätte das gleiche über Frank Butler sagen können. Diese beiden bemerkenswerten Menschen, die 1926 im Abstand von nur achtzehn Tagen starben, sind ein viel größeres Vorbild in der Liebe als Tristan und Isolde. Aber statt aus ihrem Beispiel zu lernen, haben wir sie einfach in der Geschichte vergraben und sie meuchelmörderisch zur amerikanischen Legende umstilisiert.

Warum ist die wahre Liebesgeschichte von Annie Oakley und Frank Butler unbrauchbar als Vorlage für das Musical? Weil es keine romantische Geschichte ist. Die wahre Geschichte enthält nicht die korrekten Elemente eines Skripts, das die Situation festlegt, die Akteure benennt, ihr Verhalten bestimmt, damit etwas Romantisches passieren kann. Im Gegensatz dazu enthält *Annie Get Your Gun* alle diese Elemente. Das Musical ist praktisch eine Anleitung, wie autonome Menschen, egal ob weiblich oder männlich, ihr eigenes Bild verändern müssen, damit die Romanze erblühen kann. Tatsächlich mußten *alle drei* Hauptelemente der wahren Geschichte von Annie und Frank geändert werden, um »das Ding, das man Romantik nennt«, zu schaffen, wie es im Liebeslied des Musicals heißt.

Und so wird diesem außergewöhnlichen menschlichen Wesen Annie Oakley das gewöhnliche Weiblichkeits-Klischee übergestülpt: eine »richtige Frau«, die »ihre Lektion lernt«, als sie erkennt: »Mit dem Schießeisen kriegst du keinen Mann«, und die mit der absichtlichen Verleugnung ihrer Kompetenz die Maske der Minderwertigkeit anlegt. Dem ebenso außergewöhnlichen menschlichen Wesen Frank Butler wird wiederum das gewöhnliche Männlichkeits-Klischee übergestülpt: ein prahlerischer »richtiger Mann«, dessen »männlicher Stolz« von ihm verlangt, ständig die ermüdende Vorstellung aufrechtzuerhalten: »Alles was du kannst, kann ich besser.« Die sich gegenseitig erhöhende Partnerschaft von zwei Ebenbürtigen, die ihre wirkliche Liebesbeziehung war, wird degradiert zur verschlagenen Ego-Politik, die wir Romanze nennen.

Wie funktioniert der Annie Oakley Komplex? Der Gegensatz zwischen der Annie der Fakten und der Annie der Fiktion sagt eigentlich schon alles. Hier haben wir die wirkliche Annie, eine vielseitige Frau, die von der Presse ihrer Zeit in glühenden Farben geschildert wird: eine »brillante Unterhalterin«, die ebenso »fröhlich« wie »lebenslustig« war; gewandt im Umgang mit europäischen Fürstlichkeiten, und gleichzeitig die Menschen mit ihrer »bescheidenen Art und ungewöhnlichen Sittsamkeit« erfreuend; eine kleine, schmale Person mit einer »angenehm sanften Stimme«, die gleichzeitig »offen und herzlich« war und eine

»besondere Charakterstärke« besaß. Kurz gesagt, eine sehr erwachsene Frau, die ihr Selbstbild nie angepaßt hat und trotzdem die Liebe eines Mannes fand, der bis zum Tage seines Todes ihr ungekünsteltes Wesen aufrichtig bewunderte.
Der nachempfundene, fiktive Abklatsch dieser Frau ist Annie, der liebenswerte, aber eintönig energiegeladene Bauerntrampel, der in jedes Fettnäpfchen tritt und keine Ahnung von Grammatik hat, denn »mir hat keiner was gelernt«; die ihre phänomenalen Meisterleistungen herabsetzt und sie nur der Tatsache zuschreibt: »Meine Mutter wurde von einem Gewehr erschreckt, sagte man mir«; die dann ihre Leistungen für die Fehlschläge in ihrem Leben verantwortlich macht, denn: »Trägt ein Mädchen ein Gewehr, mögen Männer sie nicht mehr«; und die schließlich ihr Können verleugnet, damit sie ihren Mann kriegt, um sich dann seiner Anmaßung zu beugen: »Früher oder später bin ich besser als du.« Kurz gesagt, sie ist die linkische Einzelgängerin, die »sich selbst beweist«, indem sie sich selbst herabsetzt; die bestätigt, daß es nicht die große Aufgabe im Leben einer Frau ist, ihre besonderen Talente zu nutzen, um eine direkte Beziehung zum Leben zu finden, sondern diese Talente zu unterdrücken und herabzusetzen, um mit Mr. Right die Erfüllung zu finden. Ihre romantische Lektion besteht darin, das schäbige, aber wenigstens offene Geplänkel von »Alles, was du kannst, kann ich besser« einzutauschen gegen die planmäßige Täuschung von Eroberung und Unterwerfung. Ihre Siegesprämie ist Franks »Liebes«-Lied:

»... sie hat meinen Widerstand gebrochen ...
sie hat mich da, wo sie mich haben will,
und ich kann ihr nicht entkommen.«

Der Fluch der Unweiblichkeit

Nehmen wir mal an, Sie geben Ihrem Annie Oakley Komplex nicht nach. Nehmen wir weiter an, Sie weigern sich in romantischen Beziehungen immer wieder, Ihr Selbstbildnis nach guter femininer Art anzupassen, und bleiben sich, Ihrer Sexualität und Ihrer Kompetenz statt dessen treu. Da die Frank Butlers leider rar sind, werden Sie aufgrund Ihres Verhaltens diese Beziehungen höchstwahrscheinlich alle in einem frühen Stadium abbrechen. Diejenigen, die sich eher wie die wirkliche Annie Oakley und nicht wie die erfundene verhalten haben, können ein Lied davon singen. Ein Cartoon aus dem *New Yorker* zeigt, wie unsere Realität aussieht: Zwei gut betuchte Männer in den besten Jahren sitzen im Rauchzimmer eines Clubs, der offensichtlich nur solchen Männern vorbehalten ist. Bei Zigarre und Brandy sagt der eine zum anderen: »Sie ist alles, was ich mir je von einer Frau gewünscht habe – und leider noch 'ne Menge mehr.«[14]

Schon 1946 schrieb die Soziologin Mirra Komarovsky ein Rezept dafür, wie man zu einer solchen Traumfrau werden kann – einer, die sich nie schuldig fühlen muß, weil sie zu weit gegangen ist:

> »Sie ist ein Mädchen mit genügend Intelligenz, um die Schule gut zu schaffen, aber nicht so brillant, ›lauter Einsen‹ zu kriegen; informiert und aufmerksam, aber nicht von intellektuellem Ehrgeiz zerfressen; tüchtig, aber nicht besonders talentiert für Gebiete, die für Frauen relativ neu sind; in der Lage, auf eigenen Füßen zu stehen und ihren Lebensunterhalt zu verdienen, aber keinen so guten Lebensunterhalt wie die Männer; dazu fähig, ihren Job zu erfüllen (falls sie nicht heiratet oder falls sie in dem Fall zusätzlich arbeiten muß), aber nicht so identifiziert mit ihrem Beruf, daß sie ihn zum Glücklichsein braucht.«[15]

Ein berühmtes, neueres Idealmodell eines Mädchens, das es »geschafft« hat, ist das »Cosmo-Girl«. Und auch »Charlie«, das Mädchen, mit dem Revlon für sein gleichnamiges Parfum wirbt, ist ein solches Ideal. In den frühen 80er Jahren durfte sich Charlie für kurze Zeit emanzipiert geben. Verkörpert von der Schauspielerin Shelley Hack, war sie ungebunden, berufstätig, unabhängig, sicher, ohne männliche Begleitung und sexy. Dann kam das Jahr 1984. Und mit ihm die »neue Charlie«:

> »Nun hat Revlon Shelley Hack durch ein sanfteres, runderes Fotomodell ersetzt. Die Hosen sind verschwunden, die Neue

trägt ein gerafftes, trägerloses Abendkleid. Und sie tritt in Begleitung eines Mannes auf, eines gesunden und gut aussehenden jungen Geschäftsmannes, vielleicht ist er Bankkaufmann oder Rechtsanwalt? Die romantische Szene zeigt, wie Charlie und ihr Freund von einer Party nach Hause zurückkehren. ›Würdest du deinen Ausflug an die Küste absagen, wenn ich dich darum bitte?‹ fragt er, Charlie jedoch gibt keine Antwort. Aber er gibt nicht auf. ›Selbst meine Mutter meint, du solltest langsam zur Ruhe kommen.‹ Mit kokettem Lächeln schaut ihm Charlie tief in die Augen und antwortet: ›Deine Mutter hat recht!‹«[16]

Das ist die »neue Charlie«. Die autonome Frau aber lächelt, schaut ihm fest in die Augen und sagt: »Hör auf, deine Mutter vorzuschieben.« Sie verzichtet auf die Romanze, macht den Ausflug ohne ihn, während ihr der heiße Atem des Drachen höchstwahrscheinlich den Nacken versengt.

Susan Brownmillers fundierte Untersuchung zur *Weiblichkeit* hat mich zum ersten Mal auf die Spur des Drachen gebracht. Schon vor Jahren fand ich ihre Behauptung, Weiblichkeit sei im wesentlichen eine Sache der Beschränkung, sehr zutreffend und hatte mich längst entschieden, das Spiel nicht mehr mitzumachen. Ich fand den Preis für Weiblichkeit zu hoch, trotz der vielen Beweggründe, die unsere Kultur uns liefert. Für diese Entscheidung hatte ich ebenfalls einen Preis gezahlt, nur wußte ich nicht genau, welchen, selbst als ich aus meiner »Vollkommenen Romanze« erwacht war. Ich wußte nur, daß es da eine Verbindung geben mußte, und vertiefte mich erneut in Brownmillers *Weiblichkeit*. Bestimmte Passagen erwiesen sich als Wegweiser: Geradeaus geht's zum Drachen. Und da war er:

> »Aber man kommt nicht um die Tatsache herum, daß Ehrgeiz kein weiblicher Charakterzug ist. Genauer gesagt – ein Mangel an Ehrgeiz – oder ein eingestandener Mangel an Ehrgeiz oder die Bereitschaft, den persönlichen Ehrgeiz zu opfern – ist ein tugendhafter Beweis des nährenden Wesens der weiblichen Natur. Fehlt es, trifft das mitten ins [schuldbewußte] Herz der . . . Weiblichkeit.«[17]

Nun hatte ich den Drachen endlich direkt vor mir. Er ist das »schuldbewußte Herz der Weiblichkeit«.

Auf dem Grunde des schuldbewußten Herzens liegt die Gewißheit, daß man sich schlecht fühlt, wenn man anderen Leuten nicht ihren Willen läßt. Besonders, wenn man eine Frau ist, und wenn die anderen Leute Männer sind. Selbst ansonsten recht autonome Frauen kennen das Schuldgefühl, wenn sie einem Mann etwas abschlagen – sei es sein Arm oder sein Antrag. Ich glaube, das Schuldgefühl entsteht aus dem tiefsitzenden Verdacht, daß alles, was wir gesunde Anmaßung und uns-selbst-treu-bleiben nennen, nur eine Rationalisierung ist. Und dahinter verbergen wir das dunkle Geheimnis, daß wir in Wahrheit tatsächlich diese kulturelle Blasphemie sind – die unweibliche Frau. Der Verdacht der Unweiblichkeit ist eine uralte Technik, Frauen durch Schuldgefühle unter Kontrolle zu halten. Wir spüren das volle Ausmaß unserer Unbotmäßigkeit in der Behauptung einer der männlichen Größen der Psychologie des zwanzigsten Jahrhunderts, der verkündete, eine gebildete Frau sei »die absolute Verherrlichung der Selbstsucht«.[18] Und genau so in der Behauptung einer der weiblichen Größen der Psychologie, die verkündete: »Besonders die ›Intellektualität‹ der Frau geht sehr weitgehend auf Kosten wertvoller weiblicher Qualitäten ... Aus allen Beobachtungen geht hervor, daß die intellektuelle Frau vermännlicht ist; bei ihr ist an die Stelle des warmen, fühlenden Wissens ein kaltes, unproduktives Denken getreten.«[19] Und wir spüren es in den Kommentaren unserer Väter und Ehemänner und Liebhaber, die uns erfolgreich erklären, irgend etwas stimme bei uns nicht, denn wir hätten uns der Sünde schuldig gemacht, wir selbst zu sein. Die drei folgenden Frauen sind solche Fälle.

Da ist Rachel, der hübsche College-»Sonnenschein«, die eines Tages beschloß, »zwischen dem Bild, das sich die anderen von mir machten, und meinem eigenen zu wählen«:

> »Sie hoffte, sie könne diese Person, die sie bisher für ihren Freund und ihre Familie gewesen war, hinter sich lassen: Das passive, abhängige, ängstliche Lehmklümpchen, das brave, kleine Mädchen, die Schauspielerin, die Glücklichsein vorge-

spielt hatte. ... Sie beschloß, daß sie sich selbst neu erdenken müsse, als ob sie eine leere Schiefertafel sei. In bestimmter Hinsicht waren die körperlichen Veränderungen das stärkste Symbol. Zum ersten Mal seit acht Jahren ließ sie die Haare auf ihren Beinen wachsen. Sie band ihr langes blondes Haar hoch, steckte es unter eine Mütze und spazierte in dieser Tarnung über den Campus, ohne Make-up, in lockerer Bluse und schlabberigen Hosen. Sie wollte herausfinden, ob jemand sie anschauen würde, wenn sie nicht hübsch wäre. Sie wollte wissen, ob sie sich anders fühlen würde, wenn sie nicht feminin wäre. Schließlich beschloß sie, zum Passah-Fest nach Hause zu fahren. ... Als sie auf dem Logan Airport aus dem Flugzeug stieg, schaute ihre Mutter sie entsetzt an. Und ihr Vater fragte sofort: ›Was hast du mit meinem kleinen Mädchen gemacht?‹«[20]

Und da ist die ehemalige Hausfrau, die mit Mitte vierzig einen Posten als Management-Beraterin bekam:

»Mein Mann sagte dauernd zu mir: ›Wenn du doch nicht immer so direkt wärst.‹ Und das traf mich natürlich nicht nur in bezug auf meinen Feminismus, sondern auch in bezug auf meine Herkunft, denn Deutsche neigen dazu, sehr direkt zu sein. Und ich bin nun mal nicht hintenherum. Ich kann das nicht. Darum habe ich mich immer sehr darüber geärgert. Eigentlich wollte er sagen: ›Es fällt mir viel schwerer, dir etwas abzuschlagen, wenn du so direkt bist; es wäre viel einfacher, wenn du indirekt wärst.‹ Aber es hat Jahre gedauert, bis ich das verstanden habe.«

»Haben Sie danach versucht, indirekter zu sein?«

»Absolut nicht. Aber ich fühle mich immer noch schuldig, weil ich nicht indirekt sein konnte.«

Und da ist schließlich die erfolgreiche, fündundfünfzigjährige Drehbuchautorin:

»Bis vor ein paar Jahren hatte ich ein sehr ambivalentes Gefühl in bezug auf Erfolg und auf die Dinge, die mir wichtig sind. Die Ambivalenz hat mit meiner Kindheit zu tun. Wenn mein Vater das Gesicht einer selbstbewußten Frau sah, sagte er unweigerlich: ›Mit der möcht' ich nicht verheiratet sein!‹ Die

Botschaft lautete: Man kann keine selbstbewußte Frau sein, ernsthafte Arbeit tun und erwarten, geliebt zu werden – von einem Mann. Und ich glaube, das stimmt in gewissem Maße. Vielleicht ändert sich das. Ich hoffe es. Und ich blicke erwartungsvoll auf die nächste Generation, in der Hoffnung, etwas anderes zu sehen.«

Das schuldbewußte Herz der Weiblichkeit schlägt in der Brust der autonomen Frau besonders laut, wenn sie über Männer und Liebe nachdenkt, denn das ist die Feuerprobe, in der die selbstsüchtige Unweiblichkeit zum Vorschein kommen kann. Kein Wunder, wenn man bedenkt, wie in unserer Gesellschaft Liebe getestet wird (nur bei Frauen, natürlich). Wie zeigt man einem Mann, daß man ihn *wirklich* liebt? Da gibt es verschiedene Möglichkeiten, aber selbst heute, wo Klischees nicht mehr ganz so eng gesehen werden, hat die folgende Szene aus der Groschenheft-Romanze *»Aufgehender Stern«* Einfluß auf unser Leben. Die Heldin ist professionelle Kunstreiterin:

»Ich liebe dich, Nick. Ich werde dich immer lieben.« »Genug, um das Kunstreiten aufzugeben?« insistierte er. »Wenn du es willst.« Ihre Antwort kam ohne Zögern. »Das ist jetzt nicht mehr wichtig.«[21]

Viele Frauen verachten zu Recht solche erniedrigenden Liebesbeweise, auch wenn dadurch das weibliche Schuldgefühl wächst. Auf vollen Touren laufend, macht das weibliche Schuldgefühl das Ohne-Mann-sein zum lebenden Beweis für unsere Unfähigkeit zu geben. Wenn wir an diesem kritischen Punkt den Drachen nicht erkennen, laufen wir Gefahr, in die gleiche Misere zu geraten wie diese Dreißigjährige:

»Ich wollte mir selbst treu bleiben. Ich konnte mich nicht in zwei Hälften teilen. ... Daher versteckte oder überspielte ich weder mein Herkommen noch meine Ambitionen; ich wollte das Spiel nicht mitspielen.

Und irgendwann hatte ich das Gefühl, es schlägt auf mich zurück. Ich wurde bestraft, und Himmel, tat das weh. ... Und ich dachte an all meine Beziehungen zu Männern, die nicht geklappt hatten – wobei ›geklappt‹ nun hieß, sie hatten nicht

›zur Ehe geführt‹, was plötzlich als einziges zählte. Offensichtlich hatte keine der Beziehungen geklappt, denn ich war immer noch allein. In all diesen Beziehungen hatte es irgendein Problem gegeben, ausgelöst durch meinen Fehler, bildete ich mir ein, und ich fing an zu glauben, ich müsse einen ganz schrecklichen Fehler haben, von dem alle außer mir wüßten. . . . Ich sah mich selbst als nicht nur unzureichend, sondern auch unvollständig, fehlerhaft, nicht komplett. . . . Ich konnte mich nur retten, wenn ich mit aller Kraft versuchen würde, mein Alleinsein zu beenden: Ich mußte einen Mann finden, einen Mann, der mich heiraten würde.«[22]

Die magische Taste

Hier haben wir den ziemlich fortgeschrittenen Fall einer Frau, die drauf wartet, daß ihre magische Taste – die mit der Aufschrift: »Befreie mich vom Fluch der Unweiblichkeit« – gedrückt wird. Eine Frau, die Männer jahrelang mit der Ablehnung der weiblichen Rolle verschreckt hat, ist mit größter Wahrscheinlichkeit tief gespalten. Der Mann, der auf diese Taste drückt und damit scheinbar die Spaltung heilt, kann bei dieser Frau viel erreichen. Und daher kann fast jeder Mann, der Interesse an ihr zeigt und die magischen Worte sagt: »Ich finde, du bist sehr intelligent und auch sehr attraktiv, und mich stört deine Intelligenz überhaupt nicht, ganz im Gegenteil« mit ihrer Bewunderung und ihrer Dankbarkeit rechnen. Einer unter Millionen, jubelt sie, ein Mann, der mich attraktiv findet und auch alles andere an mir akzeptiert. Endlich kann ich so sein, wie ich bin, und trotzdem geliebt werden. Mein Märchenprinz! Er hat die magische Taste gedrückt, und die romantische Idylle läuft auf Hochtouren. Glitzerstaub senkt sich auf ihre Augenlider, und sie ist auf der Stelle bereit, sich mit ihm zu vereinen. Wenn er beschließt, ihr Märchenprinz zu werden, wird sie sich ihm zuliebe schnellstens in ein »Verkehrtes Dornröschen« verwandeln.

Nun wird die besondere Anfälligkeit der autonomen Frau, sich in der Liebe zum Narren zu machen, vollends durchsichtig. Es ist nur eine weitere Spielart der generellen soziologischen Erkenntnis, daß gesellschaftliche Anerkennung immer dann ihre größte Wirkung hat, wenn jemand über längere Zeit ohne Liebesbeweis oder Wertschätzung auskommen mußte, und besonders, wenn man vor kurzem Mißfallen erregt hat. Oder, mit den Worten des Sozialpsychologen Zick Rubin: »Anerkennung, die auf Mißfallen folgt, wirkt wie Futter für die hungrige Taube.«[23]

Dieser Punkt ist von größter Bedeutung für die verliebte autonome Frau, darum wollen wir das Prinzip der »hungrigen Taube« genauer betrachten und sehen, inwieweit es auf sie zutrifft. Das Prinzip: Anerkennung, die auf Mißfallen folgt, befriedigt ein Bedürfnis, das sich über längere Zeit aufgestaut hat, und ist daher eine sehr machtvolle gesellschaftliche Belohnung.

Autonome Frauen leben in einer mit Mißtrauen angefüllten Atmosphäre. Besonders Männer verbreiten diese Atmosphäre, wie die Bemerkung dieses Mannes verdeutlicht: »Vor einem Mann, der mir auf bestimmten Wissensgebieten überlegen ist, kann ich eventuell etwas Angst empfinden, aber wenn ein Mädchen mehr weiß als ich, nehme ich ihr das übel.«[24] Laut meinem Lexikon bedeutet übelnehmen, Mißfallen und Unwillen zu fühlen oder zu zeigen, weil man sich gekränkt oder beleidigt fühlt. Er nimmt es Frauen wie uns übel, weil wir ihn beleidigen. Beleidigen heißt, das moralische oder göttliche Gesetz zu übertreten; zu sündigen; ein Verbrechen oder einen Fehler zu begehen. Kurz gesagt, es ist unser Fehler. Wir (und nicht er) haben das höhere Gesetz übertreten, und er kann daher mit vollem Recht Mißfallen an uns zeigen. Ganz gewöhnliches Mißfallen ist schon schwer zu ertragen, aber Mißfallen, das mit den Schwingen der göttlichen Gesetze auf uns niederbraust, hinterläßt tiefe Wunden.

Selbst ganz dummes, lächerliches Mißtrauen kann verletzen. Hier ein kleines Beispiel: Für die Recherchen zu einem Artikel über hypnotische Regressionen in frühere Leben nahm ich an einem Seminar in Arizona teil. Wir waren fünfzig oder sechzig und versuchten uns in verschiedenen esoterischen Experimenten. In den Pausen zwischen den Sitzungen blieb ich als stille Beobachterin im Hintergrund, um mir die Sachen für meinen Artikel zu merken. Ein Mann, der sich ganz eindeutig für besonders attraktiv und interessant hielt, war gewöhnlich der Mittelpunkt dieser Pausen. Irgendwann spuckte er größte Töne über das Handlesen und bat um eine Hand, aus der er lesen dürfe. Als sich niemand bereit erklärte, streckte ich ihm meine hin. Er nahm meine Hand, machte mir in romantischer Manier ein Kompliment über die pikante Mischung aus Weichheit und Festigkeit und schaute mir lächelnd tief in die Augen. Dann blickte er in meine Hand, und sein Lächeln gefror. »Sie sind so unabhängig, daß Sie noch nicht einmal Eltern brauchten, um geboren zu werden!« rief er aus und starrte mich an, als ob er mich durch das falsche Ende eines Fernrohrs sehen würde. Ich schaute ihn etwas erstaunt an und mußte dann innerlich grinsen. Er sah so verraten aus. Mir wurde klar, daß er mein stilles und aufmerksames Verhalten für das einer braven, femininen Frau gehalten hatte; statt dessen erwies ich mich als hart arbeitendes weibliches Wesen mit einem ungehörigen Maß an Unabhängigkeit. Solche Erlebnisse sind zwar komisch, hinterlassen aber leider einen bitteren Nachgeschmack.

Jetzt zur Anerkennung, die wie Futter für die hungrige Taube wirkt. Das Experiment, das die Sozialpsychologin Elain Hatfield Walster mit College-Studentinnen durchführte, beweist auf drastische Weise, wie sich dieses Prinzip auswirkt:

> »Zu Beginn des Labor-Dramas betrat die Versuchsperson einen leeren Empfangsraum, in dem ein Schild sie bat, auf den Versuchsleiter zu warten. Ein paar Minuten später kam ein eleganter, gutaussehender Student aus einem höheren Semester ... herein und erklärte, daß auch er auf einen Versuchsleiter warten würde.«

Der Student, der wegen seines guten Aussehens ausgesucht worden war, fing mit jeder Frau eine zwanglose Plauderei an, während der er sie mit einer massiven Portion Anerkennung fütterte und sie am Ende um ein Rendezvous bat. Von den siebenunddreißig Versuchspersonen nahmen zweiunddreißig seine Einladung an.

> »Im nächsten Akt des Dramas trat Dr. Walster ein und führte die glücklich getäuschte Versuchsperson in einen anderen Raum

und erklärte ihr, der Zweck der Studie sei der Vergleich verschiedener Persönlichkeits-Tests.«

Nachdem die angeblichen Ergebnisse der Persönlichkeits-Tests an die Versuchspersonen verteilt wurden, erfuhr die Hälfte der Frauen die beruhigende Nachricht, daß sie unter anderem Sensibilität gegenüber andern besäßen, persönliche Integrität, Originalität und eine gesunde Lebensanschauung. Die andere Hälfte erhielt weit weniger anerkennende Ergebnisse wie »den oberflächlichen Anschein des Erwachsenseins gebend«, »grundlegende Tendenz zur Unsicherheit«, »Mangel an Anpassungsfähigkeit« und »unsoziale Motive«. Nachdem die Auswertungen ihre Wirkung gehabt hatten, wurden die Frauen gebeten, den Graduierten-Studenten zu beurteilen, dessen Einladung sie angenommen hatten. Ergebnis: »Diejenigen, die negative Bewertungen bekommen hatten, gaben an, ihn sehr viel netter zu finden als diejenigen, die positive Bewertungen erhalten hatten. Mit anderen Worten, die Mädchen, die das stärkste Bedürfnis nach Anerkennung hatten, fühlten sich am meisten angezogen von einer Person, die dieses Bedürfnis befriedigen konnte.« (Nach dem Experiment erklärte Dr. Walster, was hinter den Bewertungen steckte und warum sie absichtlich falsch ausgestellt worden waren, damit keine der jungen Frauen ein schlechtes Gefühl zu haben brauchte.)[25]

Jetzt denken Sie mal an all die gesellschaftlichen Ereignisse, bei denen Sie einen Mann getroffen haben, der nach der ersten Unterhaltung, in der Sie ihm kein angepaßtes Selbstbild präsentiert und sich auch nicht entsprechend feminin verhalten haben, Sie mit der klassischen, männlichen Entschuldigung stehen läßt: »Entschuldigen Sie, aber ich muß mir noch etwas zu trinken holen.« Dann stellen Sie sich die folgende Szene vor:

»Sie sind auf einer Cocktail-Party und unterhalten sich mit jemandem, den Sie nie zuvor getroffen haben. Später am Abend, während Sie hinter einer Zimmerpalme stehen, hören Sie, wie er über Sie redet. Sie begegnen derselben Person noch auf anderen Parties und bekommen jedesmal mit, was er über Sie sagt. Dazu gibt es mindestens vier interessante Möglichkeiten.

1) Er sagt jedesmal die gleichen positiven Dinge über Sie.

2) Er sagt jedesmal die gleichen negativen Dinge über Sie.

3) Auf den ersten beiden Parties sagt er nur Negatives, aber auf den folgenden Parties werden seine Kommentare immer positiver.

4) Auf den ersten beiden Parties scheint er von Ihnen recht beeindruckt zu sein, aber auf den folgenden Parties werden seine Kommentare immer negativer.«[26]

Bei welcher dieser vier Möglichkeiten gefiele Ihnen der Mann am besten? Nach dem Prinzip der hungrigen Taube müßte es Möglichkeit 3 sein, bei der Sie ursprünglich dem Mann mißfallen, er Sie dann aber nach und nach anerkennt. Möglichkeit 3 ist das perfekte Szenario für das Drama »Autonome Frau mit magischer Taste trifft Mr. Right – endlich!« Die Lösung des Dramas ist ebenfalls vorgegeben: die voraussehbare Verwandlung in ein »Verkehrtes Dornröschen«.

Das »Verkehrte Dornröschen«

Wie kann eine autonome Frau das Unmögliche erreichen? Wie kann sie schließlich die Portale des magischen Königreichs durchschreiten, in dem »richtige« Frauen residieren? Und wie kann sie vor allem dieses Meisterstück vollbringen, sich immer noch einzureden, sie habe nicht alles preisgegeben, was ihr vorher wichtig war? Die Antwort: Sie kann sich schrecklich verlieben – und je schrecklicher, desto besser. Darum sage ich, daß wir nicht aufwachen, wenn der Märchenprinz uns küßt, wie Dornröschen. Wir *schlafen ein* – und vergessen, wer wir sind, wer er ist und was Wirklichkeit bedeutet. Wir fühlen uns *unendlich* erleichtert. Denn als »Verkehrtes Dornröschen« hören wir nicht mehr diese schrille innere Stimme, die sagt: »Moment mal, jetzt aber Achtung!« Statt dessen hören wir einen Chor lobpreisender Stimmen, die seufzen: »Wie romantisch!« Was es natürlich auch ist. Jetzt steht uns nichts mehr im Wege, um wahre Wunder an romantischer

Reinterpretation zu vollbringen – was wir normalerweise Rationalisierung nennen würden.

Romantische Liebe ist ein hervorragendes Werkzeug zur »irrationalen« Rationalisierung. Hier haben wir eine Verhaltensweise, die von unserer Kultur mit dem Gütesiegel der höchsten zwischenmenschlichen Erfahrung im Leben einer Frau versehen wurde, was uns dazu ermächtigt, uns völlig irrational und unverantwortlich zu verhalten. Was passiert, wenn die Leute sich veranlaßt fühlen, »Wie romantisch!« zu sagen? Was sind die wesentlichen Merkmale von »schrecklich verliebt« sein? 1. Es passiert etwas, über das man keine Kontrolle hat. 2. Man hat sowieso keine Kontrolle zu haben (weil das den Zauber brechen würde). 3. Auf irgendeine unheimliche Art und Weise ist man nicht man selbst (das gehört auch zum Zauber). Und jetzt? Wie geht's weiter? 4. Wo ist der nächste Traualtar?, denn 5. *weiß* man durch dieses »verrückte Gefühl«, daß man die »Wahre Liebe« gefunden hat. Der Erguß dieser Frau beschreibt das sehr gut:

> »Fast vom allerersten Augenblick an, als Rick in meine Augen sah – sein Blick ging so tief in mich hinein, er sah mich nicht lediglich *an* –, dachte ich an dieses Wort: Ekstase. Nach unserer ersten gemeinsamen Nacht wachte ich mit diesem seltsamen und wunderbaren Gefühl auf, das sich nicht beschreiben läßt und das ich auch niemals zuvor erlebt hatte. Die Probleme, Sorgen und Schwierigkeiten in meinem Leben, die mich normalerweise ausschließlich beschäftigt hatten, wurden unwichtig. ... Der Hausherr hatte mir gekündigt, die Bank hatte mir einen Kredit nicht bewilligt, und dennoch machte mir das alles nichts aus! Egal, was geschehen würde, irgendwie würde es wunderbar sein.«[27]

Wichtige Lebensentscheidungen zu treffen, während man unter dem Eindruck steht, daß alles irgendwie wunderbar sein würde, gilt nicht als gefährliches Verhalten, sondern als verläßlicher Beweis dafür, daß man endlich zu den Erwählten gehört, die die Ekstase der Liebe kennen. Wie Aschenbrödel ist man getestet und für gut befunden worden. Als Beweis dafür gilt der Preis: der Märchenprinz.

»Verkehrte Dornröschen« erkennt man an diesem ganz bestimmten Gesichtsausdruck. Hat man ihn einmal gesehen, erkennt man ihn immer wieder. Mit diesem Gesichtsausdruck wirkt man satt und fett, selbst wenn man schlank ist. Dahinter steckt, glaube ich, ein akuter Fall von Selbstgefälligkeit. Eine Frau sagte:

> »Ich fand mich besser als andere Frauen. Denn ich hatte ja alles. Ich hatte, was die meisten gerne hätten und was die wenigsten kriegen. Ich konnte ich selbst sein *und* hatte einen einigermaßen passablen Mann, der mich so liebte, wie ich war. ... Warum dieses großmäulige Überlegenheitsgefühl, wo man doch nur ein bißchen mehr Glück gehabt hat? Es lag wohl daran, daß ich irgendwie den Eindruck hatte, alles erreicht zu haben, was eine Frau in unserer Gesellschaft erreichen kann. Krasser gesagt, ich war endlich eine *richtige* Frau. Ich hatte auch vorher an meinen beruflichen Erfolg geglaubt, aber das reichte nicht. Ich brauchte zusätzliche Bestätigung – einen Mann, der mir sagte, daß ich trotzdem ganz in Ordnung sei.«

Wenn wir zu »Verkehrten Dornröschen« werden, gestehen wir uns dann, daß bei uns in Wahrheit eine klassische Reaktionsbildung stattgefunden hat und wir all das geworden sind, was wir vor der Ankunft des Prinzen abgelehnt haben? Sicher nicht, denn das würde natürlich den Zauberbann brechen. Wieder mal kommt uns die Fähigkeit der romantischen Reinterpretation zu Hilfe. Mit ihr können wir unser unglaubliches, stereotypes Geschlechtsrollenverhalten rationalisieren und es »die Entdeckung neuer Gesetze des Seins« nennen. Ein geschickter Schachzug, da sich die meisten autonomen Frauen zu Recht als Pionierinnen fühlen und sich daher bereitwillig dem Gedanken öffnen, in unerforschte Gebiete vorzudringen.

Zum Schloß

Wir begeben uns tatsächlich in unerforschte Gebiete. Aber im Gegensatz zu unseren stolzen Erwartungen ist es nicht das Land der aufrichtigen Liebe. Im Gegenteil. Die Bestimmung des »Verkehrten Dornröschens«, das sich auf den letzten Meilen zu diesem neuen Land befindet, ist nicht die lebensfähige Liebesbeziehung, sondern ein sehr unbelebter Seinzustand, den ich »das Schloß« nenne.

Das Schloß ist ein mythisches Symbol aus dem Märchen. Denn, wie wir im nächsten Kapitel sehen werden, so wie das Schloß der endgültige Bestimmungsort für die Prinzessin im romantischen Märchen ist, so steht das Schloß auch am Ende des Weges, den ein »Verkehrtes Dornröschen« aufgrund des »verrückten Gefühls« einschlägt, das vom Mythos der romantischen Liebe gesteuert wird. Eine sehr zutreffende Beschreibung für das Wesentliche des Schlosses fand ich in dem Gedicht »Der Sonnen-Aufgang« von John Donne:

»Ich alle Herrscher, alle Reiche sie –
Nichts sonst hält stand.«[28]

Da steht es, in eineinhalb Gedichtzeilen genau beschrieben, das mythische Schloß: Isoliert durch die Zugbrücke vom gewöhnlichen, niederen Leben, ein sich selbst genügendes Universum mit eigenen Regeln und Gesetzen. Und, müssen wir hinzufügen, ein Universum, in dem *er* Herrscher ist.

Der unvermeidliche Schlafzustand, ohne den man das Schloß weder betreten noch darin bleiben kann, ist ein sehr gefährlicher Zustand. Ich sage dies mit großem Ernst. Der Verstand kann die ausgefallensten Tricks vollführen, wenn wir ihn darum bitten, und im Schloß wird die Notwendigkeit, darum zu bitten, immer stärker werden. Wenn wir später auf diesen Zustand zurückblikken, empfinden wir eine schockierende Ähnlichkeit mit Sybil und ihren sieben unterschiedlichen Persönlichkeiten.[29] Es ist, als besäße man intime Kenntnisse jener Gefühle, die Sybil hatte, wenn sie wieder zu sich kam, nachdem sie eine ihrer anderen Persönlichkeiten gewesen war und sich nicht daran erinnern konnte, was sie während dieser Zeit angestellt haben könnte. Denn es ist eines der wichtigsten Merkmale des Schlafzustandes der »Verkehrten Dornröschen«, nicht zu wissen, daß man sich überhaupt in diesem Zustand befindet. Man nimmt es erst hinterher wahr, wenn jemand sagt: »Schön, daß du wieder da bist.« Zum Glück können diejenigen, die dort gelebt haben und heil zurückgekehrt sind, anderen Frauen das Leben im Schloß beschreiben. Wir Zurückgekehrten bringen eine doppelte Botschaft: Man lebt nicht glücklich im Schloß; daher ist es gut, daß man dort nicht bis an sein Lebensende bleiben muß. Aber sowohl das Leben dort als auch das Verlassen des Schlosses sind hart.

6. Das Leben im Schloß

Das Leben im Schloß ist wie ein Leben »im Keller der eigenen Seele«.[1] Aber welche Frau glaubt das schon, bevor sie es selbst erlebt hat und ihr der Mythos der romantischen Liebe ausgebrannt worden ist. Ich hoffe, daß meine Beschreibung des Schlosses anderen Frauen helfen wird, zwischen Wahrheit und romantischem Betrug zu unterscheiden, um solch ein Leben zu vermeiden.

Verwandlung ist der Fixpunkt, um den die Versprechungen des Mythos der romantischen Liebe kreisen. In der »Vollkommenen Romanze« erfuhren wir: Der Held wird durch die Heldin magisch verwandelt, aber nur, wenn ihr selbst die Verwandlung zur perfekten Ehefrau-Mutter gelingt, die mit ihrer Kombination aus weiblicher Sensibilität und mütterlichen Fähigkeiten seine Verwandlung möglich macht. Der Schlüssel zur Verwandlung der Heldin ist ihre Fähigkeit zur romantischen Reinterpretation.

Die einzige Rettung einer Frau, die an diese Versprechungen glaubt, liegt in der Gewißheit, daß der Mythos von der romantischen Liebe eine Lüge ist. Der Zauber hält nicht an. Daher wird das Ende der romantischen Idealisierung, das dem euphorischen Glückszustand nach einer maximalen Dauer von zwei bis drei Jahren unweigerlich folgt, in der wissenschaftlichen Literatur auch »Entzauberung« genannt.[2] Der Mythos behauptet nicht nur, »Wahre Liebe« sei endlos, sondern sie schließe auch Konflikte und Meinungsverschiedenheiten aus. Da das für keine lebensfähige menschliche Beziehung stimmt, ist schon die Ausgangsbasis für die »Wahre Liebe« nichts als Betrug. Das betrügerische Versprechen vom »sicheren Schuß« bringt keine Liebe, sondern bedroht die geistige Gesundheit. Bei vielen Frauen äußert sich das als Depression. Bei der autonomen Frau, die im Schloß landet, manifestiert es sich als klassischer Fall von Psychose.

Verrückt werden im Namen der Liebe

Ein Freund von mir ist Anthropologe und spezialisiert auf Epidemiologie – eine Wissenschaft, die Ursache und Wirkung von epidemischen Krankheiten, also Seuchen untersucht. Die Depression ist in unserer Gesellschaft inzwischen zu einer epidemischen Frauenkrankheit geworden, von der Männer allerdings nur vereinzelt betroffen sind. Mein Freund schlug vor, ich solle diese Tatsache und ihre Verbindung zur romantischen Liebe doch mal genauer untersuchen.

Die Spezialisten für Epidemiologie sagen uns, daß Frauen allgemein stärker unter Depressionen leiden als Männer, und zwar im Verhältnis zwei zu eins.[3] Die wichtigsten psychodynamischen Muster, die zur Depression führen, schließen ein: 1. Die unterwürfige Haltung gegenüber der dominanten Bezugsperson; 2. die Orientierung des ganzen Lebens auf die dominante Bezugsperson oder auf den Beifall und die Befriedigung von seiten dieser Bezugsperson; 3. die Abhängigkeit; und 4. die Ausrichtung auf das dominante Ziel der »romantischen Liebe«.[4]

Insgesamt sind diese Muster faktisch ein Synonym für die »richtige« Frau, wie unsere Kultur sie definiert, und es ist daher auch nicht verwunderlich, daß man sie vor allem bei Frauen findet. Und verstärkt bei Frauen, die sich vom Mythos der romantischen Liebe gedrängt fühlen, jene Art der »Wahren Liebe« zu suchen, die von der Autorin des Bestsellers *Die totale Frau* so überaus gepriesen wird: »Nur wenn eine Frau ihr Leben ganz dem ihres Ehemanns unterordnet, ihn verehrt und vergöttert und willens ist, ihm zu dienen, wird sie für ihn wirklich schön. Sie wird ein kostbares Juwel, eine Zierde der Weiblichkeit, seine Königin.«[5]

Bei solchen Aussagen über die glorreiche weibliche Unterwerfung ist es sehr hilfreich, sich vor Augen zu führen, daß das »zwei zu eins Verhältnis« bei depressiven Krankheiten größtenteils auf den hohen Anteil verheirateter Frauen zurückzuführen ist. Bei allen anderen Gruppen – Alleinlebenden, Geschiedenen oder Verwitweten – liegt der Anteil der Frauen unter dem der Männer.

Wir müssen uns daran erinnern, sagt der Pychologe Silvano Arieti in seiner Untersuchung über die soziokulturellen Faktoren, die Auslöser weiblicher Depressionen sind, daß das Hauptziel vieler Frauen nicht die Suche nach dem eigenen Selbst, sondern das Streben nach der romantischen Liebe ist. Er fährt fort:

> »Nun ist die Liebe in der Tat etwas sehr Wichtiges, und alle Menschen, Männer wie Frauen, müssen nach Liebe streben; wenn aber die ›große Liebe‹ zum alleinigen Anliegen oder Ziel im Leben wird und den Platz aller anderen Ziele einschließlich des Bemühens um andere Arten von Liebe einnimmt, dann wird das Leben in starre Muster gezwängt, für die sich später nur unter großen Schwierigkeiten noch Alternativen finden lassen.«[6]

Arieti kommt zu dem Schluß, daß unsere Kultur als Ganzes eine Verschwörung mit den persönlichen Konflikten einer Frau eingeht, die sich zwischen der Suche nach Autonomie und dem Streben nach dem Traum der romantischen Liebe entscheiden muß, und daß das verschwörerische Moment auf seiten der Kultur darin besteht, die Frau davon abzulenken, sich der Abnormität ihrer Situation bewußt zu werden.

Ich komme zu dem Schluß, daß der Geisteszustand, in den die autonome Frau als »Verkehrtes Dornröschen« im Schloß verfällt, das Resultat ihres entschlossenen, ja zwanghaften Versuchs ist, sich als »Totale Frau« zu beweisen. Sie wird zu dem Extrem, über das Arieti sagt: Die romantische Liebe wird zu ihrem alleinigen Anliegen oder Ziel, was ihr Leben extrem einschränkt und in starre Muster zwingt. Und sie entwickelt tatsächlich eine vorübergehende Unfähigkeit, Alternativen zu finden.

Sich »schrecklich« zu verlieben, ist der beste Ausgangspunkt für die »Wahre Liebe«, wie sie der Mythos der romantischen Liebe verspricht. Denn diese Erfahrung hat als erstes einmal mit Projektion und Idealisierung zu tun, mit Imagination anstatt Realität. Dazu ein Rätsel, das John Money in *Love and Sickness* stellt.[7] Die Rätselfrage: Was haben Ihr Geliebter und ein Rorschach-Tintenklecks gemeinsam? (Der Rorschach-Test, benannt nach dem Schweizer Psychiater Hermann Rorschach, ist ein Persönlichkeits-Test, bei dem die Testperson eine Reihe von Tintenklecks-Bildern oder »Klecksographien« mit verschiedenen Formen anschauen und deuten muß.) Die Antwort: Sie projizieren Ihre eigene Vorstellung auf beides – auf den Tintenklecks und auf den Geliebten. Sie verlieben sich nicht in die wirkliche Person, sondern in ihn als Rorschachschen Liebes-Klecks. Ihre Freunde sagen: »Was sieht sie nur in ihm?«, weil sie die wirkliche Person sehen, während Sie nur den Liebes-Klecks sehen, der Ihrer eigenen, idealisierten und selbstsüchtigen Vorstellung vom Märchenprinzen entspricht.

Zweitens kann man sich nicht willentlich verlieben. Wie viele Wissenschaftler und auch persönliche Erfahrungen bezeugen, scheinen die Menschen keine Kontrolle darüber zu haben, ob sie sich verlieben oder nicht. Es ist etwas, das *mit* einem passiert. Man kann sich darauf einlassen oder es sein lassen, aber man kann es nicht erzwingen.

Drittens hat man ebenfalls keine willentliche Kontrolle darüber, wer in einem die Liebesklecks-Reaktion auslösen wird. Daher kann man genau so wenig beschließen, in wen man sich verliebt, wie man beschließen kann, sich überhaupt zu verlieben.

Viertens kann man, während man »schrecklich verliebt« ist, keine Kritik am Liebesklecks-Geliebten ertragen. Absolut keine Kritik! Daher ist es fast unmöglich, einer verliebten Freundin zu sagen, was *wir* »in ihm sehen«.

Insgesamt ist der Prozeß des sich Verliebens im wesentlichen ein unfreiwilliger. Schlimmer noch, der Zustand des Verliebtseins ist

Selbstisolation (man sieht, was andere nicht sehen) und Selbsttäuschung (man kann nicht annehmen, was sie sehen). Unsere sogenannten großen Liebesgedichte sind voller Bilder, die genau diesen Zustand beschreiben. Besonders typische Beispiele sind die Liebesgedichte von John Donne. In »Der Gute Morgen« wird die Vergangenheit weggewischt: »Ich frag mich nur, was taten du und ich / Bis wir uns liebten?«, und die Welt wird weggewischt: »Denn Liebe hat, auf was sie liebt, nur acht / Und macht zum All den allerkleinsten Raum.« In »Das Vermächtnis« wird das Leben selbst weggewischt: »Als ich jüngst starb – und sterben heißt / Es immer, wenn ich von dir muß.«[8] Donnes Zeilen, die das Schloß symbolisieren, fassen es zusammen: »Nichts sonst hält stand.«

Was der Mythos »Wahre Liebe« nennt, ist in Wirklichkeit ein Zustand, in dem die unter seinem Einfluß stehende Person praktisch keine Möglichkeit hat, die Realität zu erkennen. Es gibt einen anderen Ausdruck für diesen Zustand: Psychose. Klinisch gilt ein Psychose-Kranker als ein Mensch, der den Bezug zur Realität verloren hat und entweder zeitweise oder ständig unfähig zu rationalem Verhalten ist. Im Unterschied dazu verliert ein Neurose-Kranker nicht den Bezug zur Realität, sondern kann sich ihr nur nicht anpassen. Der Realitätsverlust veranlaßt den Psychose-Kranken, sich »bizarr oder sogar lebensbedrohlich zu verhalten«.[9] Die autonome Frau verhält sich während ihres Lebens im Schloß zweifellos bizarr, besonders im Vergleich zu ihrem Verhalten vor Überqueren der Zugbrücke. Und auf Dauer wäre dieses Verhalten bestimmt lebensbedrohlich, glaube ich. Vor diesem Schicksal wird sie zum Glück bewahrt, da die romantische Liebe sich selbst zerstört, bevor die autonome Frau es tut. Ihr Leben wird sie vermutlich nicht verlieren, aber sie läuft Gefahr, ihren Verstand zu verlieren.

Jemand, der mich braucht

Warum ist die autonome Frau bereit, sich im Namen der Liebe verrückt machen zu lassen? Weil sie mühsam und verzweifelt versucht, eine Identität zu finden. Sie hat die gesellschaftlich vorgeschriebene Identität der »richtigen« Frau abgelehnt und statt dessen darauf gesetzt, ein vollständiges menschliches Wesen mit einer direkten Beziehung zum Leben zu sein. Nach allem, was wir im letzten Kapitel erfuhren, wird sie daher höchstwahrscheinlich mit dem schuldbewußten Herzen der Weiblichkeit gelebt haben. Je weniger es ihr bisher gelungen ist, diesen Drachen zu erschlagen, desto mühsamer muß sie jetzt nach ihrer Identität suchen.

Mit welcher Art von Identität können autonome Frauen es schaffen, sich vom weiblichen Schuldgefühl zu befreien? Fast jede hat von der Gesellschaft und vermutlich auch von einem für ihr Leben so wichtigen Mann wie dem Vater zu hören bekommen: »Du bist gar keine Frau, du bist nicht weiblich, du hast keine mütterlichen Instinkte, du bist überhaupt nicht fürsorglich.« Eine solche väterliche Botschaft hat für ein heranwachsendes Mädchen großes Gewicht. Bevor sie alt genug ist für die Erkenntnis, daß er ja nicht alle Männer, sondern nur einer unter Millionen ist und sie seine Botschaft daher kritisch überdenken kann, hat sie das Ganze vermutlich längst unkritisch verinnerlicht – Vater hat's gesagt, er ist ein Mann, er sollte es wissen. In bezug auf die Liebe bedeutet diese Botschaft: Männer brauchen dich nicht, du bist nicht die Art von Frau, die Männern gefällt.

Welche Gefühle kann diese Botschaft in ihr auslösen? Eine Frau, die im Schloß gelebt hat, erzählte mir: »Ich hatte immer das Gefühl, Liebe zu einem Mann sei nicht meine Sache.« Was ist die sicherste Möglichkeit, es zu ihrer Sache zu machen? Ein Mann, der sie *wirklich braucht*. Und damit findet ihre Umwandlung statt, die in diesem Fall zu einer Reaktionsbildung führt, wie die Psychoanalytiker es nennen – eine Person verhält sich gegenteilig zu dem, was sie oder er wirklich ist. Darin liegt sicher auch der Grund, warum so viele ehemalige Schloßinsassinnen von schizo-

phrenen Gefühlen berichteten – was wörtlich »Spaltung des Verstandes« bedeutet. Keine autonome Frau plant, Vollzeit-Fürsorgerin in einer Liebesbeziehung zu werden, aber sie wird es automatisch, wenn sie im Schloß lebt. Nun kann sie sich nicht nur vor ihrem Vater und/oder der Gesellschaft sehen lassen, sondern auch vor sich selbst. Und so wird sie zum Klischee jener Art von Frau, die sie nie werden wollte: zum Extrem der liebevoll Sorgenden – der guten Frau, die passive, gebende, gütige Mütterlichkeit verströmt. Sollte sie vorher schon Kinder gehabt haben, ist sie mit denen bestimmt nicht so umgegangen, aber für einen Mann, der sie braucht, verwandelt sie sich flugs in diese Schimäre. Und damit werden alle ihre mütterlichen Schuldgefühle, »nicht genug« für die Kinder getan zu haben, weil sie beides wollte – ein eigenes Leben *und* die Mutterschaft – endlich auch besänftigt.
Für die Gefilde der Liebe müssen wir die Frage: »Muß mich jemand brauchen, damit ich mich gut fühlen kann?« eindeutig mit »Ja« beantworten. Dies ist der glückliche Moment, der in der »Vollkommenen Romanze« als Wendepunkt verewigt ist, an dem die Verwandlung der idealen Heldin zur »richtigen Frau« ihre Identität wieder herstellt. Erinnern Sie sich an die ideale Heldin, die ausrief: »›Red . . . Red‹. Sie schluchzte vor Freude. ›Ich bin so froh, daß ich dir soviel geben konnte.‹«? Die Antwort ihres Helden ist eine hervorragende Beschreibung der vom Mythos erteilten Liebesvorschriften für Frauen: »Du bist perfekt. Du gibst immer nur, und das macht dich so stark und sicher und großzügig . . . ganz Frau. Meine Frau.« Die Botschaft von Herrn Jedermann an die autonome Frau lautet: »Wenn es dir nicht gelingt, so zu werden, will ich dich nicht haben.« Worauf sie höchstwahrscheinlich mit dem Werbespruch der Firma Avis reagiert: »Wir tun unser Bestes – und noch sehr viel mehr.« An diesem Punkt bemühen sich autonome Frauen noch mehr als traditionelle Frauen, »perfekt« zu sein. Ich habe vielen Frauen von meiner Avis-Theorie erzählt, und sie reagierten alle wie diese Frau: »Sie haben recht. Bei ihm hatte ich die Vorstellung, daß es wirklich *das* wäre. Endlich tat ich das Richtige. Und das mußte ich mir auch immer wieder bestätigen.«

Alles in allem kann man sagen, daß die autonome Frau in bezug auf die Liebe ein doppeltes Risiko eingeht. Sie riskiert, bei einem »richtigen« Mann zu landen, denn nur so ein Mann kann ihr den richtigen Schuß Weiblichkeit verpassen. Aber sie braucht eine besondere Art von »richtigem« Mann, der ihr noch den Schuß »gutes Gefühl« dazu verpaßt. Nämlich einen »richtigen« Mann, der sie *wirklich braucht*. Und das ruft den passiven, abhängigen Mann als romantischen Helden auf den Plan.

Hier ist er, in voller Fahrt: »Ich würde sagen, innerhalb einer Woche – nein, weniger, innerhalb von drei Tagen – hatte sich für mich die ganze Welt verändert. Sie hatte einen neuen Mittelpunkt, und dieser Mittelpunkt war Marilyn.«[10] Welcher Mann sagt denn innerhalb von drei Tagen, nachdem er jemanden kennengelernt hat: »Du bist der Mittelpunkt meiner Welt«? Die romantische Antwort lautet: »Ein Mann mit einem Problem.« Was für eine Welt kann sich denn verändern, nur weil eine Marilyn zu ihrem Mittelpunkt erklärt wird, die vor drei Tagen noch eine völlig Fremde war? Eine Welt ohne eigenen, persönlichen Mittelpunkt. Schlimmer noch, eine Welt, die darauf wartet, daß jemand anderes ihr Mittelpunkt wird, und die, um überhaupt einen Mittelpunkt zu haben, von diesem anderen abhängig ist.

Abhängigkeit wird definiert als Unfähigkeit, Ganzheit zu erleben, oder als Beziehung eines Menschen zu einem anderen, der für ihn sorgt und ohne den es dem Abhängigen unmöglich ist, zu existieren. Wir alle haben Abhängigkeitsbedürfnisse und -gefühle, wollen manchmal gern wieder Baby sein und ohne eigenes Dazutun umsorgt werden, aber im allgemeinen beherrschen diese Bedürfnisse und Gefühle unser Leben nicht. Wenn sie unser Leben so stark beherrschen, daß sie die Qualität unserer Existenz bestimmen, sind wir abhängig. Ein Mann, der sagt: »Du bist der Mittelpunkt meines Lebens«, nachdem er jemanden erst seit drei Tagen kennt, ist ein Mann, dessen Leben wahrscheinlich von Abhängigkeitsbedürfnissen beherrscht und bestimmt wird. Er leidet daher vermutlich unter dem, was als passiv abhängige Persönlichkeits-Störung diagnostiziert wird.

Warum eignen sich passiv abhängige Männer so gut zum romantischen Helden? Ihnen fehlt das Verantwortungsbewußtein für sich selbst, sagt der Psychiater M. Scott Peck.[11] Daher wenden sie sich passiv an andere als Quelle ihres Glücks und ihrer Erfüllung. Und an wen würde sich dann wohl ein solcher Mann wenden? Besonders, da er gelernt hat, die emotionale Welt den Frauen zu überlassen, und da die »männliche Welt« mit ihren Konkurrenzkämpfen nicht gerade eine fürsorgliche ist? Einmal dürfen Sie raten. Richtig! Er muß eine Frau finden. *Seine* Frau, die ihn ständig und bedingungslos lieben und umsorgen wird, ohne sein Dazutun.

Passiv abhängige Menschen suchen wie besessen nach der Liebe, und wenn sie glauben, sie gefunden zu haben, klammern sie sich fest daran. Romantische Erklärungen unterstützen dieses Bedürfnis, als wären sie dafür gemacht: »So schön wie jetzt war es noch nie«, »Ich habe nur noch Augen für dich«, »Du bist für mich geschaffen«, »Es ist größer als wir beide« usw. Weil es sie so sehr danach drängt, ihre innere Leere zu füllen, klammern sie sich nicht nur fest an andere Menschen, sondern ertragen auch keine Verzögerung, ihr Bedürfnis nach ihnen zu befriedigen. Wie nett, daß die Romanze einem solchen Mann die hervorragende Möglichkeit bietet, eine Frau »einfach umzuwerfen«. Betrachtet man die Sache nüchtern, sollte man erkennen, daß diese stürmische Hast zwar romantisch ist, aber mit Liebe nichts zu tun haben kann. Denn ein Mensch, der wirklich etwas für einen anderen Menschen empfindet und nicht nur an die eigenen Abhängigkeitsbedürfnisse denkt, wird deutlich machen, daß ein so schwerwiegender Schritt wie die Hingabe des andern im Namen der Liebe nur von diesem selbst ausgehen kann. Und dann auch nur analog zum Zeit- und Lebensrhythmus des anderen Menschen.

Ein Mann, der in der Partnerin die Hauptquelle für Glück und Zufriedenheit sieht, statt sich selbst zu bemühen, ist in einer prekären Lage. Er braucht eine Partnerin, auf die er sich unveränderlich verlassen kann. Entwickelt sie sich weiter, was ja Veränderung bedeutet, fühlt er sich bedroht. Daher ist die starre Rollenfestlegung absolutes Gesetz in einer abhängigen Beziehung. Und so ergänzen sich die gegenseitigen Bedürfnisse des passiv abhängigen Mannes und der autonomen Frau mit Weiblichkeits-Schuldgefühlen auf das allerbeste. Er wird sie wahrscheinlich unter Druck setzen, ihm das komplette Klischee des feminin-sorgenden Weibchens zu bieten, und sie wird wahrscheinlich gehorchen. In seinem Bedürfnis, sich »auf sie verlassen« zu können, wird er die gegenseitige Abhängigkeit bestärken, statt sie zu verringern. Zeigt sie Anzeichen von Unabhängigkeit und Stärke, wird er sie dafür nicht loben, sondern dem unauffällig entgegenarbeiten. Und er wird ihre nachlassende Fähigkeit, mit Situationen und Menschen fertigzuwerden, ebenso unauffällig begrüßen und darin die verstärkte Garantie ihrer Verbundenheit mit der Beziehung sehen. Darum fühlten sich auch alle von mir interviewten Frauen, die sich auf einen solchen Mann eingelassen hatten, am Ende der Beziehung viel unsicherer in der Außenwelt als davor. Sich davon abhängig zu machen, das Glück von einem anderen Menschen zu empfangen, ist natürlich ein zweckloses Unterfangen. Es führt unweigerlich zu Enttäuschung und obendrein noch zu Machtlosigkeit. Darum wird das Ende einer Romanze mit einem passiv abhängigen Mann von ihm auch oft so wütend und rachsüchtig herbeigeführt. Sie, die der Mittelpunkt seiner Welt war, hat plötzlich keine Wirkungskraft mehr. Wie eine Therapeutin mir in einem Interview erzählte:

> »Man ist der Auslöser, der ihm ein besseres Gefühl von sich selbst gibt, man ist der Auslöser für alles, was bei ihm schiefgeht. Und die Trennung von einem solchen Mann kann nur häßlich werden, weil man dann der Auslöser für das Scheitern der Beziehung ist. Was die Frau zuerst so anziehend machte, wird ihr jetzt zum Verhängnis: der Auslöser zu sein.«

Mit dem Psychologen Peck können wir über den passiv abhängigen Mann als Liebhaber zusammenfassend folgendes sagen: er hat eine »süchtige Persönlichkeit«. Er ist süchtig nach Menschen, saugt sie aus und wirft sie weg. Seine Liebe ist keine Liebe, sondern eine Form der Anti-Liebe, die eher den Infantilismus fördert als die Entwicklung. Sie hält gefangen und engt ein, statt zu befreien. Letztlich zerstört sie Beziehungen und Menschen, statt sie aufzubauen.

Der passiv abhängige Mann ist vielleicht krank, aber als romantischer Held ist er keine Abweichung von der Norm. Wenn in einem Buch über Männer behauptet werden kann, daß Männer die ideale Beziehung mit einer Frau als »Erholungspause« betrachten, in der permanente Friedlichkeit herrscht, vollkommene Entspannung, Gleichmäßigkeit, Beständigkeit, dann wird klar, daß sich der normale und der passiv abhängige Mann nur graduell voneinander unterscheiden.[12] Ihre Gemeinsamkeit besteht darin, daß das, was sie beide Liebe nennen, eine Form der Sucht ist. »Um süchtig zu machen«, sagt Dr. Stanton Peele in *Love and Addiction*, »muß etwas sowohl beruhigend als auch verzehrend wirken; es muß nach einem bestimmten Muster ablaufen, vorhersehbar und isoliert sein.«[13] Man kann dazu Heroin nehmen, oder Valium; oder eine Frau, die eine »Erholungspause« ist. Kurz gesagt, Sucht ist keine chemische Reaktion, sondern eine Erfahrung. Man wird nicht süchtig nach dem Auslöser, sondern nach der von ihm ausgelösten Erfahrung. Was die meisten Männer und besonders passiv abhängige Männer von der idealen Geliebten wollen, ist das gleiche, was ein Süchtiger von seinem Schuß will: etwas Sicheres und Beruhigendes, zu dem man immer wieder zurückkehren kann, um stets die gleiche Erfahrung zu machen. Kein Wunder, daß so viele »Verkehrte Dornröschen« den hartnäkkigen geistigen Befehl verspüren, »gelassen« zu bleiben. Da der durchschnittliche Mann gelernt hat, diese Art der Abhängigkeit als Liebe zu betrachten, und da die durchschnittliche Frau gelernt hat, sich dem Mann zu beugen, folgt daraus, daß in unserer Gesellschaft Sucht statt Selbsterfüllung in der Liebe die Norm ist.

Was die autonome Frau an eine solche Beziehung bindet, ist das Versprechen einer Identität, die unwiderlegbar verkündet, sie sei schließlich doch eine »richtige« Frau. Und nicht nur das. Sie bekommt den Beweis, daß man *alles* haben kann: Man selbst zu sein und trotzdem von Mr. Right geliebt zu werden. Denn bitte, hier ist er ja! Andere Männer mögen sich durch die weibliche Kombination von Kompetenz und Sexualität bedroht fühlen, aber nicht dieser Mann, der sagt, man sei die ideale Frau, und der einen mit Aufmerksamkeit und Sex überschüttet. Ich glaube, man kann durchaus behaupten, daß eine Frau, die ein weithin autonomes Leben führt, generell nicht süchtig ist. Autonomie ist per Definition genau das Gegenteil von Abhängigkeit, denn sich um eine direkte Beziehung zum Leben zu bemühen bedeutet, sich um eben jenes Verantwortungsgefühl für sich selbst zu bemühen, das passiv abhängigen Menschen fehlt. Trotzdem ist auch eine solche Frau empfänglich für die Erfahrung des Rückfalls in Verhaltensformen, die sie in der Gesellschaft und für ihr bisheriges Leben abgelehnt hat. Die vom Drachen symbolisierte Dynamik hat viel mehr Einfluß, als sie zugeben möchte, und mit dieser Tatsache kämpft sie in ihrem verzweifelten Bemühen um eine Identität.

Die Verbindung zwischen einem passiv abhängigen Mann und einem »Verkehrten Dornröschen« ist die Verbindung eines Süchtigen mit einer *zeitweise* Süchtigen. Die autonome Frau in einer solchen Verbindung ist ein hervorragendes Beispiel für Peeles Aussage:

> »Für den nicht-süchtigen Partner kann es Beweggründe geben, die ihn oder sie vorübergehend dazu veranlassen, sich mit Dingen einverstanden zu erklären, die er oder sie in einer Beziehung normalerweise nicht akzeptieren würden. ... Die betreffende Person könnte zu diesem Zeitpunkt gerade das Bedürfnis nach einem Klammerverhältnis haben, was nichts darüber aussagt, wie er oder sie ihr Leben unter ruhigeren oder ihnen mehr entsprechenden Gegebenheiten angehen würden.«[14]

Glücklicherweise, fügt er hinzu, wäre eine solche Verbindung schon per se nichts Endgültiges. Aber bis sich die Verbindung selbst zerstört, hat das Leben im Schloß einen in zunehmendem Maße verhängnisvollen Einfluß auf die beteiligte Frau. Sie wird sich im Schloß in immer schizophrenerer Weise mal wie im Paradies vorkommen und mal wie in der düstersten Gruft.

Er aber wird sich verhalten wie der nachfolgende Prototyp, entworfen von der Therapeutin, die auch schon »den Auslöser« beschrieb:

> »Er wird sie soweit wie möglich isolieren – andere Leute ausschließen, den Rest der Welt herabsetzen im Vergleich zu

dem, was ›wir‹ haben, über ›neue Gesetze des Seins‹ sprechen – so daß sie sich nur auf ihn konzentriert und tut, was er will. Und er begründet alles damit, ›sie zu lieben und zu brauchen‹, wobei er sehr erwachsen tut und damit wirklich den Anschein erweckt, etwas zu fördern, das wie erwachsene gegenseitige Abhängigkeit wirkt: Wir beide brauchen einander.

Aber es ist keine gegenseitige Abhängigkeit, denn seine Bedürfnisse sind besitzergreifend, vereinnahmend und infantil – wie die eines kleinen Kindes, das Mamis ausschließliche Aufmerksamkeit und Fürsorge verlangt. Und wenn sie bedürftig genug ist, sich da hineinziehen zu lassen, wird sie nicht sagen: Moment mal, das sind ja neurotische Bedürfnisse, keine gesunden; dieses Bedürfnis nach Isolation und Ausschließlichkeit – das ist nicht die reale Welt, das ist nicht *meine* Welt.«

Und nun der Prototyp in Höchstform, zusammen im Schloß mit Sheila Graham. Es ist übrigens ganz interessant, daß Sheila Graham sich vom Gegenteil dessen angezogen fühlte, was für die autonome Frau so reizvoll ist. Die Männer verehrten ihre blonde Schönheit, aber mißachteten ihren Verstand. Und da erscheint F. Scott Fitzgerald und drückt *ihre* magische Taste: »Dieser Mann schätzt sowohl mein Aussehen als auch meinen Verstand.« Über das Leben mit ihrem »geliebten Treulosen« schreibt Graham:

»Anfang 1938 lebten wir wie die Einsiedler in Hollywood ... Wir gingen selten aus. Es war uns genug, zusammenzusein, und wenn wir nicht zusammen waren, verging kaum eine Stunde, in der Scott mir seine Gegenwart nicht bewußt machte. ... Manchmal sagte ich vielleicht ein bißchen sehnsüchtig: ›Scott, ich würde so gerne nach New York fahren.‹ Dann setzte Scott sich hin und ging mit mir geduldig eine Art Fragenkatalog durch:

›Warum willst du nach New York, Sheila?‹

›Ich weiß nicht genau. Um in den Stork Club zu gehen und so.‹

›Warum willst du in den Stork Club und ins ‹21› und so?‹

Ich überlegte. ›Um die Leute da zu treffen, glaube ich.‹

›Aber was für Leute triffst du denn da? Die sind doch nicht wirklich. Ich kenne das doch. Ich hab' das alles aufgegeben.

Was können dir solche Leute geben? Was kann dir New York geben?‹
›Ach...‹ Ich konnte nicht die richtigen Worte finden. ›New York begeistert mich. Es erregt mich.‹
Er schüttelte den Kopf. ›Sheila, du hast gefunden, wonach du suchst. Du suchst nach Liebe, nach jemandem, der dich versteht. Du hast mich. Ich liebe dich und verstehe dich. Es gibt keinen Grund für dich, nach New York zu wollen.‹«[15]

Glühkom

Kenneth Burke hat einmal gesagt, daß sehen auch nicht sehen bedeuten kann. Um das zu verdeutlichen, möchte ich Ihnen die Geschichte von meinem Glaukom erzählen – oder *Glühkom*, wie eine Freundin es taufte, und damit einen herrlichen Ausdruck für den satt-glühenden, abwesenden Gesichtsausdruck gefunden hat, mit dem ich während meines Lebens im Schloß herumlief.
Glaukom ist eine Erkrankung des Auges, auch »grüner Star« genannt. Charakteristisch für diese Krankheit ist die Steigerung des Augeninnendrucks und die daraus resultierende Verhärtung des Augapfels. Normalerweise sind beide Augen davon betroffen, und es entsteht eine allmähliche Verschlechterung der Sehfähigkeit, die oft zur Erblindung führt. *Glühkom* würde ich als Erkrankung der Aufmerksamkeit bezeichnen. Charakteristisch für diese Krankheit ist die selektive Unaufmerksamkeit, wie der amerikanische Psychiater Harry Stack Sullivan es nennt. Es entsteht eine allmähliche Verschlechterung der Realitätseinschätzung, die oft zur geistigen Erblindung führt, durch die nicht mehr zwischen Realität und Wahnvorstellung unterschieden werden kann. In meiner Geschichte wird durch das gleichzeitige Auftreten dieser beiden Krankheiten einmal mehr die Verbindung zwischen Geist und Körper bestätigt.
Nach den ersten zwei Jahren meines insgesamt fünfjährigen Aufenthalts im Schloß erklärte mir ein Augenspezialist, der mich zum

ersten Mal untersuchte, mein Augendruck läge im »oberen Normalbereich«. Was bedeutete, daß der Druck genau beobachtet werden müßte, denn bei weiterer Steigerung würde ich in den Glaukom-Bereich kommen. Natürlich war ich alarmiert. Der Spezialist empfahl regelmäßige Messungen und eine medikamentöse (lebenslange) Behandlung zur Senkung des Drucks, falls/wenn das Glaukom-Stadium erreicht sei. Das war nicht gerade beruhigend. In den folgenden drei Jahren bestätigten die regelmäßigen Messungen, daß ich zwar das Stadium der medikamentösen Behandlung noch nicht erreicht hatte, mich ihm aber langsam näherte.

Dann brach das gesamte Gefüge des Schlosses ohne Vorwarnung über mir zusammen, und mein Körper verfiel in einen Schockzustand. Ich zitterte ununterbrochen. Nachdem ich vor lauter Zittern eine ganze Woche lang nicht geschlafen hatte, nahm ich zum ersten Mal in meinem Leben Beruhigungsmittel, um einen totalen körperlichen Zusammenbruch zu vermeiden. Ich floh und konnte mich soweit beruhigen, daß ich nach Vancouver zurückkehrte, wo ich mich gleich von meinem Hausarzt gründlich untersuchen ließ. Ich hatte gelesen, daß Menschen, die eine gewisse Zeit starkem, emotionalem Streß ausgesetzt waren, unter Umständen achtzehn Monate später eine ernsthafte Krankheit bekommen können, wie zum Beispiel Krebs. Obwohl erst sechs Wochen vergangen waren, wollte ich kein Risiko eingehen. Als er fertig war, fragte ich meinen Arzt: »Ist alles in Ordnung?« Er sagte: »Alles in bester Ordnung, und Sie haben sogar seit letztem Jahr 11 Kilo abgenommen.«

Dann ging ich zu dem Augenspezialisten. Ich hatte eine Theorie über mein Glaukom-Problem entwickelt, während ich in meiner unfreiwilligen Verbannung versucht hatte, durch das Ordnen der Trümmer meines Schlosses meine Zurechnungsfähigkeit wiederzufinden. Meine Theorie besagte, daß ich während der letzten fünf Jahre hart daran gearbeitet hatte, *nicht* zu sehen, was genau vor meinen Augen lag, und daß dies in direktem Zusammenhang mit meiner möglichen Erblindung stand. Nachdem ich nun sechs Wochen damit verbracht hatte, meine Phantasiewelt zu zerpflükken, die mein Sichtschutz vor der Realität gewesen war, sollte sich mein Augendruck eigentlich verringert haben, obwohl mein Körper unter starkem Streß gestanden hatte. Der Spezialist untersuchte meine Augen und verkündete, der Druck sei gesunken. Er war erstaunt, ich nicht. Als ich ihm meine Theorie erklärte, schaute er skeptisch, aber er konnte nicht abstreiten, daß sich der Druck verringert hatte. Und ihm fiel auch keine bessere Erklärung für das erstaunliche Ergebnis ein.

In den folgenden drei Jahren setzte ich meine Nachforschungen darüber fort, wohin ich mich für die Dauer meiner »Vollkommenen Romanze« verstiegen hatte, was ich noch ausdehnte und intensivierte, als ich mit den Recherchen für dieses Buch begann. Während dieser Zeit ergaben weitere Messungen, daß sich mein Augendruck langsam, aber stetig verringerte. Am Tag, bevor ich Vancouver verließ, um in Wyoming das Buch zu schreiben, ging ich zu einer letzten Untersuchung. Der Spezialist erklärte zum ersten Mal in den sechs Jahren, in denen er meine Augen regelmäßig untersucht hatte, der Druck sei »völlig normal«. Ich müsse nicht mehr zur Überprüfung kommen, das Problem sei beseitigt. Meine Theorie konnte er zwar immer noch nicht akzeptieren, aber gegen seine eigenen Meßwerte kam er auch nicht an. Er verabschiedete mich mit einem etwas verwirrten Lächeln und der Bemerkung: »Auf jeden Fall freut es mich, daß Sie mit dieser guten Nachricht abreisen können.«

Ein Glühkom entsteht, wenn man sich über längere Zeit der selektiven Unaufmerksamkeit bedient, mit der man lernt, alles auszublenden, was man nicht sehen will. Das wird dann noch durch die Fähigkeit zur romantischen Reinterpretation unterstützt, mit der man alles verändert, was nicht ausgeblendet werden kann, um damit leben zu können. Um diesen geistigen Drahtseilakt zu vollbringen, muß man allerdings ignorieren, daß man überhaupt auf das Seil geklettert ist. Wie diese Frau:

> »Wenn ich mir gesagt hätte: ›Dieser Mann ist autoritär!‹, hätte ich gehen müssen. Ich will nicht mit einem autoritären Mann leben, das ist das Letzte, was ich tun würde – wenn ich es erkenne. Der Trick ist, es nicht zu erkennen.«

Und diese:

»Ich bin perfekt, nicht wahr? Einzigartig, außergewöhnlich. Das einzig Verwunderliche ist nur: alles, was ich tat, bevor ich ihn traf, war irgendwie falsch. Meine Ehe war katastrophal, und ich habe es viel zu lange ausgehalten; ich hatte eine verheerende Liebesaffäre, die nie hätte passieren dürfen, mein Vater war schlecht für mich ... meine Mutter und ich haben uns nicht verstanden, daher war meine Mutter auch schlecht für mich. Ganz egal was, alles was ich vor ihm tat, war *schlecht* für mich. Und ich fing an, mich zu wundern – wie konnte ich zu so einem perfekten Geschöpf werden, trotz meiner schrecklichen Vergangenheit und all der Fehler, die ich gemacht hatte? Na klar, er wollte mich retten und rehabilitieren. Hab' ich mir das eingestanden? Nein! Wer will schon rehabilitiert werden? Und so redete ich mir ein, wie glücklich ich sei, endlich einen Mann gefunden zu haben, der mich verstand und mein wahres Ich zu schätzen wußte, das vorher nie eine Chance gehabt hatte, sich zu zeigen. Ich war ihm sogar noch *dankbar* dafür!«

Und noch eine:

»Wenn man reinterpretiert, sagt man sich nicht: ›Dieser Mann ist auf diesem und jenem Gebiet ein Dummkopf, und darum reinterpretiere ich ihn für mich als wunderlich und reizend und liebenswert‹, denn dann würde es nicht funktionieren. Ich will damit sagen, nur im nachhinein erkennt man seine Reinterpretation. Wenn man wieder auf den Füßen steht, auf dem Boden angelangt ist.«

Wenn wir also von Glühkom sprechen, ist damit die Rationalisierung des inneren Warnsignals gemeint. Das innere Warnsignal ertönt immer dann, wenn wir mitkriegen, daß irgendwas faul ist im Schloß. Plötzlich hat man ein ungutes Gefühl in der Magengegend, das einem sagt: »Oh, oh, das gefällt mir aber gar nicht.« Mit zunehmendem Glühkom fällt es uns immer leichter, Verhalten hinzunehmen, bei dem das innere Warnsignal längst hätte Sturm läuten müssen. Das ungute Gefühl wird einfach reinterpretiert, denn im Geist hat man ein Schild mit der Aufschrift »Kein Ausgang« über die Zugbrücke des Schlosses gehängt. Man verbarrikadiert sich selbst im Schloß durch die Überzeugung, daß man beim Verlassen die Liebe zerstören würde. Und die Liebe kann man nicht zerstören, weil man dann am Ende wirklich so wäre, wie es der Vater und/oder die Gesellschaft behaupten. Darum bleibt man, und durch das Glühkom kann man immer weniger erkennen, daß die eigene Vision der »Wahren Liebe« nicht nur kurzsichtig, sondern auch trügerisch ist.

Wie kann man mitten in der Realität ein Trugbild aufrechterhalten? Auf Dauer ist das unmöglich. Aber man kann es zumindest mit aller Kraft versuchen, was auch die meisten »Verkehrten Dornröschen« tun. Und so wird das Leben im Schloß, wie das Leben in Alices Wunderland, »ülkiger und ülkiger«. Das Glühkom lehrt uns, daß die Königin recht hatte und Alice unrecht:

> »Ich brauche es gar nicht zu versuchen«, sagte Alice; »etwas Unmögliches kann man nicht glauben.«
>
> »Du wirst darin eben noch nicht die richtige Übung haben«, sagte die Königin. »In deinem Alter habe ich täglich eine halbe Stunde darauf verwendet. Zuzeiten habe ich vor dem Frühstück bereits bis zu sechs unmögliche Dinge geglaubt.«[16]

Das Ulkigste am Glühkom ist die Tatsache, daß man gar nicht merkt, wie das Leben »ülkiger und ülkiger« wird. Woran liegt das? Auf die beste Erklärung bin ich bei Gregory Bateson gestoßen. Er sagt, daß wir uns der Entwicklung unserer Veränderung gar nicht bewußt sind, weder der des Geistes noch des Körpers, denn der Verstand kann Veränderungen nur wahrnehmen, wenn sie einen merkbaren Unterschied zum Bisherigen machen. Allmähliche Veränderungen werden nicht als Unterschied wahrgenommen. Aufgrund dieser Verstandeseigenschaft ist es natürlich schwierig für die Schloßbewohnerin, wichtige Veränderungen wahrzunehmen, genauso wie für einen Frosch in folgender Situation:

> »Nach einer quasi-wissenschaftlichen Fabel ist es so: Wenn man einen Frosch dazu bringen kann, ruhig in einem Topf mit kaltem Wasser sitzenzubleiben, und dann die Wassertemperatur sehr langsam und sanft erhöht, so daß es keinen Augenblick

gibt, der sich als Augenblick *abhebt*, in dem der Frosch springen sollte, dann wird er niemals abspringen. Er wird gekocht werden.«[17]

Deus ex machina: Der Weg hinaus aus dem Schloß

Zum Glück gibt es für die autonome Frau, die in der trügerischen Welt des Schlosses lebt und es aus eigenen Stücken kaum mehr verlassen kann, eine eingebaute Rettungsgarantie. Falls ihr Selbsterhaltungstrieb nur noch auf Sparflamme flackert und sie in ihrer Duldungsstarre unfähig ist, eine so ungesunde Beziehung und einen so zerstörerischen Liebhaber zu verlassen, wird ihr die Gelegenheit quasi aufgedrängt, wenn, wie Tennyson in »Locksley Hall« so treffend sagte, »seiner Neigung Gluthen sich verzehrt«.[18]

Wir wissen, daß die durchschnittliche Lebensdauer der Leidenschaft, genannt romantische Liebe, zwei bis drei Jahre beträgt. Anders gesagt, dieser Zustand ist in sich unstabil; manchmal erlischt ganz einfach der »Funke«. Inzwischen dürfte klar sein, daß Süchtigkeit ebenfalls ein unstabiler Zustand ist. Beides wird »gekennzeichnet durch den Zwang, alles was man ist und war zu verleugnen zugunsten einer neuen und ekstatischen Erfahrung«.[19] Und da er der Süchtige ist und sie nur die *vorübergehend* Süchtige, wird höchstwahrscheinlich *er* derjenige sein, der unter dem Zwang steht, neue und ekstatische Erfahrungen zu suchen. Der Moment, in dem er unter diesem Zwang handelt, ist für sie der *deus ex machina*.

Deus ex machina bedeutet wörtlich: Der Gott aus der Maschine. Das stammt aus der Praxis alter griechischer und römischer Theaterstücke, wo ein »Gott« mit Hilfe einer Theatermaschine meist von oben herab auf die Bühne schwebte, um an einer kritischen Stelle in die Handlung einzugreifen und alles zum Guten zu wenden. Obwohl man zunächst meint, es sei eine Katastrophe, ist der Moment des *deus ex machina* in Wirklichkeit ein Segen, der plötzlich und unerwartet auftaucht, bevor es endgültig zu spät ist.

Das unmittelbare Ergebnis ist höchstwahrscheinlich der abrupte Rauswurf aus dem Schloß. Da dieser erzwungene Abgang plötzlich und scheinbar unerklärlich erfolgt, steht man möglicherweise in großem Schmerz und völlig verwirrt draußen vor der Zugbrücke und weiß überhaupt nicht mehr, wie man sich verhalten soll. Denn nirgends gibt es einigermaßen konkrete Regeln und Verhaltensmuster für solche Abgänge. Aus den Erfahrungen, die mir berichtet wurden, und auch aus meinen eigenen habe ich die drei wichtigsten Stadien nach dem erzwungenen Abgang herausgefiltert und zusammengefaßt. Erstes Stadium: Verlust; zweites Stadium: Verlust und Veränderung; drittes Stadium: Gewinn. In diesen drei Stadien wird positives Handeln gefordert, ist klare Erkenntnis am notwendigsten und der innere Aufruhr am schlimmsten. Während des Abgangs sollte man daher an folgendes denken:

1) Man durchlebt eine schwere existentielle Krise, und das sollte man respektieren. In gewisser Weise ist diese Krise sogar schwerer, als jene andere, für die wir bestimmte Verhaltensmuster und viel Respekt haben – die Trauer nach dem Tod des Partners.

2) Es ist nicht alles verloren. Wie Peele in *Love and Addiction* sagt, kann eine zeitweise und vorübergehende Sucht durchaus ein konstruktives, wenn auch teuer erkauftes Stadium in der Entwicklung eines Menschen sein. Der Preis ist hoch, wie wir bereits wissen. Der Gewinn kann genauso hoch, wenn nicht sogar noch höher sein: Hier haben wir die Möglichkeit, endlich den Drachen zu erschlagen.

In dem jetzt abrollenden Drama ist man selbst der Held und nicht die Heldin, die nichts anderes zu tun hat, als dem Helden bei seiner Aufgabe zu helfen. Nun hat man selbst eine Aufgabe: die eigene Identität, sich selbst, wieder herzustellen. Wenn man die Aufgabe erfolgreich löst, läuft man nie wieder Gefahr, sich von solcher Art Mann ins Schloß locken zu lassen. Und man erkennt die Lüge hinter dem Mythos der romantischen Liebe, denn man weiß, was er einem antun kann. Wenn das keine Befreiung ist! Und darum: vorwärts!

Die erste Reaktion wird vermutlich Empörung sein. Empörung darüber, daß der Märchenprinz, der doch ewige Liebe geschworen hatte, plötzlich eine Kehrtwendung macht und zu einem gefühllosen Klotz wird. Das muß ein Fehler sein, wiederholt man sich ständig, Menschen verhalten sich nicht so unmenschlich – selbst einem Hund gegenüber nicht. Menschen im allgemeinen nicht, aber Süchtige! Denn so ein Verhalten bestätigt, laut Peele, nun endgültig, daß man es mit einem Süchtigen zu tun hatte und aus einer süchtigen Beziehung geflogen ist. Süchtige sind meist »unfähig, den anderen, so wie er wirklich ist, zu respektieren oder sogar wahrzunehmen«.[20] Wenn der andere die Bedürfnisse des Süchtigen nicht mehr befriedigt, hört er oder sie auf zu existieren. Man hat sich also aus der Sicht eines solchen Liebhabers ganz einfach in nichts aufzulösen, ohne eine Erklärung zu erwarten und ohne Ärger zu machen.

Das ist in der Tat empörend. Ich las einen Krimi von Margery Allingham, als ich mich in diesem Stadium befand, und entdeckte darin eine Beobachtung, die gut auf meine damaligen Gefühle paßte. Ich gebe sie weiter, weil ich sie gleichzeitig sehr beruhigend fand: »Empörung, die ja aus einer Kombination von Schock, Wut, Zurückweisung und Hilflosigkeit besteht, ist vielleicht das am schwersten zu bewältigende und demoralisierendste aller Gefühle.«[21]

Jetzt brauchen wir einen Schnellkurs in Wut-Bewältigung. Die Psychologin Dorothy Tennov gibt dazu folgenden guten Rat: Die beste Kur, die man sich selbst verschreiben kann, ist der Abbruch aller Kontakte zu diesem Mann (außer über Mittelspersonen, wie zum Beispiel Anwälte). Und Carol Tavris, Autorin des Buches *Anger: The Misunderstood Emotion*, erklärte mir in einem Interview über diese Art von Wut, sie habe »ein Eigenleben, wie die Trauer«. Sie fuhr fort:

> »In den meisten Gesellschaften gibt es soziale Rituale, die einem trauernden Menschen helfen, mit seinem Schmerz fertigzuwerden. Sie funktionieren in etwa so: Also gut, du bekommst

einen Monat intensiver Trauer zugestanden, sechs Monate Teilnahmslosigkeit und ein ganzes Jahr, um über die Sache hinwegzukommen; wir werden nicht zulassen, daß du einfach nur rumhängst und dein ganzes Leben lang trauerst.

Die meisten westlichen Gesellschaften haben für die Art von Wut, um die es hier geht, keine solchen Rituale. Und daher auch keine gesellschaftliche Unterstützung, keine Hilfe, damit umzugehen, und keine Regeln, damit fertigzuwerden. Und das ist sehr schlimm. Denn ohne diese Kontroll-Regeln, ohne zu wissen, wie man sich äußern soll oder wann oder wem gegenüber oder warum, können sich Menschen sehr lange mit solchen negativen Gefühlen herumschlagen. Sie drehen sich dann ständig im Kreis mit ihren vorwurfsvollen Beschuldigungen der Gegenseite.«

Hat man sich ein paarmal in diesem Kreis gedreht, dann sollte man sich zu Herzen nehmen, was Tavris in ihrem Buch sagt: Man wird die Wut nicht los, wenn man darüber spricht. Im Gegenteil, Tavris' Untersuchung hat ergeben, daß Gefühle, über die man spricht, diese nicht vermindern, sondern sie nur *wiederholen*. Über die Wut zu sprechen, macht noch wütender, läßt die wütende Haltung erstarren und macht sie zur negativen Gewohnheit. Wie sehr das stimmt, erkennt man, wenn sich selbst die Augen der wohlmeinendsten Freunde verschleiern bei der Erwähnung einer weiteren empörenden Unmöglichkeit, die einem angetan wurde; und wenn man sich selbst in dieser Zeit aufmerksam beobachtet, fühlt man, wie übertrieben die eigenen Emotionen schon wieder wirken, wie langweilig diese Übertreibungen sind und wie schwer einzudämmen.

So verschwendet man nur seine wirklich sinnvolle Wut. Genau wie Tavris bin auch ich der Meinung, daß Wut ein moralisches Gefühl ist. Sie bricht hervor aus den eigenen Vorstellungen von Gerechtigkeit, Menschenrechten, Anständigkeit und dem Empfinden, daß Menschen – man selbst inbegriffen – mit Rücksicht auf ihr Wohlergehen behandelt werden sollten. Kurz gesagt, Wut ist der »Anspruch auf ein Muß« – sie verkündet, daß sich jemand nicht so verhält, wie er oder sie sich verhalten *müßte*.[22]

So weit, so gut. Wir sind uns sicher alle einig, daß *er* sich nicht so verhält, wie *er* sich verhalten müßte. Es ist sein Recht, uns nicht zu wollen, aber es ist nicht sein Recht, sich deshalb wie ein Schweinehund zu verhalten. Was jetzt? Jetzt sollte man sich Zeit nehmen, nachzudenken. Man sollte die Wut benutzen, um genau herauszufinden, inwiefern er sich wirklich wie ein Schweinehund benimmt. Wenn man schließlich herausfindet, daß sein Verhalten keinen Streit oder eine ernsthafte Auseinandersetzung wert ist und man nicht verletzt werden kann, sollte man ihn vergessen und mit dem eigenen Leben weitermachen. Wenn sein Verhalten aber massive Demütigung bedeutet oder einem dadurch finanzieller, beruflicher, körperlicher Schaden zugefügt werden kann, dann ist jetzt der richtige Zeitpunkt, ruhige und überlegte Schritte zu unternehmen, um ihm paroli zu bieten. Dies meint Tavris, wenn sie vom moralischen Nutzen der Wut spricht. »Man braucht Mut, um das zu tun«, sagte sie mir. »Und es ist die bestmögliche Taktik zur Wut-Bewältigung – ob sie nun Erfolg hat oder nicht. Denn man weiß, daß man etwas unternommen hat gegen eine unerträgliche Situation, und das ist ein wichtiger Schritt für das Selbstbewußtsein.«

Stadium zwei: Verlust und Veränderung

Der nächste Schritt wird das gerade durch die Wut-Bewältigungs-Taktik gewonnene Selbstbewußtsein auf eine harte Probe stellen. Denn wenn sich die Wut so weit gelegt hat, daß man nicht länger rot sieht, wird man versuchen, das Ganze zu begreifen, und die erste wichtige Erkenntnis wird den Realitätssinn wie ein massiver Frontalangriff treffen.

An diesem Punkt wird meiner Meinung nach die existentielle Krise schwerer als nach dem Tod des Partners, selbst wenn es ein plötzlicher Tod war. Nach einem Todesfall muß man herausfinden, wie und in welche Richtung das Leben weitergehen soll. Man hat die Liebe verloren und muß die Zukunft neu gestalten. Das ist sehr schmerzhaft. Handelt es sich aber um das Ende einer Beziehung, wie hier beschrieben, hat man zwar ebenfalls die Liebe verloren und muß herausfinden, wie das Leben weitergehen soll. Aber darüber hinaus muß man seinen Frieden finden mit der sehr viel schwierigeren Frage: Wo war ich und wie bin ich dahin gekommen? Um sich diese Frage zu stellen, muß man in die Tiefen seiner Seele schauen und entdecken, daß sie ganz und gar unzuverlässig ist, und das geht über den Schmerz hinaus und hin zu nacktem Terror, weil die Grundfesten aller inneren Werte ins Wanken geraten.

Ich will es einmal so sagen: Stellen Sie sich vor, Sie wären eng mit jemandem verbunden gewesen – verheiratet oder mit diesem Menschen lebend – und dann sagt er plötzlich: »Geh weg, ich will dich nicht mehr«, und zwar auf so empörende Weise wie vorher beschrieben. Sie sind gezwungen, der Tatsache ins Auge zu sehen, daß dies kein netter Mensch ist, daß er Sie fürchterlich behandelt und daß kein liebevoller Mensch so etwas tun würde – und trotzdem ist er die Liebe Ihres Lebens. Was machen Sie jetzt? Sie können Ihre Wut schüren und sagen, dieser Mann ist ein Dreckskerl, den man besser schnellstens vergißt. Aber wenn Sie das sagen und nun erleichtert sind, müssen Sie sich damit auseinandersetzen, daß ein Dreckskerl die Liebe Ihres Lebens war, und wenn auch nur vorübergehend. Dann wird die Erleichterung der Erkenntnis Platz machen, daß Sie im Niemandsland gelebt haben und die ganze Zeit dachten, dies sei das wahre Leben. Mit einem Schlag zertrümmert diese Erkenntnis Ihre gesamte Vergangenheit, Gegenwart und Zukunft. Denn Sie haben Ihren Realitätssinn geprüft und für derart schlecht befunden, daß Sie sich die furchtbare Frage stellen müssen: Wie kann ich mir jemals wieder trauen?

Jetzt kann man entweder losrennen und Schutz suchen (womöglich in den Armen eines neuen Liebhabers, was sehr unklug wäre) oder beschließen, ernsthaft daran zu arbeiten, das Vertrauen in sich selbst wiederzugewinnen. Man befindet sich nun in einem Zustand, den Peter Marris in seinem klugen und fundierten Buch *Loss and Change* eine Krise der Diskontinuität nennt: Alle vertrauten Einschätzungen des Lebens und der Liebe scheinen zweifelhaft, und aus diesem Verlust entsteht Verzweiflung – aber auch Erneuerung.[23] Die aus der Krise herausführende Erneuerung liegt darin, den kontinuierlichen Sinn des Lebens wiederherzustellen. Wie kann man das erreichen? Man muß dazu vertraute Ansichten im Lichte dessen, was passiert ist, reinterpretieren (und kann endlich mal die Fähigkeit zur Reinterpretation *vernünftig* einsetzen) und sie mit dem Kontext des neuen Lebens verbinden. Einige Ansichten, wie zum Beispiel über die romantische Liebe, müssen entweder ganz abgelegt oder radikal geändert werden; einige werden überflüssig erscheinen und können beiseite gelegt werden; und einige werden sich wie ein roter Faden unwiderlegbarer persönlicher Gültigkeiten durch das Leben ziehen. Und auf die kommt es an, denn nur sie geben den sicheren Halt, von dem aus man das zerstörte Gewebe des Lebenssinns reparieren kann, das jetzt das Leben so unkontrollierbar erscheinen läßt.

Ich kannte Marris' Buch nicht, als ich an diesem Punkt meines Lebens angelangt war, aber ich tat spontan das, was er vorschlägt, und es funktionierte. Mein Vorgehen wirkte damals auf mich wie ein geistiges Stärkungsmittel. Ich ging zurück bis in meine Kindheit, und mir wurde vieles wieder bewußt, an das ich oft seit Jahren nicht mehr gedacht hatte. Jetzt weiß ich, daß ich versuchte, Grundsätzliches über mich selbst zu erfahren in bezug auf das Folgende: Wer bin ich, warum bin ich, wie bin ich, wie will ich weiterhin sein? Welche Werte bedeuten mir etwas, woher stammen sie, was für Menschen möchte ich in meiner Welt haben, was *ist* meine Welt, welche Art Liebhaber (wenn überhaupt) möchte ich in meiner Welt haben, und welche Aspekte von all dem sind für mich so wichtig, daß ich sie vermutlich nie ändern werde? Mit der Beantwortung dieser Fragen schuf ich mir den benötigten sicheren Halt für den Sinn meines Lebens. Ich hatte das Gefühl, nach einem seltsamen und noch näher zu untersuchenden Umweg langsam wieder zu mir zu kommen und in meine eigene Welt zurückzukehren.

Verlust zerstört unsere Fähigkeit, die Bedeutung einer Erfahrung zu begreifen, und Trauer ist das Ringen darum, den Sinn für die Bedeutung wiederzuerlangen, wenn äußere Umstände ihn verwirrt oder betrogen haben. Das ist die zentrale Aussage von *Loss and Change*. Trauer wird im allgemeinen mit Tod in Verbindung gebracht: Marris behauptet, daß Trauer nicht nur durch Tod hervorgerufen wird, sondern auch durch jeden tiefen, einschneidenden, bedeutsamen Verlust. Als Beispiele führt er an: Vertreibung aus der Heimat, Entlassung aus dem Beruf und Zurückweisung in einer Beziehung, die von großer Bedeutung war. Das Ausmaß der Trauer hängt immer von der Schwere des Verlustes ab. Ist der Trauer auslösende Verlust unwiederbringlich, muß man ihn zunächst einmal als etwas akzeptieren, dessen Bedeutung man begreifen muß, und nicht als etwas, das einem angetan wurde. Und vor allen Dingen muß man folgendes begreifen:

> »Obwohl es natürlich scheint, um den Verlust eines Menschen oder einer Sache, die man liebt, zu trauern, erklärt die Liebe diese Trauer nicht. Die Intensität der Trauer hängt nicht von der Intensität der Liebe ab, sondern ist oft sogar stärker, wenn die Gefühle für den [verlorenen] Menschen gemischt waren. ... Es gibt Ausdrücke für die vielen Stimmungen, die mit der Abwesenheit dessen, was wir lieben, in Zusammenhang stehen – Traurigkeit, Nostalgie, Pein – was aber keine Beschreibung für Trauer ist. Die grundsätzliche Krise der Trauer entsteht nicht durch den Verlust des anderen, sondern durch den Verlust des Selbst.«[24]

Warum wird dieser Verlust des Selbst nicht wettgemacht, wenn man sich in die Arme eines neuen Liebhabers stürzt? Weil Verbindungen, die das Leben sinnvoll machen, ganz besondere Charakteristika aufweisen. Wenn man nun eine dieser wichtigen Verbindungen einfach auf einen neuen Menschen überträgt, deckt man das Gewesene zu, statt den Verlust des Selbst zu reparieren. Der Sinn für die Kontinuität von Bedeutung, auf der die Identität eines Menschen beruht, wird durch einen Prozeß der Neuformierung wiederhergestellt und nicht durch einen Ersatz. Diese Neuformierung ist die wichtigste Funktion der Trauer, mit der die zerstörten Bedeutungen des Lebens von der Beziehung getrennt und unabhängig davon wiederhergestellt werden. Wenn man Diskontinuitäts-Krisen immer damit löst, nach dem nächstbesten Ersatz zu greifen, kann man den Verlust anderer erfolgreich überdecken, was aber zur Folge hat, daß der Verlust des Selbst unwiederbringlich wird und man dauernd emotionalen Schaden davonträgt. Kurz gesagt, der Weg zurück zur geistigen Gesundheit, die man im Schloß verloren hat, ist die Aufarbeitung des Gewesenen mit Hilfe der Trauer, dem Geschenk des *deus ex machina*.

Was hat man von der Aufarbeitung der Trauer zu erwarten? Bevor ich auf einige der Hauptmerkmale dieses Prozesses eingehe, lassen Sie mich noch eines aus dem Weg räumen: die Schuldgefühle, die man hat, weil man so »selbstsüchtig« seine ganze Energie auf diesen Prozeß konzentriert. Wenn man in dieser Zeit durch den Vorwurf der Selbstsüchtigkeit bewegungsunfähig wird, sollte man sich daran erinnern, daß es jetzt um nichts anderes geht, als die eigene Identität wiederzufinden und wiederherzustellen. Wenn man dann selbst meint oder von anderen zu hören bekommt, man solle doch »nun endlich weitermachen mit dem Leben«, muß man wissen, daß man genau das tut, und zwar auf das sinnvollste. Zu diesem Zeitpunkt ist das schlicht die einzige sinnvolle Beschäftigung. Das soll nicht heißen, daß man die ganze Zeit über sich nachdenken muß (was schrecklich langweilig werden kann); es bedeutet lediglich, daß die Aufarbeitung der Trauer in diesem Moment von zentraler Wichtigkeit ist.

Marris faßt die typischen Kennzeichen für Trauer folgendermaßen zusammen: 1. körperlicher Schmerz und Verschlechterung der Gesundheit; 2. eine Unfähigkeit, die Vergangenheit aufzugeben – Beispiele dafür sind Grübeln über Erinnerungen, Festhalten an Besitztümern, Unfähigkeit, den Verlust zu begreifen, und Gefühle von Unwirklichkeit; 3. Zurückziehen in die Apathie; 4. Feindseligkeit anderen gegenüber, gegen das Schicksal oder gegen sich selbst. Er meint, Trauer sei eine geistige Wunde, die nur langsam heilt und Narben zurückläßt. Die erste Reaktion ist Schock; wenn der Schockzustand nachläßt, folgt akuter Schmerz; dann werden die Schmerzattacken unregelmäßiger und die Verzweiflung gedämpfter, bis sie zuletzt nur noch selten wieder aufflackern. Handelt es sich um einen schweren Verlust, wird die akute Phase meist mehrere Wochen anhalten und dann langsam und stückweise nachlassen, was mindestens ein Jahr dauern kann. Marris schließt aus seinen Untersuchungen, daß man für den kompletten Prozeß der Trauerbewältigung insgesamt mit zwei Jahren rechnen muß.

Was passiert, wenn dieser Prozeß versagt oder frühzeitig abgebrochen wird? Die Aussichten sind nicht ermutigend. Man muß damit rechnen, daß sich das Leben »zu einer Phantasie der Vergangenheit mumifiziert«, oder leer und bedeutungslos wird hinter der Fassade eifriger Beschäftigung mit oder Besessenheit von dem ungelösten Konflikt, der sich aus der permanenten Krise der Diskontinuität ergibt.[25]

Gibt es Hilfe? Ja, bestimmt! Man braucht vor allem einen unterstützenden Rahmen, in dem man über seine Krise sprechen und sie während der Aufarbeitung unter Kontrolle halten kann. Dieser Rahmen hat drei Hauptstützen: Arbeit, Beratung und Freunde. »Die beste Arznei für ein wundes Herz ist nicht, wie so viele meinen, eine männliche Brust zum Anlehnen«, sagt Dorothy Sayers in einem ihrer Kriminalromane. »Weit heilsamer sind ehrliche Arbeit, Bewegung oder unverhoffter Reichtum.«[26] Arbeit wird in dieser Zeit die absolute Hauptstütze sein. Die Tatsache, daß sich Verbindungen, die das Leben sinnvoll machen, nicht einfach übertragen lassen, hat zwei Seiten, von denen eine nun zum Tragen kommt: Bei der Arbeit kann man wieder so sein, wie man wirklich ist, denn der Verlust des Liebhabers beeinflußt die Bedeutung der Arbeitsbeziehungen nicht – außer man hat unglücklicherweise mit ihm zusammengearbeitet. So wie die Launen der Liebe nun einmal sind, ist man sicher gut beraten, Arbeit und Liebe im Leben säuberlich zu trennen. Eine Frau, die aus dem Schloß geworfen wird, in dem sich gleichzeitig ihr Arbeitsplatz befindet, ist wirklich arm dran.

Beratung durch einen außenstehenden Menschen ist in dieser Zeit sehr nützlich, denn ein Fremder, der ein generelles Verständnis für Trauer hat und eine anerkannte therapeutische Position einnimmt, kann vermutlich mehr Unterstützung bieten bei der Aufarbeitung von Trauer als Freunde. Denn diese Unterstützung ist gewissermaßen unpersönlich und macht es daher möglich, die Lösung der Krise selbst zu finden, während man gleichzeitig die so notwendige Bestätigung erhält, daß es sich um eine ganz normale Krise handelt und man die Lösung mit der Zeit schon finden wird.[27] Ich empfehle dazu dringend, sich an eine Person zu wenden, die nicht mit der Wahrheit hinter dem Berg hält, wenn man sich die notwendige Frage stellt: »Wo war ich nur?« Und als persönliche Empfehlung möchte ich hinzufügen, daß es sich bei dieser Person um eine Frau und möglichst um eine Feministin handeln sollte.

Nun zu den Freunden. Zu dieser Kategorie gehören auch Familienmitglieder, so man in der glücklichen Lage ist, sie zu den Freunden zu zählen; gerade hier sind sie sehr wertvoll, denn mit ihnen kann man leichter die eigenen Ursprünge finden, die zur Wiederherstellung des Lebenssinns so wichtig sind. Was braucht eine Frau, die ihre Trauer aufarbeitet, von ihren Freunden? Sie braucht das Gefühl praktischer und selbstloser Unterstützung. Sie muß wissen, daß Freunde die Art der Krise begreifen, daß sie bereit sind, wann immer sie können, ihre Gesellschaft und ihre sinnvolle Hilfe anzubieten, und daß sie die grundsätzliche Privatheit der Trauer respektieren.

Es gibt Dinge, die Freunde in dieser Zeit tun können, und es gibt Dinge, die sie nicht tun können und nicht tun sollten. Man muß lernen, zu erkennen, worum es sich handelt, und wer unter den Freunden was tut. Und man sollte sich vor Frauen hüten, die angeblich »das gleiche Problem« haben, die sich aber in Wirklichkeit immer noch mit vorwurfsvollen Beschuldigungen im Kreis drehen.

Nach meiner Erfahrung ist es das beste, sich mit Menschen zu umgeben, deren Ansichten man respektiert und die *Herz* haben. Letzteres ist sehr wichtig, denn das Zusammensein mit solchen Menschen ist wie Futter für die hungrige Taube, wie wir schon gehört haben. Das Leben mit einem Süchtigen ist vor allem steril, starr und unzuverlässig. Daher sind herzliche und aufgeschlossene Menschen, die das Leben in seiner ganzen Vielseitigkeit genießen können, genau das, was man in dieser Zeit braucht. Für mich waren sie wie Frühlingsregen in der Wüste. Ich sog sie auf und fühlte mich wieder mehr wie ich selbst.

Stadium drei: Gewinn

Im letzten Stadium begräbt man die Geister und verankert die Erkenntnisse, die man inzwischen gewonnen hat. Man sollte den ehemaligen Mitbewohner aus dem Schloß von nun an nur noch als Katalysator betrachten. Ich habe zu viele Frauen erlebt, die sich in der Falle der Vorstellung verfingen, er müsse wohl doch der große Lehrmeister sein, dem sie die wichtigsten Erkenntnisse seit ihrem Abgang aus dem Schloß verdanken. Das ist Unsinn! Zu diesem Zeitpunkt ist er nicht mehr ehrfurchterregend, sondern out, passé. Technisch gesprochen ist ein Katalysator eine Substanz, die eine chemische Reaktion entweder beschleunigt oder verlangsamt, ohne sich dabei selbst zu verändern. Seit dem plötzlichen Abgang aus dem Schloß kann er sich verändert haben – oder auch nicht. Die Frage ist völlig ohne Bedeutung. Wenn man an ihn als Lehrmeister denkt, setzt man damit die Beziehung auf anderer Ebene fort: Man ist nur mit dem Gedanken beschäftigt, wie es ihm geht, wie er sich fühlt, was er lernt und so weiter, was alles völlig irrelevant ist. Die eigene Bedeutung soll wieder hergestellt werden, nicht seine. Wenn er seinerseits mit dem Ganzen fertig wird, gut; wird er nicht damit fertig, auch gut. Ihn als Katalysator zu betrachten, richtet die Aufmerksamkeit dahin, wo sie sein soll – auf das eigene Selbst und das eigene Leben.

Welche Erkenntnisse eignen sich zum Verankern? Die Erkenntnis, daß man dazu neigt, sich auf Beziehungen mit ungesunder Abhängigkeit einzulassen. Die Erkenntnis, daß man sich mit möglichen Liebhabern in der gebenden Rolle wohler fühlt und sich deswegen zu Männern mit infantilen Bedürfnissen hingezogen fühlt, und umgekehrt. Damit sie Babys werden können und man selbst sie bemuttern kann. Und das ist eine Erkenntnis, die man sehr fest in sich verankern sollte, damit man nicht noch mal hinter den düsteren Mauern des Schlosses landet. Hier ist eine weitere, passende Geschichte aus den Annalen meines Lebens nach dem Rauswurf aus dem Schloß: Ich wollte mich gerade auf den Weg zum Flugplatz machen, um Vancouver kurz nach Ende meiner »Vollkommenen Romanze« zu verlassen, als das Telefon klingelte.

Ich hob ab, und ohne jede Einleitung sagte die Stimme meines Vaters: »Ich will dir nur eine Frage stellen. Wann wirst du endlich mit einem Erwachsenen nach Hause kommen?« Ich fing an zu kichern. Er fuhr fort: »Der erste war ein Milchbubi, aber er hatte wenigstens die Entschuldigung, wirklich so jung zu sein. Der nächste war auch ein Milchbubi, nur daß er bereits dreißig war. Der letzte – ein Mann in den besten Jahren und infantil. Ich will, daß du jetzt zur Tür rausgehst, mit erhobenem Haupt, und anfängst, dich nach einem Erwachsenen umzusehen.«
»Auf dem Flugplatz?«
»Auf dem Flugplatz.«
»Ich glaube, ich weiß nicht, wie man einen Erwachsenen erkennt.«
»Das dürfte inzwischen sonnenklar sein, aber es gibt sie. Lern' endlich, sie zu erkennen. Und dazu gibt es keine bessere Zeit als jetzt.«
Es war absurd, daß ich mich darauf einließ. Ich fuhr zum Flugplatz, ermutigt und immer noch kichernd. Nach dem Einchecken mußte ich noch fast eine Stunde warten. »Okay«, sagte ich mir. »Alles, was männlich und älter als fünfzehn ist, werde ich mir genauer ansehen.« Als erstes merkte ich, daß mein Vater recht hatte: Ich wußte wirklich nicht, wonach ich schauen sollte. Dann fiel mir auf, daß die meisten Männer so aussahen, als hätten sie ein Schild mit der Aufschrift »Bewundere und füttere mich« um den Hals hängen. Füttere mich mit Aufmerksamkeit. Dann fing ich an, mir die Männer genau anzuschauen, die kein solches Schild trugen. Sie waren interessant, aber nicht so zahlreich. Sie sahen selbstbeherrscht aus, ohne selbstsüchtig zu wirken. Sie sahen ruhig aus, ohne bedürftig oder sanft fordernd zu wirken. Sie nahmen nicht allen Raum sofort für sich in Anspruch, sondern bewegten sich mit einer gewissen Selbstverständlichkeit und Würde. Und sie schienen sich für das Leben um sie herum zu interessieren, und nicht nur für Leben in bezug auf sie selbst. Ich bezeichnete sie als »Erwachsene«, bestieg mein Flugzeug, wo ich meine Beobachtungen gutgelaunt fortsetzte und dann feststellte, daß ich direkt neben so einem saß. Es war ein nächtlicher Trans-

kontinental-Flug, den wir mit einer langen und sehr befriedigenden Unterhaltung verbrachten. Als ich in der Morgendämmerung aus dem Flugzeug stieg, hatte ich nicht nur eine Einladung von ihm nach Indien bekommen, wo er als Lehrer arbeitete, sondern auch die beruhigende Gewißheit, meinen ersten Erwachsenen erkannt zu haben. Seither hatte ich keine Veranlassung, die generellen Kriterien meiner Klassifizierung zu verändern.

Was kann man zum endgültigen Begräbnis der Beziehung im Schloß sagen? Ich glaube, Peele hat den richtigen Grabspruch: »Die Nähe des Paares war eine künstliche, ausgelöst dadurch, daß sie einander in einer Zeit begegneten, in der sie ein besonderes Bedürfnis teilten.«[28] Muß man in künftigen Liebesbeziehungen bei jedem Anzeichen von Intensität wieder nach dem Gespenst der Sucht suchen? Ganz im Gegenteil. Abhängige Leidenschaften sind weder lebendig noch intensiv. Wie man inzwischen wissen sollte, sind sie passiv, flach und banal. Und außerdem sind sie gewöhnlich. Da das so ist, stellt sich die folgende, berechtigte Frage: Wenn es so schwer ist, zwischen einem psychischen Defekt und der vom Mythos der romantischen Liebe als ideal bezeichneten »Wahren Liebe« zu unterschieden, wer ist denn dann wohl krank?

Man selbst aber sollte Mut fassen, denn die Zukunft sieht blendend aus. Wie eine Frau mir lachend sagte: »Wenn die Leute *jetzt* über Romanzen und ›Wahre Liebe‹ sprechen, kann ich sagen, ja, ich weiß Bescheid, denn ich war da. Und es ist schon was, das in unserer Gesellschaft sagen zu können! Besonders, wenn man nie wieder dorthin zurückgehen will.«

Und man wird nicht zurückgehen. Das bestätigt auch Alice Koller in ihrem Buch *An Unknown Woman*, dem Tagebuch ihres geglückten Versuchs, ihr Leben wieder in den Griff zu bekommen:

> »Himmel, was hab ich nur alles auf mich genommen für das, was ich ›lieben‹ nannte. Ich schlage die Hände vor die Augen. Dann schaue ich schnell wieder auf. Es ist nicht mehr nötig, deswegen zu erschauern. Es kann nicht wieder passieren. Kann einfach nicht. Das heißt nicht, daß ich mir selbst abschwöre. Es heißt, ich bin wieder ich, und nicht mehr das, was ich war.«[29]

Das Bedürfnis, von dem man ins Schloß getrieben wird, wiegt schwer. Aber es ist auch sehr lehrreich. Wie eine Frau mir schaudernd sagte: »Es war wirklich schrecklich. Ich hatte das Gefühl: So wollte ich immer sein, und du gibst mir das. Bitte nimm es mir nicht wieder weg. Ich habe gelernt, daß er mir selbstverständlich den ganzen verdammten Kram wieder wegnehmen kann, und es mir *trotzdem* gut geht.«

Ist man mit Hilfe des *deus ex machina* ans Ende der Suche nach sich selbst gelangt, kann man endlich der romantischen Liebe wissend ins Auge schauen. Man kann sie annehmen oder ablehnen, aber sie wird einen nie mehr ins Schloß zerren. Man kann sich der Liebe mit der berechtigten Gewißheit nähern, daß man es diesmal mit einem Erwachsenen zu tun hat. Und all das kann man voller Überzeugung tun, weil man auf die schlimmstmögliche Weise »dort gewesen« ist – und *überlebt* hat. Durch eigenen Mut und eigene Anstrengung. Und so kann man das gleiche sagen wie meine Freundin, die Schauspielerin aus dem ersten Kapitel, mir nach einem solchen Horrortrip schrieb.: »Ich habe mein Waterloo gemeistert. (gezeichnet) Wellington«

II Adieu, Märchenprinz!

Auf dem Weg zur
unverfälschten Leidenschaft

7. Liebe und Theorie

In Teil I haben wir die Mythen, die der Ursprung aller unserer Liebesvorstellung sind, neu überprüft. Denn wir mußten zunächst einmal erkennen, was da gespielt wird, bevor wir uns auf die Suche nach neuen Wegen zur Liebe machen konnten. Nur wenn wir dem Mythos der romantischen Liebe wissend ins Auge schauen können, statt ihn blind für den einzigen Weg zur Liebe zu halten, verliert er die Macht über unser Liebesleben und wir müssen uns nicht mehr mit dem, was ich Maslows Hammer nenne, zufrieden geben, das heißt nicht mehr bei jedem kleinsten Anlaß seufzen: »Das muß die Liebe sein!« Der Psychologe Abraham Maslow sagt: »Hat man nichts anderes als einen Hammer zur Hand, wird man in allem einen Nagel sehen.« Wenn man nicht offen ist für neue Wege zur Liebe, wird man sicherlich auf dem alten Gleis festrosten. Ändern sich unsere Vorstellungen und Meinungen über die Liebe, dann werden sich meiner Überzeugung nach auch unsere Erfahrungen in der Liebe ändern.

In Teil II werden wir einige alternative Modelle von Liebe und Leidenschaft erforschen und so zu Astronomen werden: Den Himmel betrachten, den Gang der Gestirne beobachten und aufgrund dieser Bewegungen die Existenz eines neuen Planeten voraussagen. Und irgendwann taucht er auf, der neue Planet, und kann beobachtet werden. Wir können die Interaktion »richtiger« Männer und »richtiger« Frauen in der vorgeschriebenen »Anziehung von Gegensätzen« beobachten, die der Mythos »Wahre Liebe« nennt, und versuchen vorauszusagen, wie die Liebe aussehen könnte, wenn wir über die Klischees hinausgehen und zum menschlichen Kern vordringen. Und wenn dann neue Formen von Liebe und Leidenschaft auftauchen, an die wir glauben können, dann verlassen wir uns darauf, daß sie auch lebendig werden.

Autonomie und Liebe

Das Liebeskonzept eines Menschen existiert nicht im luftleeren Raum. Es steht in engem Zusammenhang mit der Wahrnehmung der eigenen Identität und ihrer Verbindung zu anderen und zum Kosmos. Wie man die Liebe erlebt, hängt von zwei bedeutenden Faktoren ab: der eigenen Weltanschauung (was man unter »Realität« versteht) und der Sicht des Selbst (wie man das »Ich« in bezug auf diese Realität sieht). Da uns die patriarchale Ideologie einige tausend Jahre lang mit korrupten Vorstellungen von Beziehungen vollgestopft hat – Beziehungen miteinander, mit der Natur, mit dem Universum –, ist natürlich auch die Sprache korrupt, besonders, wenn es um das Selbst und seine Verbindung zu anderen geht. Wenn man also versucht, die Liebe aus den patriarchalen Klauen zu retten, muß man das gleiche für den Begriff der Autonomie tun.

Ich hatte viele Bücher gelesen und viel nachgedacht, bis mir langsam klarwurde, daß Autonomie, so wie ich sie begreife, nichts mit der lexikalischen Definition dieses Wortes zu tun hat. Das hätte mich nicht überraschen sollen, tat es aber trotzdem. Ich war entsetzt über das, was ich im Lexikon fand, und mir wurde klar, daß der Unterschied zwischen dieser Art von Autonomie und meinem Autonomiebegriff erklärt werden müsse. Ich gaube, Sie werden schnell erkennen, wie gut sich die patriarchale Autonomie-Definition eignet, perfekte Grundlage für romantische Liebe à la Mythos zu sein, mit ihrer rigiden Sexualpolitik von Distanz und Kontrolle durch »Gegensätzliches«, während Autonomie, so wie ich sie verstehe, eine zwingende Notwendigkeit für meine Art von Liebeskonzept ist.

Das Wort autonom kommt aus dem Griechischen und setzt sich

aus den Worten für Selbst *(autos)* und Gesetz *(nomos)* zusammen. Für mich bedeutet das »selbstregiert«: Verantwortung für sich selbst übernehmen im Kontext mit anderen und dem Kosmos. Ein autonomer Mensch ist für mich ein Mensch, der versucht, seine Individualität in verantwortlicher (das heißt ständig selbst überprüfter) Verbindung mit anderen und schließlich mit dem Universum zu erkennen. Autonomie bedeutet für mich die fortwährende Erforschung des Selbst, während man allem außerhalb dieses Selbst verantwortlich ist. Nach einer solchen Vorstellung sind Autonomie und Beziehung eng miteinander verbunden: Man kann das eine nicht ohne das andere haben.

Mit dieser Vorstellung von Autonomie unterscheide ich mich radikal vom traditionellen, westlichen Denken. Anstatt Autonomie im Sinne von Verbindung zu betrachten, begreift diese Tradition sie als Trennung. Sie beginnt, wie ich, mit der ursprünglichen Bedeutung von autonom als eigengesetzlich. Aber, wie uns das Lexikon zeigt, definiert sie dann die Eigengesetzlichkeit als »das Recht, sich eigene Gesetze zu geben und keinen höheren Gesetzen verpflichtet zu sein«, und als »unabhängig funktionierend ohne Kontrolle durch andere«. Individualismus wird daher nicht als Eigenständigkeit, Selbstverantwortlichkeit, sich deutlich von anderen unterscheidend gesehen, sondern als »Anschauung, die dem Individuum und seinen Bedürfnissen den Vorrang vor der Gemeinschaft einräumt; Betonen der Interessen des einzelnen«.[1] Ein Individualist zu sein, steht demnach in direktem Konflikt mit der Verbindung zu anderen. Verbindung wird nicht im Sinne von sich kümmern, sich umeinander bemühen gesehen, sondern im Sinne von Kontrolle (entweder von anderen kontrolliert oder sie kontrollierend), und der Begriff der Beziehung wird vergiftet. Nach einer solchen Denkweise stehen Autonomie und Liebe in grundsätzlicher Opposition zueinander: Sie bedrohen sich gegenseitig.

Als ich zum ersten Mal begriff, daß Autonomie laut lexikalischer Definition für mich ein »schlechtes Wort« ist, ergab sich zufällig die Gelegenheit, meine eigene Vorstellung von Autonomie als einem »guten Wort« an einer größeren und ganz unterschiedlichen Gruppe von Frauen zu testen. Auf der Ranch, auf der ich lebe, findet jedes Jahr zu Weihnachten ein »Weihnachtsplätzchen-Tausch« statt, zu dem sich alle Frauen aus dem Umkreis versammeln. Ich sprach mit einer ganzen Reihe von ihnen und bat jede einzelne um folgendes: »Ich hätte gern Ihre Meinung zu einem bestimmten Wort. Bitte sagen Sie mir 1) ob Sie auf dieses Wort positiv oder negativ reagieren und 2) was das Wort für Sie bedeutet.« Alle sagten mir, daß »autonom« für sie ein positives Wort sei und daß es die Suche nach dem eigenen, wahren Selbst bedeuten würde, aber nicht isoliert von anderen oder von der Welt. Die meisten zitierten sogar John Donnes Zeile »no man is an island«. (Wörtlich: »kein Mann ist eine Insel«, oder auch »kein Mensch ist eine Insel«, da das englische »man« für beides steht. A. d. Ü.) Diese kleine Umfrage führte zu einer größeren Diskussion auf der Party, und wir waren uns einig, daß mit Donnes »man« wohl doch der Mann gemeint ist, und daß ihre Insel-Isolation, eine der großen Tragödien unserer Kultur, vom Männlichkeitswahn ausgelöst wird.

Dem möchte ich aber hinzufügen, daß die von mir am meisten geschätzte Untersuchung über Autonomie von einem Mann stammt. Der Psychoanalytiker Arno Gruen führt in seinem Buch *Der Verrat am Selbst* an, daß »das Autonom-Sein sich nicht aus *Ideen* über die eigene Bedeutung oder der Notwendigkeit für Unabhängigkeit entwickelt«.[2] Für Gruen liegt der Schlüssel zur Autonomie in der *Einstellung*, und er meint, daß wir Autonomie finden, wenn wir Sympathien und Liebe für andere entwickeln können. Es gibt keine einheitliche Methode oder Technik, die zum wirklichen Selbst führt, sagt er, denn jedes Individuum ist einmalig und die Wege zur Autonomie sind daher unterschiedlich. Obwohl Freunde wichtig sind, muß jeder von uns seinen eigenen Weg finden und die Verantwortung dafür selber tragen.[3]

In meiner Vorstellung von Autonomie bedeutet die Suche nach diesem Weg ein vollständigeres Leben – in bezug auf sich selbst, auf andere, auf das Universum. Und es bedeutet, daß das Universum die Gunst erwidert. Mein Schlüssel zur Autonomie ist meine Version dessen, was Vincent van Gogh einmal zu seinem Bruder gesagt hat: Der beste Weg, sich selbst und Gott zu erkennen, ist die Liebe zu vielen Dingen.

In bezug auf die Liebe zwischen zwei Menschen bedeutet diese Vorstellung von Autonomie: Wenn man sich selbst ausschließt aus der Gleichung der Liebe, ist man nicht fähig, zu lieben. Schließt man aber den anderen aus, ist man ebensowenig fähig, zu lieben. In dieser Gleichung irren sich Frauen meist beim ersten Teil und Männer beim zweiten. Frauen neigen dazu, das Selbst zu leugnen, während Männer den anderen leugnen. In die Umgangssprache übersetzt wird daraus die viel gehörte Behauptung, daß Frauen »zu sehr« und Männer »zu wenig« lieben oder sogar »lieben lassen«. Mit anderen Worten, wie viel oder wenig auch immer Frauen und Männer lieben, ihre Liebe ist in jedem Fall armselig.

Wenn die Autonomie im Mittelpunkt der Liebe steht, müssen wir über die Liebe als eine Form der Beziehung sprechen, in der beide Partner Subjekt sind – beide sind dazu befähigt und zollen sich gegenseitigen Respekt. Keiner der Partner ist »für« den anderen da, sondern beide sind eigenständig ausgeprägte Wesen, die als solche bewertet werden, und nicht nur als Mittel zum Zweck oder als Anhängsel. So wird Liebe zu einem Prozeß gegenseitigen Erkennens, in dem beide begreifen, daß die oder der andere ein eigenständiger Mensch ist, uns ähnlich, aber doch mit anderer Ausprägung.[4] Die Freude an der aufrichtigen Liebe liegt in der Erfahrung des eigenen autonomen Selbst in zunehmend intimer Verbindung mit dem unterschiedlichen und genauso wichtigen autonomen Selbst des geliebten anderen.

Das Paradox der Liebe

Nun gibt es allerdings ein massives Problem für diese Vorstellung von Liebe, denn ein solches Liebeskonzept ist unvereinbar mit der vorherrschenden Weltanschauung. Weltanschauung ist ein Realitätsmodell, das aus unseren impliziten und expliziten Vorstellungen über den Gang des Universums besteht. Es sagt uns, was »wirklich« ist und »normal«, was »Sinn macht« und was »vernünftige« Menschen glauben und tun. Es sagt uns ebenfalls, was

»wirkliche« Liebe ist. Ich habe das alles in Anführungszeichen gesetzt, um darauf hinzuweisen, daß es auch andere Wege gibt, Realität, Normalität, Vernunft und natürlich auch Liebe zu begreifen.
Die vorherrschende westliche Weltanschauung würde die von mir angeregte Art der Liebe als Paradox ansehen: widersprüchlich, unglaubwürdig oder absurd und sicherlich unvereinbar mit den allgemeinen Erfahrungen. Byrons Beobachtungen, daß des Mannes Liebe getrennt ist von des Mannes Leben, gilt nicht nur generell für die Männer in unserer Kultur, sondern auch für die Realitätssicht unserer Kultur. Für das »richtige« Denken, wie auch für den »richtigen« Mann ist die Liebe getrennt – von allem, was wichtig ist. Der Professor, der gegen einen Kollegen wetterte, weil der ein Seminar über Liebe abhalten wollte, sprach im Namen unserer vorherrschenden Weltanschauung, als er die Liebe und alle, die sie lehren wollen, für »irrelevant« erklärte.[5]

Die mechanistische Weltanschauung

Was ist das für ein Geist, der das Studium der menschlichen Liebe für irrelevant erachtet? Ein Geist, der vor allem behauptet: »Ich habe es gemessen, und daher kenne ich es.« Und der andererseits sagt: »Wenn ich etwas *nicht* messen kann, ist es auch nicht wichtig (wenn es überhaupt existiert, was ich bezweifle).« Das ist die Art von Geist, sagt Kenneth Burke, der denkt, die endgültige Kenntnis der Realität wird erreicht sein, wenn wir von jedem Ding im Universum Namen und Anschrift kennen. Ein solcher Geist kennt die Realität nur als Form der Abstraktion, Quantifizierung, Messung und Kontrolle. Etwas zu wissen heißt für ihn, sich davon zu distanzieren; wirkliches Wissen kann daher per Definition nur durch Distanzierung erreicht werden. Das ist die Bedeutung von »Objektivität«.
Die Vorstellung, sich von etwas distanzieren zu müssen, um es genauer verstehen zu können, scheint in der Tat seltsam, und bedeutet ganz sicher nichts Gutes für Intimität und Liebe. Trotzdem war diese Vorstellung ausschlaggebend für den Realitätsbe-

griff, der in Westeuropa im 17. Jahrhundert von der naturwissenschaftlichen Revolution eingeführt wurde. Gemäß der mechanistischen Weltanschauung, die auf Isaac Newton zurückgeht, kann das, was real ist, zerlegt werden in die grundlegenden Bestandteile der Materie, und der Beweis für ihre Existenz ist die quantitative Bestimmbarkeit, gemessen von einem unbeteiligten, distanzierten Beobachter.[6] Noch immer ist dies die vorherrschende Weltanschauung des Westens. Und daher ist ein solcher Geist, der das Studium der menschlichen Liebe für irrelevant hält, der in der westlichen Kultur vorherrschende.

Eine Weltanschauung, die nach dieser Methode entscheidet, was real und was relevant ist, läßt den Humanwissenschaften wenig Möglichkeiten, Aussagen über die tieferen Aspekte menschlicher Erfahrungen zu machen, da diese Aspekte sich nicht besonders zur quantitativen Bestimmung eignen. Eine besondere Stellung nehmen in diesem Land der wissenschaftlichen Stummheit die Erfahrungen in der menschlichen Liebe ein. In den Humanwissenschaften wird Liebe, falls nicht schlichtweg als irrelevant abgetan, allzu oft als bloßes Verlangen untersucht (und das *kann* man messen) oder gemäß der Hypothese der »sich ergänzenden Bedürfnisse« als »Anziehung von Gegensätzen«. Hier rennen die Psychologen unentwegt im Kreis um die Geschlechts-Stereotype, um dann Offensichtliches erneut zu beweisen. »Wann ziehen Gegensätze sich an?« fragt eine der typischen Studien. »Wenn sie gegensätzlich sind in Geschlecht und Geschlechtsrollen-Verhalten.«[7] Wer hätte das gedacht! Schlimmer noch, die Resultate solcher Untersuchungen werden nur zu oft der Allgemeinheit als »klinisch erprobte Programme« und »Intimitäts-Rezepte« angepriesen, mit Erfolgsgarantie in der (romantischen) Liebe.[8]

Kommt die Liebe bei der im Westen vorherrschenden, materialistischen Weltanschauung schlecht weg, so gilt das auch für die nach dieser Weltanschauung gültige Vorstellung von persönlicher Identität. Wie wir aus der Broverman-Studie über geistige Gesundheit und aus unseren Lexika wissen, orientiert sich diese Vorstellung ausschließlich am männlichen »Ich«, das durch Trennung definiert wird. Und daher wird die gesunde psychische

Entwicklung von der Kindheit bis zum Erwachsensein nur linear anhand des Fortschritts von der Uneinheitlichkeit zur Einheitlichkeit gemessen, wobei Bindung mit Uneinheitlichkeit assoziiert wird und Entwicklung mit Trennung verknüpft ist.[9] Darum muß der normale Mann, um als Erwachsener mit voll entwickeltem Bewußtsein zu gelten, Trennung über Bindung stellen, Unterschiedlichkeit über Gleichartigkeit, Grenzen über Vereinigung, Selbstgenügsamkeit über Abhängigkeit.[10] Und so wird, wie man allgemein feststellen kann, die Abwertung des Bedürfnisses nach dem anderen in einer Beziehung zum Prüfstein für das Identitätsbewußtsein des erwachsenen Mannes.

Die materialistische Weltanschauung überbewertet Trennung, betrachtet sie als unabdingbar für eine normale oder gesunde Identitätsentwicklung. Das ist zu Recht angegriffen und als krankmachendes Potential für Entfremdung und Desinteresse entlarvt worden.[11] Es ist ebenfalls ein krankmachendes Potential für die Art von Liebe, um die es hier geht. Das heißt, dadurch wird eine solche Liebe schwierig, wenn nicht gar unmöglich gemacht. Der normale Mann, der auf dem vorgeschriebenen Weg das angemessene Bewußtsein für das Selbst entwickelt hat, wird sich dieser Art von Liebe nur voller Angst, wenn nicht sogar in totaler Panik nähern. Denn er wird Intimität als eine Bedrohung seines Selbstbewußtseins empfinden. Und er wird die Gefühle emotionaler Übereinstimmung, die Grundlage für eine solche Liebe sind, als Momente einer existentiellen Krise erleben.

Ein Mann, mit dem ich eine kurze Beziehung hatte, brachte genau auf den Punkt, was für ihn wohl das Gefühl einer existentiellen Panik gewesen sein muß. Ich war verwirrt und bestürzt über seine Art, auf mich zu reagieren. Ich erklärte ihm, er sei sprunghaft, und meinte damit, daß ihn mein offenes und spontanes Verhalten manchmal lächeln ließ und er dann genau so offen wirkte und ganz da. Aber weit häufiger ließ ihn das gleiche spontane Verhalten meinerseits verwirrt und gejagt und abwesend wirken; und dann hatte ich das Gefühl, etwas falsch gemacht zu haben, ohne zu wissen, was. Das war, wie er sehen könnte, für mich beunruhigend und schmerzlich. Ich erinnere mich noch genau an seine

Antwort (obwohl ich sie damals nicht verstand), weil sie mir irgendwie wesentlich schien für das, was mir in Männerbeziehungen immer wieder passierte. Nach einer nachdenklichen Pause sagte er: »Es ist kein Wunder, daß du es so empfindest. Ich fühle etwas, höre etwas von dir, irgendeine Idee oder emotionale Einsicht, und denke: ›Genau! Das ist es!‹ Dann denke ich, ich muß dir alles geben, oder du wirst von mir alles verlangen, und dann ... ziehe ich mich zurück.« Damals war meine Frage, was denn »alles« hieße. Heute glaube ich, die Antwort darauf muß wohl sein: Zu denken, daß ich dir »alles« geben muß, weil ich eine starke Bindung zu dir fühle, bedeutet, daß die emotionale Einstimmung auf dich für mich gefährlich nahe dahin kommt, mich in dir zu verlieren – und darum ziehe ich mich aus purer Selbsterhaltung zurück.

Aus all dem muß ich leider schließen, daß das Maß der Beeinflussung eines Menschen durch die von der vorherrschenden Weltanschauung propagierte Realität, und besonders durch die von ihr propagierte individuelle Identität, ausschlaggebend ist für das Maß der Liebesunfähigkeit dieses Menschen.

Natürlich nicht für die Art von Liebe, wie sie der Mythos der romantischen Liebe propagiert. Diese Art der Liebe und der beeinflußte Mensch passen ausgezeichnet zusammen. Denn genau wie die vorherrschende Weltanschauung basiert die »Wahre Liebe« auf Abstraktionen und Distanz (die Idealisierung der/des Geliebten) statt auf Gegenseitigkeit und Intimität; auf Objektivierung und Kontrolle (das Spiel von Eroberung, Unterwerfung und »Beschützen«) statt auf Bindung und Zuneigung. Das ist der Grund, warum die Verteidiger des Mythos der romantischen Liebe und die sentimentalen Förderer der »neuen Romantik« alle aus der fundamentalistischen »Neuen Rechten« stammen und völlig zu Recht die »Anziehung von Gegensätzen« als eine im Himmel geschlossene Verbindung im Sinne der Genesis betrachten. Aus dem gleichen Grund tragen die Verteidiger der patriarchalen Liebe so oft die rigiden Gesichtszüge überheblicher Dominanz; der Beschützer und die Schutzbedürftige, die aneinandergekettet sind mit den sich ergänzenden Fesseln von Dominanz und Unterwerfung, wobei jeder für sich den Meister-Status beansprucht, unfähig, einen lebendigen Kontakt zum anderen herzustellen, weil er oder sie (je nach Geschlecht) nur Erfahrung als »zu beschützendes« oder »Schutz gebendes« Objekt haben, statt als offene, eigenständige Wesen, die an einer auf Gegenseitigkeit basierenden Verbindung interessiert sind.

Aber bei einem Mann, wie dem oben erwähnten, der über eine sensible und grundsätzlich aufgeschlossene Veranlagung verfügte und für Dominanz nicht geschaffen war, scheint die vom Schicksal bestimmte Reaktion auf die Panik-Attacken, die von der Erfahrung mit Intimität ausgelöst werden, zu zeitweisem oder permanentem Rückzug zu führen.

Wenn sich selbst die besten Männer vor Intimität und emotionaler Einstimmung fürchten, wenn Bindung sofort ihr Identitätsgefühl bedroht, wird deutlich, daß wir dringend ein neues Modell für die Psyche brauchen; ein Modell, wie Jessica Benjamin vorschlägt, nach dem das Selbst sich wirklich darum bemüht, die es umgebende Welt zu erkennen und sich nach einem aufrichtigen Kontakt in der Beziehung mit dem anderen sehnt.[12] Wir müssen eine Möglichkeit des Seins in der Welt finden, bei der das Selbstgefühl nicht verlorengeht, sondern durch die Freude an der Bindung vergrößert wird. Ich glaube, das meinte Vincent van Gogh, als er sagte, die beste Möglichkeit, Gott zu erkennen, sei die Liebe zu vielen Dingen. Es ist ebenfalls die beste Möglichkeit, sich selbst zu erkennen. Und es ist eine viel erfreulichere Möglichkeit als die Abgrenzung – die, um nur einen ihrer vielen Nachteile zu nennen, in der Furcht wurzelt, statt in der Freude am Leben.

Eine neue Weltanschauung

Wir brauchen eine neue Möglichkeit zur Wahrnehmung der Realität und des Selbst. Wir brauchen eine neue und ganzheitlichere Weltanschauung, von der Liebe in Form einer intimen Verbindung zweier autonomer Ebenbürtiger nicht als unvereinbar mit der Realität, absurd oder irrelevant abgelehnt wird. Glücklicherweise scheint eine solche neue Weltanschauung zu entstehen. Die

Frauen beim Weihnachtsplätzchen-Tausch erwähnten sie schon. Diese neue Weltanschauung widerspricht den Forderungen an die Realität, die von der mechanistischen Weltanschauung aufgestellt wurden, und wird ironischerweise am deutlichsten von der modernen, theoretischen Physik vertreten. Wie kann man keine Freude an einer Welt empfinden, in der sich radikale Veränderungen in der vorherrschenden Weltanschauung gleichzeitig beim Weihnachtsplätzchen-Tausch und in der theoretischen Physik verfolgen lassen?

Was wir von den Frauen beim Plätzchen-Tausch gehört haben, wird verdeutlicht durch Carol Gilligans bahnbrechende Arbeit *Die andere Stimme* über das nach Ansicht von Frauen Wichtige im Leben. Hier wird eine Möglichkeit des Seins in der Welt beschrieben, die sich grundsätzlich von der vorherrschenden Meinung unterscheidet, und es werden neue Vorstellungen des Selbst in der Beziehung entwickelt. Wie sieht diese weibliche Weltanschauung aus? Frauen gehen davon aus, daß die Welt aus Beziehungen besteht, und nicht aus alleinstehenden Menschen; sie sehen eine Welt, die durch menschliche Bindungen zusammengehalten wird, in der menschliche Wesen Teile eines Beziehungsgeflechts sind, von dessen Fortdauer wir alle abhängen. Sie definieren ihre Identität durch Beziehungen der Intimität und Fürsorge und nicht durch Distanziertheit und persönliche Errungenschaften; sie sehen den Akt der Selbstbehauptung nicht als Akt der Aggression, sondern der Kommunikation. Für sie bedeutet Autonomie Aufrichtigkeit, in bezug auf das Selbst und auf andere; und Moral bedeutet die Erkenntnis eines Wechselspiels zwischen dem Selbst und den anderen, und daß man die Verantwortung für beides übernehmen muß.[13] Kurz gesagt, diese Frauen glauben, wie auch der Biologe Jonas Salk, daß das grundlegende, vereinigende Prinzip im Kosmos die Beziehung zu sein scheint, und daß Distanzierung nicht nur zu fehlerhafter Wahrnehmung der Realität führt, sondern auch eine Gefahr für das Überleben der Welt ist.

Diese neue Weltanschauung unterscheidet sich radikal von der mechanistischen, von der sie generell ignoriert, herabgesetzt oder lächerlich gemacht wird, da sie »unrealistisch« und völlig unwich-

tig ist. Aber sie scheint realistisch und sehr wichtig zu sein für die Weltanschauung der modernen Physik, die uns revolutionäre Veränderungen der Vorstellung von Realität beschert hat.[14]
Als die modernen Physiker die Natur auf der Ebene der atomaren Realität zu untersuchen begannen, erlebten sie eine Überraschung nach der anderen. Es war vorbei mit den Grundbausteinen der Materie, die dem unbeteiligten, distanzierten Beobachter so wichtig sind, denn auf der atomaren Ebene existieren sie nicht. Atome bestehen aus Partikeln, aber Partikel bestehen nicht aus Materie. »Wenn wir sie beobachten«, sagt der Physiker Fritjof Capra, »können wir keine feste Substanz sehen; statt dessen beobachten wir dynamische, ständig wechselnde und ineinander übergehende Muster – ein unaufhörlicher Tanz von Bewegung und Energie.«[15]
In der modernen Physik, berichtet der Nobelpreisträger Werner Heisenberg, einer der Entdecker der Gesetze der atomaren Physik, »hat man jetzt die Welt nicht in verschiedene Gruppen von Objekten eingeteilt, sondern in verschiedene Gruppen von Verknüpfungen. ... Was man wirklich unterscheiden kann, ist die Art der Verknüpfung, die für gewisse Erscheinungen in erster Linie wichtig sind.«[16]
Auch mit dem unbeteiligten Beobachter war es vorbei. Die alte Unterscheidung zwischen dem Beobachter und dem Beobachteten gibt es in der Welt der atomaren Physik nicht. Sie sieht das Universum als zusammenhängendes Gewebe physikalischer und geistiger Beziehungen, dessen Teile nur durch ihre Beziehung zum Ganzen definiert werden können, in die auch der Beobachter mit einbezogen ist.[17] Diese fundamentale Erkenntnis über die Natur läßt den bekannten Physiker John Wheeler vorschlagen, das Wort »Beobachter« durch das Wort »Teilnehmer« zu ersetzen. Das Wichtigste an der atomaren Physik sei, sagt er, »daß sie das Konzept einer Welt ›da draußen‹ zerstört hat, mit einem Beobachter, getrennt von ihr durch die sichere Entfernung einer zwanzig Zentimeter dicken Glasscheibe«. Die Entdeckungen der modernen Physik bedeuten, daß »das Universum nicht mehr das gleiche ist«, schließt er, denn »in irgendeinem merkwürdigen Sinne ist das Universum ein teilnehmendes Universum«.[18]

Dem stimme ich uneingeschränkt zu. Ich liebe die moderne Physik. Lassen Sie mich die Gründe dafür aufzählen: Ich liebe sie wegen ihrer Eleganz und ihrer atemberaubenden Bewegungsfreiheit. Ich liebe sie wegen ihrer mutigen Versuche, die Funktionen des Universums auszuloten, und der reinen Ästhetik ihrer Beschreibung von der Schönheit der Muster, die der Natur zugrunde liegen. Ich liebe sie wegen ihres ehrfurchtsvollen Staunens und ihres Sinns für Humor, wenn sie den bizarren Formen der Natur begegnet. Ich liebe sie für ihren Mut, ihre Poesie und ihre Wahrheit. Und ich liebe sie für das, was sie für die Liebe selbst möglich macht. Denn es scheint mir unendlich wichtig, sich die Liebe als unaufhörlichen Tanz von Energie vorzustellen, als eine Beziehung wechselseitiger Selbsterneuerung und Selbst-Transzendenz in Übereinstimmung mit einem lebensbejahenden Kosmos.[19]

Das inspiriert mich. Die schmutzige kleine Welt der »Anziehung von Gegensätzen« und der klinisch erprobten Programme zur Befriedigung »gegenseitiger Bedürfnisse« inspiriert mich nicht im geringsten. Und ich muß sagen, wenn Liebe nicht inspirierend ist, lassen wir ihr keine Gerechtigkeit widerfahren. Das ist meine Liebesaffäre mit der Physik und mit der Liebe. Ich sage der schmutzigen kleinen Welt adieu mit einer Neuformulierung der Worte von William James – der mir sicher zugestimmt hätte: Aufrichtige Liebe lebt von Sympathien und Bewunderung, nicht von der aufgezwungenen Ungleichheit der »Anziehung von Gegensätzen«. Unter all den irreführenden Schichten, deren oberste aus sich gegenseitig ergänzenden Geschlechtsrollen besteht, stößt sie unfehlbar auf den menschlichen Kern.[20]

Was wir der Liebe schuldig sind

Und nun, ganz im Geiste von William James, weiter zu der Frage, was wir der Liebe schuldig sind. Damit kommen wir zu einer der vielversprechendsten Theorien über die Liebe, auf die ich bisher gestoßen bin. Ich benutze sie als eine der Grundlagen meiner eigenen. Es ist Jessica Benjamins Theorie der Intersubjektivität. Sie fragt: Wie konsolidiert sich der menschliche Sinn für das

Selbst? Wie gelingt es dem Menschen zu wissen, »ich bin ich«? Die Antwort: Es gelingt ihm mit Hilfe des Erkennens durch den anderen; wenn man als unterschiedlich und einmalig erkannt wird und die dem angemessene, positive Reaktion erfährt.

> »Man bekommt das Gefühl ›Ich bin die Handelnde, ich selbst bestimme meine Handlungen‹, wenn ein anderer Mensch diese Handlungen, Gefühle, Intentionen, die Existenz und die Unabhängigkeit erkennt. Erkennen ist die wichtigste Reaktion und steht in enger Verbindung mit Selbstbehauptung. Das Subjekt erklärt ›ich bin, ich tue‹, und wartet dann auf die Antwort ›du bist, du hast getan‹. Erkennen ist daher reflexiv; es enthält nicht nur die zustimmende Reaktion des anderen, sondern wir finden uns auch selbst darin wieder.«[21]

Erkennen, wie ich es verstehe, ist eine ganz besondere Art von Feedback. Seinem innersten Sinn nach muß Erkennen ein Feedback sein, das *neu* ist, also unterschiedlich zu dem, was man über sich selbst denkt. Daher sind ein bloßes Echo oder eine Spiegelung oder eine vorhersehbare Geschlechtsrollen-Reaktion nicht nur unbrauchbar, sondern führen darüber hinaus auch noch zur Objektivierung und zur Erstarrung im widergespiegelten Bild. Wirksame Schmeichelei, die nur das wiedergibt, was man am liebsten hören möchte, ist noch schlimmer, weil sie zur Isolation in einer sehr engen Feedback-Schleife führt. Bei der Erforschung des Gefühls für das Selbst führen Schmeichelei und Spiegelung im wahrsten Sinne zu nichts. Erkennen hat mit der Klärung des Gefühls für das Selbst zu tun, mit der Wahrnehmung und Reaktion aus einer Perspektive, die unterschiedlich ist von der eigenen – ähnlich genug, um zu verstehen, und trotzdem entfernt genug, um durch mögliche Nichtübereinstimmung neue Erkenntnisse zu bieten.

Kurz gesagt, Erkennen heißt, man selbst zu sein und als dieses Selbst erkannt zu werden. Wie zum Beispiel: »Ich bin die Handelnde, und manchmal mache ich dumme Sachen ...« (Pause) »Das bist du, und du hast gerade etwas Dummes gemacht«; aber auch: »Das bist du, und das war gar nicht dumm, weil ...« Die Erfahrung der Selbst-Entdeckung in einem Moment des Erkennens produziert diesen inneren Freudenhüpfer, der aus dem Gefühl entsteht, gerade das Geschenk einer neuen Einsicht über das Selbst bekommen zu haben, die Bestätigung: »O ja, ich erkenne, daß ich das auch bin.« Mit Vertrauten, die ein solches Geschenk machen können, teilt man gern die »leuchtenden Gebiete«, wie eine meiner engsten Freundinnen so schön gesagt hat.

Das Wichtigste an der Liebe, so wie ich sie verstehe, ist ein gegenseitiger Prozeß, angereichert mit dem Wissen um das tatsächliche und mögliche Geschehen solcher Momente des Erkennens, in denen sich die beiden Beteiligten durch das, was sie erkannt haben, noch stärker zueinander hingezogen fühlen. Dieser Prozeß verlangt, daß beide Beteiligten Subjekt sind. Er verlangt, daß jeder den anderen als eigenständig Wirkenden und Handelnden begreift; als separates, aber in gegenseitiger Beziehung stehendes Wesen. Keiner existiert »für« den anderen oder als Anhängsel des anderen, als Mittel zur »Befriedigung meiner Bedürfnisse«. Jeder ist autonom, so wie ich diesen Begriff definiere. Das bedeutet, daß beide als getrenntes Selbst gesehen werden, ähnlich und doch sie oder er selbst, jeder gleichermaßen bestimmend für das eigene Selbst, und eben dafür von anderen geschätzt.

Die folgende Geschichte stammt von dem Psychiater M. Scott Peck und ist ein Beispiel für die Schwierigkeiten, die wir anscheinend immer wieder damit haben, uns die Autonomie uns Nahestehender vorzustellen:

> »Vor kurzem hörte ich, wie ein Mitglied einer meiner Paar-Gruppen konstatierte, es sei ›der Zweck und die Aufgabe‹ seiner Frau, ihr gemeinsames Haus in Ordnung zu halten und ihn gut zu versorgen. Ich war entsetzt über den mir da entgegenschlagenden, himmelschreienden, männlichen Chauvinismus. Ich dachte, ich könne ihm das demonstrieren, indem ich die anderen Mitglieder der Gruppe bat, zu erklären, was sie unter Zweck und Aufgabe ihrer jeweiligen Partner verstanden. Zu meinem Entsetzen gaben die sechs anderen, Männer wie Frauen, sehr ähnliche Antworten. Alle definierten den Zweck und die Aufgabe ihrer Ehemänner oder -frauen in bezug auf sich selbst; keiner war in der Lage, wahrzunehmen, daß der

jeweilige Partner ein eigenes, vom anderen unabhängiges Leben oder irgendeine Bestimmung, die außerhalb der Ehe lag, haben könnte. ›Du lieber Himmel‹, rief ich aus, ›kein Wunder, daß Sie alle solche Schwierigkeiten in Ihren Ehen haben, und diese Schwierigkeiten werden weiter bestehen, bis Sie begreifen, daß jeder von Ihnen seine eigene Bestimmung zu erfüllen hat.‹ Die Gruppe fühlte sich nicht nur bestraft, sondern war auch völlig verwirrt über meine Ankündigung. Angriffslustig fragten sie mich, wie ich Zweck und Aufgabe meiner eigenen Frau definieren würde. ›Der Zweck und die Aufgabe von Lily‹, antwortete ich, ›ist es, zu wachsen, um ihre bestmöglichen Fähigkeiten zu erreichen, aber nicht zu meinem Guten, sondern zu ihrem eigenen und zur Ehre Gottes.‹«[22]

Obwohl ich lieber »und zur Bejahung des Lebens« sagen würde, muß ich voll und ganz zustimmen. Zweck und Aufgabe eines Individuums liegen in ihr oder ihm selbst, und Liebe ist der Prozeß der gegenseitigen Förderung von Zweck und Aufgabe durch Erkennen und Zuneigung. In *diesem* Sinne können wir wirklich sagen: »Es ist größer als wir beide.«

Diese Vision gegenseitigen Erkennens gleichgestellter Subjekte ermöglicht eine neue Logik. Benjamin nennt sie die Logik des Paradox: Die Spannung zwischen gegensätzlichen Kräften wird aufrechterhalten. »Das vielleicht schicksalhafteste Paradox stellt unser gleichzeitiges Bedürfnis nach Erkennen und Unabhängigkeit dar: Das andere Subjekt steht außerhalb unserer Kontrolle, und doch brauchen wir es.« Man kann dieses Paradox der Liebe nicht umgehen, denn das Erkennen, das wir brauchen, muß glaubwürdig sein, damit wir uns erkannt fühlen. Und um glaubwürdig zu sein, muß es spontan erfolgen – wörtlich: aus freiem Willen, auf eigenen Impuls handelnd. Denn wenn es nicht aus freien Stücken erfolgt, sondern auf Verlangen, Druck, Manipulation oder aus kniefälliger Anpassung an ein Geschlechts-Klischee, verliert man das Wichtigste am Prozeß des Erkennens: den aufrichtigen Kontakt mit dem anderen. Der Kontakt kann nur dann aufrichtig sein, wenn dem anderen gestattet ist, sein wirkliches Selbst zu sein. Dieses Paradox von Trennung und Verbindung hinzunehmen, ist der erste Schritt, die Fesseln der Liebe abzustreifen. »Das heißt nicht, unsere Bindungen zu anderen zu lösen, sondern eher, sie zu entwirren; keine Fesseln daraus zu machen, sondern einen Kreislauf des Erkennens.«[23]

Die Fesseln der Liebe in einen Kreislauf des Erkennens umzuwandeln, führt zu dem, was Milan Kundera »Co-Gefühle« nennt – die Fähigkeit, Gefühle und Intentionen zu teilen, ohne Kontrolle zu verlangen, Gleichheit zu erfahren, ohne die Unterschiede zu vergessen. Erfahrungen mit Co-Gefühlen sind Erfahrungen des »Miteinander-seins«, die aus einem sich kontinuierlich entwikkelnden Bewußtsein von Unterschieden erwachsen, aus dem Gefühl der Nähe, das zwischen »uns *beiden*« als separaten und trotzdem verbundenen Wesen entsteht. »Die Tatsache, daß das Selbst und das andere nicht miteinander verschmolzen sind, ist ausschlaggebend dafür, daß Erfahrungen der Verschmelzung so starke emotionale Auswirkungen haben. Die außerhalb stehende Existenz des anderen gibt einem das Gefühl, wirklich ›gefüttert‹ zu werden, Nahrung von außen zu bekommen, anstatt sich allein versorgen zu müssen.«[24]

Der Freudenhüpfer, den man im Augenblick des gegenseitigen Erkennens spürt, erwächst aus dem Gefühl, daß die innere Erfahrung geteilt werden kann. Ich kenne es als Gefühl gleichzeitiger Ausdehnung und Verankerung. Es entsteht bei der spontan empfundenen Verbindung mit einem separaten anderen, bei dem beide erkennen, daß dieser *andere* Geist die *eigenen* Gefühle teilen kann.[25] Ich möchte hier zwei Beispiele aus meinem eigenen Leben geben.

Vor kurzem hatte ich geschäftlich in New York zu tun. Ich nutzte die Gelegenheit, um einen Freund zu besuchen. Er ist Komponist und schreibt sehr ungewöhnliche und faszinierende Musik, die oft auf Kinderbüchern basiert. Als ich ankam, beendete er gerade die Arbeit an einem Stück nach dem Roman *Heidi*, das er auf einem in Kürze stattfindenden Konzert für Kinder aufführen wollte. »Ach, *Heidi*«, sagte ich und erzählte ihm, wie ich als Kind in Dänemark zum ersten Mal das Buch gelesen hatte und daß mich Heidis Ankunft auf dem Berg bei ihrem Großvater am stärksten beeindruckt hatte. Ich, ein Kind aus einem der flachsten Länder der Erde, hatte noch nie einen Berg gesehen. Und natürlich auch keine von diesen riesigen Tannen, die da beschrieben werden. »Und das Rauschen!« rief ich. »Das Rauschen des Windes in den Tannen hoch auf dem Berg, als sie zum ersten Mal auf dem Heuboden beim Großvater schlafen soll! Dieser Klang weckte in mir den dringenden Wunsch, dort zu sein und es selbst zu hören.« Mein Freund blieb einen Moment lang regungslos stehen und sein Gesicht leuchtete auf, dann nahm er mich bei den Schultern und führte mich zum Tisch, auf dem die offene Partitur lag. Da, als Klang, der die Stimmung der ganzen Komposition festlegte, war mein »Heidi-Rauschen«!

Die zweite Geschichte: Während ich in New York war, besuchte ich auch die große Georgia O'Keeffe-Ausstellung. Es war schrecklich voll, und ich lief herum und sah mir hier und da einige der berühmten Bilder an, die ich wiedererkannte. Dann, in einem großen Raum mit vielen Bildern, die ich nicht kannte, wurde mein umherschweifender Blick über die Köpfe der vielen Besucher hinweg plötzlich von einem kleinen Bild angezogen. Der Eindruck, den es auf mich machte, war so stark, daß ich alles um mich herum vergaß. Es war ein kleines, weißes Bild mit nur einer einzigen, exquisiten, gebogenen, schwarzen Linie mit dem Titel »Winter Road«. Es sprach mich in einer fast greifbaren, körperliche Weise an. Als ich nach Wyoming zurückkehrte, besuchte ich meine Mutter, die eine Verehrerin der Arbeit von O'Keeffe ist und nicht nach New York hatte kommen können. »Du hattest recht«, sagte ich. »Die Ausstellung ist phantastisch. Und dann dieses *eine* Bild! Es ist so überwältigend und beeindruckend, daß ich es kaum beschreiben kann.« Und sie sagte: »›Winter Road‹?« Aus solchen leuchtenden Augenblicken des Erkennens entsteht die Essenz der Liebe, wie ich sie verstehe. Und das ist der Grund, warum ich davon überzeugt bin, daß das Innerste der Liebe aus Entzücken und Freude besteht.

Solche Augenblicke können nicht vorgefertigt oder manipuliert werden. Sie geschehen nur spontan, und nur wenn die Beteiligten als ausgeprägtes und unterschiedliches Selbst frei handeln können.

Die Erfahrung des Verschmelzens in einem solchen Moment des Co-Gefühls hat tatsächlich eine derart starke emotionale Wirkung, *weil* sie zwischen zwei separaten und trotzdem miteinander verbundenen Wesen geschieht. Und wenn solche Momente geschehen zwischen zwei autonomen, separaten Wesen, die zusammen das Potential für die von mir hier beschriebene Liebe haben, erzeugt die Erfahrung der Verschmelzung die blendende und erleuchtende Verbindung zum innersten Kern des eigenen Seins, der die »bewußte Leidenschaft«, wie ich sie nenne, hervorbringt.

Brauchen wir das Geschlecht?

Diese Frage stellt die Science Fiction-Autorin Ursula K. LeGuin in einer Erörterung darüber, warum sie den Roman *Winterplanet* schrieb.[26] Ich finde die Frage sehr interessant. Und nachdem Sie mich bereits so weit begleitet haben, werden Sie sich vermutlich denken können, wie meine Antwort ausfallen wird.
Zunächst einmal zeigt für mich der Begriff »Geschlecht« an, ob ein Mensch männlich oder weiblich ist. Ich verwende ihn anstelle von »Sex«, weil sich dieser Begriff meist auf sexuelle Aktivität bezieht, wie zum Beispiel »Sex haben«. Aus dem gleichen Grund ziehe ich auch den Begriff »Geschlechts-Rolle« statt »Sex-Rolle« vor, obwohl letzterer inzwischen sehr gebräuchlich ist.
Um aber die Frage zu beantworten – ich finde es sinnvoll, eine Gegenfrage zu stellen: »Wofür?« Für die Liebe? Offensichtlich nicht. Menschen des einen Geschlechts lieben Menschen des anderen Geschlechts und umkehrt, manchmal auch die des eigenen Geschlechts oder beide Geschlechter gleichzeitig, erotisch, platonisch oder wie auch immer. Für ein glückliches Leben? Eine zweifelhafte Behauptung, da Geschlechts-Rollen unser Leben, und besonders unser Liebesleben vergiften. Um Eltern zu werden? Ebenfalls offensichtlich nicht. Menschen, die aus irgendeinem Grund keine Kinder zusammen haben können, werden trotzdem Eltern oder können es werden. Um die Art zu bewahren? Ja,

obwohl wir damit wesentlich sparsamer umgehen könnten als wir es tun; aber trotzdem, ja.

Nachdem ich mir die Frage gründlich überlegt habe, komme ich zu dem Schluß, daß Geschlecht nur für zwei Dinge notwendig ist: Nachkommen zu produzieren und die Kultur, wie wir sie kennen, zu produzieren. Diese Kultur basiert auf der tiefen Struktur der Geschlechts-Gegensätze – die, wie seit der Erschaffung Evas in der Schöpfungsgeschichte bekannt, das Wissen um Unterschiedlichkeit zu bösartiger Gegensätzlichkeit umgebogen hat.[27] Die Struktur binärer Gegensätze, die unsere Kultur auf dem Faktum der beiden Geschlechter errichtete, hat sich so tief eingegraben, daß sie unsichtbar wurde. Beispiel dafür, mehr als zweitausend Jahre nach der Genesis, ist die Geburt der Vereinigten Staaten. Und eine solche Nation, die verkündet, in Freiheit entstanden zu sein und in ihrer Unabhängigkeitserklärung festlegt, die gerechte Macht ihrer Regierung müsse sich aus der Übereinkunft der von ihr Regierten herleiten, bringt es trotzdem fertig, die weibliche Hälfte der Regierten verfassungsmäßig aus dieser Übereinkunft auszuschließen – und nicht wahrzunehmen, daß dieser schamlose Ausschluß ipso facto die ganze Absicht zunichte macht. Bei einem so offenkundigen, historischen Beweis könnte man glatt zum Zyniker werden, doch wir wollen versuchen, eine positivere Richtung einzuschlagen. Ich will damit folgendes sagen: Die Tatsache des Geschlechts in der menschlichen Rasse muß nicht *notwendigerweise* dazu führen, daß eine Kultur auf Geschlechterpolarität basiert. Sie macht es nur möglich, und diese gefährliche Möglichkeit sollten wir mitbedenken, wenn wir *den kleinen Unterschied* idealisieren.

Es gibt andere Wege zur Entstehung einer Kultur, als sie auf der Geschlechterpolarität aufzubauen, und es würde uns gut anstehen, darüber ernsthaft nachzudenken. Es gibt ebenfalls andere Wege, unser privates Leben zu strukturieren, und auch darüber sollten wir nachdenken. Und da die Geschlechterpolarität so tief eingegraben ist, erfordert diese Art von Denken eine Ausweitung der Vorstellungskraft. Ich will hier zwei Beispiele geben, ein erdachtes und ein biographisches, in der Art der Denkexperimente, wie sie aus der modernen Physik bekannt sind, wie zum Beispiel »Einsteins Aufzug« und »Schrödingers Katze«. Denkexperimente finden im Kopf statt, nicht im Labor, weil sie das Eindringen in tiefere Bewußtseinsebenen erfordern, die sich im Labor nicht herstellen lassen. Daher beginnen sie alle mit: »Man stelle sich vor, daß ...«

Experiment 1: Eine androgyne Gesellschaft

Ich stimme mit LeGuin überein, daß die Hypothesenbildung eine der wichtigsten Funktionen der Science Fiction ist, was sich auf sehr kreative Weise übertragen läßt auf die Ausweitung der Vorstellungskraft, wodurch grundlegende Veränderungen unserer gewohnten Denkweise entstehen könnten – oder, wie sie es ausdrückt: »Metaphern, für die unsere Sprache noch keine Worte hat, Experimente der Vorstellungskraft.« *Winterplanet* ist ein solches Experiment. Es stellt die Frage: »Man stelle sich vor, daß das Geschlecht ausgeschaltet ist. Was würde übrigbleiben?«
Der Roman spielt auf einem Planeten namens Gethen (oder »Winter«), dessen Bewohner menschlich sind – nur mit einem wichtigen Unterschied. Statt unserer festgelegten Sexualität haben die Gethenianer eine *Kemmer* genannte Fruchtbarkeitsperiode, die ein Fünftel jeden Monats dauert und sie völlig beherrscht. Der ungeheure Sexualtrieb während der *Kemmer* wird von jedermann erwartet und unterstützt. Wenn sie sich nicht in *Kemmer* befinden, sind die Gethenianer sexuell passiv und impotent. Außerdem sind sie zweigeschlechtlich, das heißt, sie sind physisch weder weiblich noch männlich. In diese imaginäre Kultur, die »vollkommen frei ist von geschlechtsspezifischer Rollenverteilung, weil es keine, absolut keine physiologischen Unterschiede gibt«, schickt LeGuin einen konventionellen jungen Mann von der Erde. Er berichtet, daß in der ersten *Kemmer*-Phase das Individuum vollständig androgyn bleibt, doch ganz vom Sexualtrieb beherrscht wird. Wenn das Individuum einen Partner findet, wird der Hormonfluß weiterhin angeregt, bis sich bei einem Partner entweder die männlichen oder die weiblichen Hormone dominierend ent-

wickeln. Der andere Partner nimmt dann, veranlaßt durch den Wechsel, die fehlende sexuelle Rolle an. Die Gethenianer haben keinerlei besondere Neigung zu einer bestimmten sexuellen Rolle in der *Kemmer*; sie wissen nicht, ob sie der männliche oder weibliche Teil sein werden und können auch keinen Einfluß darauf ausüben. Die Endphase der *Kemmer* dauert zwei bis fünf Tage, in denen sich der Sexualtrieb und die Leistungsfähigkeit auf dem Höhepunkt befinden. Sie endet ziemlich abrupt, und wenn keine Empfängnis stattgefunden hat, kehren beide zur latenten Phase zurück, und der Zyklus beginnt von neuem. Wenn der Gethenianer in der weiblichen Rolle geschwängert wurde, hält die hormonelle Aktivität an, und er bleibt während der Schwangerschaft und Stillzeit unverändert weiblich. Wenn die Stillzeit vorüber ist, wird aus der Frau wieder ein perfekter Zwitter. Physische Gewohnheiten werden nicht etabliert, und die Mutter mehrerer Kinder kann gleichzeitig der Vater weiterer Kinder sein.

Warum hat LeGuin diese eigentümlichen Wesen erfunden? Nicht nur, damit im Buch der Satz »Der König war schwanger« immer wieder auftauchen konnte, obwohl sie zugibt, davon ganz angetan gewesen zu sein. Sie hat das Geschlecht eliminiert, sagt sie, um herauszufinden, was dann noch bliebe. »Was immer bliebe, würde dann voraussichtlich schlicht menschlich sein. Es würde den Bereich definieren, den sich Mann und Frau gleichermaßen teilen.«

Welche Ergebnisse erzielte LeGuins Experiment? Sie selbst sagt, daß die Ergebnisse zweifelhaft blieben, wie nicht anders zu erwarten war. Die drei für sie wichtigsten Ergebnisse sind daher nicht definitiv, aber sie sind anregend: Erstens, das Fehlen kriegerischer Aktivitäten. Zweitens, das Fehlen der Ausbeutung – von Frauen, Schwachen oder der Erde. Drittens, das Fehlen der Sexualität als festgelegter Sozialfaktor. Außer dem letzten Ergebnis sind sie strittig, wie schon gesagt, aber sie provozieren die Phantasie. Was ihr Experiment höchstens aussagt, ist LeGuins Meinung nach: »Wären wir gesellschaftlich ambisexuell, wären Männer und Frauen in ihren gesellschaftlichen Rollen vollständig und wahrhaftig gleichgestellt, rechtlich, wirtschaftlich, was Freiheit, Verantwortung und Selbstwertgefühl anbelangt, dann würde sich unsere Gesellschaft grundlegend verändern.« Das scheint unstrittig. Ebenso unstrittig ist ihre Schlußfolgerung, daß wir ohne die Geschlechterpolarität eine Welt haben könnten, in der der Dualismus der Werte (Vorgesetzter/Untergebener, Herrscher/Beherrschter, Begüterter/Mittelloser, Ausbeuter/Ausgebeutete), der uns jetzt trennt, einer gesünderen und hoffnungsvolleren Art der Integration und Integrität Platz machen sollte.

Ich denke an ihr Experiment, wenn ich das tägliche Leben vor Augen habe. Wenn ich die Zeitung lese, frage ich mich: »Wie würde diese Nachricht aussehen, wenn wir keine Geschlechterpolarität hätten? Würde sie überhaupt berichtenswert sein?« Wenn ich mir schon mal eine der seichten Fernseh-Serien anschaue wie »Dallas«, »Falcon Crest« oder »Denver Clan«, frage ich mich – na ja, ich muß mich eigentlich gar nicht fragen. Da ist die Geschlechterpolarität in ihrer gräßlichsten und dümmsten Weise so offensichtlich – was würde denn ohne sie noch bleiben? Kein »Dallas«, kein »Falcon Crest« und kein »Denver Clan«, und auch sonst nicht viel von dem, was uns das Fernsehen zu bieten hat.

Experiment 2: Eine Liebesgeschichte

Das zweite Denkexperiment lädt uns ein, uns Liebe im aufrichtigsten Sinne vorzustellen. Es ist eine Liebesgeschichte, die zeigt, daß Zuneigung Zweck und Aufgabe des geliebten Menschen selbst über die Geschlechtsfixierung hinausheben kann. Die wenigsten werden eine solche Art von Liebesgeschichte erleben, denn die wenigsten werden eine solche Art von Leben kennenlernen, wie Jan Morris, die als Mann und auch als Frau lebte und liebte – und dessen/deren ständige Partnerin auch nach der Geschlechtsumwandlung mit Morris zusammen blieb. Was Morris erlebte, ist in der Tat »eines der faszinierendsten Experimente, die je ein menschliches Wesen erlebt hat«.[28] Ich glaube, es ist auch eines der schönsten Liebesexperimente.

James Morris, ein bekannter englischer Schriftsteller und Auslandskorrespondent, war ein gutaussehender und gebildeter

Mann, der nach außen ein normales Leben zu führen schien: Seine kurze Armeezeit und die nachfolgende Zivilkarriere waren erfolgreich, er war verheiratet und Vater von fünf Kindern. Trotz allem empfand er seinen männlichen Körper als Gefängnis, was über die Jahre ständig schlimmer wurde. Diese Qual veranlaßte ihn im Alter von fünfunddreißig Jahren, eine zehnjährige Hormonbehandlung auf sich zu nehmen, an deren Ende er zu Jan Morris wurde. Sein Rätsel, wie er es nennt, war keine einfache Frage von Penis oder Vagina, Hoden oder Gebärmutter, »denn es ging nicht nur um meine Apparatur, sondern um mein *Selbst*«.

Bevor er mit Mitte Zwanzig Elizabeth kennenlernte, war James Morris' Leben verdunkelt durch »eine derart unfreiwillige Gleichgültigkeit, daß ich oft das Gefühl hatte, nicht *wirklich* da zu sein, sondern alles nur aus einer entfernten Perspektive zu betrachten. Wenn ich nicht ich selbst sein konnte, schien mein Unterbewußtsein mir zu sagen, dann würde ich überhaupt nicht sein.« Diese Abwesenheit ist auf Fotos von ihm aus jener Zeit deutlich zu erkennen und fehlt völlig auf den Fotos von Jan Morris. »Die Liebe rettete mich aus dieser fernen und unheimlichen Kapsel, wie sie mich auch vor der Selbstzerstörung rettete.«

Wir hören nicht direkt von Elizabeth in Morris' Bericht von seiner/ihrer Suche nach einer eigenen Persönlichkeit, mit der er/sie in Frieden leben konnte. Aber wir können genug erahnen, um eine Liebesgeschichte von zwei Menschen zusammenzusetzen, die, in den Worten von Heraklit, die erhabene Fähigkeit hatten, auf das Innerste der Dinge zu lauschen. Über diese Liebe »von so geheimnisvoller Art und von so kostbarer Struktur«, die wie »ein Schlüssel zum Schloß meines Rätsels« wirkte, schreibt Morris:

> »Es war eine Ehe, die kein Recht hatte zu funktionieren, und doch funktionierte sie wie ein Traum, ein lebendiges Zeugnis, könnte man sagen, für die Macht des Geistes über die Materie – oder für die Macht der Liebe im reinsten Sinne über alles andere. Die Leute scheinen oft verwirrt über die Art dieser Ehe, aber mir erschien sie nie sonderbar: Alle Ambivalenzen der Beziehung erscheinen mir unbedeutend neben den überragenden Gefühlen, die sie inspirierten.«

Wie zu erwarten, konnte die normale Geschlechterpolarität unter den besonderen Umständen ihrer Beziehung nicht so einfach funktionieren. »Es war eine Freundschaft und eine Verbindung von Gleichen, denn in unserem Haus konnte es keinen dominanten männlichen oder weiblichen Part geben.« Wenn sie die Verantwortlichkeit aufteilten, taten sie es nicht geschlechtsspezifisch, sondern nach den Erfordernissen des Augenblicks. Sie lebten auch nie in einer symbiotischen Beziehung abhängigen Zusammenseins, die in unserer Gesellschaft so oft als Ideal der Paar-Beziehung angeführt wird:

»Wir waren nie voneinander abhängig. Ich hatte oft monatelang überall in der Welt zu tun, und manchmal reiste Elizabeth in die entgegengesetzte Richtung, zu völlig anderen Aufgaben, die nur mit ihr zu tun hatten. Obwohl wir während solcher Abwesenheiten miteinander verbunden waren durch die Gedanken über das gegenseitige Wohlergehen, was sich regelmäßig und unter hohen Kosten in transatlantischen Telephongesprächen oder Wochenend-Stippvisiten niederschlug, mißgönnten wir einander unsere separaten Leben nie, sondern fanden das gemeinsame immer viel aufregender, wenn wir wieder zusammen waren.«

Elizabeth erkannte noch vor Morris, daß sein Mannsein für ihn nicht nur bedeutungslos war, sondern auch ständigen Kampf bedeutete. Und so konnte er mit ihrer Hilfe schließlich seine Bemühungen, sich weiterhin »wie ein Soldat« als Mann durchzuschlagen, aufgeben und den ersten Schritt zur Geschlechtsumwandlung machen. Dieser Schritt war die zehnjährige Hormonbehandlung. Nach der Hälfte der Behandlung, als Morris weder männlich noch weiblich aussah, begann er, fast ausschließlich als Frau zu leben. Das bedeutete, daß Elizabeth und er eine neue öffentliche Form für ihre Beziehung finden mußten. Sie entschieden sich für Mrs. Morris und Miss Morris, und wurden zu Schwägerinnen, damit beide nach wie vor mit den Kindern verwandt waren.

Am Ende der Hormonbehandlung unterzog sich Morris der chirurgischen Operation und kam als Frau zurück. »Elizabeth begrüßte mich, als sei nichts Besonderes geschehen«, und gestand ihre Erleichterung, »endlich mit meinem wahren Ich leben zu können.« Morris hatte schreckliche Angst, daß sich die Kinder ihretwegen schämen würden. Falls sie das taten, berichtet sie, hätten sie es nie gezeigt, was sicher daran läge, daß sie weder den Zusammenbruch der Liebe noch elterlichen Verrat erlebt hätten; statt dessen hatten sie erlebt, wie ein Mensch, den sie innig liebten, endlich seine Gemütsruhe gefunden hatte. »Ich glaube, sie lernten von mir, wie ich von Elizabeth, die ungeheure konstruktive Macht der Liebe, die Abgründe überbrücken und Gegensätze vereinen kann.« Obwohl die beiden offiziell geschieden sind, leben sie weiterhin genauso zusammen, wie sie es taten, als Jan noch James war, und sie haben vor, ihr Leben »bis in alle Ewigkeit glücklich zu teilen«.

Das Wesentliche ihrer Beziehung, wie ich sie sehe, ist zweigeteilt. In bezug auf die Liebe ist sie fast eine wörtliche Bestätigung für Shakespeares wundervolle Vorstellung von der wahrhaften Liebe, wie er sie im Sonett 116 beschreibt:

»Heiß mich nicht sagen: treuer Herzen Bund
Gibt Hindernissen Raum: Lieb ist nicht Liebe
Die wechseln würd' mit wechselvoller Stund
Und dem Vertreiber weicht, der sie vertriebe.
Oh nein, sie bleibt die ewig feste Mark
Blickt in den Sturm, bleibt selber ungeschüttelt.«[29]

In bezug auf Geschlecht und Sexualität ist diese Beziehung eine Bestätigung meiner eigenen Überzeugung, daß in der Verbindung die Erotik liegt. Das Wesentliche der Erotik basiert nicht auf dem Geschlecht, und schon gar nicht auf der Geschlechterpolarität, sondern auf dem Akt des tiefen gegenseitigen Erkennens, wie ich es beschrieben habe. Morris beschreibt ihre »leidenschaftliche Freundschaft« so:

»Unsere Nähe war erotisch ... im Sinne eines geheimnisvollen und ekstatischen Verstehens und manchmal einem Schub von Zuneigung, der nicht, wie in Romanzen üblich, als Schlaflied oder Frühlingsduft auftauchte, sondern wie ein Schlag zwischen die Augen wirkte, ein Schock für das ganze System oder die Andeutung einer Tragödie – denn für jede große Liebe muß es wohl die stets lauernde, heimliche Furcht geben, daß alles enden könnte. Und unsere Liebe war eine große Liebe. Sie hat meinem größtenteils frivolen Leben Würde verliehen.«

Ich finde diese Liebesgeschichte ungeheuer bewegend. Wenn es große Liebesgeschichten geben soll, dann bitte solche – und nicht *Tristan und Isolde*. Es überrascht mich überhaupt nicht, daß zwei Psychologen der Havard Universität feststellen, solche Art von Liebe habe einen positiven Effekt auf das Abwehrsystem des Körpers.[30]

Bewußte Leidenschaft

Als ich an diesem Buch arbeitete, wurde ich immer wieder gefragt: »Aber Sie werden der Liebe doch nicht die Romantik nehmen, oder?« Wenn damit die Romantik gemäß dem Mythos der romantischen Liebe gemeint ist, lautet meine Antwort eindeutig ja. Ich glaube, die bessere Frage wäre: Können wir etwas retten von dem, was normalerweise als romantische Leidenschaft gilt, und es mit einem besseren Modell der Liebe verbinden? Oder, noch besser: Können wir unsere Leidenschaft zurückgewinnen, die der Mythos entführt und mißbraucht hat? Auf diese Frage lautet meine Antwort ebenfalls ja. Das hört sich an, als wolle ich den Kuchen essen und behalten – und warum auch nicht!

Ich hatte ernsthafte Zweifel an dieser Möglichkeit, während ich mich durch die vom Mythos geschaffene tiefe Mystifikation quälte. In seiner umfassenden Untersuchung des Mythos sagt Denis de Rougemont über *Tristan und Isolde*, daß durch »die Beschwörung der Figur des Todes der Liebenden, den das beängstigende und vampirhafte Crescendo des zweiten Aktes der [gleichnamigen] Wagner Oper besingt«, der Leser dazu gebracht werden soll, offen zu bekennen: »Ich habe das gewollt!« oder: »Daß Gott mich davor bewahren möge!«[31] Ich habe mich stets offen zu meiner Version der zweiten Aussage bekannt: »Mit mir nicht!« Und dazu stehe ich auch. Und trotzdem suchte ich nach einer Art von Leidenschaft, die sich mit der Art von Liebe, wie ich sie entwickeln wollte, vereinbaren ließ – sowohl in der Theorie als auch in der Praxis meines Lebens. Als ich auf den von der Philosophin Martha C. Nussbaum verfaßten Essay »Love and the Individual: Romantic Rightness und Platonic Aspiration« stieß, hatte ich es gefunden.[32] Hier war endlich die Verbindung von Leidenschaft und unverfälschter Eigenpersönlichkeit, auf die ich antworten konnte – sogar laut, was ich an meinem mit Büchern überhäuften Küchentisch auch tat – »Genau das will ich!« Ich nenne meine Version bewußte Leidenschaft.

Ist der Weg zur Liebe romantisch? Zu der Art Liebe, für die ich mich einsetze, nicht. Der Weg zu dieser Liebe ist besser als romantisch, er ist wahrhaft leidenschaftlich. Bewußte Leidenschaft verblüfft den Verstand mit Realität, statt ihn mit Illusion zu verblöden; sie erhellt den Kern des Seins mit direkter Erkenntnis, statt ihn mit Liebes-Klecksen zu verdunkeln. Durch diese Art der Leidenschaft fühlt man sich selbst, statt sich wie jemand anderes zu fühlen. Und sie hat, als Präambel zur Liebe, den weiteren Vorteil, nicht zu enden. Denn, anders als die romantische Leidenschaft, ist diese Leidenschaft im wesentlichen das gleiche wie aufrichtige Liebe. Das hört sich schon wieder an wie den Kuchen essen und behalten. Dafür hatte ich persönlich schon immer sehr viel übrig, und besonders in bezug auf Leidenschaft und Liebe.

Es ist eine Maxime des Mythos der romantischen Liebe, daß man sich von der Leidenschaft verabschieden muß, wenn man erst mal »seßhaft« geworden ist in der Liebe (außer in nostalgischen »romantischen Augenblicken«). Darum enden auch romantische Märchen und »Vollkommene Romanzen« immer genau an der gleichen Stelle. Der Grund dafür hat allerdings mehr mit Romantik als mit Leidenschaft zu tun. Ich glaube, es ist ein Mißbrauch der romantischen Leidenschaft, darauf zu beharren, sie sei der einzige Weg zur Liebe. Dieses Beharren bringt unweigerlich eine Menge Elend über die Menschen, und als erstes das »Ende der leidenschaftlichen Phase«, was (fast wörtlich) Desillusion bedeutet. Durch die bewußte Leidenschaft öffnet sich uns ein neuer Weg zur Liebe, und Desillusion hat dabei nichts zu suchen. Ganz unverhofft war ich da an meinem Küchentisch auf den Inbegriff der Leidenschaft gestoßen. Und darum stieß ich diesen Freudenschrei aus und machte mich daran, sie näher zu erkunden.

Nach meiner Charakterisierung bedeutet bewußte Leidenschaft eine Verbindung des wissenden Intellekts mit einer intensiven, körperlichen, tief innerlichen Erregung, durch die ich über mich selbst hinauswachse zum wahren Erkennen. Nussbaum vertritt die Ansicht, nach Platons *Phaidros*, daß persönliche Leidenschaft und rationales Streben in ihrer höchsten Form tatsächlich in völliger Harmonie, wenn nicht sogar miteinander verschmolzen sind; wir müssen uns nicht wirklich zwischen den beiden entscheiden. Ich habe behauptet, daß romantische Leidenschaft gemäß dem Mythos zu Liebes-Kleckscreien führt und daher teilweise oder völlig blind ist für den wahren Charakter des geliebten Menschen. In *Phaidros* widerspricht Sokrates dieser Ansicht und behauptet, der Mensch sei nur in der Leidenschaft (zugegeben, nicht jeder Art von Leidenschaft, aber zumindest in dieser hohen Form) wahrhaft dazu fähig, den anderen zu erkennen und zu lieben – das zu lieben, was der andere wahrhaft ist.

Bewußte Leidenschaft beginnt mit dem Erkennen von Werten. Seelen, sagt Nussbaum, werden charakterisiert durch das, wofür sie am tiefsten empfinden. Zum Beispiel gibt es den Typus, für den Philosophie und moralische Werte am wichtigsten sind, und der beides zusammen in seinem Leben verfolgt. Sich um diese Werte zu bemühen, ist das Wesentliche einer solchen Seele. Einen Menschen selbst zu lieben, und nicht nur zufällige Merkmale dieses Menschen, heißt, das Wesentliche zu lieben.

Die Werte, die einen Menschen charakterisieren, sind nur mit Hilfe der Leidenschaft zu erkennen. Öffnet man sich der bewußten Leidenschaft, dann ist man auf ganz simple und doch geheimnisvolle Weise von der Großartigkeit des anderen betroffen, von der »Form, die wahrhaft Schönheit und Würde ausdrückt«. Man ist verblüfft, erregt, erleuchtet. Was man empfindet, hat nichts mit kaltem Respekt oder bloßer Bewunderung zu tun. Und doch ist es entscheidend, daß man in der erregenden Schönheit ein

Zeichen jener Werte entdeckt, die man selbst schätzt und um die man sich bemüht. Die Schönheit des anderen Menschen wird von Beginn an nicht als bloße oberflächliche Attraktivität gesehen, sondern als »das Strahlen einer vertrauten Seele«. Ehrfurcht und Wunder sind wichtige Bestandteile dieser Art von Leidenschaft.

Die sexuelle Anziehung funktioniert bei der bewußten Leidenschaft ganz anders, als bei bloßer körperlicher Attraktion. Der erste Mensch, für den ich das empfand, was ich jetzt bewußte oder auch unverfälschte Leidenschaft nenne, aber für das ich damals noch keine passende Bezeichnung hatte, ist jemand, auf den die allgemein übliche Bezeichnung »sexy« nicht gerade zutrifft. Ich erzählte einer Freundin von meiner Leidenschaft für diesen Menschen, den ich »C« nennen möchte, worauf sie sagte: »Aber wie kannst du dich von ihm sexuell angezogen fühlen?« Ich antwortete damals: »Wer kann das sagen?« und fügte hinzu, das sei wohl generell die einzig ehrliche Antwort auf eine solche Frage. Jetzt, im Licht meiner neuen Erkenntnis, denke ich, daß zumindest für mich Platon diese Frage beantworten könnte. Es ist klar, wann jemand dem gesellschaftlichen Klischee von »sexy« entspricht. Das ist intellektuell feststellbar, und die sexuelle Anziehung einer solchen Person ist meiner Meinung nach aus der Sicht dessen, was wir hier untersuchen, von vornherein verdächtig. Im weiten Bereich dessen, was anziehend ist, kann man meiner Überzeugung nach Geist und Körper nicht trennen. Was mir zum Beispiel an »C« zuerst auffiel, war die Art seines Verstandes. Er funktionierte in einer Art sinnlicher Eleganz, die mir enorm gefiel. Darüber hinaus gab es zugegebenermaßen auch zufällige Merkmale (die mir übrigens immer noch wichtig sind) wie einen schlagfertigen und tiefen Sinn für Humor, ausgesprochene Freude am Unmittelbaren (in diesem Fall an gutem Essen und gutem Wein), aufmerksame Höflichkeit, Liebe zur Musik und so weiter. Aber hauptsächlich wirkte er auf mich, wie moderne Physik auf mich wirkt: Ich war entzückt über die Kombination von Eleganz, Bewegungsfreiheit, beherzter Integrität, Mut und Poesie, und ich sagte »Ja!«

Daher war es für mich kein geringer Schock, kurz und bündig

gefragt zu werden: »Wie kannst du ihn nur sexuell anziehend finden?« und mir dann eine körperliche Beschreibung dieser Person anzuhören, die alles andere als schmeichelhaft war. Nicht abstoßend, aber auch nicht »sexy« im konventionellen Sinne. Dann geschahen zwei Dinge. Als erstes kam die Erkenntnis, daß ich nicht den leisesten Gedanken an sexuelle Anziehung verschwendet hatte, als ich mich so begeisterte. Doch aufgrund der Frage wurde mir bewußt, daß ich mich in erotischer Weise angezogen fühlte. Als zweites kam die noch überraschendere Erkenntnis, daß ich in der Tat kaum wußte, wie »C« physisch gesehen aussah, selbst nachdem ich mehr als ein paar Stunden mit ihm verbracht hatte. Ich beschloß, mir beim nächsten Treffen das Objekt meiner Leidenschaft kritisch anzusehen. Das tat ich, und wieder geschah etwas Interessantes. Ich mußte zugeben, daß die mir gegebene physische Beschreibung mehr oder weniger zutreffend gewesen war, aber daß mein Bewußtsein für sein Äußeres jedesmal verschwand, wenn ich nicht ausdrücklich daran dachte, und statt dessen »die Form, die wahrhaft Schönheit und Würde ausdrückt«, hervorkam. Ich glaube, Platon sah es genau: Es war das Strahlen einer vertrauten Seele. Und das zieht in der Tat einen Menschen meines Typus leidenschaftlich an.

Der Punkt ist, sagt Nussbaum, daß man sich überhaupt nicht angezogen fühlen könnte, wenn der andere Mensch nicht auf das eigene Streben reagieren würde. Liebe und Sexualität sind zumindest für diese Art Menschen selektiv und bewußt. Was die Leidenschaft hervorruft, uns erschauern und zittern läßt, ist die Wahrnehmung von etwas, das auf das Verlangen der Seele reagiert. Diese Art von Leidenschaft liebt *das*. Sie verlangt nach einem Objekt mit strahlenden Werten. Man wünscht sich einen gegenseitigen Austausch von Liebe und Ideen, ein nahtlos Ineinanderübergehen des zentralen Strebens im Leben.

Aber zunächst weiß man ja noch gar nichts über den anderen. Man muß der Spur dessen, worauf das Verlangen der Seele reagiert, folgen und sich selbst zugestehen, sich auch ohne tieferes Wissen über den anderen darauf einzulassen. Bewußte Leidenschaft ist nicht gleichgültig und selbstbezogen. Um die Werte im anderen zu erkennen, muß man selbst offen und empfänglich sein. Der entscheidende erste Schritt zur Wahrheit und zum Erkennen des anderen erfolgt, wenn »der Strom der Schönheit, der durch die Augen eindringt, die trockenen Elemente der Seele benetzt und sie schmelzen läßt«. Nur dann erhält man Einsicht in sich selbst und das eigene Ziel. Und mit der Zeit und im Kontext der Nähe folgen beide im anderen der Spur ihres größten Strebens und erkennen dadurch gleichzeitig den anderen, sich selbst und die wahren Werte.

Das ABC der bewußten Leidenschaft

Und danach lebten sie bis in alle Ewigkeit glücklich miteinander... unter den richtigen Umständen. Können wir diese richtigen Umstände fördern? Ich denke schon. Zum Beispiel muß man wissen, daß der Glanz der vertrauten Seele mit fortschreitender Nähe und Vertrautheit schwächer werden kann. Er wird vielleicht nicht ganz erlöschen, aber kann doch unter das Niveau des gewünschten Glanzes sinken. Grob gesagt, wie soll man genau wissen, daß es sich hier nicht nur um eine ausgefallene Vision von Liebes-Kleckserei handelt? Darüber, wie es ist, vom Glanz getroffen zu werden, sagt Nussbaum: »Oft weiß ich nur, daß dieser Mensch auf eine Weise schön und anregend ist, die ich noch nicht beschreiben kann.« Der Schlüssel liegt in dem »noch nicht«. Wenn uns die romantische Liebe à la Mythos trifft, sagen wir: »Ich weiß nicht, was mich getroffen hat.« In Wahrheit, denke ich, *wollen* wir es nicht wissen. Die »Magie« dieser Art Erfahrung liegt genau im Nicht-Wissen. Wir »*wissen* es einfach«. Und skeptischen Freunden, die uns fragen: »Was siehst du nur in ihm?« antworten wir: »Laß mich doch in Ruhe, ich möchte mich völlig meiner Euphorie hingeben.« Das ist natürlich eine Möglichkeit, die sicher auch ihre Früchte trägt, aber das hat nichts mit bewußter Leidenschaft zu tun. Hier wollen wir vor allem wissen – rational, nüchtern, klug –, weil mit eben diesem Wissen die Leidenschaft angeheizt wird. Noch einmal möchte ich mit meinen eigenen Ausflügen in das Land der Leidenschaft das vorher Gesagte verdeutlichen. In den letzten zehn Jahren waren es drei wesentliche Ausflüge, die von (wie ich jetzt sagen würde) grotesker, romantischer Euphorie nach Art des Mythos über eine Mischung aus Mythos und bewußter Leidenschaft bis hin zu meiner ersten Erfahrung mit reiner, unverfälschter Leidenschaft führten. Um ihre Anonymität zu wahren, werde ich sie »A«, »B« und »C« nennen – mit Anspielung auf den Lernprozeß, der es in der Tat ja auch war und noch ist.

Meine Leidenschaft für »A« war meine »Vollkommene Romanze« mit meinem früheren Helden. Ich wurde zum »Verkehrten Dornröschen« und fiel in Schlaf – vergaß, wer ich war, und wer er war, und was in und mit uns vorging, abgesehen von den romantischen und neurotischen Bedürfnissen, die wir gegenseitig befriedigten. Ganz folgerichtig bat ich weder meine Freunde noch meine Familie um eine Einschätzung, die mit meiner Liebes-Kleckserei hätte in Konflikt geraten können. Das Resultat war ein weit fortgeschrittener Fall von Glühkom und ein so starker Verlust von Realitäts-Wahrnehmung, daß ich auch nach fünf Jahren noch nicht wußte, mit wem ich denn eigentlich das Vergnügen gehabt hatte.

Die Wahrheit kam erst bei mir an, als mir eine alte Freundin sagte, sie hätte mir die ganze Zeit erzählen wollen, was sie sah, aber wäre dazu nicht in der Lage gewesen, weil ich sie offensichtlich nicht hätte hören können. Sie meinte, es sei ein ausgewachsener Fall von »Mausi Matschhirn liebt Waldo Windei« gewesen. Ich will damit sagen: Wenn Ihre Leidenschaft von bewußter, unverfälschter Art ist, sind dies die Freunde, die man sich gezielt aussucht, weil man ihre generellen Ansichten über das Leben kennt und schätzt und sie daher gerade jetzt braucht. In dieser Weise verfolgt man seine unguten Gefühle, die wir in Kapitel 6 untersucht haben, um genau herauszufinden, was sie einem sagen wollen. Das ist einer der Aspekte des Verfolgens der Spur des eigenen größten Strebens, wie sie sich im Objekt der Leidenschaft offenbaren oder nicht offenbaren.

»B« war ein gemischter Fall. Ich wußte von Anfang an, daß es sowohl die kniefällige Reaktion auf einen konventionell sehr

»sexy« wirkenden Menschen war, als auch das, was ich jetzt den Glanz einer vertrauten Seele nennen würde. Die Beziehung, die daraus entstand, und die auch noch anhält, verlangte von meiner Seite, meine romantische von der bewußten Leidenschaft zu trennen. Ich glaube, das ist eine sehr schwierige Voraussetzung und vermutlich die häufigste für unsere Leidenschaften, denn die Geschlechts-Stereotype unserer Kultur lassen sich nun mal sehr schwer bändigen.

Auf meinem Weg zur unverfälschten Leidenschaft gerate ich hin und wieder auf romantische Umwege. Beides empfinde ich als völlig unterschiedlich, daher habe ich diesen Empfindungen auch unterschiedliche Bezeichnungen gegeben. Ist es so was wie romantische Leidenschaft, nenne ich es »Euphorie«; und ist es eher bewußte Leidenschaft, dann nenne ich es »Wonne«. Euphorie ist laut ihrer psychologischen Bedeutung ein unangemessenes Gefühl des Wohlbefindens und der Zufriedenheit. Wonne ist ein hohes Maß an Freude und Befriedigung des Geistes. Beide sind anregend, aber ich empfinde letztere Anregung als stärker begründet – begründet in *mir*, wie ich glaube, mich zu erkennen, und begründet darin, wie andere mich erkennen. Da ich sehr begeisterungsfähig bin und in meiner Begeisterung manchmal die Richtung verliere (was sowieso leicht passieren kann dank der konfusen Geschlechter-Klischees), benutze ich immer den herrlichen Kommentar einer Freundin, um herauszufinden, in welchem Zustand ich mich denn nun befinde. Bei einem meiner Ergüsse leidenschaftlicher Begeisterung über die Vorzüge und Attraktivität von »B« bemerkte ich eine leise Abwehr in der Reaktion meiner Freundin. Ich hielt inne und sagte: »Einen Pfennig für deine Gedanken.« Sie antwortete: »Alles, was du sagst, klingt wunderbar, und ich habe dagegen auch so direkt nichts einzuwenden. Außer, daß ich jedesmal, wenn du so redest wie jetzt, das Gefühl habe ... na ja, als ob das Gummi von deinem Slip spannt.« Ich mußte schrecklich lachen über ihren Kommentar und habe ihn seitdem immer wieder benutzt, um meine Realitäts-Wahrnehmung zu prüfen. Man kommt nicht darum herum: das Gefühl von zu engen Slips ist unverwechselbar, wenn es denn so ist.

Über die Art meiner unverfälschten Leidenschaft für »C«, die ebenfalls andauert, habe ich schon gesprochen. Ich kann sie mit ein paar generellen Bemerkungen zusammenfassen. Das Charakteristische an dieser Leidenschaft ist ein Gefühl der Bestätigung. Es sagt »Ja!« zu mir, zum anderen und zum Leben – alles in einem Atemzug. Die Leidenschaft entsteht aus dem Gefühl, daß sich das Universum öffnet und durch die Interaktion mit dem anderen mehr Möglichkeiten des Seins geboten werden. Und sie entsteht weiter aus dem Gefühl, daß diese Interaktion in mir Qualitäten hervorbringt, um die ich mich selbst auch bemühe, weil ich sie aus anderen Aspekten meines Lebens kenne. Insgesamt (hier angewandt nach dem Prinzip der beiden wichtigsten dynamischen Phänomene der Systemtheorie in Verbindung mit meinem Konzept von Autonomie) bietet diese Interaktion »*Selbsterneuerung*« – die Fähigkeit lebender Systeme, ihre Komponenten ständig zu erneuern, wieder in Gang zu bringen und dabei die Integrität ihrer Gesamtstruktur zu bewahren – und *Selbst-Transzendenz* – die Fähigkeit, durch die Vorgänge des Lernens, der Entwicklung und der Evolution kreativ über die eigenen physischen und geistigen Grenzen hinauszugreifen«.[33]

Ich behaupte, daß die Erotik in der Verbindung liegt. Damit meine ich, daß die Erotik im Akt der Verbindung enthalten ist. Und die erotische Reaktion wird nicht nur durch die Stimulierung erogener Zonen ausgelöst; in ihrer umfassenderen Bedeutung ist die Erotik eine geistige/sinnliche Reaktion auf die Erfahrung der wahren Verbindung des Selbst mit dem »Außenstehenden« – sei es mit einem Menschen, einem Baum, einer Idee, Musik oder dem Sonnenuntergang. So gleicht zum Beispiel die Leidenschaft, die ich mit »C« erfahre, derjenigen, die ich von anderen Augenblicken der Verbindung kenne. Wie die Leidenschaft, die ich empfand, als »der Strom der Schönheit« von O'Keeffes »Winter Road« zum ersten Mal »mein Auge traf«. Ich empfand Verblüffung, Erregung und Erleuchtung; und wenn ich sage, daß ich den Eindruck körperlich spürte, meine ich, daß ich ihn als erotisch empfand. Mein Verstand *und* meine Sinne erschauerten und zitterten im Gleichklang.

Unsere Leidenschaft aus dem einseitigen Griff des Mythos der romantischen Liebe zu befreien, verlangt unter anderem eine neue Sprache, mit der wir unsere leidenschaftlichen Gefühle ausdrükken können, damit wir nicht automatisch wieder seufzen: »Wie romantisch!« Wie wir gesehen haben, gibt es außer der Romantik mindestens noch eine andere Möglichkeit, Leidenschaft zu beschreiben, und die eignet sich meiner Meinung nach viel besser für die Art von Liebe, um die es hier geht. Als ich anfing, die Verblendungen des Mythos so nüchtern wie möglich zu betrachten, stand dahinter die Ahnung, daß es bessere Möglichkeiten für die Liebe geben müsse. Um zu meinem Astronomen-Vergleich zurückzukehren: Ich sagte voraus, daß eine bessere Art der Leidenschaft und Liebe existieren würde, und mit der Zeit fand ich sie tatsächlich. Zuerst in der Theorie und dann in der Praxis, als Mensch mit neuen und ganz anderen Erfahrungen in Leidenschaft und Liebe.

Als ich das fand, was ich bewußte, unverfälschte Leidenschaft nenne, brachte ich als erstes meine Wahrnehmung dessen, was ich empfand und tat, wenn ich mich leidenschaftlich fühlte und unter welchen Umständen ich es tat, in eine neue Ordnung. Damit fand ich den Beginn einer neuen Sprache. Diese neue Sprache machte neue Verhaltensarten auf dem Weg zur Liebe möglich und eröffnete neue Wahlmöglichkeiten in Beziehungen.

Zum Schluß dieses Kapitels möchte ich auf den Anfang zurückkommen, auf Weltanschauungen. Das Liebeskonzept eines Menschen existiert nicht im luftleeren Raum, sondern folgt seinen Vorstellungen über Identität in der Verbindung zu anderen und zum Kosmos. Laut vorherrschender westlicher Weltanschauung gilt die besondere Art von Liebe und Leidenschaft, um die es hier geht, als unvereinbar mit der Realität, als absurd und irrelevant. Aus diesem Grund haben wir das Gefühl, gegen den Strom zu schwimmen – gegen den unserer Kultur und gegen unseren eigenen –, wenn wir versuchen, unseren intimen und besonders unseren leidenschaftlichen Beziehungen eine ganz andere Form zu geben als die vom Mythos der romantischen Liebe vorgeschriebene. Es ist daher beruhigend und ermutigend zu hören, daß einer weit älteren Weltanschauung, die der mechanistischen vorausging, Liebe und Leidenschaft, wie ich sie beschrieben habe, weder absurd noch irrelevant erschienen wäre. Und auch nicht die Feststellung: »In der Verbindung liegt die Erotik«. Denn gemäß dieser älteren Weltanschauung, erzählt uns der Historiker Morris Berman, konnte »wirkliches Wissen nur durch die Verbindung von Subjekt und Objekt gewonnen werden, in einer psychisch-emotionalen Identifikation mit Vorstellungen«, in einer Totalität der Erfahrungen, charakterisiert durch die Verbindung von Geist und Sinnen, die Berman »den sinnlichen Intellekt« nennt.[34] Dieser Ausdruck paßt gut zu Jan Morris' Bemerkung: »unsere Nähe war erotisch ... im Sinne eines geheimnisvollen und ekstatischen Verstehens.« Nur für die vorherrschende, materialistische Weltanschauung ist der »sinnliche Intellekt« ein Paradox. Wenn wir uns frei machen können von den hemmenden Vorstellungen, von dem »unbeteiligten, objektiven Beobachter«, der sein Erkennen durch den Akt des Distanzierens erfährt, dann wird deutlich, daß wir den Akt des Erkennens anders empfinden. Und besonders den Akt des Erkennens in der Liebe.

Da wir weiterhin »gegen den Strom« lieben wollen, sollten wir Mut fassen. Denn auf unserer Seite stehen nicht nur unsere persönlichen Erfahrungen, sondern auch die Weltanschauung der fernen Vergangenheit und der Zukunft, wie von der modernen Physik dargelegt. Diese Weltanschauung sagt uns, daß wir in einem partizipatorischen Universum leben, dessen verbindendes Prinzip Beziehung zu sein scheint und dessen »Grundbaustein« ein unaufhörlicher Tanz von Bewegung und Energie ist. Nicht unsere Liebesvorstellung ist außer Tritt mit der Realität, sondern jene Weltanschauung, die uns weismachen will, dies sei nicht die »Wahre Liebe«.

8. Grundlagen der Liebe

Eine der vielen schlechten Eigenschaften des Mythos der romantischen Liebe ist seine Alles-oder-nichts-Mentalität. Wenn wir jemanden mögen, uns zu ihm hingezogen fühlen, sind wir daher zu der Behauptung gezwungen, wir wären »nur Freunde«, bis wir beweisen können, daß da »doch mehr« ist. Dieses Mehr ist das Romantische, und wenn es »weitergeht«, könnten am Ende die Hochzeitsglocken läuten. Diese Einseitigkeit ist nicht nur schlecht für die Ehe, sondern auch für alle anderen wichtigen menschlichen Beziehungen. Kurz gesagt, sie ist schlecht für die Liebe, denn damit wird die Anzahl der Liebes-Interaktionen, die wir erleben können, drastisch beschnitten. In diesem Kapitel wollen wir versuchen, die ganze Vielfalt von Beziehungen auf breiterer Basis wieder in die Liebe mit einzubeziehen. Wir beginnen mit der grundlegendsten aller Liebesbeziehungen: mit der Beziehung zu uns selbst.

Die Beziehung mit dem Selbst

Stellen Sie sich vor, ich würde Sie um eine Selbstdarstellung bitten, in der auch Sie sich wirklich wiederfinden können. Wären Sie dazu in der Lage? Oder würde es Ihnen gehen wie den 160 Frauen in Lillian Rubins Buch *Women of a Certain Age: The Midlife Search of Self*? Den meisten machte es große Schwierigkeiten, und fast ein Viertel konnte gar nichts dazu sagen. »Verlegen und verwirrt«, berichtet Rubin, »sagten sie dann schließlich so was wie: ›Mir fällt nichts ein. Vielleicht gibt's da einfach kein

Selbst.‹«[1] Eine sehr traurige Feststellung, wenn man vierzig oder fünfzig Jahre mit sich selbst gelebt hat! Und das steht in direktem Zusammenhang mit der konventionellen Auffassung von Weiblichkeit, die moralische Tugend mit Selbstaufopferung gleichsetzt. Frauen lernen, sich selbst zu verleugnen, um nicht der Selbstsucht bezichtigt zu werden. Eine so konditionierte Frau endet in der existentiellen Ausweglosigkeit, wenn sie Selbstlosigkeit wählt und damit ihr Selbst ausschließt.[2]

Wir haben gesehen, welchen Preis Männer zahlen müssen, weil Männlichkeit durch Trennung definiert wird: Ihr Sinn für das Selbst wird durch Intimität bedroht.[3] Weiblichkeit aber wird durch Selbstverleugnung in Verbindung mit anderen definiert, und dafür zahlen auch Frauen einen Preis: Ihr Sinn für das Selbst wird durch Trennung bedroht. Für Frauen führt das nur zu oft zu einem vollständigen Aufgehen in anderen, bis hin zu dem Punkt, wo man das Selbst aus den Augen verliert. Eine der von mir interviewten Frauen sprach für viele, als sie sagte: »Als fünfundvierzigjährige Frau bin ich vollständig daran gewöhnt, anderen zu geben und mich hauptsächlich um andere zu kümmern, und wenn ich anfange, mich um mich selbst zu kümmern, fühle ich mich isoliert, allein. Getrennt. Und das ist sehr schmerzhaft.«

Es gibt allerdings einen Ausweg aus der Zwickmühle, sich entweder selbst aufzuopfern oder als selbstsüchtig zu gelten. Man nennt das, andere mit einzukalkulieren, und es bedeutet, sich selbst zu den Menschen zu zählen, von denen man glaubt, es sei moralisch richtig, mit ihnen zu rechnen. Was wiederum bedeutet, daß überhaupt ein Selbst vorhanden sein muß, denn ein moralisch Handelnder ohne Selbst ist eine Unmöglichkeit. Auf die Gebote der weiblichen Konditionierung können wir daher mit dem Talleyrand zugeschriebenen Ausspruch antworten: Die Gleichsetzung von moralischer Tugend mit Selbstaufopferung ist schlimmer als ein Verbrechen – es ist ein Fehler.

Zu dieser Erkenntnis kommen immer mehr Frauen auf der Suche nach Autonomie; und obwohl viele der interviewten Frauen genauso empfanden, wie die oben erwähnte, kann ich zum Glück auch berichten, daß die Mehrzahl der Frauen wie diese denkt:

»Eine gute Beziehung zu sich selbst aufbauen, ist keine Selbstsucht, sondern eine Pflicht. Es ist das *eigene* Leben, das man zu gestalten versucht. Wenn man nicht weiß, wie das eigene Leben aussehen soll, wenn man keine Verantwortung für sein Leben übernimmt, dann lebt man nicht wirklich. Und ich glaube, wenn man keine gute Beziehung zu sich selbst hat, geht es auch nicht mit anderen.«

Ich glaube, man kann behaupten, daß die Beziehung zu sich selbst für Frauen ein neues Gebiet ist; und ein für uns sehr faszinierendes, wie ich aus den Antworten auf meine Fragen schließe. Ausnahmslos alle Frauen, die ich interviewte, dankten mir, daß ich sie zum Nachdenken angeregt hatte. Ein gutes Beispiel dafür ist die Frau, die ich als nächste zitieren möchte. Wie fast alle meine Interviewpartnerinnen bat sie mich, über einige Fragen erst mal nachdenken zu dürfen. Wir trafen uns zum Essen in einem Restaurant und wollten das Interview danach durchführen. Dieser Plan geriet etwas aus den Fugen, weil wir beide das Treffen, bei dem wir uns zum ersten Mal begegneten, so erfreulich fanden, daß wir es bei einer Flasche Wein ausdehnten. Und entsprechend wurde das Interview. Am nächsten Nachmittag fand ich vor meiner Tür eine sorgfältig durchdachte Kassette, die sie für mich aufgenommen hatte. Sie endete mit dem Nachsatz:

»Dies ist ein ganz neues Gebiet für mich. Ich wollte Sie wissen lassen, daß beim Nachdenken über mögliche Antworten die gestellten Fragen wie Sprungbretter für weitere Gedanken wirkten, und ich bin sicher, daß mich das auch weiterhin pieksen wird, wie meine Tochter zu sagen pflegt, und noch ganz andere Früchte tragen wird. Darum vielen Dank.«

Was macht die Beziehung zum Selbst aus? Eine Frau erklärte es so: »Für mich bedeutet es, mir durch einen stetigen Entwicklungsprozeß bewußt zu werden, wer ich bin. Nicht im intellektuellen Sinne, sondern im Erkennen eines Musters von Lernen und Leben, das schon immer da war.« Ich halte die Beziehung zum Selbst für die wichtigste und für das Fundament aller anderen. Eine ausgeglichene und harmonische Beziehung zum Selbst ist nicht nur die Basis für persönliche Autonomie, sondern auch für die Liebe. Es ist oft genug gesagt worden, und ich glaube, es trifft zu: Wenn man sich selbst nicht liebt – zumindest soweit, daß man sich selbst akzeptiert und Freude daran hat, dieses Selbst zu sein –, kann man auch andere nicht lieben. So gesehen ist der Aufbau einer vitalen Beziehung zu sich selbst nicht nur die Lebensaufgabe jedes Menschen, sondern auch die Grundlektion für die Liebe. Denn Verantwortung für sich selbst zu übernehmen heißt, andere frei zu machen, ihrerseits Verantwortung für sich zu übernehmen, ohne sie mit den eigenen Bedürfnissen, Wünschen oder Forderungen zu überhäufen. Das soll nicht heißen, man soll keine Bedürfnisse, Wünsche oder Forderungen haben, es heißt nur, daß man die Verantwortung dafür selbst übernimmt. Und, wie Carol Gilligan sagt, um für sich selbst verantwortlich zu sein, muß man sich zunächst darüber im klaren sein, was man tut.[4] Alles andere ist wirklich Selbstsucht. Darüber schreibt auch Anne Wilson Schaef in ihrem Buch *Co-Dependence* sehr ausführlich.[5] In einem Interview erzählte sie mir:

> »Meiner Überzeugung nach sind Menschen, die sich nicht um sich selbst kümmern, selbstsüchtig und zerstörerisch. Wenn man seine eigene Entwicklung respektiert – wenn man die harte Arbeit auf sich nimmt, die eigene Identität und Realität zu finden –, geschieht gleichzeitig etwas anderes, quasi als Nebenprodukt: Man respektiert andere Menschen; man muß den anderen nicht dazu benutzen, die eigenen Bedürfnisse zu befriedigen. Und dadurch hat man die Möglichkeit, sich auf den anderen zu *beziehen*. Wenn man seinen eigenen Entwicklungsprozeß nicht selbst durchlebt, zwingt man ihn anderen auf.«

Ich habe behauptet, der beste Weg, sich selbst zu erkennen, sei die Liebe zu vielen Dingen; darin schließe ich das Selbst mit ein. Der Sinn für das Selbst entsteht im Prozeß des Erkennens durch andere, aber man muß auch lernen, sich selbst zu erkennen. Für diesen Prozeß ist meiner Ansicht nach Alleinsein und Einsamkeit äußerst wichtig. In der Einsamkeit lernt man die Wahrheit über die eigentliche Bedeutung des Wortes allein – all eins sein – statt der gebräuchlichen Bedeutung, ohne Gesellschaft oder abgetrennt zu sein. Dichter wissen um diese Wahrheit, selbst wenn unsere

Gesellschaft sie im allgemeinen nicht kennt. Rein physisch ist es schwierig, in unserer Gesellschaft allein zu sein, besonders, wenn man in einer großen Stadt lebt. Auch emotional ist es schwierig. Wenn jemand mit Ihnen zusammen sein möchte und Sie sagen: »Tut mir leid, aber ich kann leider nicht, weil ich zu arbeiten habe«, dann ist das in Ordnung. Aber versuchen Sie mal, zu sagen: »Ich kann leider nicht, weil ich gern allein sein möchte.« Das ist überhaupt nicht in Ordnung. Alleinsein wirklich genießen zu können, ist sicher eine besondere Gabe, wie auch die Unmöglichkeit, allein zu sein, eine der schlimmsten Torturen ist, die man sich vorstellen kann. Darum halte ich es mit den Dichtern. Ich mag besonders Wordsworths Vorstellung vom »inn'ren Auge / Das der Einsamkeit Entzücken ist«, und Miltons Beobachtung »Mehr als Gesellschaft frommt oft Einsamkeit / Und Trennung macht das Wiedersehen süß«.[6]

Schaef nennt das die »Allein-Zeit«. Dazu gab sie mir folgende Erklärung:

> »Wenn sie Allein-Zeit haben, lernen Frauen unter anderem, daß sie *mit* jemandem sind. Die meisten Frauen wissen das nicht. Sie sprechen von ›allein sein‹, und wenn sie eine Beziehung zu sich selbst entwickelt haben, merken sie, wenn niemand da ist, daß sie mit einer der interessantesten Personen zusammen sind, die sie je kennengelernt haben. Menschen, die mehr Respekt für sich selbst empfinden, brauchen und verlangen Allein-Zeit.«

Tägliche Rituale sind ein weiteres Stärkungsmittel für das Selbst. Bei diesen täglichen Ritualen sollte es nur darum gehen, sich selbst Freude zu machen. Das kann alles sein – von der besonderen Tasse, an die sich eine schöne Erinnerung knüpft, bis zu täglich neuen Aktivitäten, die zur Verfestigung dessen führen, was Wordsworth »das Band geknüpft aus Freud' und Leben« nennt. Tägliche Rituale stärken das Selbst, weil sie selbst erdacht sind und das Selbst reflektieren. Außerdem sind sie wiederholbar, so daß man bewußt immer wieder darauf zurückgreifen kann. Sie müssen kein Geld kosten, und man kann sie überall dabei haben. Durch sie bekommt man ein Gefühl der Verankerung, das besonders stark ist, weil man niemand anderen dazu braucht. Sie sind wie eine fortgesetzte Meditation oder wie das Zusammensein mit einem nahestehenden und jederzeit erreichbaren Freund. Ich betrachte meine täglichen Rituale als eine meiner besseren Errungenschaften. Sie erinnern mich daran, daß das Leben, wie Coleridge sagt, aus kleinsten Bruchteilen, aus den zahllosen Infinitesimalen erfreulicher und anregender Gefühle besteht.[7] Sicher finden wir vieles, was zum Glücklichsein beiträgt, in den Beziehungen zu anderen Menschen; aber wir finden sicher genausoviel in der Beziehung zu uns selbst.

Ich möchte aber noch hinzufügen, daß ich bestimmt keine Anhängerin der Doktrin »Leben ist nichts als ein ernsthafter Kampf« bin. Wenn ich also davon spreche, eine solide Beziehung zum Selbst aufzubauen, so tue ich es im Geiste der Anthropologin Ruth Benedict, die schrieb: »Ich möchte über den großen Einfluß sprechen, den das Leben starker Frauen auf mich hatte. Sie haben aus ihrem Leben ein großes Abenteuer gemacht.«[8] Für mich gibt es kaum ein besseres Beispiel eines solchen Lebens als das der Fotografin Imogen Cunnigham, die mit zweiundneunzig Jahren beschloß, eine neue Arbeitsform zu finden. Damit war sie aktiv beschäftigt, bis sie im Alter von dreiundneunzig Jahren starb. Ihre Antwort auf die Religionszugehörigkeit auf einem Krankenhaus-Fragebogen ein paar Tage vor ihrem Tod verrät viel über ihre Einstellung. Laut ihrem Sohn soll sie gesagt haben: »Hab' mich noch für keine entschieden!«

Cunnigham arbeitete hart, um als Portrait-Fotografin ihren Lebensunterhalt zu verdienen, aber Arbeit und Vergnügen gehörten bei ihr stets zusammen. Sie lebte allein während der meisten Zeit ihres Lebens, hörte nie auf zu arbeiten und behauptete stets, sie würde ihre besten Fotos am nächsten Tag machen. »Bis zum Schluß wirkte sie jung«, sagt eine, die sie gekannt hat, »weil sie, wie die Dichterin Emily Dickinson, ›in Möglichkeiten verweilte‹. ... Wir sahen sie durch San Francisco eilen, leicht erkennbar an ihrer perlenbestickten Kappe auf dem weißen Haar und dem schwarzen Cape, das hinter ihrer kleinen, intensiven Figur herflatterte. Die Botschaft, die sie verbreitete, war hoffnungsvoll und beruhigend: daß es möglich ist, alt zu werden und weiter zu arbeiten, Interesse am Leben zu behalten, voller Energie und ganz man selbst zu sein – kurz gesagt, sein Schicksal zu lieben.«[9]

Nichts als Freunde

Vor einiger Zeit machte ich mit einer alten Freundin eine Bergwanderung. Wir kennen uns seit über fünfundzwanzig Jahren, und unsere Nähe basiert sowohl auf den zahllosen kleinen Ereignissen im Leben als auch auf einigen großen Liebes- und Todes-Dramen, die wir zusammen durchgestanden haben. Am späten Morgen wurde das Wetter trübe. Wir suchten einen Ort für unser Picknick und entschieden uns für einen einigermaßen trockenen Platz unter einem großen Baum mit wunderbarer Aussicht. Als ich meine Freundin da so sitzen sah, über ihr Sandwich gebeugt im vergeblichen Bemühen, sich vor dem stürmischen Wind zu schützen, durchlief mich ein Gefühl der Freude und der Dankbarkeit, und ich sagte spontan: »Sind alte Freunde nicht was Wunderbares?« Sie schaute ohne Erstaunen auf, sagte »Ja« und aß weiter. Es gab für uns beide keinen Grund, mehr dazu zu sagen.

Alte Freunde sind etwas Wunderbares. Und hier wird die Absurdität der Phrase »wir sind doch nur Freunde« überdeutlich. Wenn man an die Unbeständigkeit der sogenannten sexuellen Revolution und die Launenhaftigkeit von Romanzen denkt, wäre es oft viel angebrachter zu sagen: »Wir sind nur Liebende«. Eine Frau nannte Freunde »die emotionale Nahrung des Lebens«, und das ist eine sehr zutreffende Bezeichung. Alte Freunde würde ich den Rohstoff der Nahrung nennen, um bei dieser Metapher zu bleiben. Freunde bieten nicht nur Spaß und Abwechslung; durch ihr Kommen und Gehen in unserem Leben bieten sie die Bühne, auf der wir den weitesten Bereich unserer Individualität ausspielen können. Und alte Freunde bieten auch den emotionalen Rahmen, in dem wir Fehler machen können, in der Gewißheit, daß sie trotzdem unsere Freunde bleiben werden, und wir die ihren. Freunde sorgen für eine Kombination aus Beständigkeit und Abwechslung in unserem Leben ohne die Einschränkungen, die man meist in verwandtschaftlichen, ehe(ähnlichen) oder Arbeits-Beziehungen findet. Debussy sagte einmal, die Motivation für seine Musik sei, daß er seiner inneren Landschaft Ausdruck verleihen wolle. Mit Freunden finden wir die größtmögliche Freiheit, unserer inneren Landschaft Ausdruck zu geben und das Leben zu erforschen.

Einige Autoren und Autorinnen haben den formlosen Zustand der Freundschaft bedauert – eine nennt es »die vernachlässigte Beziehung« – und sie haben verschiedene Möglichkeiten von Kodifizierung und Ritualisierung vorgeschlagen, um Freundschaft einzugrenzen und zu kartographieren. Zum Beispiel beklagt Lillian Rubin in ihrem Buch *Just Friends*, daß Freundschaft in unserer Gesellschaft eine ausschließlich private Angelegenheit sei. »Es gibt keine gesellschaftlichen Rituale, keine öffentlichen Zeremonien, Freundschaft zu ehren und zu feiern, egal ob engste oder nur entfernte Freundschaft – noch nicht mal eine sprachliche Form, die formelle, unpersönliche Beziehungen von informellen und persönlichen unterscheidet.«[10] Sie fährt fort, voller Bedauern den Mangel an Kodifizierung und Ritualen mit dem zu vergleichen, was wir für Verwandtschaft und Ehe haben.

Ich würde sagen, Finger weg von der Einengung von Freundschaft! Wir haben schon genug Ärger mit Verordnungen für Verwandtschaft und Ehe. Freundschaft kann in unserer Gesellschaft ohne System ablaufen, weil die Ehe als monolithische Einrichtung gesehen wird. Sie vereinnahmt jede Interaktion, die anderswo geschehen könnte und geschieht, und nennt sie »eheartig oder zur Ehe führend«, auch wenn das gar nicht der Fall ist oder sein sollte. Eine junge Frau erzählte mir empört: »Geht man mehr als zweimal mit einem Mann ins Kino, befindet man sich schon auf dem Fließband zur Ehe!« Aus diesem Grund werden alleinstehende Frauen als »prä-ehelich« eingestuft, und »nur Freunde« bedeutet »nicht wirklich wichtig«. Ich finde es unanständig, das Leben von Menschen auf diese Weise gleichzuschalten, und Systematisierung und Ritualisierung von Romanzen und Ehe sind der Hauptgrund für diese Gleichschaltung.

Rubin bedauert, daß es praktisch unmöglich sei, genau zu wissen, was mit der Bezeichnung Freund oder Freundin gemeint ist, und schlägt vor, das Ganze mehr wie Verwandtschaft zu behandeln. Denn für Verwandtschaft gibt es eine Fülle von Begriffen, mit denen gekennzeichnet wird, wer was ist. Dafür gibt es einleuchtende Gründe, aber meiner Meinung nach ist eine solche Kennzeichnung für Freundschaft völlig ungeeignet. Zum einen sind Verwandtschaftsgrade starr (eine Tante ist eine Tante ist eine Tante), während Freundschaft durch ihre Veränderbarkeit gekennzeichnet wird. Zum anderen steht »Tante« für eine formelle Beziehung, ohne Rücksicht auf Zu- oder Abneigung, während »Freund« genau für das Gegenteil steht. Welche Probleme entstehen, wenn auf Zuneigung basierende Beziehungen formalisiert werden, wird am deutlichsten bei allem, was mit Ehe zusammenhängt. So sind zum Beispiel die Begriffe »Ehemann« und »Ehefrau« eine ungute Mischung aus öffentlicher Form und privater Zuneigung. Anders als Freundschaft mögen Ehen tatsächlich mit der Hochzeit beginnen und mit dem Tod oder der Scheidung enden, aber doch nur aus formaler Sicht. In vielen verheirateten Beziehungen endet die auf Zuneigung basierende, lebendige Interaktion lange bevor sich die Ehe durch Tod oder Scheidung auflöst. Rubin möchte Freundschaft der Ehe ähnlicher machen, möchte mehr öffentliche Rituale und Systematisierung; ich möchte genau das Gegenteil. Belastet Freundschaft nicht mit den dubiosen Vorzügen, die Paaren aus der Institution Ehe erwachsen! Weg mit der Systematisierung, Ritualisierung und vor allem mit der Institutionalisierung der Ehe – kurz gesagt, hin zu mehr Freundschaft –, und die Ehe könnte endlich eine Chance haben, eine auf Zuneigung basierende, beständige Beziehung zu werden.
Außerdem steht Freunden ja nichts im Wege, ihre eigenen Rituale zu finden, um die Höhepunkte ihrer wachsenden Zuneigung und Intimität zu feiern. Mit meinen Freunden tue ich das schon lange, und ich möchte auf keinen Fall, daß der Staat sich in irgendeiner Weise einmischt. Ich denke, daß eine Beziehung, die das Stadium »nur Freunde« erreicht – zu- und abnimmt, endet oder weitergeht – sehr zu empfehlen ist. Sicher, ihre Existenz wird nicht durch

einen Haufen gesellschaftlicher Rituale bewiesen. Der Beweis einer Freundschaft – so es denn überhaupt eines Beweises bedarf – liegt darin, daß die an ihr Beteiligten um ihre Existenz wissen. Meine Freunde wissen, wer sie sind, sie müssen das nicht von der Gesellschaft erfahren. Wie ist das mit Ihren Freunden? Sie haben sicher schon bemerkt, daß ich für autoritäre Systeme absolut nichts übrig habe. Ich glaube, es gibt schon mehr als genug offizielle Einmischung in unser Privatleben, und ich werde gleichzeitig böse und alarmiert, wenn Leute versuchen, die Zwangsjacke, in der wir sowieso schon leben müssen, noch enger zu schnüren. Es ist durchaus möglich, Freundschaft zu ehren und zu feiern, ohne sie zu formalisieren, und das sollten wir versuchen.

Es gibt Freunde und Freunde. Wir müssen nicht systematisieren, um Unterschiede festzulegen, die uns an das Wesentliche der Freundschaft, die Veränderbarkeit, erinnern. Mir gefällt die Unterscheidung, die diese Frau zwischen »Freunden für den Augenblick« und »Freunden fürs Leben« macht:

> »Freunde für den Augenblick sind Menschen, die unser Leben streifen. Man ist nicht für alle Zeiten zusammen, sondern immer nur für eine gewisse Zeit. Wenn sie da sind, sind sie da. Aber man muß immer wieder selbst den Anstoß geben. Wenn man den Kontakt verliert, verliert man die Freundschaft, denn nur der Kontakt erhält sie am Leben. Ohne ihn wird die Freundschaft schal.
>
> Aber Freunde fürs Leben sind anders. Man muß nicht immer den Anstoß geben, um sicher zu sein, daß die Freundschaft noch existiert. Sie sind wie Familie, sind einfach nur da. Es sind langlebige und anhaltende Freundschaften. Zwischen diesen Freunden besteht absolutes Vertrauen; die Beziehung besteht auf völliger Gegenseitigkeit, und man muß nicht die ganze Zeit zusammensein.«[11]

Durch diese Unterscheidung entsteht automatisch auch Bewegung, was nur Gutes bedeutet. Die Freunde für den Augenblick wechseln mit der Zeit, andere Menschen nehmen ihren Platz ein. Freunde fürs Leben zu finden, ist ebenfalls ein Prozeß der Veränderung: Wenn das Potential für tiefe Freundschaft vorhanden ist, kommt es zu einem Prozeß von zunehmender Intimität; ist das Potential nicht vorhanden, wird die Person entweder fallengelassen oder wechselt in die Kategorie der Freunde für den Augenblick.

Die Beziehungen zu Freunden für den Augenblick mögen flacher sein als die zu Freunden fürs Leben, aber gerade deshalb haben sie auch Vorteile. Sie können ein Kaleidoskop sich verändernder Muster bieten, denn diese Art der Freundschaft entsteht ad hoc – meist aus einem bestimmten und oft begrenzten Grund. Solche Freunde sind meist eine tiefere und sinnvollere Version von Bekannten. Sie bieten Qualität und Abwechslung, während Freunde fürs Leben Qualität und Tiefe bieten. Beide haben ihre bestimmte und wichtige Funktion, und beide sind notwendig für das, was man einen kompletten Freundeskreis nennen könnte.

Es dürfte interessant sein herauszufinden, welcher der Menschen, denen wir begegnen, zu welcher Art Freund werden könnte und warum. Läßt sich etwas darüber sagen, wie Übereinstimmung, Freundschaft und Nähe entstehen? Ich denke schon: Das Potential für tiefe Übereinstimmung und Nähe zwischen zwei Menschen ist entweder vorhanden oder nicht, und der Prozeß des Übergangs zur Freundschaft und Nähe ist gleichzeitig der Prozeß, das herauszufinden. Freundschaft und Liebe werden entdeckt, offenbart, erlebt – durch Zeit, Aufmerksamkeit, Bemühen und Anteilnahme der beteiligten Personen. Diese Ansicht hörte ich zuerst von einer knapp siebzigjährigen Frau, die angab, sie habe nie eine wirklich unerfreuliche Überraschung mit jemandem erlebt, den sie als Freund ansah. Da vermutlich nur wenige so etwas für sich behaupten können, bat ich sie um nähere Erläuterung:

»Ich glaube, es liegt daran, daß ich mir Zeit lasse. Am Anfang, wenn ich denke, dieser Mensch könnte vielleicht ein wirklicher Freund werden, warte ich unparteiisch ab, was geschieht. Ich bin offen für alles, was kommt. Ich glaube, das ist das Ausschlaggebende.

Das Leben ist wie eine Welle, die Steine aufnimmt und sie nach Gewicht und Form am Strand ablädt. Ich meine das nicht symbolisch, daß manche Steine besser und manche schlechter wären, sondern eher, daß jeder irgendwie den richtigen Platz findet. Sie bleiben da liegen, wo sie am besten hinpassen. Menschen sind, wie sie sind; und ich bin auch, wie ich bin. Manchmal paßt man zusammen und manchmal nicht. So sehe ich es. Ich nehme es daher niemandem übel, wenn sich herausstellt, daß wir nicht zueinander passen.«

So sehe ich es auch. Was die eine Art von Freunden von der anderen unterscheidet, oder was einen Menschen überhaupt nicht zum Freund werden läßt, ist so unpersönlich wie die Gesetze der Natur – selbst auf dem so sehr persönlichen Gebiet der Zuneigung.

Ich diskutierte diese Vorstellung mit einer befreundeten Physikerin, die schon bald fragte: »Hast du an Resonanz als verbindendes Prinzip gedacht?« Hatte ich nicht, und ich fragte sie, ob sie dabei an Harmonie dächte. Sie bejahte und empfahl mir ein Buch über die physikalischen Grundlagen der Musik.

Alle einfachen, harmonisch schwingungsfähigen Körper besitzen Resonanz (komplexere Beispiele sind die Musikinstrumente) und reagieren stark auf äußere Schwingungen, wann und wodurch diese Schwingungen auch immer ausgelöst werden.[12] Dieses Phänomen kann man gut beobachten, wenn man das Pedal am Klavier tritt und damit den Dämpfer von den Klaviersaiten hebt, damit diese frei schwingen können, und man dann einen einzelnen, lauten Ton singt. Bestimmte Töne des Klaviers werden schwach mitklingen, aber nur ein Ton wird den gesungenen deutlich wiedergeben. Dieser Ton kommt von der Saite, die der Frequenz des gesungenen Tons am nächsten ist, und er wird noch eine Weile nachklingen, nachdem der gesungene Ton nicht mehr zu hören ist. Bei diesem Ton rief der gesungene eine Resonanz hervor, bei den anderen nicht. Obwohl Menschen zweifellos sehr komplexe Schwingungskörper sind, glaube ich doch, daß das sie verbindende Prinzip letztlich das gleiche ist: Resonanz. Die Existenz oder Nichtexistenz mit- und nachklingender Schwingungen einer tieferen Ebene unseres Seins.

Dr. Valerie Hunts Untersuchungen auf dem Gebiet der Bioenergetik unterstützen diese Behauptung. Sie entdeckte, daß der menschliche Körper ständige Schwingungen aussendet, die im hörbaren Bereich liegen. Wir hören sie sogar, obwohl wir uns dessen nicht bewußt sind. Diese Schwingungen entstehen im zellularen Bereich des Körpers und strahlen von der Körperoberfläche ab. Das heißt, der menschliche Körper scheint ein komplexes Muster von Geräuschen sowohl zu senden als auch zu empfangen, und diese von zellularen Schwingungen erzeugten Geräusche werden von uns zusammen mit den Schwingungen der sogenannten normalen Geräusche aufgenommen oder gehört. Dr. Hunt vermutet, daß dieses menschliche Energiefeld auch als Resonanz-Membran dient, mit dem geistige Phänomene erkannt werden.[13]

Ich finde diese Arbeit faszinierend, und ich glaube, sie ergänzt unsere tatsächlichen Erfahrungen – erinnern Sie sich, daß man in den 60er, 70er Jahren von »good vibes« (guten Schwingungen) sprach? Wenn wir für jemanden ein Gefühl von Zuneigung empfinden, können wir also mit einiger Berechtigung davon ausgehen, daß wir im wahrsten Sinne »gute Schwingungen« wahrnehmen, die eine tiefere Ebene außerhalb unseres Intellekts anklingen lassen. Wenn wir aber nichts Besonderes empfinden, können wir ebenso davon ausgehen, daß dieser Mensch keine Resonanz in uns hervorruft; und wenn wir ein sehr negatives Gefühl haben, könnten wir einer Person gegenüberstehen, deren Schwingungen sich störend auf das Muster unserer eigenen Schwingungen auswirken. In diesem Fall könnte unser Körper mehr wissen, als wir annehmen, und vielleicht wäre es klug, auf seine Botschaft zu hören und zu sehen, wohin das führt. Das könnte Konfuzius mit seinem Kommentar zu einem Spruch des *I Ging* gemeint haben: »Dinge, die im Einklang stehen, schwingen zusammen. Dinge, die im Innersten übereinstimmen, suchen einander. . . . Jedes folgt seiner Art.«[14]

Lassen Sie uns jetzt das Prinzip der Resonanz auf die Entstehung von Freundschaften anwenden. Ich denke, das Prinzip sagt uns: der Effekt, den die Schwingungen unseres innersten Selbst auf andere Menschen haben, ist ein unbewußter. Wirkliche Übereinstimmung mit einer verwandten Seele zu finden, kann zwar willentlich bei der Entwicklung unterstützt, aber nicht erzwungen werden, wenn die Basis für die Resonanz fehlt. Also sollte man den »eigenen Ton« mit klarer, lauter Stimme singen und dann abwarten, was geschieht. Wenn alles gut geht, wie ich aus meinen tiefsten Freundschaften weiß, entwickelt sich eine zunehmende Tiefe ohne ernsthafte Mißtöne.

Aber was passiert, wenn man weitergeht und irgendwann erkennt, daß man eine Grenze erreicht hat, daß vielleicht die tiefe Resonanz doch nicht da ist? Ich denke in solchen Momenten immer an den trockenen Kommentar von George Eliot: »Ein unterschiedlicher Geschmack bei Witzen ist von großer Belastung für die Zuneigung.«[15] An diesem Punkt muß man überlegen, ob man sich noch weiter auf Intimität einlassen will; entscheidet man sich dagegen, muß man überlegen, wie man weiter mit dem anderen Menschen umgehen will. Ich denke, auch hierzu gibt das *I Ging* einen klugen Rat:

> »Man ist oft unter lauter Menschen, die nicht zur eigenen Sphäre gehören. Da darf man sich nicht zu einer falschen Vertraulichkeit durch die Macht der Gewohnheit hinreißen lassen. Daß das vom Übel wäre, bedarf nicht erst der Worte. Geselligkeit ohne Intimität ist solchen Leuten gegenüber das einzig Richtige; nur dadurch hält man sich frei für eine spätere Beziehung zu seinesgleichen.«[16]

Geselligkeit ohne Intimität: ein guter Vorschlag! Wenn das Verhalten des anderen Menschen nicht völlig unerhört ist, müssen wir keinen totalen Bruch vollziehen, sondern nur unsere Aufmerksamkeit verlagern. Es ist nicht notwendig, einem Menschen gegenüber, mit dem wir ein bestimmtes Maß an Resonanz erreicht haben, unfreundlich oder kalt zu werden, nur sollten wir von weiterer Intimität absehen.

Ich erwähne dies alles aus zwei Gründen. Zum einen glaube ich, daß dies die Basis für liebevolle Beziehungen zwischen Menschen ist. Zum anderen hat das Bewußtsein für diese Basis mindestens zwei Vorteile: Man kann das Entstehen oder Nichtentstehen von Freundschaft mit einer gewissen Abgeklärtheit und sogar Gelassenheit betrachten. Und ich habe die Hoffnung, daß sich dieses

Bewußtsein als hilfreich erweist für den schmerzlichen, aber kaum ungewöhnlichen Fall, daß man sich mit dem Ende einer Liebesbeziehung konfrontiert sieht. Dadurch könnte es möglich sein (zumindest nach dem ersten Schock), das Ende nicht als Zurückweisung und einen Schlag in die Magengrube des Selbstbewußtseins zu empfinden, sondern zu erkennen, daß der vermeintliche Einklang von begrenzter Natur war, daß es letztlich keine innere Übereinstimmung gab. So gesehen ist der Bruch von Vorteil, weil er beide frei macht für andere Beziehungen.

Wie ist es, wenn man in einer Beziehung gemeinsam versucht, die Grenzen, an die man gestoßen ist, zu überwinden? Diese Liebesarbeit bedeutet, daß jeder des anderen Kritiker sein muß, im positivsten Sinne des Wortes. Damit die Grenze, wie immer sie sich darstellt, von beiden verstanden wird, ihre Beschaffenheit im Licht möglicher Überwindung gesehen wird, und das alles ohne Vorurteil gegenüber dem anderen und dem Ergebnis des Unternehmens geschieht. Voraussetzung für eine solche Liebesarbeit ist wirkliches (Zu)Hören, wie M. Scott Peck sagt, und das wiederum setzt, zumindest zeitweise, voraus, »die eigenen Vorurteile, Beurteilungsmaßstäbe und Wünsche beiseite zu lassen, um die Welt des Sprechenden so weit wie möglich von innen kennenzulernen, in ihre oder seine Schuhe zu treten. Die Vereinigung von Sprechendem und (Zu)Hörendem ist eigentlich eine Ausdehnung und Vergrößerung von uns selbst, und daraus werden immer neue Erkenntnisse gewonnen.«[17]

Wir neigen dazu, solche Konfrontationen zu vermeiden, denn es ist sehr schwer, sich dabei richtig zu verhalten. Wir reden uns sogar ein, wir wären rücksichtsvoll oder wenigstens höflich, wenn wir sie vermeiden. Das ist falsch. Dann das ist keine Rücksichtnahme, sondern fehlende Anteilnahme. Freundschaft hat daher auch den Vorteil, uns die Möglichkeit zu geben, diese schwierige Liebesarbeit unter weniger belasteten Bedingungen zu erlernen, als es in einer Liebesbeziehung oder Ehe möglich wäre. Hierin, wie in so vielem anderen, ist Freundschaft eine Lektion in der Liebe unter den bestmöglichen Bedingungen.

»Kann man Freundschaft und Sex mischen?« fragt Jessie Bernard in ihrem Buch *The Future of Marriage* und fügt hinzu, daß die Zukunft der Ehe von der Antwort auf diese Frage abhängt.[18] Das gleiche gilt für die Zukunft der sexuellen Liebe zwischen Unverheirateten. Es gehört schon fast zu den Grundsätzen unserer Gesellschaft, die Frage mit »nein« zu beantworten. Seien Sie gewarnt, sagt dieser Grundsatz, wenn Sie Freundschaft und Sex mischen, stehen Sie am Ende unweigerlich mit leeren Händen da. Dahinter steht die Überzeugung, die wir immer wieder aus Untersuchungen über »Anziehung« hören, daß Freundschaft Ähnlichkeit zwischen den Partnern fordert, während sexuelle Leidenschaft von der Unterschiedlichkeit zwischen den Geschlechtern abhängt. Kurz gesagt, kein *kleiner Unterschied*, kein Sex. Daß diese Ansicht kurzsichtig, wenn nicht gar blind ist, wird klar, wenn wir bedenken, daß all die vielen Menschen, die keinen *kleinen Unterschied* zwischen sich haben, trotzdem viele Arten von erotischer Bindung haben und den geliebten Menschen durchaus anziehend finden. Sehr viel korrekter wäre daher die Aussage: *wenn kleiner Unterschied,* dann kein Sex – früher oder später. Denn dieser willkürliche Unterschied, der unserer Erotik durch die Geschlechterpolarität untergeschoben wurde, trägt die Saat seines eigenen Untergangs in sich. Er ist zu starr, zu festgelegt, um Leben in sich zu tragen. Und mit dem Absterben der Lebendigkeit stirbt auch die Leidenschaft. Was bleibt, ist Langeweile. Oder, wie es in einem Buch über Partnerschaft heißt: »Eine unbarmherzige Vertrautheit, die kein Zurückziehen erlaubt, keinen grundlegenden Unterschied intakt läßt«, und schließlich jedes Wissen über das eigene Selbst in den Partnern auslöscht.[19]

Die unbarmherzige Vertrautheit entsteht, weil sich das sehr flache Gebiet des *kleinen Unterschieds* schnell verminen läßt, wobei gleichzeitig jeder wirkliche Unterschied zwischen den Partnern ausgelöscht wird. Daraus resultiert eine Verbindung, die nicht länger lebendig und vital ist, falls sie es überhaupt je war. Unter solchen Umständen muß das Leben langweilig werden, weil es nichts Neues mehr zu bieten hat. Es wiederholt nur die Gleichartigkeit maskenhafter Begegnungen nach Art der Geschlechtsrollen. Kurz gesagt, der *kleine Unterschied* mag anfänglich bei manchen Menschen sexuelle Leidenschaft auslösen, aber die Selbstzerstörung solcher Leidenschaft ist vorprogrammiert.

Wenn wir uns statt dessen von Angesicht zu Angesicht als aufrichtige, umeinander bemühte Menschen begegnen, kann, so glaube ich, genau das Gegenteil geschehen. Die eigentümliche Mischung aus Gleichartigkeit und Unterschied, die vom Paradox der Liebe so hoch geschätzt wird, ist die beste (und vielleicht einzige) Garantie, die wir haben, emotionale und sexuelle Leidenschaft zu erfahren. In dieser Art der Liebe können wir die stetige Faszination mit einer andersartigen Vertrautheit erleben, weil er oder sie separat bleiben, und daher immer bis zu einem gewissen Grad geheimnisvoll, immer etwas unvorhersehbar und unbekannt. In dieser Spannung, und nicht in der künstlichen Spannung, die durch den Kampf der Geschlechtsrollen hervorgerufen wird, liegt die wahre Leidenschaft, wie ich sie verstehe. Wenn ich sage, die Erotik liegt in der Verbindung, meine ich damit, daß der Kontakt mit einem vertrauten und doch separaten anderen wie Elektrizität wirkt: eine plötzliche ansteigende Woge der Erregung. Nach meiner Überzeugung entsteht diese Woge der Verbindung – wenn Geist und Sinne erregt sind und beben – in jedem Moment wahrer Verbundenheit, und das Erotische dieser Verbindung ist der Nährboden für das Wachsen unverfälschter, sexueller Leidenschaft zwischen Partnern. Ich glaube, wenn wir Sexualität aus dem konventionellen Kontext herauslösen, werden wir eine ganz natürliche Verbindung zwischen Anziehung, Liebe, Empfinden und Sexualität entdecken. So können wir mit jedem Menschen, zu dem wir eine wirkliche Verbindung spüren, Erotik ausagieren oder auch nicht.

Kehren wir zur Freundschaft zurück, dem freien Raum, in dem wir am leichtesten unsere innere Landschaft darstellen können. Und lassen Sie uns nach der ganz natürlichen Verbindung zwischen Anziehung und Sexualität suchen, die vermutlich aus dem Gefühl gegenseitiger Resonanz auf einer tieferen Ebene entsteht.

Was hindert uns daran, diese Verbindung zu finden? Wieder einmal der konventionelle Kontext. Die kanadische Wissenschaftlerin Johanna Stucky, die darüber eine kritische Abhandlung schrieb, erklärte mir das Konzept der *amitié amoureuse*:

»Wir haben das Problem, daß wir sexuelle Liebe an die romantische binden. Andere Kulturen haben das nicht. Sie wissen, daß diese Art der Liebe existiert, aber sie sehen es nicht als die einzige Art, in der sich Sexualität ergeben kann. Die Franzosen haben zum Beispiel die sogenannte *amitié amoureuse*, eine ›erotische Freundschaft‹.

Anstatt also die romantische Liebe zwischen konventionellen, heterosexuellen Partnern als diejenige zu bewerten, die uns die erfüllendste, zwischenmenschliche Beziehung beschert, sollten wir sie lieber als Spielwiese betrachten, auf der wir uns, möglichst schon als junge Menschen, austoben. Und wir sollten bei intimen Beziehungen zwischen Frauen und Männern – oder zwischen zwei Frauen oder zwei Männern – in der gleichen Weise vorgehen, wie bei der Wahl eines Freundes. Jemand, für den man Achtung empfindet, bis man langsam und mit der Zeit beginnt, diesen Menschen zu lieben. Dabei kann Sexualität durchaus schon zu einem früheren Zeitpunkt ins Spiel kommen, ohne daß man ›unglaublich leidenschaftlich verliebt‹ sein muß.«

Die beiden Autoren des Buches *Sexual Conduct* behaupten, daß ohne eine Art Drehbuch, das die Situation bestimmt, die Akteure benennt und das Verhalten festlegt, vermutlich nichts Sexuelles passieren wird.[20] Das scheint mehr als wahr zu sein, und wir kennen dieses konventionelle Drehbuch. Aber zum Glück kann man die Behauptung auch umdrehen: Mit neuen Drehbüchern sollten wir in der Lage sein, etwas Neues im Bereich der Sexualität auf die Beine zu stellen. Viele Frauen, die ich für dieses Buch interviewte, definieren die sexuelle Situation anders, und damit auch die sexuelle Anziehung und die sexuelle Liebe. Ein Frau von Anfang Vierzig faßte es so zusammen:

»Es ist wichtig, daß man den Menschen, den man liebt, auf verschiedene Weise anziehend findet. Aber bei dem ganzen romantischen Liebes-Schmalz steht immer die sexuelle Anziehung im Vordergrund, aus der sich dann die ›Liebe‹ ergibt. Ich glaube, daß in vernünftigen Liebesbeziehungen die sexuelle Anziehung auch einen vernünftigeren Stellenwert hat, nämlich: Ich liebe dich, darum finde ich dich anziehend, und Sexualität ist der Ausdruck dafür.«

Viele Frauen, mit denen ich sprach, waren der Ansicht, daß sexuelle Anziehung, die mit der Verblendung durch den »umwerfenden Typ« aus der Abteilung für sexuelle Klischees einhergeht, sich qualitativ völlig anders anfühlt als die sexuelle Anziehung, die sie bei einer aufrichtigen Liebe empfinden:

»Bei der Verblendung ist die sexuelle Anziehung oberflächlich und löst die vorgeschriebenen Gefühle aus – Herzklopfen, weiche Knie, allgemeine Erregung. Bei der Liebe kommt die sexuelle Anziehung von innen und fühlt sich an wie Sonnenschein – ein warmes und freundliches Gefühl, das am Solarplexus beginnt und sich ausdehnt, bis es den ganzen Körper durchdrungen hat.«

Diese Unterscheidung der Frauen zwischen zwei Arten von sexueller Anziehung als Beweis für zwei Arten von Liebe erinnert mich an einen Schlager, in dem es heißt: »Das kann nicht Liebe sein, weil ich mich so gut fühle, das ist zu schön, um Liebe zu sein«. Was für eine entmutigende Feststellung, und wie tief verankert in unserer Kultur! Wie Johanna Stuckey weigere ich mich, zu glauben, daß dies die einzige Art von Liebe und Sexualität ist. Zum Glück deuten neue Vorstellungen über die Liebe und viele von Frauen gemachte Erfahrungen an, daß es nicht so sein muß: daß wir in der Tat Freundschaft und Sex vermischen und von da aus zur Liebe gelangen können. Der Übergang mag unvertraut sein – in unserer Gesellschaft ganz bestimmt –, aber er bietet die Möglichkeit, gleichzeitig leidenschaftlich und verständnisvoll zu empfinden, wenn man sich einem anderen Menschen nahe fühlt. Denn nun weiß man endlich, daß man mit einem Freund im Bett ist – um noch mal Woody Allen zu zitieren. Einem wirklichen Freund, wenn man mit der *amitié amoureuse* beginnt und sich genügend Zeit läßt.

Die beiden Frauen, deren Geschichten nun folgen, verhielten sich genau so. Die erste Geschichte ist eine Fortsetzung des College-»Sonnenscheins« Rachel aus Kapitel 5, die eines Tages beschloß, zwischen »ihrem Bild von mir und meinem eigenen« zu wählen. In Ellen Goodmans Buch *Turning Points* treffen wir Rachel neun Jahre später wieder. Sie steht wieder an einem Wendepunkt, hervorgerufen durch ihre Beziehung zu Alan:

»[Rachel und Alan] wurden derart gute Freunde, daß Rachel sicher war, sie würden nie zu Liebenden werden, und ihm daher mehr von sich selbst offenbarte.

Als er schließlich eine Nacht mit ihr verbrachte, war es ›das Selbstverständlichste von der Welt. Es war das einzige Mal, daß ich Sex als freundlich empfand.‹

Zwei Jahre später leben sie immer noch getrennt, verbringen aber die meiste Zeit zusammen. ›Alan würde gerne mein Versprechen haben, daß ich mit ihm zusammen leben werde. Aber ich weiß nicht so recht. . . . Für mich ist es wichtig, über mein Leben selbst zu bestimmen. Aber andererseits liebe ich es, ihm nahe zu sein. Es macht mir nichts aus, daß ich jetzt öfter *wir* sage. Und ich denke viel darüber nach, daß ich ein Gefühl von Familie und vielleicht sogar ein Baby haben möchte.‹«[21]

Die zweite Geschichte ist die einer Frau, deren jetzt sechsjährige Ehe mit einer langjährigen Freundschaft begann, während der beide romantische Begegnungen mit anderen hatten. »Wir waren Mittagspausen-Freunde. Wir trafen uns zum Lunch und weinten uns gegenseitig von unseren Romanzen vor.« Sie ist Tänzerin von Beruf (und von ihr stammt der Ausdruck »Glitzerstaub«); er ist Historiker, und beide sind jetzt Anfang Vierzig:

»Ich kann mich nicht genau erinnern, wie die Sexualität in unserer Freundschaft begann. Aber ich erinnere mich, daß wir uns ansahen und sagten: ›Was machen wir jetzt? Zerstören wir eine wunderbare Freundschaft, oder gehen wir das Risiko ein, daraus eine Liebesbeziehung zu entwickeln?‹ Es war eher eine rationale Entscheidung als eine leidenschaftliche.

Und dann wurde ich schwanger. Zum allerersten Mal. Ich war wie gelähmt. Ich konnte nicht glauben, daß mir das in meinem

Alter passiert war – ich meine, als ob wir zwei Teenager wären. Aber ein Teil von mir war sehr zufrieden. Und er nahm es sehr gut auf. Es gab unserem Prozeß des wirklichen Kennenlernens eine größere Ernsthaftigkeit, und wir kamen uns dadurch sehr schnell nahe. Ich beschloß, das Kind zu bekommen, obwohl wir deswegen nicht heiraten wollten. Er ging auf eine Studienreise nach Afrika, und ich bekam Blutungen. Ich mußte eine Woche lang im Bett bleiben, aber ich verlor das Kind trotzdem. Ich versuchte, Sam in Afrika zu erreichen. Ich rief die dortige Polizei an, versuchte alles mögliche, aber die Botschaft kam nie bei ihm an. Aber [sie zeigt auf ihren Kopf] hier kam die Botschaft an. Er rief mich an.

Als er hörte, daß ich das Baby verloren hatte, sagte er: ›Nun beruhige dich doch.‹ Und weil er es so sagte, tat ich es auch. Es war das einzige, was mir darüber hinweghalf.

Von da an waren wir für fast ein Jahr unzertrennlich. Er behielt seine Wohnung, und ich behielt meine. Wir verbrachten fast jede Nacht zusammen. Manchmal sagte er: ›Ich bin müde, ich glaube, ich gehe nach Hause‹, und ich fühlte mich verletzt. Ich fühlte mich nie müde genug, um nach Hause zu wollen. Ich liebte es einfach, mit ihm zusammenzusein. Ich fühlte mich innerlich glücklich und erfüllt durch das Zusammensein mit ihm. Da war nichts von dem ausgepumpten, erstickenden Gefühl, das mir so vertraut war. Und das ist auch jetzt nicht anders. Weil es sich richtig anfühlt, weil alles paßt.

Ob ich die pulsierende Leidenschaft vermisse, die ich bei anderen empfand? O du lieber Himmel, nein! Und das sage ich aus vollster Überzeugung. Denn an was man sich erinnert, ist dieses getriebene, verzweifelte Gefühl. *Nein*, das vermisse ich absolut nicht. Diese Qual hat ihre bestimmte Faszination und ihre guten Seiten, sonst wäre sie nicht so anziehend; aber sie ist es nicht wert. Man fühlt sich himmlisch – wenn man sich nicht scheußlich fühlt. Mit Sam habe ich diese hochfliegenden Gefühle nicht. Ich glaube, ich denke gar nicht darüber nach. Ja, das ist es: Ich denke nicht an sie. Mir ist das viel lieber, was ich jetzt habe. Das gibt mir innerlich ein festes Gefühl. Alles ist in

Ordnung. Ich fühle mich wie ein ganzer Mensch. Ich fühle, daß ich entspannt und ich selber sein kann, und ich muß mich nicht damit quälen, wer ich bin und ob ich ihm gefalle. Und all diesen *Mist*. Das ist wie mit engen Freundinnen.«

Die Beziehung zum Selbst und die Beziehung zu Freunden schaffen gemeinsam die Voraussetzung für den Nährboden, auf dem die Intimität, die wir in einer Liebesbeziehung erleben, wächst. Sie sind eng verbunden mit jeder Liebesbeziehung, die wir schließlich eingehen werden. Und sie sind unsere beste Möglichkeit, Liebe als eine leidenschaftliche Verbindung zweier separater und doch verbundener Wesen zu erleben. Wenn wir keine lebensfähige Beziehung zum Selbst haben, können wir auch kein glaubwürdiges Selbst in eine solche Verbindung einbringen. Wenn wir keine wichtigen Freundschaften im Leben haben, dann haben wir zu wenig Erfahrung mit Nähe und zu wenige Alternativen für Nähe, was damit enden kann, daß wir die Liebesbeziehung überladen und sie so vermutlich zum Scheitern bringen. Kurz gesagt, eine gute Beziehung zum Selbst und gute, vielfältige Freundschaften, sexuelle und nicht sexuelle, sind unabdingbar für ein volles Leben. Und sie sind das Wichtigste als Basis für die Liebe.

9. Liebe im täglichen Leben

Noch haben wir nicht alle Hürden genommen, um das neue Liebeskonzept in die Tat umzusetzen. Denn wir haben noch das Problem zu bewältigen, daß uns die romantische Verblendung manchmal eben doch erwischt und uns vom Kurs abbringt. Wir müssen uns solche Ausbrüche verzeihen, da unsere Gesellschaft so durchtränkt ist mit dem Mythos der romantischen Liebe, daß wir ständige Störungen unseres Liebeslebens zu erwarten haben, und da sich diese Leidenschaft in einer Form auswirkt, die ich die Tyrannei der romantischen Liebe nenne.

Liebe à la mode

Wenn man sagt: »Ich kann nur noch an ihn (oder sie) denken«, befindet man sich im Zustand der Wahrnehmungs-Besessenheit. Das endlose Nachdenken über das Objekt der Leidenschaft ist fast zwanghaft und anscheinend unvermeidlich. Es wirkt wie etwas, das einem *lediglich widerfährt*, und nicht wie etwas, zu dem man sich *willentlich entscheidet*. Man wacht morgens auf, und das erste, was einem in den Kopf kommt, ist das Bild des geliebten Menschen, und da bleibt es den ganzen Tag, bis man schließlich alles andere nur noch in bezug auf diese ständige Anwesenheit wahrnimmt.[1] Hat es einen »schlimm erwischt«, dann leidet man unter dem, was de Rougemont die Verarmung des von einem einzigen Bild besessenen Geistes nennt.[2] Ich nenne es geistige Tyrannei. Es mag Zeiten geben, in denen wir nichts dagegen haben, uns tyrannisieren zu lassen und Gefallen an dieser Art von Besessenheit finden. Doch für die Zeiten, in denen das nicht der Fall ist, in denen wir mit uns hadern, weil wir unser Leben nicht selbst bestimmen, biete ich hier meine Vorstellungen an, warum diese Tyrannei so mächtig ist.

Wir haben gehört, daß die romantische Liebe ohne Hindernisse nicht auskommt – je mehr Hindernisse, desto feuriger die Liebe. Wir haben auch gehört, daß Unsicherheit in diesem Zustand eine wichtige Rolle spielt, daß das »romantische Spiel« nicht mit offenen Karten gespielt wird, sondern mit allen Tricks, um sich nicht zu früh »ins Blatt schauen« zu lassen. Wir wissen nicht, wollen es aber in diesem Zustand dringend wissen, ob die Person, die uns verblendet hat, unsere Gefühle erwidert. Ein großer Teil unserer endlosen Gedanken ist damit beschäftigt, immer neue Szenarios zu erdenken, die uns bestätigen: Ja, der geliebte andere erwidert das Gefühl. Kurz gesagt, auch das führt zu noch mehr Ungewißheit. Man kann diesen Zustand wohl kaum treffender beschreiben als diese Frau: »Irgendwie hing es damit zusammen, wie sich Richard benahm: Er schenkte mir gerade soviel Beachtung, daß ich mich durch ihn geschmeichelt fühlte, aber nie soviel, daß ich mir seiner ganz sicher sein konnte. Ich möchte damit nicht sagen, daß das Absicht war, obwohl ich damals sogar den Gedanken hatte, seine Unzuverlässigkeit wäre ein bewußter Trick.«[3]

Ein Mensch, der besonders romantisch ist, ist auch ein Mensch, der besonders gut schauspielern kann, wie dieser Richard. Ein solches Verhalten nennen die Verhaltensforscher sprunghafte oder partielle Bestätigung. Sie gehört zu den stärksten uns bekannten Begründungen für das Verhalten und funktioniert folgendermaßen: Wenn eine bestimmte Handlung immer wieder bestärkt wird, wenn wir ständig eine positive Reaktion auf diese Handlung erfahren, werden wir uns wahrscheinlich weiterhin in der diese Reaktion hervorrufenden Art verhalten. Erhalten wir keine Bestätigung oder nur neutrale oder negative Reaktionen, werden wir wahrscheinlich aufhören, uns in dieser Art zu verhalten, besonders der reagierenden Person gegenüber. Aber vorausgesetzt, die Reaktion auf unser Verhalten ist unterschiedlich: manchmal positiv, und dann wieder neutral oder negativ. Und weiter vorausgesetzt, daß wir nicht voraussehen können, wie die nächste Reaktion ausfallen wird. Was dann? Dann sind wir gefangen. Das funktioniert bei der Taube, und das funktioniert bei uns. Im klassischen Experiment lernt die Taube, daß das Picken an eine Scheibe ihr ein paar Körner bringt. Dann wird die Bestätigung verändert: Jetzt bekommt die Taube nur manchmal und unregelmäßig Körner. Was passiert? Für eine ungewisse Menge, die sie für umgerechnet zwölfmal Picken in der Stunde bekommen hätte, pickt die Taube in einer Geschwindigkeit von 6000mal pro Stunde.[4] Wie viele Male pro Stunde denken wir an den geliebten Menschen, wenn es uns »schwer erwischt« hat? Die Taube setzt ein hübsches Beispiel: Das charakteristische Ergebnis partieller Bestätigung ist ein Verhalten, das über lange Zeit beibehalten wird, ohne viel dafür zu bekommen.

Es gibt Hinweise von Verhaltensforschern, wie man die enorme Macht der partiellen Bestätigung über unseren Geist durchbrechen kann. Daran sollten wir das nächste Mal denken, wenn es uns »schwer erwischt« hat und wir das nicht wollen. Außerdem sollte man daran denken, daß die romantische Leidenschaft sich letztendlich selbst zerstört. Man mag das Gefühl haben: »Ich will dich. Ich will dich jetzt, gestern, morgen und für alle Zeiten«, aber die menschliche Erfahrung, wissenschaftliche Untersuchungen und selbst die großen Liebesdichter sagen uns, daß die Prognosen bei einem Maximum von weniger als drei Jahren liegen.[5]

Einer meiner Freunde meint, daß sich »schrecklich zu verlieben« nichts als ein emotionaler Hilfeschrei sei. Ich glaube zwar auch, daß es ein emotionaler Schrei ist, aber nicht um Hilfe, sondern ein Schrei nach der Erfahrung von Ganzheit, die nur andere uns geben können. Wir verlieben uns bis über beide Ohren in die Art von Mensch, die in diesem Moment den Anschein erweckt, er oder sie könne uns die so dringend benötigte Erfahrung geben. *Liebes-Kleckserei* zeigt uns, daß wir uns nicht in die wirkliche Person verlieben. Wir verlieben uns in ein Bild, das wir uns von dieser Person machen: genauer gesagt, in das Bild, das wir uns von einem bestimmten Aspekt dieser Person machen, den wir im Moment am meisten benötigen. Zum Beispiel die autonome Frau mit ihrer magischen Taste: eine Frau, die für ihr unweibliches Verhalten gesellschaftliches Mißfallen ertragen mußte, wie auch das Mißfallen der Männer. Ihre magische Taste ist riesig, und darauf steht zu lesen: »Befreie mich von dem Fluch der Unweiblichkeit, sag mir, das ich romantisch attraktiv bin.« Der Mann, der diese Taste mit Erfolg drücken kann, wird ungeachtet seiner sonstigen Eigenschaften ihr Märchenprinz. Ich fragte ein »Verkehrtes Dornröschen«: »Was, denkst du, hat das ausgelöst?«, womit ich auf ihre Romanze mit einem ansonsten gar nicht zu ihr passenden Mann anspielte. Sie antwortete: »Sex und romantische Phantasie«, und ich glaube, das sagt alles.

Mit romantischen Verblendungen zu leben, bedeutet grundsätzlich, sie zu nehmen, wie sie sind, ohne sich darin zu verlieren. Dazu sagte die kluge George Eliot: »Seltsam, wie es einigen von uns gelingt, den klaren Blick zu behalten und ihn auf das Eigentliche zu richten, dorthin, wo unser beständiges Selbst ruht und unserer harrt.«[6] Womit der Unterschied verdeutlicht wird, den ich zwischen romantischer und unverfälschter Leidenschaft mache. Romantische Verblendung entsteht meist durch die zufälligen Merkmale unserer Liebesobjekte, wie Platon meint, während uns in der unverfälschten Leidenschaft das beständige Selbst des geliebten anderen erregt. Und wir selbst unterstützen die Verblendung noch durch unsere zufälligen Merkmale und momentanen Bedürfnisse, während uns in der unverfälschten Leidenschaft das eigene beständige Selbst erregt. Es muß nicht verharren und auf uns warten, weil es der Kern der Leidenschaft ist. Wir werden mehr zu uns selbst, wenn wir mit ihm gemeinsam vorwärts gehen, während das Ergebnis der romantischen Leidenschaft, und ein großer Teil ihrer Anziehungskraft, von Romeo so beschrieben wird: »Ach, ich verlor mich selbst: ich bin nicht Romeo. Der ist nicht hier: er ist – ich weiß nicht wo.«

Was sollen wir mit der romantischen Leidenschaft in unserem Leben anfangen? Ich habe zwei Vorschläge: Während uns die Leidenschaft gepackt hat, sollten wir sie so wissend wie möglich genießen. Man stelle sie sich vor als »Liebe à la mode«: Eine köstliche Delikatesse, aus der man aber genausowenig eine ganze Mahlzeit machen sollte wie aus einer köstlichen Mousse au Chocolat. Wenn es vorüber ist, und besonders, wenn es ein schlimmes Ende war, schlage ich vor, die Frage »Wie *konnte* ich nur?« ernst zu nehmen – und es herauszufinden. Dies ist der Zeitpunkt, die *Liebes-Kleckserei* umzudrehen und sie zu einem Mittel der Selbsterkenntnis und des Lernens zu machen. Herauszufinden, was den Märchenprinzen für seine Aufgabe, uns »ganz« zu machen, qualifizierte. Wenn wir, wie meine Freundin in Kapitel 1, seufzen: »Es war Camelot«, müssen wir herausfinden, was dieses Camelot genau bedeutet, und dann versuchen, es auf eine selbstbestimmtere Art zu erreichen, statt darauf zu warten, es von anderen als Geschenk zu bekommen. Lucy Goodison sagt es sehr treffend in ihrem Essay über »Falling in Love«, was, wörtlich übersetzt, »in Liebe fallen« heißen müßte: »Wir benutzen im Englischen den Begriff in Liebe ›fallen‹, und verschleiern damit, daß wir in Wahrheit gesprungen sind und die Verantwortung dafür abgegeben haben. Die Gefühle, Phantasien und Erregungen, die von uns Besitz ergreifen, sind in Wirklichkeit unsere eigenen. Wir sagen, ein anderer ›läßt‹ uns unglaubliche Erregung spüren, aber tatsächlich ist die Erregung unsere eigene. Wenn wir das in einer Situation fühlen, dann können wir das auch in einer anderen.«[7]

Romantische Liebe als Liebe à la mode zu behandeln, heißt für mich, sie voll auszukosten, sowohl während sie anhält als auch danach. Wie auch immer sie endet, kann diese Leidenschaft große Vorteile für unser Leben haben, wenn wir ihre Erregung genießen, um hinterher genau zu untersuchen, was sie über uns selbst aussagt, und damit den Zusammenhang erweitern, in dem wir solche Gefühle empfinden. Sie als das zu erkennen, was sie ist, und besonders als das, was sie nicht ist, sie sollte den Würgegriff von *Maslows Hammer* auf unser Liebesleben lockern.

Übergang zur Intimität

Nun sollten wir uns einmal vorstellen, wie es sein würde, jemandem zu begegnen, eine wahrhafte Verbindung zu spüren und dann der Spur dieser unverfälschten, bewußten Leidenschaft bis in die Intimität hinein zu folgen. (Der Begriff wahrhafte Verbindung bedeutet für mich, daß das beständige Selbst beider Beteiligter sich zueinander hingezogen fühlt.) Was geschieht, wenn wir eine wahrhafte Verbindung zu jemandem spüren und das Gefühl auf Gegenseitigkeit beruht? Als erstes spüren wir die Welle der Erregung, wenn Geist und Sinne erregt werden. Als subjektive Erfahrung dieser Welle empfinden wir: »Hier ist ein Mensch, mit dem zusammen ich lebendiger bin, vollständiger, und einen besseren Kontakt zu mir selbst habe.«[8] Wie eine junge Frau mir schrieb: »Immer, wenn ich zu jemandem Dinge sage, die ich vorher nie gesagt oder *selbst nicht verstanden* habe, ist das für mich ein sicheres Zeichen für dieses Gefühl. Zu diesem Zeitpunkt fühlt man einen starken Drang, die Verbindung zu vertiefen und auszudehnen, und unter optimalen Bedingungen werden beide Beteiligten mit Enthusiasmus auf diesen Drang reagieren. Jessica Benjamin nennt es: lebendig werden in der Anwesenheit eines gleichgestellten anderen.[9] Ich würde es den ersten Schritt zur Intimität nennen, und ich glaube, was auch immer später geschehen mag, dies ist ein positiver Schritt. Wie die junge Frau sagte, der Schritt selbst ist bewußtseinserweiternd und erhellend. Und voller Freude.

Den Übergang zur Intimität begreife ich als einen fortwährenden Prozeß, den anderen zu erkennen und von ihm erkannt zu werden. Wir können dazu noch mal das Bild aus Debussys Wunsch, seine innere Landschaft in Musik darzustellen, anwenden: Der Übergang zur Intimität findet statt, wenn wir uns gegenseitig ermutigt fühlen, dem anderen unsere innere Landschaft im Wandel der Zeiten zu zeigen; und wenn wir das Gefühl haben, daß die innere Landschaft vom anderen verstanden und geschätzt wird; und wenn wir wissen, daß die Veränderungen der Landschaft voll akzeptiert, ja sogar gefördert werden. Aus einem solchen Prozeß erwächst die Zuneigung des innersten Herzens.

Im Prozeß des Übergangs zur Intimität erkennen wir, wie groß das Potential für tiefe Intimität zwischen zwei Menschen ist. Die gegenseitige Übereinstimmung ist entweder da oder nicht, und Liebe kann daher nicht erzwungen werden, sondern muß enthüllt und entdeckt werden. Wir können dazu beitragen, wenn wir aufrichtig, einfühlend und anteilnehmend sind; aber wenn die Intimität hinzukommt, werden wir unvermeidlich an die vorhandenen Grenzen gegenseitiger Übereinstimmung stoßen. Mit einigen dieser Grenzen können wir vielleicht bestens leben, andere erfordern Arbeit, um dann vielleicht damit leben zu können, und wieder andere werden sich als unüberwindlich erweisen. Diese Bedingungen für den Übergang zur Intimität scheinen mir nichts anderes als eine simple Wahrheit der Existenz zu sein, und eine sehr befreiende dazu. Es liegt Befreiung in der Anerkennung, daß etwas nicht zu ändern ist, womit hoffentlich auch Vorwürfe oder Schuldzuweisung oder Anklage entfallen. Tristan Bernard faßt dieses existentielle Prinzip so zusammen: »Um mit anderen Menschen glücklich zu leben, sollte man von ihnen nur das verlangen, was sie geben können.«[10]

Im Geiste dieser klugen und liebevollen Beobachtung sollten wir uns nun die vorhandenen Grenzen in intimen Beziehungen näher anschauen, um zu sehen, in welcher Weise sie zu den Möglichkeiten des Liebens beitragen können. Mir kommen die Grenzen persönlicher Beziehungen so vor wie die Grenzen der menschlichen Beziehung mit der Biosphäre. Wir wissen, daß es bestimmte Grenzen dafür gibt, was wir der Biosphäre zumuten können. Diese Grenzen waren immer vorhanden, aber erst jetzt, in unserer Zeit, werden sie offenbar. Bis jetzt konnten wir uns so ziemlich alles erlauben, ohne uns allzuviel Sorgen um die globalen Auswirkungen zu machen, weil wir nicht so viele waren und die Technologie noch nicht so gefährlich war. Aber jetzt können wir uns selbst und die Biosphäre zerstören, wenn wir diese Grenzen nicht wahrnehmen und respektieren.

Das gleiche Prinzip gilt für alle persönlichen Beziehungen und ist in den meisten intimen Beziehungen, aufgrund der möglichen Konsequenzen, sehr ernst zu nehmen. Die Zeit, in der Menschen sich alles erlauben konnten, ohne dabei an die Konsequenzen für die Biosphäre zu denken, findet ihre Entsprechung im Beginn einer Liebesbeziehung, wenn noch alles offen und möglich scheint, weil die vorhandenen Grenzen noch nicht offenbart wurden. Mit der Zeit werden sie aber unvermeidlich zum Vorschein kommen, und der Grad, in dem sie ohne ernsthafte Schädigung beider Beteiligten überschritten werden können, wird geringer. Mit manchen Grenzen kann man bis zu einem gewissen Grad leben; handelt es sich aber um eine Grenze, die für einen Partner von zentraler Bedeutung ist, vom anderen aber nicht akzeptiert werden kann, dann ist die Beziehung ernsthaft gefährdet.

Mit Grenzen meine ich keine Unzulänglichkeiten oder Einschränkungen, sondern ich meine das Zueinanderpassen oder nicht Zueinanderpassen der Konturen des innersten Selbst beider Beteiligter. So gehen zum Beispiel manche Menschen mit offenen Armen auf das Leben zu, so wie es ist, während es andere lieber auf Armeslänge von sich entfernt halten. Wir könnten ein wenig hochtrabend werden (um niemanden negativ zu bewerten), und den ersten Typus als Dionysier, den zweiten als Apollonier bezeichnen. Ich will damit sagen, sollten diese beiden ein Paar werden, können wir davon ausgehen, daß sie ernsthafte Probleme bekommen, weil ihre Lebensanschauungen so unterschiedlich sind. Vermutlich würde sich der Dionysier eingesperrt fühlen, als »unernst« herabgesetzt und unterlaufen; gleichzeitig hätte der Apollonier ständig das Gefühl, sich auf einer emotionalen Achterbahnfahrt zu befinden, und würde sich nach Ruhe und Frieden sehnen – die der Dionysier als Monotonie empfinden würde. Und so weiter.

Hier geht es nicht um irgend jemandes Fehler. Es geht darum, sich mit einem Unterschied auseinanderzusetzen, der unvereinbar sein könnte, und, falls es so ist, dessen unveränderbare Realität zu akzeptieren. Wenn eine solche Grenze erreicht ist, und beide in ihrem bisherigen Verhalten fortfahren, statt sich positiv damit auseinanderzusetzen, wird das Resultat wohl ähnlich aussehen wie für die Menschen und die Erde: nämlich Zerstörung – wahrscheinlich durch gegenseitige psychische Vergiftung. Das beobachte ich bei vielen Paaren, und es ist eine sehr schmerzliche Beobachtung. Unter diesen Umständen ist es das Sinnvollste, gemeinsam zu versuchen, die Beschaffenheit dieser Grenze zu verstehen und dann festzustellen, ob man in einer lebensbejahenden Art mit ihr leben kann. Wenn nicht, sollte man die Beziehung lösen, bevor sie zu sehr vergiftet ist und beide Partner zu sehr zerstört hat. *Und* – das ist das Wichtigste – ohne Schuldgefühle für sogenanntes Versagen. Denn es ist ein positiver Schritt, ein liebevoller Schritt in Richtung des eigenen Selbst und des anderen, in dem Notwendiges anerkannt wird, auch wenn wir es uns anders wünschen würden.

Mit anderen Worten, wir sollten die Frage von Grenzen unpersönlich betrachten. Das ist natürlich sehr schwer, wenn es um Liebe und vereitelte Liebe geht, und wenn wir zu der Überzeugung neigen, daß Liebe, die nicht ewig dauert, keine wahrhafte Liebe sein kann. Wir glauben, einen Fehler gemacht zu haben, den wir hätten vermeiden können. Daher muß es wohl an unserem Versagen als Liebende liegen. In Wirklichkeit sind wir aber an eine vorhandene Grenze gestoßen, über die wir keine Kontrolle haben und für die wir daher auch nicht verantwortlich gemacht werden können. Besonders nicht, wenn wir bis zum Auftauchen dieser Grenze dem anderen Menschen gegenüber offen waren und uns ernsthaft dafür eingesetzt haben, das er oder sie wachsen und sich verändern kann, um mehr er/sie selbst zu werden. Im übrigen bin ich davon überzeugt, daß sich Grenzen in einer liebevollen, offenen und gegenseitig anerkennenden Beziehung schneller offenbaren, als in einer dumpfen und selbstbezogenen, lieblosen Beziehung.

So können wir also selbst unter den idealen Umständen der vollkommensten Liebe an Grenzen stoßen, die unüberwindlich sind und an denen wir keine Schuld tragen. Wenn wir diese wichtige Tatsache nicht verstehen, verstricken wir uns wahrscheinlich in einem scheußlichen Netz aus Schuld und Selbstanklage. Und das führt dazu, beide Beteiligten zu verbittern und ihre gemeinsame Vergangenheit zu vergiften, während es möglich gewesen wäre, daß sie weiterhin Freunde mit einer sie tief verbindenden Vergangenheit geblieben wären. Freundschaft mit einem früheren Partner ist für mich eine sehr wertvolle Sache, die man nicht einfach so wegwerfen sollte ohne jedes »danke für die Erinnerungen«. Sollten wir also an endgültige Grenzen stoßen, können wir sowohl die Freiheit für eine spätere »Beziehung zu unseresgleichen« gewinnen, als auch einen engen Freund, zu dem wir eine besondere Bindung haben.

Einen Partner wählen

Es erstaunt mich immer wieder, daß Liebe zu einem derart allumfassenden Subjekt werden kann wie in unserer Gesellschaft, und daß sie trotzdem von so wenigen im eigenen Leben *ernst* genommen wird. Sich schrecklich zu verlieben, ist keine ernsthafte Angelegenheit, aber Partner zu werden schon. Eine wirklich sehr ernste Angelegenheit, trifft man doch hiermit eine wichtige Entscheidung darüber, wie man sein Leben in der nächsten Zukunft verbringen will. Einen Partner zu wählen, ist wahrscheinlich die ernsthafteste Entscheidung, die wir in bezug auf die daraus resultierenden Qualitäten unseres Lebens treffen können. Es ist nicht nur eine Frage, wie sich die tiefsten Werte auf die tägliche Erfahrung auswirken, sondern auch eine Frage alltäglicher Gewohnheiten – wie zum Beispiel, ob man lieber bei geöffnetem Fenster schläft oder bei geschlossenem. Zwar nicht wichtig im Sinne tiefer Werte und Respekt, sind diese kleineren Charakteristika dennoch wichtig, weil sie die tägliche Umgebung bilden für das Zusammenleben. (Für mich wäre es zum Beispiel unerträglich, in einem heißen Raum mit geschlossenen Fenstern zu schlafen, ganz egal, wie hinreißend ich den Menschen, mit dem ich dort schlafe, auch finden würde.)
Mit der Familie oder mit Freunden kann es uns ebenso gehen. Wir sagen, ich liebe die-und-die oder den-und-den, aber ich könnte nicht (oder würde lieber nicht) mit ihnen leben. Eine solche Aussage hat nichts mit Liebe oder Anziehung dieser Menschen zu tun. Ganz im Gegenteil, aber es ist gleichzeitig die Erkenntnis, daß sich daraus nicht zwingend ergeben muß, in diesem Men-

schen den passenden Gefährten für das tägliche Zusammenleben zu sehen. Einer der Menschen, den ich auf der Welt am meisten liebe, mit dem ich seit über zwei Jahrzehnten eng befreundet bin, den ich im höchsten Maße schätzenswert und verblüffend und erleuchtend finde, ist ein Mensch, zu dem ich seit zwei Jahrzehnten sage: Mit dir zu leben, würde mich total verrückt machen. Das Gefühl beruht auf absoluter Gegenseitigkeit. Beide spüren wir große Zuneigung zu der intensiven Lebensenergie des anderen, doch in Kombination mit der eigenen wäre die häusliche Atmosphäre in kürzester Zeit derart aufgeheizt, daß wir beide durch die Decke gehen würden. Man kann wirklich sagen, daß wir aus Liebe füreinander getrennt bleiben. Wir lassen es so, haben allerdings die vorläufige und nicht nur spaßhafte Vereinbarung getroffen, uns die Sache noch mal zu überlegen, wenn wir beide über achtzig sind.

Liebe ist demnach eine notwendige, aber nicht ausreichende Voraussetzung für das glückliche Zusammenleben mit einem Partner. *All you need is love* – plus einiger sehr wichtiger Übereinstimmungen, die vom Sublimen bis zum Lächerlichen reichen. In seinem Buch über Liebe erläutert der Psychologe Robert Sternberg das Problem zweier Menschen, die sich mit unterschiedlichen Vorstellungen über die Liebe zusammengetan haben, um damit deutlich zu machen, daß dieses Problem sehr verbreitet ist, aber kaum erkannt wird.[11] Welche Vorstellungen der andere über die Liebe hat, scheint für eine Partnerschaftsbeziehung von vorrangiger Bedeutung, würde man meinen, und sollte ein wichtiger Diskussionspunkt für die zukünftigen Partner sein. Aber wer führt solche Diskussionen? Statt dessen reden wir endlos über die Liebe, wenn wir bis über beide Ohren verliebt sind, aber solche Gespräche sind kaum dazu geeignet, wirkliche und besonders problematische Differenzen zu entdecken.

Sternberg spricht genau das an, was ich hier untersuchen möchte: Es ist nicht ausschlaggebend, ob zwei Menschen unterschiedliche Vorstellungen darüber haben, was Liebe ist, sondern welche praktischen Unterschiede diese Vorstellungen beinhalten. Wie Eliza Doolittle singt: »Sprich nicht über die Liebe, zeig sie mir.«

Ganz abgesehen von wunderschönen Liebesgefühlen ist Liebe das, was sie tut. Und je eher wir ein paar ganz praktische Fragen stellen, desto eher finden wir Liebe, wie wir sie wollen.

Ich erinnere mich an einen Cartoon, der angeblich charakteristisch sein soll für das Reed College, das ich besuchte. Reed hatte den Ruf, sehr intellektuell zu sein, und die Diskussionen im Speisesaal waren demzufolge auch genauso hochtrabend, wie das Essen ungenießbar war. In dem Cartoon sitzen ein Student und eine Studentin in einem herrlichen, blühenden Baum, mit den Büchern neben sich auf dem Ast. Der junge Mann schaut flehentlich, die junge Frau ernst. Unterschrift: »Das ist ja alles ganz nett, John. Also, wenn du mit Liebe meinst, daß . . .« Hier haben wir eine außergewöhnlich kluge junge Frau. Ich strahle sie an in liebevoller Anerkennung. Sie könnte sogar eine Mitstreiterin für die unverfälschte Leidenschaft sein. Aber sie ist eindeutig *nicht* romantisch. Wäre sie romantisch, würde sie wahrscheinlich ohnmächtig werden und vom Baum fallen und sicher in diesem magischen Augenblick keine störenden Fragen stellen. Das tut man doch nicht!

Ich denke, Sternberg hat recht – kaum jemand setzt sich damit auseinander, was Liebe für ihn selbst oder den Partner bedeutet. Statt dessen haben wir Vermutungen, verbannen alle praktischen Differenzen in den düstersten Winkel und hoffen, daß sie da bleiben. Nur tun sie das nicht. Sie haben die scheußliche Angewohnheit, hervorzukriechen und früher oder später über uns herzufallen. Ich nehme wieder mich selbst als Beispiel zur Verdeutlichung meiner Behauptung.

Als Irrtum in der Liebe ist mein Fall sicher ein sehr gewöhnlicher. Ich heiratete meinen Highschool-Freund, als ich noch auf's College ging. Wir waren Kommilitonen; beide, wie Platon sagt, von heftigem Charakter und beseelt davon, was uns am wichtigsten war. In seinem Fall war es die Leidenschaft für theoretische Physik, um die tieferen Zusammenhänge der Natur zu erkunden; in meinem Fall war es die Leidenschaft für Wissen, um soziale Gerechtigkeit zu ergründen. Beide liebten wir einander vor allem für diese Qualität der Leidenschaft, diese Hingabe an etwas, das größer war als wir selbst und größer als unsere Gefühle füreinander. Wir müssen wie ein hervorragendes Beispiel für unverfälschte Leidenschaft gewirkt haben: Was wir wollten, wirkte wie der gegenseitige Austausch von Liebe und Ideen, die nahtlos in unser eigenes zentrales Bestreben übergingen. Genau das wollte ich, und ich dachte, er wollte das auch. Für diese Vision wäre ich bereit gewesen, hart zu arbeiten, und ich hätte die Arbeit als freudvoll empfunden. Aber ich war nicht so klug wie das Mädchen in dem Reed-Cartoon; ich stellte keine lästigen Fragen, hatte nur Vermutungen. Und daher kamen die lästigen Fragen zurück, um mir die praktischen Resultate unserer unterschiedlichen Vorstellungen über die Liebe um die Ohren zu hauen. Hätte ich statt der abstrakten Frage: »Wie ist deine Vorstellung von der Liebe?« die sehr viel praktischere Frage gestellt: »Was betrachtest du als Zweck und Aufgabe deiner Frau?«, hätte ich ihn nie geheiratet. Ich brauche wohl kaum zu betonen, daß seine Antwort mehr wie die der Paare in M. Scott Pecks Gruppe ausgefallen wäre, als wie die von Peck selbst. Über meinen Zweck und meine Aufgabe konnten wir uns so wenig einigen, daß wir in der tatsächlichen Praxis grundsätzlich unpassend füreinander waren. Er wäre so viel glücklicher gewesen mit einem Liebe-zuerst-Typ, wie ich es nenne: Jemand, der ein aktives Interesse an der Arbeit und der Welt zeigt, deren/dessen zentrale Leidenschaft sich aber auf die andere Person und die Ehe konzentriert hätte. Ich wäre sehr viel glücklicher gewesen mit jemandem, der den Wunsch gehabt hätte, mit mir zusammen nach Platons Vision zu leben, ein Arbeit-zuerst-Mensch, dessen leidenschaftliches Engagement Teil einer größeren Vision gewesen wäre.

All dies entpuppte sich irgendwann als die ernsthafte Grenze, die es war, aber das war in den späten 60er Jahren und zu Beginn der Frauenbewegung. Wir beschlossen, daß wir ein Geschlechtsrollen-Problem hätten – was wir sicher auch hatten. Soweit es um seine Rolle ging, liebte er immer noch seine Physik, und ich liebte meine Vision, und mit diesem Aspekt seines Verhaltens hatte ich daher kaum Probleme. Auch über meine Rolle waren wir uns völlig einig: Ich paßte nicht in die Rolle, die er für seine Frau im Sinn hatte, und ich würde mit Sicherheit nie da hineinpassen. Da seine Vorstellung von Zweck und Aufgabe seiner Frau vorzüglich in die Kategorie »sexistisch« paßte, und da er davon überhaupt nicht begeistert war, beschlossen wir, das Problem »aufzuarbeiten«.

Ich kann eine Liebesbeziehung, deren einziger Inhalt die »Arbeit an der Beziehung« ist, nicht empfehlen. Manche Menschen sehen das als Teil des Kampfes für eine bessere Welt. Ich sehe es als eine freudlose Art zu leben und eine gute Möglichkeit, die Liebe zu töten. Für uns wurde es zu beidem. Es gelang uns, das Geschlechtsrollen-Problem loszuwerden, wofür ich uns loben muß; aber als wir es geschafft hatten, fragten wir uns, wofür diese endlosen Kämpfe zwischen uns eigentlich gut sein sollten. Und als die Rollenfrage nicht mehr im Vordergrund stand, kam ein viel grundsätzlicheres Hindernis des Zusammenlebens zum Vorschein. Für diese Barriere von Himalaja-Ausmaß hatte das Vorgebirge des Geschlechtsrollen-Konflikts nur als Tarnung gedient. Diese Grenze habe ich schon beschrieben – ein Dionysier hatte sich mit einem Apollonier gepaart. Und es war der Dionysier, also ich, der den nächsten Schritt einleitete, was vielleicht nicht überrascht. Die Scheidung, wurde uns von überraschten Anwälten wiederholt erklärt, sei ein Modell für Höflichkeit. Uns überraschte das gar nicht. Denn, obwohl sich am Ende Widerwärtigkeiten und Bedauern kaum vermeiden ließen, wußten wir beide, daß die Trennung für uns das Beste war und damit ein vor langer Zeit begangenes Versäumnis korrigiert wurde. Wir hätten es besser wissen sollen, als wir heirateten. Vielleicht wäre selbst durch ernsthaftes Reden die Dionysische/Apollonische Grenze nicht zum Vorschein gekommen, besonders weil wir so jung waren, aber wir hätten sicher nicht geheiratet, wenn wir uns die wenigen und offensichtlichen Fragen gestellt hätten, die unsere völlig unterschiedliche Ansicht über Zweck und Aufgabe der Ehefrau zutage gefördert hätte.

Ich habe die beiden Lebensanschauungen, um die es zwischen meinem Ex-Ehemann und mir ging, die Liebe-zuerst- und die Arbeit-zuerst-Anschauungen genannt. Jede dieser beiden Anschauungen hat meiner Ansicht nach ihren bestimmten Wert und ihre Bedeutung, aber in unterschiedlicher Reihenfolge. Was für uns stimmte, kann verallgemeinert werden: Es spielt eigentlich keine Rolle, zu welcher Gruppe man gehört, ausschlaggebend ist, daß der zukünftige Partner zu der Gruppe gehört, die man bei einem Partner zu finden wünscht – und umgekehrt. Ich glaube, dies ist eine der wichtigsten Fragen für Paare, und nur die wenigsten scheinen sich darüber Gedanken zu machen, bevor sie sich im Leben des anderen verstricken und dann auf die harte Tour lernen müssen, daß sie nicht zueinander passen.

Nehmen wir noch mal den Fall des nicht zueinander passenden Paares. Beide gehören zu der jeweils anderen Gruppe, und beide würden lieber mit jemandem von ihrer eigenen Art zusammenleben. Und so paßt keiner von ihnen zu der Art, die sich der andere für den Partner wünscht. Damit sind Probleme für die Beziehung vorprogrammiert. Was wird geschehen? Die Freuden der anfänglichen Entdeckungen, wenn jeder der Spur der Erleuchtung im anderen folgt, werden nach und nach verblassen, wenn die Einschränkungen auftauchen. Zum Beispiel wird sich der Arbeit-zuerst-Partner zunehmend eingesperrt fühlen, vielleicht sogar überfallen, schuldig (in dem Maße, wie sie oder er zu Schuldgefühlen neigt), »nicht genug zu tun« für die Beziehung. Das schlimmste aber für einen solchen Menschen ist, daß die Arbeit, die ihr oder ihm so viel bedeutet, vom anderen als Rivale, als Störung, als Selbstsucht gesehen wird – zumindest die große Hingabe an diese Arbeit wird so gesehen werden, wenn sie sich störend auf die Liebe auswirkt. Schließlich wird sich ein Arbeit-zuerst-Mensch, der mit einem Liebe-zuerst-Menschen verbunden ist, die schwerwiegende Frage stellen müssen: Wie weit kann ich mich im Namen der Liebe einschränken und es immer noch Liebe nennen? Und noch schwerwiegender für einen solchen Menschen: Wie weit kann ich mich im Namen der Liebe einschränken und trotzdem die Arbeit tun, die für mich an erster Stelle steht? Gleichzeitig wird sich der Liebe-zuerst-Mensch ungeliebt fühlen, nicht genug geschätzt, im tieferen und wissenden Sinne ewig hungrig, gereizt darüber, »zu viel« für die Beziehung tun zu müssen, und (in dem Maße, wie sie oder er sich für »Liebe-zuerst«

im Recht fühlen) das Gefühl haben, der andere kommt ungestraft davon, obwohl er oder sie nicht genug tut und das trotzdem noch Liebe nennt. Ein solcher Mensch wird sich in dieser Situation schließlich die schwerwiegende Frage stellen müssen: Wie lange kann ich im Namen der Liebe noch hungern und es trotzdem Liebe nennen? Schlimmer noch, ein solcher Mensch mit einem Partner der anderen Art läuft ernsthaft Gefahr, aus schierer Frustration zunehmend fordernd und besitzergreifend zu werden, und wird die Art des anderen nicht als ihm oder ihr wichtig und daher als zu respektieren ansehen, sondern als etwas, das im Namen der Liebe korrigiert werden muß.

Wenn diese Unvereinbarkeit lange genug dauert, kann es passieren, daß beide Partner zu »Bestrafungs-Stimulanten« werden, wie Sternberg es nennt, aufgrund ihrer oder seiner Fähigkeit, im anderen unfreundliche oder sogar schmerzliche Gefühle zu wekken.[12] Ich finde diese Vorstellung sehr brauchbar, und sie wird den meisten erfahrungsgemäß nur zu vertraut sein. Hier angewandt, was können wir erwarten? Der Liebe-zuerst-Partner wird für den anderen zunehmend zum Gefängniswärter – das ständige Stirnrunzeln, die hochgezogene Augenbraue, die schneidende Stimme, die allzeit bereite Ungeduld oder sogar Verachtung. Der Arbeit-zuerst-Partner wird für den anderen zum lieblosen Drückeberger – oberflächlich, selbstsüchtig, unverbindlich, möglicherweise sogar liebesunfähig. Ich habe Freunde um eine Lösung dieser unterschiedlichen Anschauungen kämpfen sehen, und ich befürchte, daß es ein vergeblicher Kampf ist. Sie mögen zu einem vorläufigen Waffenstillstand kommen, über ihre Differenzen lachen und versuchen, zu leben und leben zu lassen. Aber ich glaube, ein so tiefer und bedeutsamer Unterschied ist am Ende doch zerstörend, egal, welche symptomatischen Lösungen wir auch immer finden mögen. Denn selbst wenn die Lösungen unmittelbare Spannungen abbauen, bleibt doch die grundlegende Spaltung bestehen, die den jeweils anderen Partner unterwandert. Man könnte sagen, die Schlacht ist vorbei, aber der Krieg geht weiter.

Der Prüfstein für die Liebe ist meiner Auffassung nach folgender: Fühle ich mich insgesamt durch die Intimität mit diesem Menschen erhöht? Habe ich das Gefühl, daß ihre oder seine intime Anwesenheit in meinem Leben mich weiterbringt, oder hemmt sie mich? Wenn beide Partner diese Fragen nicht eindeutig beantworten können, wird die Beziehung allmählich verkümmern. In dem Maße, in dem sie versuchen werden, sich den ihrer eigenen Art fremden Grenzen anzupassen, wird ihr eigenes Leben verkümmern. Und zwar aus dem Grund, daß sie sich im Namen der Liebe gestatten, ja sich sogar zwingen, als jemand zu leben, der sie gar nicht sind. Liebe, soweit die Bezeichnung für eine solche Beziehung überhaupt angebracht ist, wird hier im wesentlichen daraus bestehen, daß beide Partner ständig die Vergebung des anderen suchen für die furchtbare Sünde, sie selbst zu sein.

Die Liebe bereichern

Zum Glück gibt es Partner, die einander das geben können, was der andere in der Beziehung erwartet. Sie haben oft große Differenzen, aber sie sind die Bestätigung für die Hoffnung, daß sich Unterschiede nicht als ernste und unüberwindliche Grenzen erweisen müssen, sondern für beide Beteiligten eine Bereicherung sein können. Wir werden sie später in diesem Kapitel treffen. Zuerst wollen wir uns einigen Erfahrungen von Menschen zuwenden, die sich auf dem Weg zu dieser Art von Liebe befinden – nicht via Romantik, sondern mit Hilfe der unverfälschten Leidenschaft.

Ich habe mit ihnen mein Konzept über den Prozeß der Intimität und besonders über den speziellen Aspekt dieses Prozesses, die unverfälschte Leidenschaft, diskutiert. Dann schrieb ich meine Vorstellungen auf, und sie berichteten mir über die Erfahrungen, die sie damit gemacht hatten. Ich freue mich sehr, daß sie dieses Konzept erhellend und ermutigend fanden, besonders beim Versuch der Unterscheidung von dem, was sie normalerweise romantische Liebe genannt hätten. Ich denke, daß dieser kleine Test denen zugute kommt, die ihre eigene Version des nichtromantischen Weges zur Liebe ausprobieren wollen.

Einige der Test-Teilnehmer begannen mit dem Freundschaftskapitel: »Je mehr ich mir meine vielen und unterschiedlichen Beziehungen anschaue, desto klarer wird mir die Bedeutung von ›Beziehung zu seinesgleichen‹ und vom Vergleich mit den Steinen am Strand«, bemerkte eine Frau. »Und ich erkenne, daß im großen und ganzen alle Menschen in meinem Leben ziemlich genau da sind, wo sie sein sollen, in bezug darauf, wer sie sind und wer ich bin. Das ist ein sehr beruhigendes Gefühl.« Das finde ich auch. Je mehr wir uns von der gewöhnlichen Hierarchisierung von Freundschaften entfernen, bei der einige Freunde »besser« sind als andere, bis hin zum »besten Freund«, und statt dessen Freude an jeder Art von Nähe haben, die es wert ist, desto fester wird unsere Ausgangsbasis für die Liebe werden. Ich will damit nicht sagen, daß erotische Beziehungen, die keine eheähnlichen Liebesbeziehungen sind, Mittel zum Zweck wären, ganz im Gegenteil. Eine große Vielfalt von engen Beziehungen zu haben, die den Beteiligten jeweils das gibt, was angemessen scheint, und die Angemessenheit dieses Zustands zu schätzen, scheint mir die beste Art, sich der Intimität zu nähern.

Unterschiede zwischen romantischer und unverfälschter Leidenschaft zu machen, war das wohl überwiegende Bemühen meiner Test-Kandidaten. Diese an sich trickreiche Aufgabe erwies sich für die meisten als viel einfacher, als sie oder ich erwartet hatten. Zum Beispiel machte eine der Frauen, die mir von dem »Wumms!« erzählte, der sie getroffen hatte, und die sich dann fragte, wie sie herausfinden könnte, ob sie es romantische oder unverfälschte Leidenschaft nennen sollte, eine sehr gute Unterscheidung. Sie sagte: »Ich beschloß, daß es eine der besseren, unromantischen Versionen von ›Wumms!‹ sei. Denn ich weiß, was mich getroffen hat. Gleichzeitig weiß ich, daß dies nur ein mögliches Wissen ist: Ich könnte diese Spur, von der Sie gesprochen haben, finden, und ich könnte tatsächlich hundertprozentig richtig liegen mit meinem Wissen – aber noch weiß ich es nicht.«

Eine andere Frau beschrieb die gleichen Unterschiede zwischen romantischer und unverfälschter Leidenschaft, während sie sich langsam vortastete: »Es fühlt sich an wie ein langsames Voranschreiten durch sich verschiebende Muster, die in ständiger Bewegung sind, und während ich mich hindurchbewege, merke ich mir jeden Schritt. Jeder Schritt bedeutet gründliche Überlegung, um zu sehen, was es ist und was es nicht ist. Ich entdecke, daß das, was es *nicht sein* sollte, am vertrautesten ist (alter, romantischer Kram, lauern, sich hineinstürzen, sich unwirklich fühlen, entweder ekstatisch oder verängstigt sein usw.); und daß das, was es *sein* sollte, und nicht zu sein scheint, am wenigsten vertraut ist, sich aber am richtigsten anfühlt.«

Die meisten Teilnehmer sprachen davon, daß sie lernten, sich nicht hineinzustürzen, wie sie es von der romantischen Liebe gewohnt waren. Sie schienen entschlossen, sich der Liebe in aufrechtem Gang zu nähern, statt sich hineinfallen zu lassen. Zum Beispiel: »Ja, ich möchte, daß sich diese Sache mit Jim zu all dem entwickelt, was unverfälschte Leidenschaft ist. Gleichzeitig betrachte ich das Ganze leidenschaftslos auf eindeutig unromantische Weise. Ich fühle mich nicht veranlaßt, mein ganzes Leben zu ändern in der Art, die ich so gut von früher kenne. *Und* ich empfinde das nicht als Mangel an Verlangen oder Interesse von meiner Seite, wie ich das in der Vergangenheit getan hätte. Das ist in der Tat ein Fortschritt!«

Die beiden Worte, die ich von der »lernen, nicht hineinzustürzen«-Fraktion am häufigsten hörte, waren Zeit und Raum. Eine Frau sagte: »Ich habe herausgefunden, daß es sehr förderlich ist, regelmäßige und manchmal längere Abwesenheiten in den Prozeß des Übergangs zur Intimität einzubauen. Es ist ein guter Ausgleich. Man kann nachdenken, sich stabilisieren. Ich glaube, das Schwerste an jeder Art von Veränderung sind die alten Muster, in die man *so* leicht zurückfällt. Gibt man sich also genug Raum, hat man beim Auftauchen der alten Muster die Chance zu sagen, halt!, ich hab's schon wieder getan!, über sich selbst zu lachen, zurückzugehen und von neuem zu beginnen.«

Eine Freundin und ich diskutierten diese Vorstellungen und unsere Erfahrungen, und sie beschrieb das Gefühl des Übergangs zur Intimität mit Hilfe der unverfälschten Leidenschaft folgendermaßen: »Es ist, als ob man in einem Kajak einen Fluß hinunterfährt – einen mit Stromschnellen. Wenn man sich zu früh an einen Felsen klammert, bleibt man hängen. Man muß sich dem Fluß überlassen und sich mit Anmut bewegen. Anmut. Das ist ein Wort, das ich mag. Es vermittelt ein Gefühl von Würde, Zeiteinteilung, Urteilsvermögen, Diskretion und auch Loslassen-können. So möchte ich mich der Liebe nähern.« Ich fragte sie, wie eine solche Liebe aussehen würde, wenn wir sie in der von ihr beschriebenen Weise gefunden hätten, und sie sagte ohne zu zögern: »Sie wäre wie das, was Rainer Marie Rilke geschrieben hat: ›Liebe besteht darin, daß zwei Einsamkeiten einander schützen, grenzen und grüßen.‹[13] Er verbindet Getrenntsein mit Liebe, was in unserer Gesellschaft als Widerspruch gilt, und sagt, daß sie miteinander bestehen können, wenn es aufrichtige Liebe ist.«

Ich finde das Bild der beiden Einsamkeiten, die einander schützen, grenzen und grüßen, äußerst beschwörend als Bild für die Liebe. Es scheint durchdrungen zu sein von Raum und Zärtlichkeit und dem Wort, das meine Freundin so mag, Anmut. Es paßt auch auf die Liebesbeziehungen, um die es im nächsten Teil dieses Kapitels geht. Ich fühlte mich immer sehr angeregt nach den Interviews mit diesen separaten (im Sinne von individuell unterschiedlich, sie selbst seienden) Menschen, die trotzdem miteinander durch das starke Band der Liebe verbunden waren. Ich bin mit Rilke einig über Getrenntheit oder Autonomie, wie ich es nenne, und Liebe; sie können gemeinsam bestehen, wenn es aufrichtige Liebe ist. Ich würde sogar sagen, eines ist ohne das andere nicht möglich.

Kann das die Liebe sein?

Wie könnte eine exemplarische Liebesgeschichte aussehen, eine Geschichte, in der es um aufrichtige Liebe geht? Beginnen wir mit dem Anfang. Sie treffen jemanden und spüren eine aufrichtige Verbindung zu ihm oder ihr. Der oder die andere fühlt ebenfalls die Woge der Erregung, wenn Geist und Sinne von dem erregt werden, was ich unverfälschte Leidenschaft nenne. Sie beide reagieren mit Begeisterung auf die Spur, die Sie im anderen entdecken, und die andeutet, daß es sich hier um jemanden handeln könnte, der das Verlangen Ihrer Seele erfüllt, und Sie beide folgen der Spur, um mehr Wissen über das wahrhafte Selbst des anderen zu gewinnen. Sie lassen sich Zeit, gestatten dem anderen, mit Ihnen ganz er oder sie selbst zu sein, anstatt die Sache mit Liebes-Klecksen zu verschmieren oder Vermutungen anzustellen. Vielleicht werden Sie Liebende; ganz sicher werden Sie Freunde. Es gelingt Ihnen, die zerbrechliche Balance zwischen Ihrem unmittelbaren Entzücken und Ihrem beständigen Selbst aufrechtzuerhalten, während Sie sich klarsichtig und nüchtern mit leidenschaftlicher Anmut dem Übergang zur Intimität nähern. Vielleicht mit ein paar Ausrutschern unterwegs, denn wer ist schon vollkommen? Sie kommen ans Ende dieser Reise zur Liebe mit dem berechtigten Gefühl, daß es keine unüberwindlichen Grenzen zwischen Ihnen gibt – alles, was Ihnen beiden am wichtigsten ist, paßt zusammen und wird entsprechend geschätzt.

Was nun? An diesem Punkt fallen Märchen und »Vollkommene Romanzen« bekanntlich mit dem üblichen Ende ins Nichts. Und auch die moderne Gesellschaft läßt die Reisenden auf diesem Pfad im Nichts stehen – oder Schlimmeres. Denn nicht nur fehlen für die weitere Reise die entsprechenden Karten, sondern die Pionierfahrt durch unsere Gesellschaft führt auch noch durch ein mit Institutionen und Verhaltensvorschriften vollgestopftes Gebiet, die bei jeder sich bietenden Möglichkeit den Weg verstellen oder ihn sogar unpassierbar machen. Wie viele von uns kennen die Liebe, über die ich hier spreche, aus ihrem eigenen Leben? In der jeder »Ja!« sagt zum eigenen Selbst, zum anderen und zum Leben, alles im gleichen Atemzug und in die Zukunft hinein? Ich nicht, und ich bezweifle, daß ich damit allein stehe. Ich habe es mir gewünscht und danach gesucht, selbst als ich Umwege über die romantische Liebe einschlug oder falsche Partner für eine solche Reise wählte. Ich habe bei neueren Erfahrungen ein paar deutliche Hinweise gefunden, und ich kann mir weitere vorstellen, wenn ich von diesen Liebeserfahrungen hochrechne. Ich habe nach Beweisen für diese Art von Liebe im Leben von anderen gesucht, besonders, während ich dieses Buch schrieb, und ich habe solche Beweise gefunden. Nicht sehr oft, aber doch häufig genug, um die Vision zu bestätigen. Ich habe unter diesen Menschen zwei Paare ausgesucht, die wohl diesen Weg zur Liebe eingeschlagen haben und die einverstanden waren mit einem Interview. Und ich möchte auf ein weiteres Paar eingehen, das ich in einer Biographie gefunden habe und das mich durch die Tatsache seiner Existenz inspirierte. Wie die wirkliche Liebesgeschichte von Annie Oakley und Frank Butler sind diese Geschichten nicht romantisch. Weil sie wirklich sind, sind sie voller Schwierigkeiten und Schmerz; weil sie aufrichtige Liebesgeschichten sind, sind sie ebenfalls voll unverfälschter Leidenschaft, Zuneigung und Freude.

Sandra Kelly und Keith Lerner

Sandy und Keith lernten sich als College-Studenten bei einem von Freunden arrangierten Rendezvous am Valentinstag 1969 kennen. Außer dieser einen Sache verlief fast nichts in ihrer Beziehung entsprechend dem Mythos der romantischen Liebe. »Wir mochten uns wirklich«, sagte Sandy, »und wir waren die nächsten sieben Jahre viel zusammen, bevor wir beschlossen zu heiraten.« Sie beendeten beide erst das College, gingen auf die Universität und widmeten sich danach ihrer jeweiligen Karriere – er in Biologie und Naturschutz, sie in Öffentlichkeitsarbeit und Politik. Während er für den Naturschutz arbeitete, um zu lernen, »wie man das natürliche Erbe des Staates Kalifornien bewahren kann«, arbeitete sie für die Gewerkschaft. »Ich war dort zehn Jahre lang Geschäftsführerin, vertrat die Mitglieder bei Lohnverhandlungen, Vergleichen, arbeitsrechtlichen Streitigkeiten und allem möglichen anderen. Es war ein toller Job, eine richtige Pionierarbeit für Frauen in dieser Zeit.«

Sie heirateten während Sandys zweitem Arbeitsjahr für die Gewerkschaft, obwohl ihre Arbeitszeit »unglaublich« und nächtelange Verhandlungen die Regel waren. Keith sagt über ihr Leben in dieser Zeit: »Wir hatten beide sehr, sehr interessante Berufe und arbeiteten beide bis zum Umfallen; ich war dabei, alles für meinen

Beruf zu lernen, und Sandy ging es mit ihrem genauso, und es ging uns beiden prima. Allerdings sahen wir nicht viel voneinander. Aber irgendwie hatten wir das Gefühl, trotzdem sehr viel voneinander zu haben.«

Ich frage nach der Hausarbeit. Sie schauen amüsiert. »Sie müssen schon gemerkt haben, daß wir beide sehr gut darin sind, sie nicht zu tun«, lacht Keith. »Aber was wir machen mußten, teilten wir. Alle drei bis vier Wochen blieb uns nichts anderes übrig, und wir machten uns gemeinsam daran. Außer, daß Sandy kochte und ich abwusch.« Er murmelt, mehr zu sich selbst: »Wir müssen ziemlich viel essen gegangen sein in der Zeit.« Sandy sagt etwas, das ich immer wieder zu hören bekomme: »Wir haben nicht wirklich beschlossen, okay, das machst du und das mache ich. Das passierte einfach so.«

Jetzt sind sie sechsunddreißig und siebenunddreißig Jahre alt, haben drei kleine Kinder, von denen das älteste acht Jahre alt ist, und sind mitten in einer Lebenskrise, die alle Werte, Prioritäten und Beziehungen in Frage stellt. Keith hat zusammen mit Kollegen eine neue internationale Naturschutzorganisation gegründet, die ihren Vorstellungen von globaler Erhaltung entspricht. »Es ist sehr aufregend«, sagt er. »Es ist aber auch sehr, sehr schwierig und zeitaufwendig.« Dadurch hat sich an der häuslichen Front, an der die gemeinsame Kindererziehung fest vereinbartes Ziel war, »das Gleichgewicht dramatisch verschoben«, wie Sandy bedauernd sagt. Sie ist als Vollzeitmutter die meiste Zeit allein zu Hause. Er tut, was er kann, um die elterliche Last auszugleichen, aber im Moment kann er wegen der Dringlichkeit der Organisation, an die sie beide glauben, nicht viel tun.

»Wir sind mitten in der vermutlich härtesten Zeit unserer Ehe und unseres Lebens«, versichern sie mir; und ich versichere ihnen: »Darum habe ich Sie ja auch ausgesucht.« Ich bin daran interessiert, wie ein so beständiges und einander so verbundenes Paar eine derart schwierige Situation meistert; eine, die keiner von ihnen voraussehen konnte, und in der niemand der Böse ist, obwohl Sandy das größere Opfer bringen muß.

»Während der letzten Jahre habe ich mehr und mehr die gesamte

Versorgung und Erziehung der Kinder übernommen«, erklärt sie. »Es ist wirklich schwierig mit drei kleinen Kindern, denn sie haben ja nicht nur enorme körperliche Bedürfnisse, sondern auch emotionale und geistige. Es ist mir auch nicht leicht gefallen, mich zu entscheiden, nur noch Hausfrau zu sein und zu Hause zu bleiben. Man muß schon eine hohe Meinung von sich selbst haben, um sich gegen das allgegenwärtige Klischee zu wehren. Draußen, bei den üblichen Cocktailparties betrachten sie dich als jemanden, der nicht arbeitet, wenn du sagst, du bist zu Hause mit deinen Kindern; man spielt keine Rolle in der ökonomischen Sphäre. Das hat mir zunächst viel ausgemacht, aber dann dachte ich, wenn wir die Kinder in den ersten Jahren nicht gemeinsam betreuen können, will *ich* diejenige sein, die es tut. Meine Art, die Welt zu sehen, ist wichtig. Ich möchte den Kindern einige Werte vermitteln, denn was man ungesagt läßt, bekommen sie woanders mit, und oft auf eine Art, von der man selbst wenig hält. Darum muß man dafür sorgen, ihnen das zu vermitteln, was einem wichtig ist. Ich tue etwas Wichtiges, und ich will es tun.

Aber die letzten Jahre waren härter, als ich erwartet hatte. In diesem Jahr habe ich meine absolute Schmerzgrenze erreicht, und ich mußte mich fragen: Was kann ich machen, um mein Leben zu verändern? Wie kann ich weiter funktionieren? Ich fühlte mich wie durch den Fleischwolf gedreht, nachdem ich das für mich Wichtige herausbekommen hatte.« Diese gründliche Selbstbefragung hat dazu geführt, daß Sandy Mitglied im Vorstand einer gemeinnützigen nationalen Bildungsorganisation wurde. Sie hält diese Organisation für sinnvoll und wichtig, betrachtet das Ganze aber ebenso als temporäre Erleichterung für sich selbst. »Es ist herrlich, ein zusätzliches, kreatives Element zu haben. Ich habe erkannt, daß ich Dinge brauche, die mein Gehirn auf Trab halten, wach und von anderen geschätzt. Zum Glück haben wir jetzt eine Haushaltshilfe. Wir kaufen nicht mehr soviel zum Anziehen und solche Sachen und benutzen das Geld lieber dafür, und das ist eine große Hilfe. Besonders, seitdem die Kindergartensituation sich hier so verschlechtert hat.«

Während Sandy spricht, fällt mir auf, daß die Atmosphäre zwischen diesem Paar klar und friedlich ist, selbst wenn schwierige Dinge gesagt werden. Oft sprechen sie gemeinsam, oder sie ergänzen einander, wenn es um ein gemeinsames Thema geht; aber man hat nie das Gefühl, daß sie einander unterbrechen. Wenn sie, wie jetzt, über ihre tieferen Gefühle spricht, ist er still, lehnt sich zurück und schaut interessiert und positiv. »Wissen Sie«, fährt Sandy fort, »die Sache mit dieser neuen Naturschutzorganisation ist die, daß es eine *neue* Organisation ist. Wir haben noch ein Baby dazubekommen, zumindest betrachte ich es so. Es ist wie ein Baby, das alle drei Stunden gefüttert werden muß, und darum muß man dauernd da sein. Man muß sich auf das Neugeborene konzentrieren, man kann es nicht einfach ignorieren. Ich glaube an den Naturschutz. Wenn Keith nicht dabei wäre, wäre ich es wahrscheinlich. Und inzwischen bin ich sogar Sprecherin für seine Organisation, ich unterstütze sie also nicht nur, sondern ich fühle mich als Teil davon, und das in einer Art, die völlig neu ist für unsere Beziehung. Wir sind jeder Teil von dem, was der andere tut.«

An dieser Stelle unterbricht Keith zum ersten und einzigen Mal während des Interviews. »Ich muß das jetzt einfach sagen«, platzt er heraus. »Zum ersten Mal in meinem Leben, wegen des Drucks, die Organisation am Leben zu halten, mit Sandys Schwierigkeiten umzugehen, mit dem Schmerz meiner Kinder fertigzuwerden – zum ersten Mal kämpfe ich damit: Ist es das alles wirklich wert? Ist es fair, das zu tun?« Er fängt an, das näher zu erläutern. Der Eindruck, den er macht, ist eindringlich und glaubwürdig. »Ich meine, ich komme nach Hause, schau' mich um und sehe, daß Sandy *fertig* ist, fix und fertig. Sie ist total erledigt, und da ist das Baby und die anderen zwei Kinder, und ich übernehme einfach. Und zwar total. Sandy verzieht sich irgendwohin oder nimmt sich ein Buch oder geht in die Badewanne, und ich versuche, mich auf die Wellenlänge der Kinder einzupegeln, was sehr aufregend ist, und bade sie und mache sie fertig für's Bett. Und dann früh raus am nächsten Morgen, und alles geht von vorne los. Es ist der reinste Fleischwolf.

Ich lerne dabei auch. Neulich erteilte mir meine älteste Tochter eine Lektion, als ich mich von ihr verabschiedete, weil ich nach Peru fahren mußte. Sie sagte: ›Du sollst hier bei *uns* sein.‹ Es war ein sehr spontaner, tränenreicher, wütender Ausbruch – weil ich so wenig da bin. Irgendwann komme ich, und dann muß ich arbeiten, und dann bin ich wieder weg. Und so ist es das ganze letzte Jahr gewesen. Das macht ihr Angst.« Ich frage ihn, wie er auf den Ausbruch seiner Tochter reagiert hat. »Ich sagte ihr: ›Ich verstehe, warum du so wütend bist, und mich macht das auch traurig, aber wenn ich aus Peru zurück bin, machen wir zusammen Ferien. Aber du hast schon recht.‹ Das hab' ich gesagt. Was soll ich sonst sagen?« Halt den Mund, könnte man sagen; viele Eltern tun das.

Sandy fügt hinzu: »Eins muß man Keith lassen, wenn er da ist, dann ist er das hundertprozentig. Und die Kinder *wissen* das. Er steht morgens mit ihnen auf, macht ihnen Frühstück, spielt ein bißchen mit ihnen und fährt dann zur Arbeit. Aber wenn er hier ist, dann ist er *hier.*« Keith lächelt: »Das fühlt sich einfach richtig an. Es macht *Spaß*, mit ihnen zusammenzusein, und sie brauchen das. Ich brauche das. Wir alle wollen gedrückt werden und geküßt und brauchen Interaktion. Werde ich gedrückt und geküßt? Na, und wie! Das gehört einfach dazu.«

Er hört auf zu lächeln. »Trotzdem, was soll ich machen? Ich weiß keine Lösung. Ich weiß *wirklich* keine Lösung. Während der letzten Stunde ist mir vermutlich der Gedanke durch den Kopf geschossen – also, nicht nur vermutlich, sondern ganz bestimmt–, daß ich mich vielleicht zurückziehen sollte aus der Organisation. Oder die Leitung jemand anderem überlassen und nur noch als Unterstützer fungieren. Wissen Sie, als ob Gänse auf dem Flug sind; die wechseln sich auch ab als Leitgans, als ob sie die Last des Anführens teilen wollten. Vielleicht ist es Zeit für einen Wechsel.«

Mit einem Gesichtsausdruck, der wohl noch aus ihren nächtelangen Tarifverhandlungsrunden stammt, sagt Sandy zu uns beiden: »Nicht gerade jetzt. Ich habe das Gefühl, daß diese Phase allmählich vorübergeht. Unsere Jüngste ist zweieinhalb. Sie redet, sie braucht kaum noch Windeln; sie kommt in das Stadium, wo es leichter mit ihr wird. Und ich glaube, wir haben die Krise mit der Organisation hinter uns. Gib dem Ganzen noch ein Jahr, dann sollten wir alles auf der Reihe haben.« Dann wendet sie sich direkt an mich und fährt fort: »Es ist doch so, wenn man sich täglich an die Vorstellung hält, daß man kein Opfer ist, kein Märtyrer, daß die Dinge im Moment ganz einfach nur so sind, wie sie sind, und man dementsprechend seine Entscheidungen fällt und versucht, das Positive daran zu sehen – dann kann es wirklich funktionieren.«

In einem Einzelinterview mit Sandy frage ich sie, warum sie meint, daß es selbst unter den momentan schwierigen Umständen funktionieren kann. Offensichtlich hatte sie sich darüber Gedanken gemacht. »Ich glaube, es ist eine der großen Stärken unserer Beziehung, daß Keith sehr anpassungsfähig ist. Es machte ihm nichts aus, als ich mehr Geld verdiente als er, obwohl mir das gut gefiel und ich ihn manchmal damit aufgezogen habe; er hat nichts dagegen, daß ich jetzt eine in Anführungsstrichen Nur-Hausfrau bin. Viele Männer wollen heute, daß ihre Frauen tolle Karrieren machen, trotzdem Kinder haben, trotzdem zu Hause sind und den Haushalt schmeißen, und es ist ihnen nicht klar, daß dafür etwas aufgegeben werden muß. Was ja meistens die Frau tut. Für mich bedeutet das eine große Stärke. Mir erzählt niemand, ich solle das sein oder ich solle jenes sein. Ich kann genau das sein, was ich zum jeweiligen Zeitpunkt sein muß.«

Wenn ich sagen sollte, was der Schlüssel zum Erfolg ist bei all den vielen Paaren, die ich für dieses Buch interviewte, würde ich diesen Satz von Sandy anführen: Ich kann genau das sein, was ich zum jeweiligen Zeitpunkt sein muß. Trotz aller Unterschiede zwischen den Paaren waren sie sich alle in einem Punkt gleich: Sie gaben einander die Freiheit und die Unterstützung, das zu sein, was er oder sie zum jeweiligen Zeitpunkt sein mußte. Das ist das Wichtigste an unstereotypem Leben und Lieben und der Grund, glaube ich, warum diese Beziehungen so gut funktionieren, selbst unter den schwierigsten Umständen – und warum ich es so anregend fand, mit diesen Menschen zusammenzusein.

Ich bin davon überzeugt, daß die Unterstützung des anderen, das

zu sein, was er oder sie zum jeweiligen Zeitpunkt sein muß, heute besonders wichtig ist für Menschen, die aus dem alten Sumpf der klischeehaften Liebesbeziehung ausbrechen wollen. Denn was Sandy über Frauen wie sie selbst sagt, gilt auch für Männer wie Keith: »Ich glaube, daß Frauen in meinem Alter, die all das durchstehen, die Versuchskaninchen-Generation sind. Die Frauenbewegung hat uns geholfen. Als wir auf den Plan kamen, war schon viel passiert, hatte sich in den Köpfen schon viel getan. Jetzt müssen wir rausfinden, was zum Teufel wir tun sollen und wie wir es tun sollen. Für Menschen wie uns funktionieren die alten Methoden nicht mehr. Die Frage ist nur, welche funktionieren dann? Ich glaube, eine unserer Stärken, ich meine von Keith und mir, ist, daß wir nicht versuchen, jeden Blickwinkel auszuloten. Wir sagen einfach, okay, laß uns das versuchen. Wir reiten auf der Welle, und im allgemeinen geht das gut bei uns, weil wir einander vertrauen und wissen, der andere ist da, wenn's hart wird.«
Ich frage sie, was sie tun wird, wenn sie die jetzige, harte Zeit hinter sich hat, und sie beginnt zu strahlen. »Ich überlege, zusammen mit einer Freundin eine eigene Firma aufzumachen. Wir würden als Berater fungieren beim Aufbau gemeinnütziger Organisationen – hauptsächlich, wie man eine Idee verkauft. Der Name unserer Firma ist Start-Up. Ich habe ein paar Freunde, die größere gemeinnützige Organisatinen aufgebaut haben.« Sie grinst. »Wir könnten Gastredner einladen – zum Beispiel Keith.« Dann, wieder ernsthaft und angeregt, fährt sie fort: »Ich glaube, das wäre ganz toll. Genau die Art von Arbeit, die ich liebe, und ich habe eine Menge beizutragen aus meiner Erfahrung mit diesem neuen Baby, das wir auf die Füße bringen wollen und das uns im Moment soviel Mühe macht.«

Vera Jacobs und Martin Westerkamp

Vor sieben Jahren war Vera Jacobs mit ihrem Streich-Quartett auf Tournee in Deutschland. In New York, wo sie lebt, arbeitete sie außerdem als freiberufliche Cellistin, die alles von Bach bis zu Broadway Musicals spielte; und diesem vollgepackten Programm wollte sie kurz darauf noch einen Lehrauftrag an einem kleinen Kunst-College in New England hinzufügen. Wie sich herausstellte, kamen auch noch eine Liebesbeziehung und die Mutterschaft hinzu. Sie war damals zweiunddreißig Jahre alt, eine amerikanische Jüdin, die an das Großstadtleben und ihre eigene Hektik gewöhnt war. In Bonn begegnete sie Martin Westerkamp, einem nichtjüdischen Deutschen aus einer kleinen Stadt, der gerne Bratschist geworden wäre, sich aber für Jura entschieden hatte. Er war nach wie vor Jurastudent, mit guten Aussichten, aber keinem festen Einkommen, und er war vierundzwanzig Jahre alt.

Vera übertreibt sicher nicht, wenn sie sagt: »Unsere Beziehung war am Anfang bestimmt nicht als die permanente, endgültige große Liebe gedacht. Es war zuerst ein ziemliches Auf und Ab.« Den meisten Außenstehenden kommt ihre Beziehung, wenn nicht völlig unmöglich, so doch höchst unwahrscheinlich vor. Nach allen üblichen Regeln der romantischen Liebe und der normalen Paar-Beziehung dürfte ihre Beziehung nicht funktionieren. Trotzdem funktioniert sie – bestens, mit allen Aufs und Abs.

Vera, eine ungewöhnlich aufrichtige Person, schaut mich mit immer noch sichtbarem Erstaunen an und sagt: »Als wir uns das erste Mal begegneten, habe ich etwas getan, was ich nie zuvor oder danach getan habe. Ich habe über mein Alter gelogen. Ich dachte, na ja, er ist jünger als du, sag mal lieber einunddreißig statt zweiunddreißig. Das tat ich, und dann sagte er: ›Ich bin vierundzwanzig‹. Ich hätte mich treten können und dachte, lieber Himmel, warum hast du das getan, du hättest besser achtundzwanzig gesagt.« Sie lachen beide, und Martin fügt hinzu: »Ich muß sagen, wenn man vierundzwanzig ist, spielt der Unterschied zwischen einunddreißig und zweiunddreißig keine Rolle.« Sie sagt, ein bißchen schnippisch: »Aber achtundzwanzig wäre vielleicht ganz hilfreich gewesen«, und er antwortet, wobei er sich wie ein typischer Richter anhört: »Es war keine Hilfe nötig.« Inzwischen selbst einunddreißig, mit einer neununddreißigjährigen Partnerin und der zweijährigen Tochter Anna, scheint daran kein Zweifel zu bestehen.

Ihre Unterschiede sind Legion: Alter, Nationalität, Herkommen,

Sprache. Veras Deutsch, obwohl nicht völlig fließend, war sehr viel besser als Martins Englisch, und daher war in den ersten vier Jahren die Sprache der Beziehung fast ausschließlich deutsch.
Und dann der Atlantische Ozean zwischen ihnen. »Ich hab's gezählt«, sagt Vera. »Während der sieben Jahre unserer Beziehung sind wir insgesamt achtundvierzig Mal hin und her geflogen, ohne Annas achtzehn Flüge zu zählen. Ich habe den Rekord für den kürzesten Besuch: ich flog an einem Mittwoch rüber und am Sonntag zurück.« In den Vereinigten Staaten hat sie zwei recht große Wohnungen – eine in New York, wo wir das Interview durchführten, und eine »unter dem Studentenheim im College; die Kids leben über mir und neben mir, und manche lieben es, Babysitter zu spielen, ist das nicht toll?« Aber in Deutschland – sie schüttelt ihren Kopf, als sie es mir erzählt – »spielte sich die ganze Sache in Martins Ein-Zimmer-Wohnung ab; unser Leben wurde viel besser, als wir Anna aus dem Badezimmer in die Kochnische verlegten«. Eines der ersten Geschenke, die sie ihm machte, war ein Telefon, das Martin bis dahin noch nicht hatte.
Außerdem haben sie große emotionale Unterschiede. »Ich bin sehr aufbrausend und fahre schnell aus der Haut, aber wenn der Sturm vorüber ist, ist alles wieder gut. Martin verschwindet hinter Wolken. Von Zeit zu Zeit ein kleiner Sturm, aber es sind hauptsächlich dunkle Wolken, durch die man nicht hindurchschauen kann. Dann ändert sich irgendwann das Wetter wieder, wie das Wetter in Deutschland.«
Martin ist sehr gesellig und geht gerne mit Freunden zum Essen, wenn er einen freien Abend hat; Vera verbringt ihre freien Abende lieber zu Hause, transkribiert Musik für ihre Studenten oder liest ein Buch (allein beim Gedanken daran seufzt sie vor Entzücken). Sie liest gerne noch im Bett vor dem Einschlafen, er nicht; sie steht gerne früh auf, er nicht.
Und dann ist da die Sache mit dem Geld. Er sagt: »Ich habe nie Geld.« Sie sagt: »Ich habe immer Geld, weil ich so hart arbeite, daß ich gar nicht dazu komme, es auszugeben.« Er sagt: »Ich arbeite auch hart, aber man bekommt nicht viel Geld, wenn man studiert. Wenigstens konnte ich während meines Referendariats

meinerseits alles bezahlen.« Sie sagt: »Wenn ich in Europa spiele (ich reise nie ohne mein Cello), oder wenn ich hier unterrichte, werde ich meistens bar bezahlt. Davon gebe ich Martin die Hälfte, denn daß er sich um Anna kümmert, ist mindestens so wichtig wie meine Arbeit.« Sie sind sich einig: »Es spielt für uns wirklich keine Rolle, wer das Geld hat, und wer bezahlt, ist nicht wichtig.« Er lächelt: »Für mich ist es kein Problem, daß Vera Geld verdient und ich nicht, das macht es mir leichter.« Er hört auf zu lächeln und fügt mit ruhiger Bestimmtheit hinzu: »Ich habe nur das Problem, daß ich beruflich endlich etwas *tun* will, denn das ist wichtig für mich.«

Im vierten Jahr ihrer Beziehung, als Vera sich ihrem fünfunddreißigsten Geburtstag näherte, begann sie darüber nachzudenken, ein Kind zu bekommen. Sie hätte das Kind gern von Martin gehabt, aber er fühlte sich noch nicht bereit für einen solchen Schritt. Sie überlegte dann, ob sie mit jemand anderem zusammen ein Kind wollte. Die Überlegung, zusammen ein Kind zu haben oder nicht, brachte sie zu dem, wie Martin sagt, »Punkt, an dem die ernsthafte Beziehung begann«. Von da bis zu Annas Geburt verging immer noch eine ganze Zeit. »Eine ernsthafte Beziehung zu haben und ein Kind, war nicht die gleiche Überlegung. Das kam später. Für Vera war es schneller klar, sie stand mehr unter Druck als ich. Außerdem arbeitete sie ja und war in einer viel gesicherteren Position, in der ich immer noch nicht bin.« Martin ging zurück nach Deutschland, und ein weiteres Jahr verging, bis die Entscheidung, zusammen ein Kind zu haben, getroffen wurde. Er kehrte für die ersten drei Monate nach Annas Geburt in die Vereinigten Staaten zurück und verbrachte einen Teil seines Referendariats in einer Kanzlei in der Nähe von Veras College. Damals, sagt Vera, »war ich immer drei Wochen alleine mit dem Kind, dann waren wir zwei Wochen zusammen, und dann wiederholte sich das Ganze. Wir hatten Annas Geburt für die Zeit geplant, in der ich die feste Anstellung am College bekam und mir mehr Zeit nehmen konnte, und sie richtete sich freundlicherweise danach.«

Sie setzten die gemeinsame Elternschaft fort, wieder durch den

Atlantik getrennt. Wie kann so etwas gehen? »Das geht genau wie mit der Hausarbeit und dem Geld«, antwortet Vera. »Wenn etwas geschehen muß, dann muß es eben. Zum Beispiel, als Anna siebeneinhalb Monate alt war, spielte ich auf einem Sommerfestival mit einem sehr gedrängten Programm. Mir war klar, daß das Stillen ein großes Problem werden würde, und wie sehr ich es auch genoß, Anna schien es egal zu sein, wie sie gefüttert wurde, darum beschloß ich, damit aufzuhören und Martin zu bitten, sie zu übernehmen. Er hatte damals nicht unbedingt einen Acht-Stunden-Tag und arbeitete viel zu Hause. Das ist schwierig mit einem Baby, aber sie schlief viel mehr als heute.« Mit einigen Bedenken willigte er ein, Anna zu übernehmen. »Es war ganz schön hart. Ich hatte nicht viel Zeit für sie. Ich fand keine vollkommen befriedigende Lösung und mußte zeitweise meine Freunde einspannen. Und meine Nachbarn. Einige kamen sogar nach der Arbeit vorbei und fragten, ob sie Anna mitnehmen dürften, denn sie mochten sie sehr. Eine andere Freundin hatte zu der Zeit keine Arbeit, darum paßte sie gegen Bezahlung auf Anna auf. Ich wußte vorher, daß es eine wichtige Erfahrung werden würde, und das war es auch. Es lief gut, aber es war trotzdem ziemlich schwierig und problematisch. Und genau so war es beim nächsten Mal, als ich Anna übernahm.«

Am Abend vor dem Interview hatten sie in ihrer New Yorker Wohnung eine Party gegeben. Wie sie mir erzählten, war es ein gelungener Abend, dessen Höhepunkt eine phantastische Torte war, die die beiden Gastgeber kreiert hatten, um damit das Ende des transatlantischen Teils ihrer Verbindung zu feiern. »Sie gehen nicht wieder zurück nach Deutschland?« frage ich Martin. Er lächelt: »Nein. Es reicht. Wir haben beschlossen, daß wir von nun an als Familie zusammenbleiben wollen.« Er hat inzwischen sein Jurastudium beendet und sucht nun als Anwalt mit dem Spezialgebiet internationales Verwaltungsrecht Arbeit in den Vereinigten Staaten. »Dann werden Sie einer von diesen Anwälten mit Zwölf-Stunden-Tagen«, rufe ich aus beim Gedanken an ihr bereits übervolles Programm und den Mangel an Zeit. Er schaut ruhiger, als ich mich fühle, und sagt nur: »Ja.« Ich drehe mich zu

Vera um. »Sie wollen weiter zwischen dem College und hier pendeln?« Sie nickt. Ich schaue mich in dem vollgestopften Appartement um. »Und Sie wollen alle drei hier leben?« Er sagt: »Ja, vermutlich«, und dann fügt sie etwas hinzu, worauf ich nicht vorbereitet bin, trotz allem, was ich bisher gehört habe. »Wir haben nur noch nicht endgültig beschlossen, ob wir noch so einen Krabaten haben wollen.« Sie zeigt auf Anna, die zwischen ihnen auf der Couch auf und ab hüpft, und fügt düster hinzu: »Im Moment bin ich eher dagegen.« Ich starre sie einfach an. Sie zuckt ausdrucksvoll mit der Schulter: »Na ja, ich bin die einzige Tochter einer einzigen Tochter einer einzigen Tochter, und irgendwie denke ich, sollte dieser Bann mal gebrochen werden.« Ich wende mich an Martin. »Was denken Sie?« »Ich würde mich über ein zweites auch freuen – aber davor muß noch einiges geklärt werden.« Er lächelt in einer Art, die mir immer mehr gefällt. »Es ist der Beginn, na, man könnte sagen, einer Diskussion.«

Vera sagt: »Ich habe mir inzwischen mal die Krabbelgruppe beim College angesehen, für Anna, weil ich finde, daß ich nicht genug Freunde mit Kindern in ihrem Alter habe, damit sie die Sozialisation bekommt, die sie braucht. Wie auch immer, wenn sie erst mal wenigstens morgens untergebracht ist, kann ich mir schon vorstellen, daß für ein zweites Kind genug Platz ist in meinem Leben, ohne daß ich das Gefühl habe, alles andere zu vernachlässigen.« Sie fängt an zu lachen. »Sie sagen, der Gedanke würde Sie beunruhigen. Wissen Sie, was mich beunruhigt? Der Gedanke, dann *zwei* von diesen kleinen Monstern in meinem Mini-Auto zu haben – plus meinem Cello.«

Sie geht raus, um Anna zum Mittagsschlaf hinzulegen, und ich wende mich an Martin. Er sitzt in seiner ruhigen, gelassenen Art da, die mir genauso gut gefällt wie sein Lächeln. »Dies ist wirklich eine verrückte Frage«, zögere ich, und er sagt »Ja?« in einem einladenden Ton. »Ich habe gerade überlegt. Hier sitzen Sie, sieben Jahre später, und um Sie herum pulsiert dieses turbulente Leben. Hatten Sie es sich so vorgestellt, als Sie vierundzwanzig waren?« Er schüttelt den Kopf. »Ich hab' mir nichts Bestimmtes vorgestellt damals, und ganz bestimmt nicht dies hier. Ich hätte die Sache mit der Musik gerne weiterverfolgt, aber jetzt bin ich sehr zufrieden mit meinem Beruf; wir können über Musik sprechen und auch über Recht, und wir genießen es beide. Wir sind beide interessiert am Beruf des anderen, und das gibt uns eine Menge. Ich glaube, man kann nicht festlegen, ob die Familie oder der Beruf wichtiger sind, beides ist wichtig; irgendwie muß beides ineinander übergehen, ohne daß man wirklich sagen kann, das eine oder das andere hat Priorität. Ich kann mir jetzt das Leben natürlich nicht mehr ohne das eine oder das andere vorstellen. Zwar führen die Probleme, die technischen Probleme, all das hinzukriegen, manchmal zu Nervenkrisen, wenn man das so sagen kann. Aber wir haben irgendwie immer eine Lösung gefunden.«

Nach dem Interview bekomme ich einen kurzen Eindruck, wie das mit Veras kleinem Auto abläuft, als wir drei und Anna – aber ohne Cello – uns da hineinzwängen. Sie wollen Martins Tante, die am gleichen Tag nach Deutschland zurückfliegt, noch Bilder von der gestrigen Party bringen. Vera fährt. Von hinten erklärt Martin: »Normalerweise sind Vera und das Cello vorne, wenn wir irgendwo hinfahren, und Anna und ich hinten.« Wir halten an einer roten Ampel, und Vera, die sich völlig gelassen durch den hektischen Verkehr geschlängelt hat, dreht sich zu mir um und sagt ganz schlicht: »Gut, jetzt haben wir Zeit für eine Umarmung.« Bei Gelb werde ich fest umarmt, und bei Grün bin ich aus dem Auto raus, aber nicht, bevor sie mich angestrahlt hat mit einem Blick, den ich lange nicht vergessen werde, und gesagt hat: »Ich bin ja so glücklich.« Es war ein wunderschöner Moment.

Während ich einige Monate später ihre Geschichte niederschreibe, muß ich an diesen glücklichen Blick denken und fühle das Verlangen, sie anzurufen. Martin ist dran; Vera und Anna sind im College. »Wie geht's?« frage ich und bekomme die erwartete Antwort, daß alles prima läuft, daß er jetzt Anwalt mit einem Zwölf-Stunden-Tag ist und daß alles so hektisch ist wie immer. »Wieviele Kinder?« Es ist zwar noch nicht viel Zeit vergangen, aber ich kann es mir nicht verkneifen. Ich kann das Lächeln in seiner Stimme hören. »Anderthalb«, kommt die Antwort. »Und laut Fruchtwasseruntersuchung ist es ein gesundes Kind. Wir wollen ihn Erich nennen.«

Margaret Morgan und Charles Lawrence

Die wenigsten von uns haben Gelegenheit, eine Liebesbeziehung über längere Zeit von nahem zu beobachten, denn wenige sind so begünstigt wie die Soziologin Sara Lawrence Lightfood. Sie ist das Kind einer solchen Beziehung, und sie hat unter dem Titel *Balm In Gilead* eine Chronik über das Leben ihrer Mutter geschrieben.[14] Diese Biographie von Dr. Margaret Lawrence, deren Wunsch, ihr Leben solle »einen Unterschied« machen, sie zur erfolgreichen Kinderpsychologin in Harlem werden ließ, ist ein Zeugnis für die beste Art menschlichen Geistes, der seine Vision von der Verbesserung des Lebens anderer in die Tat umsetzt, während er in der Arbeit und der Liebe Erfüllung findet.

Margarets Traum, Ärztin zu werden, begann schon in ihrer Kindheit. Er führte sie vom tiefen Süden nach Harlem, wo »das Negermädchen aus Mississippi« bei ihrem High School-Abschluß die höchsten Preise für Griechisch und Latein einheimste und ein volles akademisches Stipendium für die Cornell Universität dazu. Sie kam im Herbst 1932 mit neun Dollar in der Tasche in Ithaca an, und hatte dort die »Ehre«, die einzige schwarze Kunst- und Wissenschafts-Studentin ihrer Zeit zu sein. Diese Art von »Ehre« wiederholte sich verschiedentlich in ihrem Leben, da sie immer wieder überkommene Formen durchbrach bei der Verfolgung ihres Traums. Oftmals war es eine sehr kostspielige »Ehre«. Während ihres Studiums in Cornell mußte sie zum Beispiel als Hausmädchen arbeiten, um ihre Miete und ihren Unterhalt zu bezahlen, weil Schwarze nicht im Wohnheim wohnen durften.

Margaret bezeichnete den Sommer 1933, in dem sie neunzehn war, liebevoll als den »Sommer der Entdeckung von Charles Lawrence«. Seine Lebendigkeit zog sie augenblicklich an. Sie war besonders fasziniert von seiner Weltgewandtheit und davon, wie er Ideen betrachtete und sie einfach auf den Kopf stellte; und sie »liebte seine Ernsthaftigkeit *und* sein Lachen, die eins auf das andere folgten und sich durch ihre Unterhaltungen zogen«. Vor allem erinnert sie sich an seine große Fähigkeit zu lieben. Er wiederum war fasziniert von ihrer Selbstsicherheit, von der Art, wie sie »mit sich allein sein konnte«. Vor allem bewunderte er ihre »zielstrebige Verfolgung ihres Traums«.

Der Beginn ihrer Beziehung, berichtet ihre Tochter, war so einfach und unkompliziert, daß man es kaum als romantische Liebe bezeichnen könnte; und so war es Margaret und Charles auch sehr recht, das Ganze als Freundschaft zu bezeichnen. Margaret hatte verschiedene Romanzen gehabt, bevor sie Charles traf, die aber meist ein schnelles Ende fanden, wenn der junge Mann von Heirat sprach und sie sich sofort eingesperrt fühlte. Sie hatte Angst, daß eine Ehe hinderlich wäre für ihren Wunsch, Ärztin zu werden. Mit Charles hatte sie von Anfang an nie das panische Gefühl, er würde sie von dem, was sie wollte, abhalten. Ganz im Gegenteil: Die Verbindung zwischen den beiden wurde nur noch tiefer durch ihre wunderbaren, intensiven Gespräche und den großen Respekt, den sie beide vor der Vision des anderen hatten.

»Was dachte Papa über deinen Traum, Ärztin zu werden?« fragt Sara. Ohne zu zögern antwortet ihre Mutter: »Er schloß sich dem Traum sofort an.«

Sie warteten fast fünf Jahre mit der Hochzeit, beendeten das College und zwei Jahre Studium, während sie Hunderte von Kilometern getrennt lebten. Nach der Hochzeit setzte Margaret ihr Medizinstudium an der Columbia Universität fort, während Charles seine Doktorarbeit in Soziologie an der Universität von Atlanta beendete. Durch die Briefe, die sie sich täglich, und manchmal sogar zweimal täglich, schrieben, wurde ihre Beziehung noch tiefer und inniger. Drei Monate nach der Hochzeit schrieb Charles: »Ich bin so stolz auf Dich, ich kann's kaum sagen. Ich habe den Ausschnitt aus der *Times* überall herumgezeigt, bis er verknittert und eingerissen war, obwohl ich ihn wie ein Löwe verteidigt habe.« Und im nächsten Monat: »Herzlichen Glückwunsch, daß Du ›Frakturen‹ geschafft hast! So wie Du Dich durch diese Phase des Studiums durchgebissen hast, muß ich mich der Meinung des Hausmeisters anschließen – übrigens war ich schon

längst derselben Meinung –, daß Du ›es zu was bringen wirst in der Welt‹.«
Weitere fünf Jahre vergingen, bevor das erste ihrer drei Kinder geboren wurde. Die nächsten beiden kamen im Abstand von achtzehn Monaten, in denen Margaret als Ärztin die einzige weibliche Lehrkraft der Fakultät des »Meharry Medical College« in Nashville war. Sie wollte für ihre Studenten das Bild der Mutter und Lehrerin verbinden, was sie auch sehr lebendig tat: Als sie Kinderheilkunde durchnahmen und dabei die Entwicklung des Babys behandelten, konnten die Studenten die fortschreitende Schwangerschaft ihrer eigenen Professorin verfolgen. Als Margaret jeweils zwei Wochen nach der Geburt ihrer Kinder den Unterricht wieder aufnahm, »brachten die Studenten mir Rosen«. Chuck, Sara und Paula Lawrence wurden innerhalb von vier Jahren geboren, während ihre beiden Eltern weiterhin ihren Beruf verfolgten. Margaret und Charles gelang dieser schwierige Balanceakt zum einen dadurch, daß sie Meister im Jonglieren ihrer jeweiligen Zeitpläne wurden, zum anderen, weil sie jede freie Minute mit den Kindern verbrachten (»Wir taten unsere Arbeit, aber wenn wir nicht arbeiteten, nahmen wir immer die Kinder mit«), aber hauptsächlich, weil sie beide gleichermaßen überzeugte Eltern waren. »Charles *wollte* unbedingt als erster Chuck baden... Man hört immer wieder Väter sagen, daß die Kinder erst laufen und sprechen müssen, bevor sie was mit ihnen zu tun haben wollen. Nicht so Charles. Er wollte vom ersten Augenblick an etwas mit den Kindern zu tun haben.« Er war auch dafür bekannt, daß er die Kinder mit in die Universität brachte, wenn es mit dem Babysitter nicht klappte und Margaret Dienst in der Klinik hatte, und die Kinder für die Dauer seiner Vorlesungen in einer Ecke des Hörsaals mit Büchern und Spielzeug unterbrachte.
Margaret und Charles waren fünfzig Jahre zusammen, als Charles starb. Trotz seiner schweren Krankheit hatte er mitgeholfen bei Saras Buch über Margarets Leben, dessen letztes Viertel aber noch zu schreiben war. Die drei Lawrence-Kinder wuchsen in einer ganz besonderen Atmosphäre auf. Sie sahen, schreibt Sara, »eine

Ehe, die durch respektvolle und liebevolle Ebenbürtigkeit charakterisiert wurde«, einen Vater voller Engagement für die Welt, der trotzdem jederzeit emotional erreichbar war, eine Mutter, die ohne Sentimentalität sagte: »Ich liebe meine Arbeit.« Sie sahen Eltern, die leidenschaftlich Anteil nahmen an der Welt und aneinander und die zusammen lachen konnten, selbst noch am Tag, an dem Charles starb. Paula erinnert sich an »ein Wohnzimmer voller Instrumente und Nächte voller Musik . . . einen Familientisch, der sich bog unter all den guten Sachen, an dem lebhafte Unterhaltungen stattfanden, der Bühne war für die berühmten Imitationen unserer Lehrer . . . die Wärme meines Vaters, die das Zentrum meiner Kindheitserinnerungen ist, und die Spirituals, über denen er beim Singen einschlief, während er seine immer noch wachen Kinder alle zusammen auf seinem großen Sessel im Arm hielt.« Sara erinnert sich: »Selbst als Kind erkannte ich die Leidenschaft und die Ehrfurcht, die meine Mutter ihrer Arbeit entgegenbrachte. Beim Abendessen berichtete sie uns von den Dramen in der Klinik, wobei sie stets die Privatsphäre und Anonymität ihrer Patienten wahrte, aber trotzdem so detailliert erzählte, daß wir gebannt zuhörten. . . . Ihre Geschichten waren lang und gekonnt dramatisiert, manchmal sogar mit Tränen, die ihr langsam über die Wangen liefen.« Die Geschichte von Margaret und Charles erinnert uns nicht nur daran, daß aufrichtige Liebe das Leben der Liebenden, sondern auch das Leben ihrer Kinder erhöht und hoffentlich auch inspiriert. Und daß wir es unseren Kindern, ebenso wie uns, schuldig sind, bessere Möglichkeiten der Liebe zu finden.

Die drei Beziehungen, die ich hier vorgestellt habe, sind ganz unterschiedlich und haben doch einige wichtige Dinge gemeinsam. Durch ihre einmalige Lebendigkeit und Integrität könnten sie unsere Vorstellung über die Möglichkeiten des Lebens beflügeln. Dies sind Menschen, die aus ihrem Liebesleben ein großes Abenteuer machen. Sie sind sich gleich in ihrer Fähigkeit, die irreführenden Schichten der Mogelpackung, die unsere Kultur um die Liebe hüllt, aufzureißen und damit geradewegs zum menschlichen Kern vorzudringen. Wie Sandy fühlen sie sich frei, das zu sein, was man zum jeweiligen Zeitpunkt sein muß, getrennt oder zusammen. Menschen wie sie zeigen uns, daß Autonomie und Liebe keine Gegensätze sind, sondern daß eine aufrichtige Liebesbeziehung uns dabei unterstützen kann, uns dem Leben in seiner vollsten und direktesten Form zu widmen. Sie zeigen uns, daß es tatsächlich möglich ist für eine Frau, ganz sie selbst zu sein, und trotzdem die Liebe eines Mannes zu finden. Und daß auch Männer, wenn sie die Chance wahrnehmen, ganz sie selbst zu sein, statt das partiell menschliche Wesen, genannt »richtiger Mann«, aus ganzem Herzen lieben können. Diese Liebesbeziehungen sagen uns, daß unsere alten Unterscheidungen das Produkt alter Vorschriften für Männer und Frauen sind, die wir nicht mehr länger anzuerkennen oder zu befolgen brauchen. Wir können auch weiterhin unser Liebesleben in der üblichen, von den patriarchalen Mythen vorgeschriebenen Weise führen, oder wir können damit beginnen, uns selbst ein paar neue und bessere Anweisungen für die Liebe auszudenken. Zum ersten Mal in der Geschichte haben wir wirklich die Wahl.

Schlußwort

Wir leben in einer turbulenten Zeit. Ironischerweise trifft ein typischer Ausspruch der romantischen Liebe auch auf die letzten Jahrzehnte zu: So wie jetzt war es noch nie. Frauen haben begonnen, sich ihren Weg aus der fünftausendjährigen Geschichte patriarchaler Ideologie hinauszudenken. Mit der wachsenden Anzahl von Frauen, die sich um Autonomie bemühen, nimmt das neue Denken gleichzeitig in der Praxis unseres eigenen Lebens und in der Gesellschaft Form an. Wie Sandy Kelly sagt, gehören Frauen, die in der heutigen Zeit erwachsen werden, zur Generation der Versuchskaninchen. Sie haben Möglichkeiten, die keine Frauengeneration vor ihnen hatte.

Welche neuen Errungenschaften gab es für Frauen in den letzten fünfundzwanzig Jahren? Viele! Ein ganzer Katalog technologischer Fortschritte und ökonomischer Möglichkeiten signalisiert, zusammen mit dem Feminismus und der generellen Verschiebung in Richtung einer neuen Weltanschauung, den Ausstieg der Frauen aus der uralten, einseitigen Tretmühle. Diese neuen Realitäten haben sich in unserer Kultur noch nicht durchgesetzt, und sie zu wählen bedeutet oft Strafe, aber zumindest besteht jetzt die Möglichkeit der Wahl, und immer mehr Frauen machen davon Gebrauch. Ich will nur ein paar Beispiele geben als Anregung zum Weiterdenken in diese neue Richtung. Ökonomische Unabhängigkeit: Frauen müssen nicht mehr heiraten, um finanziell abgesichert zu sein, und sie können sich scheiden lassen, ohne vor dem finanziellen Nichts zu stehen. Sexuelle Unabhängigkeit: Durch verbesserte Verhütungsmethoden und die Möglichkeit der künstlichen Befruchtung können Frauen jetzt wählen, ob sie Mutter werden wollen oder nicht und ob sie überhaupt körperliche Beziehungen mit Männern haben wollen. Persönliche Unabhängigkeit: Neue Wertmaßstäbe für die Wichtigkeit persönlicher Gefühle und Lebensqualität machen es leichter, traditionelle Autoritäten in Frage zu stellen; zusammen mit der größeren Kontrolle über ihren Körper bedeutet es, daß sich die sexuelle Unabhängigkeit der Frauen ausdehnt und sie in allen sexuellen Angelegenheiten ihr Mitspracherecht geltend machen können.

Wenn ich von der uralten, einseitigen Tretmühle für Frauen spreche, meine ich damit die für Frauen geltenden Vorschriften des Patriarchats, überzogen mit dem Zuckerguß des Mythos der romantischen Liebe. Kratzt man den Guß ab, nimmt man ihm seine falsche Attraktivität, kommen darunter seine wahren, rigiden Forderungen zum Vorschein. Er bestimmt, das Leben einer Frau habe erst mit der Ankunft des ersehnten Mannes zu beginnen – falls sie ihn dazu bringen kann, sie zu heiraten –, denn nur durch die Ehe mit einem Mann könne sie finanzielle Sicherheit, Status, Liebe, Sexualität, sinnvolle Arbeit und Kinder bekommen. An ihren Tabus sollt ihr autoritäre Systeme erkennen! Das vom Mythos der romantischen Liebe versprochene Zuckerbrot ist die ewig währende Liebe von Mr. Right. Die dem Zuckerbrot augenblicklich folgende Peitsche sind die vielen Tabus, die Frauen faktisch aller Alternativen zu den Forderungen des Mythos berauben. Viele dieser Tabus tragen wir immer noch in uns, und sie finden ihre aktivsten Verfechter in den Männern und Frauen der fundamentalistischen »Neuen Rechten«.

Tabus sind direkt einsetzbar, zum Beispiel als ökonomische Sanktionen; aber auch indirekt als Stigma. So haben wir das Tabu aller unabhängigen Unternehmungen von Frauen und das Tabu der Berufstätigkeit von Frauen – jetzt abgemildert zur Benachteiligung bei der Einstellung und Diskriminierung solcher Frauen, die auch ohne Billigung der Männer ihre Karriere verfolgen. Wir haben das Tabu der Ehelosigkeit – ursprünglich eisenhart, da es für Frauen keine ökonomische Alternative gab –, jetzt hauptsächlich als Stigma angewandt, das heißt Mißbilligung und Herabsetzung dieser Entscheidung (alleinlebende Frauen gelten in der wissenschaftlichen Literatur nach wie vor als »prä-ehelich«). Wir haben das Tabu des außerehelichen Sex – wofür Frauen zwar nicht mehr mit dem Tode bestraft werden, der aber durch geltende Ehe- und Abtreibungsgesetze schwierig, wenn nicht gar gefährlich gemacht wird. Wir haben das Tabu des Zölibats (außer für Nonnen) und, noch viel stärker, das Tabu des Lesbianismus. Mit anderen Worten, eine Frau *hat* sexuell zu sein (viele tausend Jahre lang hatten Frauen kein sexuelles Mitspracherecht), aber nur mit »ihrem Mann«. Wir haben das Tabu der Kinderlosigkeit – was ein Scheidungsgrund war und selbst heute trotz Überbevölkerung als »selbstsüchtig« und »unnatürlich« gilt. Diese Tabus bröckeln jetzt nach und nach ab, wobei eins das andere nach sich zieht. Darum arbeitet die »Neue Rechte« auch so unermüdlich an einer »Auferstehung der Romantik«. Und darum suchen diejenigen, die Vielfalt und Antiautorität vorziehen, nach anderen Formen der Liebe – Formen, in denen persönliche Autonomie und Integrität erhalten bleiben, weil sie auf freier Entscheidung basieren und nicht an gewaltsame Vorschriften und Autorität gebunden sind.

Wir haben viel von einer angeblichen sexuellen Revolution gehört, die auftauchte und wieder verschwand. Unnötig zu sagen, daß eine sexuelle Revolution, deren Maßstab häufigerer Geschlechtsverkehr zwischen Frauen und Männern ist, nichts mit Revolution zu tun hat. Aber ganz nebenbei geschah etwas Eigenartiges auf dem Weg zur sexuellen Revolution, die keine war. Wir Frauen begannen zu begreifen, daß wir nicht zu heiraten brauchen, keine Kinder bekommen und nicht mit einem Mann schlafen oder uns ökonomisch von ihm abhängig machen müssen; daß wir uns selbst befriedigen und/oder Sex ohne Penetration mit Männern und Frauen haben können; daß wir Nähe und sogar körperliche Zärtlichkeiten austauschen können, ohne eine Beziehung einzugehen; daß wir keine Anweisungen oder Vorschriften von (überwiegend männlichen) »Experten« für unsere Sexualität oder unseren Lebensstil oder unsere Beziehungen befolgen müssen; und, falls wir Beziehungen eingehen, dies nicht ausschließlich mit Männern zu sein hat und auch nicht »für immer« als Ehe oder eheähnliche Beziehung.

Insgesamt genommen fanden wir Frauen Wege und Mittel, unsere eigene Entscheidung zu treffen, wo und mit wem wir leben, welche Arbeit wir tun und wen und wie wir lieben wollen. Wie meine Tochter, die wie Sandy Kelly der »Versuchskaninchen-Generation« angehört, glücklich feststellt: »*Das* ist die wahre sexuelle Revolution!« Und das meine auch ich, wenn ich sage, jede Frau, die sich um eine eigene Definition ihrer Identität und um eine direkte Beziehung zum Leben bemüht, steht am Rande der wichtigsten Veränderung für die Liebe seit der Erschaffung Evas in der Genesis. Zum ersten Mal in der patriarchalen Geschichte haben wir die Möglichkeit, eine Liebe zu wählen, die auf Ebenbürtigkeit und freier Entscheidung basiert. Alles andere ist meiner Meinung nach keine Liebe, sondern Leibeigenschaft. Für beide Geschlechter.

Ich begrüße diese tiefgreifende Revolution daher freudig und werde mein möglichstes tun, sie gegen die Kräfte des reaktionären Rückschritts zu verteidigen, die jetzt am Werk sind. Ich beschließe dieses Buch mit dem Wunsch für ein solches glückliches Ende und lade Sie ein, sich mit mir zusammen vorzustellen, wie die Liebe in einer zivilisierten Gesellschaft aussehen könnte.

Ich verstehe darunter eine Gesellschaft, die sich ihren Mitgliedern gegenüber so aufmerksam wie möglich verhält und dabei gleichzeitig die Tatsache respektiert, daß sie in Beziehung zu allen anderen Gesellschaften und dem Kosmos existiert. Eine solche Gesellschaft würde die Menschenrechte all ihrer Mitglieder respektieren und sich darüber hinaus besonders um die am wenigsten Privilegierten bemühen. Wie würde in einer solchen Gesellschaft die menschliche Aktivität genannt Liebe aussehen? Sie müßte von dem Prinzip ausgehen, menschliche Freiheit in bezug auf die Liebe zu erweitern. Sie müßte davon ausgehen, daß alle Menschen gleich geschaffen sind im Sinne der Menschenrechte, die auch das Recht auf Leben, Freiheit und das Streben nach Glück umfassen; und daß Streben nach Glück in der Liebe durch all das geschützt wird. Ich glaube, eine zivilisierte Gesellschaft würde das Streben nach Liebe als grundsätzliches Menschenrecht betrachten – und nicht als Privileg, das der Staat erteilen und wieder entziehen kann, wenn nicht nach seinen Vorstellungen damit verfahren wird. Und eine solche Gesellschaft würde daher in die Liebe nur eingreifen, wenn durch sie andere, grundlegende Menschenrechte verletzt würden.

Eine zivilisierte Gesellschaft würde erkennen, daß Liebe und Sex zwei getrennte Dinge sind. Man kann ohne Sexualität lieben, und man kann Sexualität ohne Liebe haben, und beides geschieht täglich. In einer zivilisierten Gesellschaft wären die Menschen frei, selbst zu entscheiden, anstatt gezwungen oder beschwatzt zu werden, beides zusammenzupacken und es »die Romanze, die zur wahren Liebe führt«, zu nennen. Eine zivilisierte Gesellschaft würde nüchterne Fragen über die Bedeutung der Liebe ermutigen, statt der Überzeugung, es sei »Magie«; und sie würde ebenso das menschliche Interesse an sexueller Vielseitigkeit ermutigen, statt zu behaupten, sexuelle Anziehung sei ein »chemischer Prozeß« (zwischen »Gegensätzen«). Sie würde die Menschen in dem Gefühl bestärken, alle nur denkbaren Möglichkeiten in ihrem Liebesleben zu haben, und es ihnen überlassen, welche sie ausprobieren wollen. Eine zivilisierte Gesellschaft würde das Sexualleben der Menschen nicht festlegen und diese Festlegung dann mit Sanktionen und Gewalt durchsetzen. Statt dessen würde sie den Menschen die Freiheit geben, die grundsätzlichen Aspekte des Lebens zu erforschen, damit sie die Festlegung selbst treffen können. Der einzige Aspekt von Liebe und Sexualität, mit dem sich der Staat in einer solchen Gesellschaft rechtmäßig befassen dürfte, wäre die Ethik. Das heißt, ob durch Liebe und Sexualität grundsätzliche, generelle Menschenrechte verletzt werden. Liebe oder Sexualität als unethisch einzustufen, hätte nichts damit zu tun, ob sie sich nach einer anerkannten Form richten, sondern nur damit, ob jemand mißbraucht werden könnte. Würde es sich um eine frei gefaßte Übereinkunft handeln und würden dadurch keine Menschenrechte der Beteiligten oder anderer verletzt, müßte eine zivilisierte Gesellschaft sie für »gut« befinden und in Ruhe lassen.

Ich hoffe für die Liebe, daß wir es noch erleben, sie als einen wahrhaften Austausch von Leidenschaft und unverfälschter Individualität zweier aufrichtig umeinander Bemühter und Ebenbürtiger zu begreifen. Wir machen einen riesigen Schritt in Richtung auf dieses Ziel aufgrund der ungeheuren Veränderungen für Leben und Entscheidungsmöglichkeiten von Frauen. Sie verändern das Antlitz der Liebe. Wenn wir die Richtung beibehalten, in die uns diese Veränderungen führen, können wir endlich unser Liebesleben zurückfordern und müssen uns nicht länger der patriarchalen Vorstellung von der Frau als minderwertigem Wesen beugen, die die Menschheit gespalten und aufrichtige Liebe unmöglich gemacht hat. Und wenn es uns gelingt, diese erste und tiefste aller Spaltungen zu überbrücken, werden andere folgen. So daß alle Menschen aufrichtig umeinander bemühte Ebenbürtige sein können, und das nicht nur in einer einzigen, vorgeschriebenen Kombination. Unser Liebesleben war viel zu lange eingesperrt. Es wird Zeit, die menschliche Vielfältigkeit zu feiern, die ihren Ausdruck in der Liebe findet. Es wird Zeit, die Liebe als Recht aller menschlichen Wesen zu feiern.

Danksagung

Zum Thema Liebe eine Position einzunehmen, die im krassen Widerspruch zur öffentlichen Meinung steht, kann zu einer erschreckenden Erfahrung werden. Meine Aufgabe wäre allerdings viel schwieriger und unerfreulicher gewesen ohne die Unterstützung einer großen und vielschichtigen Gruppe von Menschen, von engsten Freunden bis zu völlig Fremden. Ich danke meinen Freunden, die nie etwas dagegen hatten, wenn ich bei jeder interessanten Bemerkung über die Liebe meinen Kassettenrekorder oder mein Notizbuch hervorzog – was sehr oft geschah. Und ich danke den vielen, die zu Interviews bereit waren, manchmal gleich nach den ersten Minuten des Kennenlernens, und immer voller Aufrichtigkeit und Offenheit. Ich glaube fast, ich muß mich auch bei den nordamerikanischen Fluggesellschaften bedanken. Es ist erstaunlich, wie schnell Menschen selbst auf kurzen Flügen bereit sind, intime Details zu enthüllen, wenn man ihnen sagt, man schreibe ein Buch über die Liebe. Ich habe die Namen weggelassen oder verändert, um sicherzustellen, daß keine Privatsphäre verletzt wird.

Dies ist mein erstes Buch. Viele Menschen haben mir mit allem möglichen geholfen, über Hinweise für meinen Einstieg als Autorin, Vorschläge für Material, das ich einbeziehen sollte, ausführliche Diskussionen über das Thema, bis hin zu einsichtigen Kommentaren über die einzelnen Kapitel. Ich danke besonders meiner Schwester Anne Koedt, die mir als erste vorschlug, Bücher zu schreiben, meine erste Lektorin wurde und deren Feminismus mich seit den frühesten Tagen der Frauenbewegung inspiriert hat. Mein Dank gilt auch meinem Vater Bob Koedt für seine stete Großzügigkeit mir gegenüber während der Zeit, in der ich das Buch schrieb. Und auch: Margaret Atwood, James Barber, Beverly Burnside. Elaine Dewar, Stephan Dear, Joanne Edgar, Ursula Franklin, Alison Leslie Gold, Paul Grescoe, Maryon Kantaroff, Rodney Kreps, Ellen Levine, Wendy Mathison, Norm Miller, Haida Paul, Birte Peschcke-Koedt, Richard Reid, Anne Wilson Schaef, Ann Snitow, Edith Stinnett und Johanna Stuckey.

Den größten Einfluß auf meine Art zu denken hatte sicher die Arbeit von Kenneth Burke. Seine überwältigende Vielfalt und Originalität erhellten mir die Welt der symbolischen Form und lehrten mich die Freude am widersprüchlichen Denken. Ich danke Bert O. States, meinem Mentor von der Universität, der mir diese Arbeit nahebrachte. Sie durchdringt mein ganzes Buch.

Meine Nachforschungen führte ich in Vancouver, British Columbia, durch sowie in Jackson Hole, Wyoming. Ich danke besonders den Angestellten der Soziologie-Abteilung der Vancouver Public Library, der Teton County Library und dem Valley Bookstore. Sie waren nicht nur effizient, sondern hatten auch die aufmunternde Angewohnheit, in einige der blumigeren Lobpreisungen romantischer Liebe, die ich mir ansehen mußte, kleine Zettel mit trockenen Kommentaren zu stecken.

Unter denjenigen, die die Veröffentlichung dieses Buches möglich machten, gilt mein besonderer Dank: meinen Lektorinnen Yvonne Keller und Dinah Forbes für ihre offene und sachliche Kritik, als sie mir halfen, dem Buch die endgültige Form zu geben; Cheflektor Jan Johnson dafür, daß er mich durch manche Stürme lotste und gerade zur rechten Zeit den Titel für das Buch fand; Terri Goff, der mich in die Kunst des Buchumbruchs einführte; Steve Anderson für seine unermüdliche Bereitschaft, mit kleinen und großen Problemen fertigzuwerden; und Glenda Goulet für das Abtippen des endgültigen Manuskripts und ihre Ermutigung zum nötigen Zeitpunkt. Douglas Gibson, Verleger von McClelland & Steward, machte die kanadische Ausgabe des

Buches möglich. Dafür danke ich ihm, weil ich Kanadierin bin. Clayton Carlson, Verleger von Harper & Row, ermunterte mich von nah und fern und schien oftmals noch vor mir zu wissen, was ich wirklich schreiben wollte. Ich danke ihm für eine durch und durch glückliche Arbeitsbeziehung und für die Inspiration zu einigen der mir liebsten Teile des Buches.

Weiterhin danke ich dem Forschungsprogramm des Canada Council und auch dem Ontario Arts Council für die finanzielle Unterstützung, die mir geholfen hat, das Projekt mit größtmöglicher Freiheit in Angriff zu nehmen.

Und ich danke der Anwältin Marian Hebb, die mich geschickt und mit viel willkommenem Humor durch die kanadischen und amerikanischen Vertragsverhandlungen führte, bevor ich eine Agentin hatte. Dafür, daß sie meine Agentin wurde, danke ich Faith Hornby Hamlin, mit der ich vorhabe, bis in alle Ewigkeit glücklich zusammenzuarbeiten.

Die Arbeitsumgebung wird enorm wichtig, wenn man für Monate, aus denen Jahre werden, an einen Arbeitstisch gekettet ist. Darum danke ich Mardy Murie, die mir auf ihrer Ranch nicht nur ein wundervolles Zuhause bot, sondern auch den perfekten Platz, um ein Buch zu schreiben.

Drei Menschen waren für mich besonders wichtig, als ich dieses Buch schrieb, da sie eng mit dem ganzen Entstehungsprozeß verbunden waren. Durch sie ist das Buch klüger, erfreulicher und lebendiger geworden. Meinen tiefsten Dank daher an:

Meine Mutter Inger Koedt, mit der ich auf Wanderungen oder Skitouren viele meiner Ideen durchdiskutierte. Sie müssen sich uns vorstellen, wild mit den Armen oder den Skistöcken gestikulierend, wenn wir bei einer weiteren erstaunlichen Erkenntnis über den Irrgarten der Liebe anlangten.

Meinen Freund Jon Deak, der sich trotz seines übervollen Terminkalenders als Komponist und Mitglied der New Yorker Philharmoniker Zeit für mich nahm und mein »korrespondierendes Tagebuch« wurde. Das Tagebuch ist zweimal so lang wie das Manuskript und wurde zur Grundlage, aus der sich die Form des Buches herausschälte.

Der Abschied vom Märchenprinzen ist meiner Tochter Lise Kreps gewidmet, weil sie mir viel über subversive Gedanken und authentische, unverfälschte Leidenschaft beigebracht hat. Und weil sie, mehr als alle anderen, die ich kenne, mutig und innovativ in die entlegensten Winkel des Gebietes vordringt, das ich in diesem Buch erforsche.

Moose, Wyoming
Januar 1990

Anmerkungen

Einleitung

1 Ich verdanke Tania Blixen das wunderbare Konzept einer »direkten Beziehung zum Leben« als Beschreibung dessen, was viele Frauen heute suchen. Siehe dazu: Judith Thurman: *Tania Blixen. Ihr Leben und Werk*, übersetzt von Barbara Hennings und Margarete Längsfeld, Stuttgart 1989, S. 313.

1. Es war einmal

1 Zur Analyse der »Vollkommenen Romanze« siehe Janice A. Radway: *Reading The Romance: Women, Patriarchy and Popular Literature*, Chicago 1976, Kapitel 4, »The Ideal Romance: The Promise of Patriarchy«, S. 119–56.
2 In dem 1939 gedrehten Märchenfilm »The Wizard of Oz« (deutscher Titel »Das verzauberte Land«) mit Judy Garland als Dorothy versucht die Böse Hexe des Westens, Dorothy mit allen Mitteln die magischen roten Schuhe abzuluchsen, und taucht, wie das Hexen nun mal so an sich haben, immer in den idyllischsten Momenten mit großem Effekt aus dem Nichts auf. (A.d.Ü.)
3 Shere Hite: *Hite Report. Das sexuelle Erleben der Frau*, München 1978.
4 –: *Hite Report II. Das sexuelle Erleben des Mannes*, München 1982.
5 –: *Frauen und Liebe. Der neue Hite-Report*, München 1988.
6 Northrop Frye in der Einleitung zu *The Prospect of Change*, McGraw-Hill Company of Canada 1965, S. XIII.

2. Der Prinz

1 Aus dem Bericht des Federal Reserve Board von 1983, zitiert von William Greider in: »Annals of Finance«, *The New Yorker*, 9. November 1987, S. 62.
2 *Common Cause Magazine*, Juli/August 1967, S. 37.
3 Carol Tavris und Carol Wade: *The Longest War: Sex Differences in Perspektive*, San Diego 1984, S. 15.
4 Sam Keen: *Faces of the Enemy: Reflections of the Hostile Imigination*, San Francisco 1986, S. 110.
5 Nähere Informationen über die archäologische Revolution finden sich z. B. in Riane Eisler: *Von der Herrschaft zur Partnerschaft*, übersetzt von Christel Rost, München 1989, S. 18.

Warum erfahren wir erst jetzt mehr über diese verborgene Vergangenheit? Aus verschiedenen Gründen, hauptsächlich aber aus Mangel an Informationen und wegen Fehlinterpretation der wenigen vorhandenen Informationen. Einige der Fehlinterpretationen waren vorhersehbar: Ein über fünftausend Jahre währendes Patriarchat führte zwangsläufig zu einer gewissen Kurzsichtigkeit bei den fast ausschließlich männlichen Wissenschaftlern, die sich mit Vorgeschichte beschäftigten. Besonders deutlich wird diese Kurzsichtigkeit durch neuere feministische Forschungen von Frauen und Männern. Erst nach dem 2. Weltkrieg hörte die Archäologie auf, eine mehr oder weniger sanktionierte Grabräuberei zu sein (begangen von Europäischen Museen, nicht von lokalen Dieben) und wurde zu einer Wissenschaft, die an den Ausgrabungsstätten nach Informationen sucht, statt nach wertvollen Objekten. Seither ist die Archäologie, auch dank neuerer Methoden und technischer Entwicklungen auf dem Gebiet der exakten Altersbestimmung, zu einer interdisziplinären Wissenschaft geworden mit dem Ziel, durch systematische Untersuchung der historischen Ausgrabungsstätten Einblick in Leben und Denken unserer prähistorischen Vorfahren zu bekommen.

6 Ebenda, S. 47, 50–51, 75, 79.

7 Ebenda, S. 97.

8 Ebenda, S. 98, 198, 326.

9 Gerda Lerner: *The Creation of Patriarchy*, New York 1986, S. 8.

10 Denis de Rougemont: *Die Liebe und das Abendland*, übersetzt von Friedrich Scholz und Irene Kuhn, Zürich 1987, S. 23–24.

11 Barbara Walker: *The Women's Encyclopedia of Myth and Secrets*, San Francisco 1983, S. 290.

12 Lerner: *Creation of Patriarchy*, S. 196–97.

13 Helen B. Andelin: *Fascinating Womanhood*, Santa Barbara, CA 1963, S. 122.

14 Lerner: *Creation of Patriarchy*, S. 206–7.

15 Ebenda, S. 211, 10.

16 The Summa Theologica of Saint Thomas Aquinas, in: *Great Books of the Western World*, Chicago 1952, Vol. 19, S. 489.

17 Susan Sherwin: »Ethics: Towards a Feminist Approach«, Canadian Woman Studies 6, Nr. 2, Frühjahr 1985, S. 21.

18 Zitiert in Barbara Ehrenreich und Deidre English: *For Her Own Good: 150 Years of the Expert's Advice to Women*, New York 1978, S. 17–18.

19 M. F. Ashley Montague (Herausg.): *Mensch und Aggression*, Weinheim 1974.

20 Keen: *Faces of the Enemy*, S. 134.

21 Donald H. Bell: *Being a Man: The Paradox of Masculinity*, Brattleboro, VT 1982.

22 Keen: *Faces of the Enemy*, S. 19; und M. Scott Peck: *The Road Less Traveled: A New Psychology of Life, Traditional Values and Spiritual Growth*, New York 1979, S. 51.

23 Lawrence LeShan: *Alternate Relations*, New York 1987.

24 Anthony Astrachan: *How Men Feel: Their Response to Women's Demands for Equality and Power*, New York 1986; der Autor wird zitiert in »The ›New Man‹ vs. the Old« von Glenn Collins: The New York Times Book Review, 14. Juli 1986, S. 18.

25 Robert L. Woolfolk und Frank C. Richardson: *Stress, Sanity and Survival*, New York 1979, S. 57.
26 Naomi Weisstein, »Psychology Constructs the Female«, in: Anne Koedt, Ellen Levin und Anita Rapone (Hrsg.): *Radical Feminism*, New York 1973, S. 178–97.
27 Joseph H. Pleck: *The Myth of Masculinity*, Cambridge, MA 1984, S. 7.
28 Zitiert in Mark Gerzon: *A Choice of Heroes: The Changing Faces of American Manhood*, Boston 1982, S. 6.
29 Pleck: *Myth of Masculinity*, S. 22, 34.
30 Ebenda, S. 139.
31 Ruth E. Hartley, »Sex-Role Pressures and the Socialization of the Male Child«, in: Psychological Reports 5, 1959, S. 457–68.
32 Elizabeth H. Pleck und Joseph H. Pleck (Hrsg.): *The American Man*, Englewood Cliffs, NJ 1980, S. 424.
33 Joseph H. Pleck und Jack Sawyer (Hrsg.): *Men and Masculinity*, Englewood Cliffs, NJ 1974, S. 14.
34 Pleck und Pleck: *American Man*, S. 424.
35 Pleck und Sawyer: *Men and Masculinity*, S. 4.
36 Lillian Rubin: *Just Friends: The Role of Friendship in Our Lives*, New York 1985, S. 90.
37 Pleck und Pleck: *American Man*, S. 429.
38 Marc Feigen Fasteau: *The Male Machine*, New York 1974.
39 Pleck: *Myth of Masculinity*, S. 87.
40 Fasteau: *Male Machine*, S. 12–13.
41 Ebenda, S. 13.
42 Ebenda, S. 11.
43 Ebenda, S. 4.
44 O. William Battalia und John J. Tarrant: *The Corporate Eunuch*, New York 1974.
45 Fasteau: *Male Machine*, S. 15.
46 Ebenda, S. 15.
47 Nicolas Platon, zitiert in Eisler: *Von der Herrschaft zur Partnerschaft*, S. 76.
48 Fasteau: *Male Machine*, S. 24.
49 Marabel Morgan: *Die totale Frau*, Zürich 1982.
50 Pleck und Pleck: *American Man*, S. 420–21.
51 Bell: *Being a Man*, S. 58.
52 Fasteau: *Male Machine*, S. 22–23.
53 Amanda Cross: *Albertas Schatten*, Frankfurt 1988, S. 49.
54 Rougemont: *Die Liebe und das Abendland*, S. 57.
55 Gerzon: *A Choice of Heroes*, S. 225.
56 Francois, Duc de La Rochfoucauld: *Maxims*, 1678, Nr. 312.
57 Pleck und Pleck: *American Man*, S. 39.
58 Siehe z. B. Fasteau: *Male Machine*, S. 49; T. George Harris, in: Elaine Hatfield und G. William Walster: *A New Look at Love*, New York 1981, S. 48–51; und Joseph Critelli u. a.: »The Components of Love: Romantic Attraction and Sex Role Orientation«, Journal of Personality 54, Nr. 2, Juni 1986, S. 354–69.
59 Critelli u. a.: »The Components of Love«.

3. Der Mythos der romantischen Liebe

1 Joseph Bédier: *Der Roman von Tristan und Isolde*, Leipzig 1901; zitiert in Denis de Rougemont: *Die Liebe und das Abendland*, Zürich 1987, S. 19.
2 Jessie L. Weston: *The Story of Tristan and Iseult*, ins Englische übertragen nach der deutschen Fassung von Gottfried von Strassburg, London 1970, Einleitung zu Band 1.
3 Ich bringe eine Kurzfassung der Geschichte nach der Darstellung von Rougemont in: *Die Liebe und das Abendland*.
4 Ebenda, S. 41–42.
5 Heather M. Ferguson (Pseudonym für Johanna Stuckey): »Passionate Romantic Love«, *Canadian Woman Studies 4*, Nr. 4, Sommer 1983, S. 97–98.
6 John H. Gagnon und William Simon: *Sexual Conduct: The Social Sources of Human Sexuality*, Chicago 1977, S. 1.
7 Northrop Frye: *Anatomy of Criticism*, Princeton, NJ 1957, S. 136, 99–118.
8 Carol Pearson und Katherine Pope: *The Female Hero in American and British Literature*, New York 1981, S. 285.
9 Rougemont: *Die Liebe und das Abendland*, S. 62, 176, 20, 264, 29.
10 Ebenda, S. 364.
11 Ilona Opie und Peter Opie: *The Classic Fairy Tales*, New York 1980, S. 106.
12 Frye: *Anatomy of Criticism*, S. 116.
13 Ebenda, S. 153.
14 Meine Analyse der strukturellen Elemente dieser drei Märchen basiert auf Vladimir Propp: *Die historischen Wurzeln des Zaubermärchens*, München 1987; und auf der ersten Übersetzung dieser Märchen ins Englische, nach Opie und Opie: *Classic Fairy Tales*.
15 Rougemont, *Die Liebe und das Abendland*, S. 23.
16 Andelin, zitiert in Elaine Hatfield und G. William Walster: *A New Look at Love*, New York 1981, S. 162.
17 John G. Cawelti: *Adventure, Mystery, and Romance*, Chicago 1976, S. 9.
18 Margaret Ann Jensen: *Love's Sweet Return: The Harlequin Story*, Toronto 1984, S. 143.
19 Cawelti: *Adventure, Mystery, and Romance*, S. 34.
20 Jensen: *Love's Sweet Return*, S. 76.
21 Jancie A. Radway: *Reading The Romance: Women, Patriarchy, and Popular Literature*, Chapel Hill, NC 1984; siehe besonders Kapitel 4, »The Ideal Romance«.
22 Jensen: *Love's Sweet Return*, S. 119.
23 Ebenda, S. 85.
24 Ebenda, S. 118.
25 Radway: *Reading The Romance*, S. 147.
26 Jensen: *Love's Sweet Return*, S. 111.
27 Radway: *Reading The Romance*, S. 129.
28 Jensen: *Love's Sweet Return*, S. 97.
29 Ebenda, S. 154.
30 Ebenda, S. 114.
31 Ebenda, S. 85.

4. Die Prinzessin

1 Colette Dowling: *Der Cinderella Komplex*, übersetzt von Manfred Ohl und Hans Sartorius, Frankfurt 1982, S. 37, 29.
2 Marc Feigen Fasteau: *The Male Machine*, New York 1974, S. 43.
3 Nancy L. Peterson: *Our Lives for Ourselves: Women Who Have Never Married*, New York 1981, S. 202.
4 Doris Lessing: *Der Sommer vor der Dunkelheit*, übersetzt von Jürgen Abel, Reinbek 1975, S. 43–44.
5 *Funk and Wangalls Standard College Dictionary, Canadian Edition*, Toronto 1976.
6 Inge K. Broverman u. a.: »Sex-Role Stereotypes and Clinical Judgement of Mental Health«, *Journal of Consulting and Clinical Psychology 34*, Nr. 1, 1970, S. 1–7.
7 Clifton, McGarth und Wick: »Stereotypes of Women: A Single Category?« SEX ROLES: A JOURNAL OF RESEARCH in: Johanna Bunker Rohrbaugh: *Women: Psychology's Puzzle*, New York 1979, S. 163.
8 Judith Thurman: *Tania Blixen. Ihr Leben und Werk*, übersetzt von Barbara Hennings und Margarete Längsfeld, Stuttgart 1989, S. 313.
9 Dowling: *Cinderella Komplex*, S. 12.
10 Fasteau: *Male Machine*, S. 69–70.
11 In Carolyn Heilbrun: *Reinventing Womanhood*, New York 1979, S. 188.
12 Szenen 1–5: Mirra Komarovsky: »Cultural Contradictions and Sex Roles«, *American Journal of Sociology 52*, 1946, S. 184–89.
13 Nancy M. Henly: *Körperstrategien. Geschlecht, Macht und nonverbale Kommunikation*, übersetzt von Helga Herborth, Fischer Taschenbuch, Bd. 4716, S. 214.
14 Sue Cox: *Female Psychology: The Emerging Self*, New York 1981, S. 158–61; auch Henley: *Körperstrategien*, S. 248.
15 Rohrbaugh: *Women*, S. 226.
16 Thurman: *Tania Blixen*, S. 313–314.

5. Der Drache

1 Gloria Kaufman und Mary Kay Blakeley: *Pulling Our Own String: Feminist Humor & Satire*, Bloomington, IN 1980, S. 165.
2 In Rosabeth Moss Kanter: *Men and Women of the Corporation*, New York 1977, S. 201.
3 Ebenda, S. 230–37.
4 Joanna Bunker Rohrbaugh: *Women: Psychology's Puzzle*, New York 1979, S. 221.
5 Colette Dowling: *Der Cinderella Komplex*, übersetzt von Manfred Ohl und Hans Sartorius, Frankfurt 1982, S. 167, 29.
6 Matina Horner: »The Motive to Avoid Success and Changing Aspirations of College Women«, in: Judith M. Bardwick (Hrsg.): *Readings on the Psychology of Woman*, New York 1972, S. 62–63.
7 Liz Roman Gallese: *Women Like Us: What Is Happening to the Women of the Harvard Business School, Class of '75 – the Women Who Had the First Chance to Make It to the Top*, New York 1985.

8 Ebenda, S. 16, 34, 29, 106.
9 Marge Piercy: *Living in the Open*, New York 1976, S. 71.
10 Gallese: *Women Like Us*, S. 79.
11 Stanley Berenstain und Janice Berenstain: *The Bike Lesson*, New York 1964.
12 Zitiert in Rohrbaugh: *Women*, S. 221.
13 Die Informationen über die beiden Annie Oakleys stammen aus folgenden Quellen: *Annie Get Your Gun*, MGM-Musical mit Betty Hutton und Howard Keel, Text und Musik von Irving Berlin, 1950; Bonnie Kreps: »Annie Oakley's True Love Story«, *Ms. Magazine*, Januar 1977; Annie Oakley Collection (Sammlung privater Erinnerungsstücke und Zeitungsausschnitte aus über 40 Jahren), Buffalo Bill Historical Center, Cody, Wyoming; und Ellen Levine, *Ready, Aim, Fire! The Real Adventures of Annie Oakley*, New York 1989.
14 *New Yorker*, 20. Mai 1985.
15 Komarovsky: »Cultural Contradictions and Sex Roles«, S. 189.
16 Carol Cassell: *Die Sehnsucht nach dem siebten Himmel. Frauen zwischen Liebe und Sexualität*, übersetzt von Claudia Preuschof, Reinbek 1986, S. 111.
17 Susan Brownmiller: *Weiblichkeit*, übersetzt von Manfred Ohl und Hans Sartorius, Frankfurt 1984, S. 227.
18 G. Stanley Hall, zitiert in: Mark Gerzon: *A Choice of Heroes: The Changing Faces of American Manhood*, Boston 1982, S. 143.
19 Psychiaterin Helene Deutsch, zitiert in: Betty Friedan, *Der Weiblichkeitswahn oder die Selbstbefreiung der Frau*, übersetzt von Margaret Carroux, Reinbek 1966, S. 117.
20 Ellen Goodman: *Turning Points*, New York 1983, S. 76–77.
21 Margaret Ann Jensen: *Love's Sweet Return: The Harlequin Story*, Toronto 1984, S. 104.
22 Nancy L. Peterson: *Our Lives for Ourselves: Women Who Have Never Married*, New York 1981, S. 52.
23 Zick Rubin: *Liking and Loving*, New York 1973, S. 78.
24 Marc Feigen Fasteau: *The Male Machine*, New York 1974, S. 69.
25 Rubin: *Liking and Loving*, S. 76–77.
26 Ebenda, S. 77–78.
27 Dorothy Tennov: *Über die romantische Liebe*, übersetzt von Wolfgang Stifter, München 1981, S. 37.
28 John Donne: *Alchemie der Liebe*, übersetzt von Werner v. Koppenfels, Berlin 1986, S. 13.
29 Florence Rheta Schreiber: *Sybil. Persönlichkeitsspaltung einer Frau*, München 1977.

6. Leben im Schloß

1 Barbara Grodon: *Ich tanze so schnell ich kann*, Reinbek 1983, S. 301.
2 Jessie Bernard: *The Future of Marriage*, New York 1978, S. 41.
3 Siehe z. B. Myrna M. Weissman und Gerald L. Klerman: »Sex Differences and the Epidemiology of Depression«, *Archives of General Psychiatry 34*, 1977, S. 98–111.

4 Silvano Arieti und Jules Bemporad: *Depression*, übersetzt von Ulrike Stopfel, Stuttgart 1983, S. 454–55.
5 Marabel Morgan: *Die totale Frau*, Zürich 1982, S. 94.
6 Arieti und Bemporad: *Depression*, S. 457.
7 John Money: *Love and Love Sickness: The Science of Sex, Gender Difference and Pair-Bonding*, Baltimore 1981, S. 65, 71.
8 John Donne: *Alchemie der Liebe*, übersetzt von Werner v. Koppenfels, Berlin 1986, S. 11, 67.
9 Jeffrey R. M. Kunz, MD (Hrsg.): *The American Medical Association Family Medical Guide*, New York 1982, S. 194–95.
10 Dorothy Tennov: *Über die romantische Liebe*, übersetzt von Wolfgang Stifter, München 1981, S. 32.
11 M. Scott Peck: *The Road Less Traveled: A New Psychology of Love, Traditional Values and Spiritual Love*, New York 1979, S. 85–105.
12 Marc Feigen Fasteau: *The Male Machine*, New York 1974, S. 32.
13 Stanton Peele und Archie Brodsky: *Love and Addiction*, New York 1976, S. 70.
14 Ebenda, S. 113.
15 Sheila Graham und Gerold Frank: *Beloved Infidel*, London 1959, S. 152, 187–88.
16 Lewis Carroll: *Alice hinter den Spiegeln*, übersetzt von Christian Enzensberger, Frankfurt 1963, S. 74.
17 Gregory Bateson: *Geist und Natur. Eine notwendige Einheit*, übersetzt von Hans Günter Holl, Frankfurt 1982, S. 122.
18 *Tennysons ausgewählte Dichtungen*, übersetzt von Adolf Strodtmann, Leipzig o. J., S. 95.
19 Peele: *Love and Addiction*, S. 265.
20 Ebenda, S. 79.
21 Margery Allingham: *Crime and Mr. Campion*, New York 1937, S. 101.
22 Carol Tavris: *Anger: The Misunderstood Emotion*, New York 1989, S. 131–32, 144, 23, 47.
23 Peter Marris: *Loss and Change*, New York 1975, S. 24, 157, 132, 164, 42.
24 Ebenda, S. 36.
25 Ebenda, S. 12, 98, 37, 20, 41, 51, 29, 162.
26 Dorothy Sayers: *Zur fraglichen Stunde*, übersetzt von Otto Bayer, Reinbek 1983, S. 7.
27 Marris: *Loss and Change*, S. 163–64.
28 Peele: *Love and Addiction*, S. 102.
29 Alice Koller: *An Unknown Woman: A Journey to Self-Discovery*, New York 1983, S. 249.

7. Theorie der Liebe

1 Definitionen aus: *The Compact Edition of Oxford English Dictionary*, Oxford 1982; *Webster's New World Dictionary of American Language*, 2nd College Edition, New York 1970.
2 Arno Gruen: *Der Verrat am Selbst. Die Angst vor Autonomie bei Mann und Frau*, München 1986, S. 11.
3 Ebenda, S. 157.

4 Jessica Benjamin: *The Bonds of Love*, New York 1988, S. 23.

5 Leo Buscaglia: *Liebe das Leben – das Leben liebt dich*, München 1990, S. 19.

6 Morris Berman: *Wiederverzauberung der Welt*, Reinbek 1985, besonders die Kapitel 1–4.

7 B. A. Seyfried und Clyde Hendrick: »When Do Opposites Attract?«, in: *Journal of Personality and Social Psychology 25*, Nr. 1, 1973, S. 15–20.

8 Dr. Joyce Brothers: *What Every Woman Ought to Know About Love and Marriage*, New York 1985, Rückseite.

9 Carol Gilligan: »Remapping the Moral Domain: New Images of the Self in Relationship«, in: Thomas Heller u. a. (Hrsg.): *Reconstructing Individualism: Autonomy, Individuality, and the Self in Western Thought*, Stanford, CA 1986, S. 247.

10 Benjamin: *Bonds of Love*, S. 76.

11 Gilligan: »Remapping the Moral Domain«, S. 243–44.

12 Benjamin: *Bonds of Love*, S. 191.

13 Carol Gilligan: *Die andere Stimme. Lebenskonflikte und Moral der Frau*, übersetzt von Brigitte Stein, München 1984, S. 42, 76, 199, 82, 91, 171.

14 Fritjof Capra: *Wendezeit*, übersetzt von Erwin Schumacher, Bern 1985, S. 80.

15 Fritjof Capra: *Das Tao der Physik*, übersetzt von Fritz Lahmann und Erwin Schumacher, Bern 1983, S. 210.

16 Ebenda, S. 262.

17 Ebenda, S. 68.

18 Ebenda, S. 142.

19 Capra: *Wendezeit*, S. 298.

20 »Real culture lives by sympathies and admirations, not by dislikes and disdains; under all misleading wrappings it pounces unerringly upon the human core.« William James: »The Social Value of the College-Bred«, in: *Memories and Studies*, 1911.

21 Benjamin: *Bonds of Love*, S. 19–21.

22 M. Scott Peck: *The Road Less Traveled: A New Psychology of Love, Traditional Values and Spiritual Growth*, New York 1979, S. 166.

23 Benjamin: *Bonds of Love*, S. 221, 40.

24 Ebenda, S. 47–58.

25 Ebenda, S. 30.

26 Ursula K. LeGuin: »Brauchen wir das Geschlecht?« in: Barbara Holland-Cunz (Hrsg.): *Feministische Utopien – Aufbruch in die postpatriarchale Gesellschaft*, Meitingen 1986, S. 167–176; Ursula K. LeGuin: *Winterplanet*, übersetzt von Gisela Stege, München 1974.

27 Benjamin: *Bonds of Love*, S. 218–22.

28 Jan Morris: *Conundrum*, London 1974, S. 146, 59, 22, 56–57, 57–59, 60, 145, 152, 162–63, 165, 60–61.

29 William Shakespeare: *The Sonnets/Die Sonette*, Stuttgart 1974, S. 119.

30 David D. McClelland: »Some Reflections of the Two Psychologies of Love«, *Journals of Personality 54*, Juni 1986, S. 2; und auch Daniel Goleman, »Psychologists Pursue the Irrational Aspects of Love«, New York Times, 22. Juli 1986, C 1, C 8.

31 Denis de Rougemont: *Die Liebe und das Abendland*, übersetzt von Friedrich Scholz und Irene Kuhn, Zürich 1987, S. 31.

32 Martha C. Nussbaum: »Love and the Individual: Romantic Rightness and Platonic Aspiration«, in: Thomas Heller u. a. (Hrsg.): *Reconstructing Individualism*, Stanford, CA 1986, S. 253–77.
33 Capra: *Wendezeit*, S. 298.
34 Berman: *Wiederverzauberung der Welt*, S. 91, 97.

8. Grundlagen der Liebe

1 Lillian Rubin: *Women of a Certain Age: The Mid-life Search for Self*, New York 1979.
2 Carol Gilligan: »Remapping The Moral Domain: New Images of The Self in Relationship«, in: Thomas Heller u. a. (Hrsg.): *Reconstructing Individualism: Autonomy, Individuality, and The Self in Western Thought*, Stanford, CA 1986, S. 250.
3 Carol Gilligan: *Die andere Stimme. Lebenskonflikte und Moral der Frau*, übersetzt von Brigitte Stein, München 1984, S. 17.
4 Ebenda, S. 105.
5 Anne Wilson Schaef: *Co-Dependence: Misunderstood – Mistreated*, Minneapolis 1986.
6 William Wordsworth: »I Wandered Lonely as a Cloud«, Stanza 4; John Milton: *Das verlorene Paradies*, München 1966, IX 249, S. 207.
7 Samuel Tayler Coleridge: »The Friend. The Improvisator.« 1828.
8 Carol Pearson und Katherine Pope: *The Female Hero in American and British Literature*, New York 1981, S. 3.
9 Imogen Cunningham: *After Ninety*, Einleitung von Margaretta Mitchell, Seattle 1977.
10 Lillian Rubin: *Just Friends: The Role of Friendship in Our Lives*, New York 1985, S. 1, 4, 5.
11 Ebenda, S. 106.
12 Arthur N. Benade: *Horns, Strings, and Harmony*, New York 1960, S. 43–44.
13 David Dunne: »Synchronism: Toward a Phenomenological Science«, *IS Journal 1*, 1986, S. 6.
14 *I Ging*, übersetzt von Richard Wilhelm, Köln 1973.
15 George Eliot: *Daniel Deronda*, II, S. 15.
16 *I Ging*, S. 54–55.
17 M. Scott Peck: *The Road Less Traveled: A New Psychology of Love, Traditional Values and Spiritual Growth*, New York 1979, S. 128.
18 Jessie Bernard, *The Future of Marriage*, New York 1978, S. 157.
19 Michael Vincent Miller, Besprechung von James B. Witchell: *Forbidden Partners*, New York 1986, in: *The New York Times Book Review*, 18. Januar 1987, S. 7–8.
20 John H. Gagnon und William Simon: *Sexual Conduct: The Social Structures of Human Sexuality*, Chicago 1977, S. 19.
21 Ellen Goodman: *Turning Points*, New York 1983, S. 97.

9. Liebe im täglichen Leben

1 Dorothy Tennov: *Über die romantische Liebe*, übersetzt von Wolfgang Stifter, München 1981, S. 53.
2 Denis de Rougemont: *Die Liebe und das Abendland*, übersetzt von Friedrich Scholz und Irène Kuhn, Zürich 1987, S. 176.
3 Tennov: *Über die romantische Liebe*, S. 77–78.
4 Siehe B. F. Skinner: *About Behaviorism*, New York 1974, S. 57–61; und Ernest R. Hilgard u. a.: *Introduction to Psychology*, New York 1971, S. 198–200.
5 Siehe z. B.: Tennov, *Über die romantische Liebe*, S. 17, 345.; Sydney L. W. Mellen: *The Evolution of Love*, Oxford 1981, S. 139–141; *Der Roman von Tristan und Isolde;* John Money und A. A. Ehrhardt: *Man and Woman, Boy and Girl*, Baltimore 1972, S. 191.
6 George Eliot: *Middlemarch*, übersetzt von Rainer Zerbst, Stuttgart 1985.
7 Sue Cartledge und Joanna Ryan (Hrsg.): *Sex and Love: New Thoughts on Old Contradictions*, London 1984, S. 63.
8 Jane Pearce und Saul Newton: *The Conditions of Human Growth*, Secaucus, NJ 1980, S. 218.
9 Jessica Benjamin: *The Bonds of Love*, New York 1988, S. 221.
10 Tristan Bernard (1866–1947): *L'Enfant Prodigue Du Vesinet*, 1921.
11 Robert J. Sternberg: *The Triangle of Love: Intimacy, Passion, Commitment*, New York 1988, S. 283.
12 Ebenda, S. 280.
13 Rainer Maria Rilke: *Briefe an einen jungen Dichter*, Frankfurt 1967, S. 43.
14 Sara Lawrence Lightfood: *Balm in Gilead: Journey of a Healer*, New York 1988, S. 86, 94–96, 106, 108, 151, 157, 109, 212–13, 260, 263, 18, 7, 302–3, 107.

Bibliographie

Alberoni, Francesco: *Erotik*, München 1987
Andelin, Helen B.: *Fascinating Womanhood*, Santa Barbara, CA 1963
Arieti, Silvano und Bemporad, Jules: *Depression*, Stuttgart 1983
Astrachan, Antony: *How Men Feel*, New York 1986

Bateson, Gregory: *Geist und Natur. Eine notwendige Einheit*, Frankfurt 1982
Bell, Donald H.: *Being a Man: The Paradox of Masculinity*, Brattleboro, VT 1982
Benjamin, Jessica: *The Bonds of Love*, New York 1988
Berman, Morris: *Wiederverzauberung der Welt. Am Ende des Newtonschen Zeitalters*, Reinbek 1985
Bernard, Jessie: *The Future of Motherhood*, New York 1975
–: *The Future of Marriage*, New York 1978
–: *The Female World*, New York 1982
Broverman, Inge K. u. a.: Sex-Role Stereotypes and Clinical Judgement of Mental Health, in: *Journal of Consulting and Clinical Psychology 34*, Nr. 1, 1970
Brown, Gabrielle: *Liebe ohne Sex*, Berlin 1983
Brownmiller, Susan: *Weiblichkeit*, Frankfurt 1984

Callahn, Roger und Levine, Karen: *It Can Happen to You: The Practical Guide to Romantic Love*, New York 1983
Capra, Fritjof: *Das Tao der Physik*, Bern 1983
–: *Wendezeit*, Bern 1985
Cartledge, Sue und Ryan, Joanna (Hrsg.): *Sex and Love: New Thoughts on Old Contradictions*, London 1984
Cassell, Carol: *Die Sehnsucht nach dem siebten Himmel. Frauen zwischen Liebe und Sexualität*, Reinbek 1986
Cawelti, John G.: *Adventure, Mystery, and Romance*, Chicago 1976
Cox, Sue: *Female Psychology: The Emerging Self*, New York 1981

Dodson, Betty: *Sex for One – Die Lust am eigenen Körper*, München 1989
Dowling, Colette: *Der Cinderella Komplex*, Frankfurt 1982

Ehrenreich, Barbara, Hess, Elizabeth und Jacobs, Gloria: *Re-Making Love: The Feminization of Sex*, Garden City, N.Y. 1986
Eisler, Riane: *Von der Herrschaft zur Partnerschaft. Weibliches und männliches Prinzip in der Geschichte*, München 1989

Fasteau, Marc Feigen: *The Male Machine*, New York 1974
Ferguson, Heather M. (Pseudonym für Johanna Stuckey): Passionate Romantic Love, in: *Canadian Woman Studies 4*, Nr. 4, Sommer 1983
Friedan, Betty: *Der Weiblichkeitswahn oder Die Selbstbefreiung der Frau*, Reinbek 1966
Frye, Northrop: *Anatomy of Criticism*, Princeton, NJ 1957

Gagnon, John H. und Simon, William: *Sexual Conduct: The Social Structures of Human Sexuality*, Chicago 1977
Gallese, Liz Roman: *Women Like Us: What Is Happening to the Women of the Harvard Business School, Class of '75 – the Women Who Had the First Chance to Make It to the Top*, New York 1985
Gerzon, Mark: *A Choice of Heroes: The Changing Faces of American Manhood*, Boston 1982.
Gilligan, Carol: *Die andere Stimme. Lebenskonflikte und Moral der Frau*, München 1984
–: Remapping The Moral Domain: New Images of The Self in Relationship, in: Thomas Heller u. a. (Hrsg.): *Reconstructing Individualism: Autonomy, Individuality, and The Self in Western Thought*, Stanford, CA 1986
Goodman, Ellen: *The Turning Point*, New York 1983
Gruen, Arno: *Der Verrat am Selbst. Die Angst vor Autonomie bei Mann und Frau*, München 1986

Hatfield, Elaine und Walster, G. William: *A New Look at Love*, New York 1981
Heilbrun, Carolyn: *Reinventing Womanhood*, New York 1979
Henley, Nancy M.: *Körperstrategien. Geschlecht, Macht und nonverbale Kommunikation*, Frankfurt 1988
Hite, Shere: *Hite Report. Das sexuelle Erleben der Frau*, München 1978
–: *Hite Report II. Das sexuelle Erleben des Mannes*, München 1982
–: *Frauen und Liebe. Der neue Hite-Report*, München 1988
Horner, Matina: The Motive to Avoid Success and Changing Aspirations of College Women, in: Judith M. Bardwick (Hrsg.): *Readings on the Psychology of Women*, New York 1972

Jensen, Margaret Ann: *Love's Sweet Return: The Harlequin Story*, Toronto 1984

Kanter, Rosabeth Moss: *Men and Women of the Corporation*, New York 1977
Keen, Sam: *Faces of the Enemy: Reflections of the Hostile Imigination*, San Francisco 1986
Koedt, Anne, Levin, Ellen und Rapone, Anita (Hrsg.): *Radical Feminism*, New York 1973
Koller, Alice: *An Unkown Woman: A Journey to Self-Discovery*, New York 1983

Lightfood, Sara Lawrence: *Balm in Gilead: Journey of a Healer*, New York 1988
LeGuin, Ursula K.: Brauchen wir das Geschlecht? in: Barbara Holland-Cunz (Hrsg.): *Feministische Utopien – Aufbruch in die postpatriarchale Gesellschaft*, Meitingen 1986
–: *Winterplanet*, München 1974
Lerner, Gerda: *The Creation of Patriarchy*, New York 1986

LeShan, Lawrence: *Alternative Relations*, New York 1987
Lessing, Doris: *Der Sommer vor der Dunkelheit*, Reinbek 1975
Levine, Ellen: *Ready, Aim, Fire! The Real Adventures of Annie Oakley*, New York 1989

Marris, Peter: *Loss and Change*, New York 1975
McClelland, David D.: Some Reflections on the Two Psychologies of Love, in: *Journals of Personality 54*, Juni 1986
Mellen, Sydney L. W.: *The Evolution of Love*, Oxford 1981
Money, John und Ehrhardt, A. A.: *Man and Woman, Boy and Girl*, Baltimore 1972
Money, John: *Love and Love Sickness: The Science of Sex, Gender, Difference and Pair-Bonding*, Baltimore 1981
Montague, M. F. Ashley (Hrsg.): *Mensch und Aggression*, Weinheim 1974
Morgan, Marabel: *Die totale Frau*, Zürich 1982
Morris, Jan: *Conundrum*, London 1974

Nussbaum, Martha C.: Love and the Individual: Romantic Rightness and Platonic Aspiration, in: Thomas Heller u. a. (Hrsg.): *Reconstructing Individualism*, Stanford, CA 1986

Opie, Ilona und Opie, Peter: *The Classic Fairy Tales*, New York 1980

Pearce, Jane und Newton, Saul: *The Conditions of Human Growth*, Secaucus, NJ 1980
Pearson, Carol und Pope, Katherine: *The Female Hero in American and British Literature*, New York 1981
Peck, M. Scott: *The Road Less Traveled: A New Psychology of Love, Traditional Values and Spiritual Growth*, New York 1979
Peele, Stanton und Brodsky, Archie: *Love and Addiction*, New York 1976
Peterson, Nancy L.: *Our Lives for Ourselves: Women Who Have Never Married*, New York 1981
Pleck, Elizabeth H. und Pleck, Joseph H. (Hrsg.): *The American Man*, Englewood Cliffs, NJ 1980
Pleck, Joseph H.: *The Myth of Masculinity*, Cambridge, MA 1984
Pleck, Joseph H. und Sawyer, Jack (Hrsg.): *Men and Masculinity*, Englewood Cliffs, NJ 1974
Propp, Vladimir: *Die historischen Wurzeln des Zaubermärchens*, München 1987

Radway, Jancie A.: *Reading the Romance: Women, Patriarchy, and Popular Literature*, Chapel Hill, NC 1984
Rohrbaugh, Joanna Bunker: *Women: Psychology's Puzzle*, New York 1979
Rougemont, Dennis de: *Die Liebe und das Abendland*, Zürich 1987
Rubin, Lillian: *Women of a Certain Age: The Mid-life Search for Self*, New York 1979
–: *Intimate Strangers: Men and Women Together*, New York 1979
–: *Just Friends: The Role of Friendship in Our Lives*, New York 1985
Rubin, Zick: *Liking and Loving*, New York 1973

Salk, Jonas: *Anatomy of Reality*, New York 1985
Sanford, Linda T. und Donovan, Mary E.: *Women and Self-Esteem*, Garden City, NY 1984
Schaef, Anne Wilson: *Women's Reality*, Minneapolis 1981
–: *Co-Dependence: Misunderstood – Mistreated*, Minneapolis 1986
Schachter, Stanley und Singer, Jerome: Cognitive, Social and Psychological Determinants of Emotional State, in: *Psychological Review 69*, Nr. 5, September 1962
Skinner, B. F.: *About Behaviorism*, New York 1974
Starhawk: *Wilde Kräfte. Sex und Magie für eine erfüllte Welt*, Freiburg 1987
Sternberg, Robert J.: *The Triangle of Love: Intimacy, Passion, Commitment*, New York 1988
Snitow, Ann; Stansell, Christine und Thomson, Sharon (Hrsg.): *Power of Desire: The Politics of Sexuality*, New York 1983

Tavris, Carol und Wade, Carol: *The Longest War: Sex Differences in Perspective*, San Diego 1984
–: *Anger: The Misunderstood Emotion*, New York 1989
Tennov, Dorothy: *Über die romantische Liebe*, München 1981

Vance, Carol S. (Hrsg.): *Pleasure and Danger: Exploring Female Sexuality*, London 1985

Walker, Barbara: *The Woman's Encyclopedia of Myths and Secrets*, San Francisco 1983
Weissman, Myrna M. und Klerman, Gerald L.: Sex Differences and the Epidemiology of Depression, in: *Archives of General Psychiatry 34*, 1977

Zee, Anthony: *Magische Symmetrie. Die Ästhetik der modernen Physik*, Basel 1990

Claudia Bepko/Jo-Ann Krestan

Das Superfrauen-Syndrom

Vom weiblichen Zwang, es allen recht zu machen

Aus dem Amerikanischen von Gabriele Herbst

Band 12268

Die Anstrengung, die Erwartungen von Gesellschaft, Familie, Arbeitswelt, Freunden etc. zu erfüllen – also all das zu tun, was traditionell erwartet wird – führt im Leben vieler Frauen nicht zu Anerkennung und Selbstbewußtsein, sondern eher zum Gegenteil. Dieses Paradoxon und seine Folgen für die einzelne Frau sowie die Möglichkeiten von Veränderungen und Befreiung werden von den Autorinnen anhand zahlreicher Beispiele dargestellt. Das Buch wird ergänzt durch einen Anhang, in dem typische Krisensituationen in Form von Fragen und Antworten veranschaulicht und Lösungsmöglichkeiten angeboten werden.

»Ein wundervoll kluges und außerordentlich nützliches Buch, das hilft, die Arbeit in Angriff zu nehmen, die es bedeutet, Frau zu sein.«

Harriet Goldhor Lerner

Fischer Taschenbuch Verlag

fi 809 / 6

Herbert Freudenberger/Gail North

Burn-out bei Frauen

Über das Gefühl des Ausgebranntseins

Aus dem Amerikanischen von Gabriele Herbst

Band 12272

Allen Frauen, die eine Phase des »Ausgebranntseins« durchmachen, wird hier ein Leitfaden für die Bewältigung eines zentralen und tiefgehenden Problems gegeben. Dieses Buch ist nicht nur für die zahlreichen Frauen geschrieben, die sich wegen Burn-out-Symptomen schon in Behandlung begeben haben, sondern auch für diejenigen, die vielleicht noch nicht wissen, daß das, was sie durchmachen, als Burn-out bezeichnet wird. Das Buch geht nicht nur den Ausgangsbedingungen und den Gründen für Burn-out nach, sondern beschäftigt sich zusätzlich mit den besonderen Problemen von Frauen in Familie und Beruf. Sehr spannend ist ein bisher unberücksichtigter Aspekt: Burn-out in Beziehungen. Mit diesem Buch wird Frauen die Möglichkeit gegeben, die Symptome von Burn-out wie Erschöpfung, extreme innere Anspannung und Depression zu erkennen und zu überwinden. Und gerade das ist wichtig, weil besonders burn-out-gefährdete Frauen dazu neigen, die Botschaften ihres Körpers und ihrer Seele zu verleugnen. Sie glauben, daß sie alles schaffen können, wenn sie sich noch mehr anstrengen, noch härter arbeiten und sich noch mehr disziplinieren.

Fischer Taschenbuch Verlag

fi 811 / 5

Wilhelm Johnen

Die Angst des Mannes vor der starken Frau

Einsichten in Männerseelen

Band 12269

Männer haben vielerlei Ängste. Diese Ängste werden geleugnet, kaschiert und verdrängt, denn sie widersprechen immer noch dem sozialen Anspruch an Männlichkeit. Es besteht eine Verbindung zwischen der Stärke der Frauen (die immer vorhanden war, die sich heute aber deutlicher zeigt) und den zunehmenden Ängsten von Männern. Das Buch zeigt, woraus die ›Stärke‹ der Frauen resultiert, und daß die Ängste der Männer große Hindernisse bilden auf dem Weg zu gleichberechtigten Partnerschaften. Ein unsicherer Mann braucht die Unterlegenheit der Frau, um seinen versteckten Selbstzweifeln zu entkommen. Hört eine Frau auf, dem Mann Signale ihrer Unterwerfung zu übermitteln, erlebt er dies als Liebesentzug - und ihm bleiben nur noch Flucht oder Aggression. Durch den Verfall typisch männlicher Werte wie Macht und Aggression in unserer Gesellschaft, die zunehmend ersetzt werden durch eher weibliche wie Kooperation und Kommunikation, entsteht bei Männern nicht nur Verunsicherung, sondern auch eine immer weniger verdeckte Rivalität zwischen den Geschlechtern.

Fischer Taschenbuch Verlag

fi 805 / 5

Stephan Lermer/Hans Christian Meiser

Der verlassene Mann

Sind Frauen das stärkere Geschlecht?

Band 12756

Auch Männer beginnen, über sich selbst, über Beziehungen und damit über Trennungen nachzudenken. Die Hauptthese des Buches ist, daß der Mann der Frau eine Falle stellt. Falle bedeutet in diesem Kontext, daß der Mann sich anstrengt, sich verstellt und wichtig macht, um der Frau zu imponieren und sie zu gewinnen – aber sein wahres Gesicht versteckt. Diese Verlogenheit – schon beim Kennenlernen – ist der Grundstein für die Entfremdung, die später oft zu Problemen führt. Die Autoren entlarven diese Strukturen und entwickeln Strategien, die Offenheit zwischen Mann und Frau ermöglichen und schmerzhafte und unnötige Trennungen vermeiden helfen. Der zweite Zugriff auf das Thema ist praktisch. ›Der verlassene Mann‹ erkennt und lernt anhand von Beispielen, wie er mit einer Trennung und ihren Folgen sinnvoll umgehen kann. Wie er hoffentlich vermeidet, daß ihm das gleiche noch einmal passiert, und wie er einen Weg zu einer glücklichen Beziehung finden kann.

»Wie schnell sich die Situation des Verhältnisses
von Mann und Frau verändert, wird einem bei der Lektüre
des Buches so recht klar.«

Bayer. Fernsehen Kultur

Regine Schneider

Powerfrauen

Die neuen Vierzigjährigen

Band 12946

Natürlich ist die Mitte des Lebens mit Veränderungen verbunden. Auch mit unangenehmen. Die Krise, die viele Frauen während dieser Zeit erfaßt, wird heute jedoch zur bewußten Bilanzierung genutzt. Sie wird als Chance begriffen, Weichen anders zu stellen, und als Möglichkeit, etwas Neues anzufangen. Viele Frauen stellen um 40 ihr bisheriges Leben völlig in Frage, beginnen eine Therapie, lassen alte, unbrauchbare Muster hinter sich und finden heraus, was ihnen persönlich am besten entspricht. Sie stellen sich Entscheidungen, packen Probleme an und finden ein neues Selbstbewußtsein. In der Folge lassen sie oft verkrustete Beziehungen hinter sich, leben allein oder gründen erst jetzt eine Familie. Sie verabschieden die Kinder aus dem Haus oder bekommen ihr erstes Baby. Sie geben eine Karriere auf oder legen nach der Familienpause erst richtig los. Jede, wie es ihr entspricht. In Protokollen erzählen Frauen von ihren Veränderungen, ihren Krisen und was sie daraus gemacht haben. Zu den Protokollen gehört jeweils ein Theorieteil, der sich mit der Bedeutung der Lebensmitte, mit Themen, die in dieser Zeit anstehen, befaßt.

Fischer Taschenbuch Verlag

fi 806 / 6

Stephan Lermer/Hans Christian Meiser

Lebens**abschnitts**partner

Die neue Form der Zweisamkeit

Band 11931

Innerhalb unserer Gesellschaft vollzieht sich ein dramatischer Wandel: Die Familie als Wert an sich verliert an Bedeutung, die Zahlen der Scheidungsstatistiken schnellen in die Höhe, die Tendenz zur Vereinzelung ist nicht länger zu übersehen – und der Trend zum ›Lebensabschnittspartner‹ wird immer deutlicher. Sind lebenslange Verbindungen deshalb unrealistisch geworden? Sind wir dem Nützlichkeitsprinzip verfallen, das Liebe und bewußtes gegenseitiges Nutznießen absichtlich verwechselt? Stehen wir vor dem Beginn einer narzißtischen Kultur? Oder sind unterschiedliche Partner in den verschiedenen Lebensphasen vielleicht sogar eine sinnvolle Ergänzung des eigenen Weges? Stephan Lermer und Hans Christian Meiser untersuchen das Phänomen der Konzentration auf das eigene Glück, das oft Trennungen, Alleinleben oder Leben auf Distanz zur Folge hat. Anhand von Analysen und Fallbeispielen zeigen die Autoren die konkreten Folgen der Umwälzung innerhalb der Beziehungen von Mann und Frau. Sie fragen nach dem heutigen Liebesbegriff und untersuchen den Weg, der zu dieser Entwicklung geführt hat. Darüber hinaus werden Perspektiven entwickelt, die dem Leser Orientierungen im eigenen Liebesverhalten bieten. Die unterschiedlichen Ebenen von psychologischer einerseits und philosophischer Betrachtung andererseits machen das Buch zu einem wichtigen Beitrag innerhalb der spannenden Diskussion um das wichtigste und gleichzeitig unergründlichste Thema des menschlichen Seins: das Thema Liebe.

Fischer Taschenbuch Verlag

fi 812 / 5

Joan Shapiro

Männer sind wie fremde Länder

Verständigungshilfen für Frauen

Band 12273

Trotz Frauenbewegung und größerem weiblichen Selbstbewußtsein ist eines gleich geblieben: Frauen versuchen immer noch, Männer besser zu verstehen. Und das ist schwierig, weil *Männer wie fremde Länder sind.* Die andere Sozialisation, einseitig ausgerichtet auf Selbstbehauptung, Erfolg und Macht schafft einen tiefen Graben zwischen männlicher und weiblicher Gefühlswelt: Frauen leben mit ihren Gefühlen, aber ein »richtiger« Mann darf sich nicht auf Gefühle einlassen, weil dann sein sorgsam auf Unverwundbarkeit ausgerichtetes System gefährdet wäre. Um ihre Emotionalität wirkungsvoll zu beherrschen, geben Männer ihrem Leben feste Strukturen, Regelmäßigkeiten, sich immer wiederholende Muster. Alles muß seine Ordnung haben, nach bestimmten Regeln ablaufen. Ein Raster, zwar mit variierenden Mustern, aber im Groben bei allen Männern ähnlich ausgebildet. Werden diese Strukturen von Frauen in Frage gestellt, und werden Männer dadurch mit Ansprüchen und Gefühlen konfrontiert, ziehen sie sich in einen tranceähnlichen Zustand zurück, in dem sie weder ansprechbar noch erreichbar sind. Dieser Zustand, über Jahre eingeübt, schützt sie davor, auf Gefühle zu reagieren oder sich mit ihnen auseinanderzusetzen.

Fischer Taschenbuch Verlag

fi 810 / 5

Louis Janda/Ellen MacCormack

Der zweite Versuch

Chancen und Fallen einer neuen Ehe

Aus dem Amerikanischen von
Waltraud Götting
Band 12487

Die Psychologen Janda/MacCormack sammelten im Auftrag einer Zeitung Erfahrungsberichte von Paaren, die nach einer oder mehreren gescheiterten Ehen einen neuen Versuch unternommen haben, eine Familie zu gründen. Entstanden ist dabei ein Buch, in dem die Betroffenen schildern, welche Schwierigkeiten sich ihnen beim zweiten Versuch in den Weg gestellt haben: die Diskrepanz zwischen Idealvorstellungen und Wirklichkeit, die Sucht nach der Beziehung, die Hypotheken einer gescheiterten Ehe, die Probleme, die durch Stiefkinder entstehen, finanzielle Belastungen durch Unterhaltszahlungen, etc.

Fischer Taschenbuch Verlag

fi 831 / 5